多疑鲁迅（修订版）

鲁迅世界中主体生成困境之研究

刘春勇 著

上海三联书店

目 录

重版代序：

关于鲁迅与佛教的通信

王乾坤

春勇君：

大作《多疑鲁迅》[1] 及几个相关文件都拜读了。谢谢信任。评论鲁迅研究的新作，难免心虚。因为十多年了，我对这个领域的研究动态不甚了然。一位朋友去年赐我一本新著，其中讲到几个学者在网上开“专家专栏”，“常给网站邮寄自己的大作”，不料将我也列在其中。很惭愧，至今为止，我不曾在网上发表一字，而且对于相关技术一窍不通。除了偶尔开一两次学术性会议，或者应约对以前所做之事作些清理外（比如修订），没有再去研究鲁迅。当然鲁迅作为一个精神符号，从来没有消失于我的视野。

我不再研究鲁迅，除了曾经多次说到的理由外，[2] 也还有一个接受学上的考虑。就是不少读者（包括学生）认为我的鲁迅研究有“玄学化”倾向。就学术生态而言，“玄学”（或“隐学”）与“显学”本是相得益彰，都有存在的理由。但发表文字总得给别人看，所以不能不尊重读者批评，于是捆住自己，不再“玄论”。

其实在著述之外，比如在相关课程中我是倒过来的：只讲显学鲁迅

1　刘春勇：《多疑鲁迅——鲁迅世界中主体生成困境之研究》，中国传媒大学出版社 2009 年 3 月版。以下简称《多疑》。

2　比如《进退入出说鲁研》，收入文集《一路洋葱皮》（福建教育出版社）。

而不涉其玄的。至于著述之“玄”可能引起的误解，我在多处已提前论及。后来在《“我是一个影”》（收入《鲁迅的生命哲学》修订版）更以相关散文诗为个案，证明玄是走进鲁迅的精神世界的一个前提。

现在乐意写点体会，既为你的谦虚所打动，更因为大作不避“玄”。书名和各章的标题即可让我眼睛一亮。

玄从来不是日用品。何况我们所处的正是一个经验主义、实用主义的时代，玄是注定要被弃绝的。没有讨厌的玄论该多好啊！无可奈何的是，玄思或超验之思是人的“自由意志”的一个部分。任何一个大脑正常的人只要有疑问，如果他一直问下去的话，就可能通向玄，因此完全不与玄发生关系的人是罕见的。祥林嫂那样的村姑也不免追问：人死后有没有灵魂？

你研究的是“疑”。“疑”与“玄”属同一家族，后者不过是超验层面的疑。思想史上没有“玄”不是“多疑”的，而思想、学问一旦穷根究元地“多疑”，一定会难脱其“玄”。“玄”在日常理解中为玄远、玄虚，其实“玄”不过是求其“元”、“原”的意思（在汉语中，“玄”“元”相通，有些《道德经》版本用的就是后者）。一个研究者，只要他足够谦虚，就会在思想的之路上感到经验思维不够用，就有可能找一种超越寻常之路。这个路子就是玄。“玄之又玄，众玄之门”。玄就是通向源头的一个门，如此而已。

鲁迅研究已近百年了吧。时代的原因，它所遵循的基本上是经验性和实证性路子。这个路子当然有效，并且永远不失其效。问题是这种效用已经在严重透支，而且在捉襟见肘的情况下，它企图无限地跨过其适用论域，这就不仅力不从心，而且会步入独断。

近二十年来一些研究者尤其是中青年学者另寻路子并不偶然。这是一种可贵的努力。比如一年多前过世的吴康先生，他在专著《言说沉默》中，引生存论现象学、福柯的沉默考古学等为理论支点，企图对鲁迅的“沉默”有所新解，就是一种突围性尝试（只是旧包袱过重，仍在旧格局中）。你的著作比他的玄，然而这都是我愿意看到的。

我不是一个进化主义者。上述“新”、“旧”只是时间顺序上或思维类型上的判分。旧路子未必不好，问题是单凭旧路子走不进研究对象（鲁迅）的另一方世界；而且，如果不“知止”，一意孤行地跨出其适用边界，它就一定走向谬误。这是学术史上的通例，无需举例证明。

在贵校举办的学术讨论会上，我在聆听学者们发言的同时，一再地想到这个问题。这次会议的一大收获，是发现不少学者从他们的研究出发，自觉或者不自觉提出了玄的要求。有学者从鲁迅作品中“我偏要”这个频繁短语中，看到鲁迅的“背反性”，“不断地认同自己又不断地否定自己”。这就是玄学或者说只有玄学才有可能求解的问题。还有学者说“在鲁迅著作中找不到鲁迅”（大意），这更是让人匪夷所思的“故弄玄虚”吧，但其实是一句靠常规思维无法理解的大实话。《多疑鲁迅》和你的发言引起我注意，也正是你在自觉地另寻路子，认识“鲁迅是谁”、“鲁迅的身位”，等等。

你在之后的“留白”论、“虚妄”论，以及“文章学”课题，在我看来，也是同一种思路的展开性研究。佩服这种咬劲。

你对鲁迅的著作十分熟悉，对相关研究文献的掌握是周详的。虽然不避其玄，但不空疏，或者说同时重视实证性研究，很多地方都能给我以启迪。尤其是，你对文学之外的思想资源（主要是西方哲学）的拥有，不少来自第一手，看得出所下的工夫。这都是完成此项研究的重要前提或必要条件。

书写得很出众。但也正因如此，作为读者的我想对它提出更高的要求。

我要追问的是，这一切是否能构成研究“多疑鲁迅”应具有的充足条件？智者千虑必有一失，完全用不着求全。但是，其失不应该是不可或缺的要件，因为要件之缺会影响全局的立论。

在北京时我曾当面唐突地谈及大作可能存在着佛学之失。现在细读了一遍，不能不说仍是这个遗憾。它影响到了全书，比如对鲁迅的“中间物”“虚无”之类的一系列判断，大体上还处在你所述的相关学者的深度。虽然比较起来，《多疑》的思辨性和学术性明显超过前者。这个长处留待适当的时候再论，下面主要说说，佛学缺失是怎样影响了你对“多疑鲁迅”的更到位的把握。

《多疑》间或也涉及佛教的一些概念，比如“法执”、“我执”之类，并且说：

> 按照佛教的这种观念，近代建立在笛卡尔“我思”基础上的主体——一种不变之实体的观念是应当在“破除”范围之内的。这无疑对鲁迅破除留日时期所习成的“自心”/主观之内面精神的观念起了一定的催化作用，从而为他多疑思维的形成准备了条件。（《多疑》第92页）[1]

这是一些很有悟性的说法。惜乎到此为止，之后几无展开。也就是说，在总体上，佛教对鲁迅的影响，你取了存而不论的态度。

为什么这是一个不小的缺失？因为在鲁迅的精神深层，或者说在你的研究对象那里，佛学是一个基因性要素；这个要素大于西学对他“多疑”个性的影响。

“大于”指的是，他的怀疑性格不是来自近现代的笛卡尔和尼采，也不是来自古希腊及其之后的怀疑主义，而主要受染于佛学（为了少些枝蔓，本文不提道家的多疑，虽然佛、道太有关系）。“摩罗诗”或“新神思宗”作为思想因子丰富了他的怀疑个性，但没有材料可以证明，他对此有更深的更持久的研究与注意，我们倒是可以很方便地证明他的佛缘。比如他从小就有佛教环境的熏染，日本期间听讲过佛理，北京期间猛读过佛经，感叹大哲释迦牟尼“明示”了他长期思考的问题。他的佛教知识之丰富可以信手拈来，藏书之全面几乎包括了主要佛教流派的经典等等。

---

1 为方便读者阅读，附录中直接引文的随文注为本书作者后加，下同。

“基因性”是说，佛学构成了他的文化遗传，他继承了并光大了这个基因。因而佛教是理解鲁迅“多疑”的钥匙。你将“周树人”与“鲁迅”分开而论很有见地，但我要说，即使“周树人”时期，他所高扬主体性并不等于西方现代性的主体意识，其中有明显的佛学因子。“自识”、“内曜”也是佛学的认识论和人生论，“内明”、“内学”是也。从他的“摩罗诗”或“新神思宗”论中，类似的佛教术语不少。

其实，忽视甚至不承认佛学对鲁迅的影响，是鲁研界的一个较普遍的现象。即使不少研究鲁迅生存论或精神结构的著作，也难触及这个话题。刚才提到的吴康先生，其论题是“言”与“默”，这本来也在佛学的理论范畴内，他竟然也忽略了佛学在这个问题上俯拾皆是的遗产及其与鲁迅的关系。

为什么造成了这种现象？主客之因皆有。

我们每个人都受时代洞穴的制约。你上次坦陈到的相关知识之憾其实是包括我本人在内的学者所共同的。这个时代总是要我们相信，佛教是有神论，而有神论即使不是反动的也是落后、愚昧的，启蒙主义者鲁迅怎么可能不抛弃佛教呢？我们的眼睛被染色。而在客观上，佛家对鲁迅的影响的确不容易被发现。比如说他没有学术意义上的佛学专论，甚至没有关于佛学概念的考辨。这都容易造成缺材料可稽的印象。又比如他的“吃教”之类的国民性批评很容易被放大而看作对佛教本身的态度。他的“激烈”、“入世”的形象更是被牢牢定格，人们很难怀疑这种定格，从而看到一位“入世”的“战士”与“出世”的“空门”之间有什么内在因缘。于是自以为是，帮着鲁迅把佛学“克服”了事。

不容置疑的共识恰恰是大可怀疑的。如果从上述特定的洞穴走出来观察，同样的鲁迅作品就会是另一番光景。在一些作品中，尤其是文学性强的诗文中，佛学就像盐一样地溶解其中，或者与其它的味化合为另一种味。看不到盐不等于无盐，体匿性存。这话我过去说过，后来曾试图将鲁迅作品中的盐还原给人看，很快打消了这念头。当盐与其它物质化合为另一种物质后，证明起来是麻烦的。比盐更恰切一点的比喻是，一种食品已经被肌体消化吸收后，要用肌体来证明食品是困难的。即使找到了某些现象的连结，也很难证明这种它们间的必然关系。所以我更主张读者研佛以后，自己去体会鲁迅。

终生拜佛者不一定能与佛相遇而可能是“外道”。同理，鲁迅最深刻的佛缘主要还不在于他的读佛研佛赞佛等现象（虽然作这类学术考察也是必要的），而在于佛学对其精神特质的影响，其中就包括了他的“多疑”。

那么佛学是多疑的吗？善男信女看多了，又因为佛教将“疑”当作“六根本烦恼”之一和十种“基本见惑”之一，我们很容易想到佛教不疑，想到盲信，想到宗教独断，却很难想象佛教是独断主义的克星（请想象一下莲花座上佛像高悬的宝剑）。释迦牟尼正因为不盲从或怀疑婆罗门教才有可能创立佛教。他及其弟子的论道处处都是怀疑或辩难。佛教不“疑”，并不意味着鼓励盲信。不疑是疑到最后的结果。佛教不设创世主，可以说就是一个以疑为前提，达到“于一切法智无疑滞”的宗教，即“世尊断一切疑殊胜功德”。（《佛地经论》卷第二）因此，佛教经典满篇尽是否定词，从否定方向证明道理，即所谓“遮诠”。而且，佛这个词本身就意味断一切惑的究竟性否定，即觉悟。

佛教疑什么呢？在佛教看来，“凡有所相，皆是虚妄”，所以它无所不疑。它总是要对所执提出反命题，“破三心”，“除四相”是也。但这又不同于通常的怀疑主义或怀疑论。怀疑主义不相信任何意义上的真，为怀疑而怀疑，怀疑就是一切。这在佛教看来是很糟糕的妄见。佛教有自己的真理观，它反对一切“断灭见”的虚无主义，不断地克服各种谬执，以获真如。

佛教无所不疑，也不是近代笛卡尔式的“怀疑一切”。佛教不相信理性主义那个作为支点的本质实体（“我思”之我）。同时，佛教也不相信现象的真实确定性而不同于经验派的怀疑主义。胡适讲“从不疑处生疑”，而根据他的经验主义的或实证主义的学术观，不可能做到“怀疑一切”，至少他对实证方法本身的正确性是不怀疑的。能做到的是佛教，它不仅对实证的理论根据、方法怀疑，连实证的“事实”也要怀疑。佛眼就是对世人以为“当然如此”的常识和事实以怀疑，观照出它的有漏性、不真实性。一切事体皆有漏，一切“事实”不过是因缘和合的假相而已。物质（“色法”）如此，主观（“我”）也如此。这种怀疑在佛教中表达为“空”（或“无”）。

到这里还没有完。只是这样理解无所不疑，可能构成曲解。佛教的怀疑的究竟性和通透性，还在于它不止于怀疑一切地“空”，而是连这空也要付之以空，不执着于空，即“空空”。

鲁迅最富特质的“多疑”是哪种意义上的怀疑呢？很难在佛学之外找到对应的怀疑类型。或者说，用其它类型无解于鲁迅的怀疑，而在佛学中却可以找到钥匙。

比如说，以“空空”论，不仅要怀疑“希望”，也要怀疑无所希望的“绝望”。为什么要怀疑绝望呢？因为“希望”与“绝望”在“执于相”、“执于心”这一点上没有区别。执于“有”与执于“无”是同样的错误。鲁迅说“希望是本无所谓有，无所谓无的”，还把裴多菲的话接过来，认为“绝望之为虚妄，正与希望相同”。之类的说法被学者们不断地争来争去。其实在正信佛教里，这是一些“常识”。

以“空空”之如面对世界，才可避免在“意义/目的”“总体性”“真实世界”破灭后，遁入虚无主义或厌世主义。佛教积极的澄明的面世态度，正是由此而来。而鲁迅，当一切确定性价值破灭以致看到虚无深渊后，仍能不歇于行动，就是这个道理。

以我读到的相关研究著作，在涉及鲁迅精神深层的时候，很少例外地出现死胡同。这与作者忽视佛学这个参照系有关。举两个例子：

> 于一切眼中看见无所有；于无所希望中得救。（《野草·墓碣文》）
>
> 对于偏爱我的读者的赠献，或者最好倒不如是一个“无所有”。（《坟·写在〈坟〉后面》）

什么是“得救”？为什么“无所希望”反而可以“得救”？为什么“最好”的“赠献”竟是给人家一个“无所有”？在熟知的“实学”和“主体性”框架里，只能越辩越晕，最后褒之以“深刻”或者贬之以“虚无”，敷衍过去。如果以佛学为锁钥，理解这些话至少有了门径。以“如”看世界，“一切有为法”都是“无所有”。也就是说，超离俗眼看世界，就可以“看见无所有”。墓碣上的语焉不详的文字近似佛教的开示语。而“实无所法”、“实无所得”在佛典中本来就是一些高频字样，用以启导执着于“贪嗔痴”的“无明”众生，从而解脱（得救）。可以说，无明众生的“得救”之法就是悟出“无所有”，用《金刚经》的说法就是“无我相、无人相、无众生相、无寿者相”。向祈望得救的求法者给一个“无”，这也是佛教常见的经文与故事。佛法“无法可说”：“说法者，无法可说，是名说法。”“知我说法，如筏喻者；法尚应舍，何况非法？”当然不能说鲁迅的《墓碣文》是在图解佛经，而不过是证明佛教智慧在焉。《墓碣文》是鲁迅把佛教智慧整合到他的生命哲学中的名篇。

既涉“筏喻”，顺便谈谈“中间物意识”中的佛理，因为《多疑》对这个概念不无兴趣。根据佛教，人生之旅中不可以无渡河之筏，但筏终归是权且之物，所以要舍掉，并且连这舍掉之念也要舍掉。佛教的这种空观（或中观）哲学对鲁迅生命境界的影响至关重要。他将人与己的劳绩总是看成“小事”、“一木一石”、“野草”，不以之为“范本”、“目标”。虽然难免留恋之心，也要造成一个坟埋掉，或者希望速朽，并且在朽腐中欣然大笑。这是怎样一种境界呢？以佛眼观之，再好的文章，再大的劳绩，都是“如梦幻泡影，如露亦如电”的“有为法”，智慧的态度是坦然以对，事情“见了便做，做了便放下”。鲁迅对作品乃至生命的并不特别珍惜的随便态度，或者说他那不以“不朽”为然的“中间物”意识，可以看作上述佛理的折射。论说“中间物意识”中的“进化论”因子不无根据，却是极为肤浅的。进化一说除了给鲁迅一个历史主义的标签外，完全无法用来解释他的复杂性和深刻性。

用“空”观来言说鲁迅，当然应估计到读者的不满。所以得一再地纠正对佛学的偏见。在我们所熟悉的思维框架中，“空”几乎是虚无主义的代名词并且常常扣于佛教。这对“外道”沙门也许没大错，但对正信佛教却可能是一种想当然的强加。虚无之空是佛教认为致“邪”致“恶”的“恶见空”、“恶趣空”。以此看佛教，难于理解佛教为什么竟然主张“入世”之行，而释迦牟尼竟是面对娑婆世界所有众生的“在世佛”，本已“出离三界”的菩萨竟会倒驾慈航于“实践”，当然也就很难理解对什么都怀疑的“过客”竟然选择积极地往前“走”。反之，如果我们在“空空”（色空不二、真俗不二）的“中道”立场上，就可以理解无所谓希望无所谓绝望的过客为什么头也不回地踽踽前行，从而体会到过客与佛教之间的深度关联。“万念俱灰”式的“看破红尘”不属于正信佛教，也不属于鲁迅。知道这点，我们就知道是什么样的哲学在支持这位本来看到“无所有”的人何以有矫健的生命？何以不屑于文人们的“心灰意懒”“死样活气”？现代进化论无以支持这样的“乐观”，进化论容易堕入悲观论即为此。

日本学者手冢富雄将“空”翻译为现象学意义上的“敞开”（the open），是极有见地的。中国佛典中也曾将“空”译作“真如”。真如之“空”不是一无所有，不是“断灭”，而是“空明”。空明是无限敞开或者去蔽。论者都言鲁迅“深刻”，然而不在这个份上理解，“深刻”不过是一个形容词。“究竟”的深刻是如上意义上的觉解状态。

你在《多疑》中的这些断语是较中肯的：

> 《狂人日记》之后的鲁迅恰恰时时刻刻在揭露这种虚妄性。（《多疑》第72页）
>
> 一个强大的鲁迅就会诞生，而这要到《狂人日记》之后。（《多疑》第73页）

他何以在这个时候有“时时揭露这种虚妄性”的眼光，由“周树人”成为“强大的鲁迅”？时时揭露虚妄性，也就是怀疑实在性、确定性。而在一切怀疑中，最根本的是对“我”的怀疑。有这种感想者似乎不少，但能像《多疑》这样作出学术阐述者为我仅见。

> 主体“我思”确定性就是一个meta-physics式的存在，是凝固静止观点的产物。因此，鲁迅多疑的所指就是“主体‘我思’确定性这么一个meta-physics式的存在”。解决了这个关键词，我们就很容易理解“自我”与“自信”的含义了。这两个关键词中的“自”都是基于主体“我思”确定性之上的“自我”，而鲁迅对此是深表怀疑的，因此，对建基于此的“我”是不信的，也就是不“自信”。（《多疑》第213页）

抓住“我”立论，这就抓到了关键。然而，论者没有充分的材料可以证明，鲁迅对“我”的“多疑”是来自对西哲主体之“我”的消解。作为一个作家，鲁迅没有“后形而上学”的理论建构，他甚至没有在这个层面去把握尼采对西方形而上学的批判。作者可能感觉到了不踏实，于是有下面这段话：

> 鲁迅多疑的实质是对主体“我思”确定性这么一个meta-physics式存在的怀疑与否定，它促使鲁迅在无意识中完成了对中国传统内在精神的某种续接与维新。（《多疑》第213页）

后一句说得甚好。但是，究竟是哪一种“传统的内在精神”的“承续与维新”，《多疑》缺乏论证。这显然是作者对佛学的轻忽所致。两项判断也许应该颠倒过来说：鲁迅对佛教怀疑精神的“续接与维新”，使他不期然而然地有了“对主体‘我思’确定性这么一个meta-physics式存在的怀疑与否定”。

“强大”只有在“无我”之后才有可能。没有对“我”的怀疑就不可以有“强大的鲁迅”。用佛教的话说，只有破“我”，方有无畏金刚。

记得你的一门课程是“《野草》研究”。其实在《野草》中，鲁迅对“确定性”之“我”的怀疑，很像他的读佛体会：

> 痛定之后，徐徐食之。然其心已陈旧，本味又何由知？
>
> 抉心自食，欲知本味。创痛酷烈，本味何能知？（《野草·墓碣文》）

一切都是缘生和合，心识也一样，故本心无体。“过去心不可得，现在心不可得，未来心不可得”，人怎么可以妄想用“知”去把握其“本味”呢？

还有，语言与人的特殊关系决定了，鲁迅的“去执”是与对语言的怀疑连在一起的。而这也正是佛教的理路。

> 当我沉默着的时候，我觉得充实；我将开口，同时感到空虚。（《野草·题辞》）

几乎是佛教“言语道断，心行路绝”的另一种说法。语言“假”而不“实”，但又不得不“假”。这是一切论“道”者都会遇到的难堪。除非他什么也不说，但什么也不说本身也是一种执，而并不就是真。为了“利他”必须得“假名施设”、“方便说法”。作为语言文字的佛言也是不得已而为的方便法、有为法。为了告诫后人不执于语言，释迦牟尼明明不厌其烦地“说”，却又随说随扫：“如来无所说”，“若人言如来有所说法，即为谤佛”。

鲁迅对语言的怀疑是终生的。这种怀疑不是修辞学上的斟酌，而是生存论怀疑的另一种表达（一如当今现象学语言论）。而这与佛教也是一致的。佛教有发达的语言哲学，但首先不是修辞。“不立文字”也好，“随立随扫”也好，关涉的都是人的问题。

那么，如此广泛而深刻的影响为什么没有让鲁迅成为佛门弟子？或者说，是什么让他终于是一个林语堂语所说的“战士”？

前边已有所涉，按大乘佛教“智悲”双运的教义，佛弟子不应该只是“智慧”意义上的开悟者，而同时应该行“慈悲”的度人者。换言之，不应该是一个关心自我得救的自了汉，而应该同时是利他的实践者。而按照“色空不二”的中道论，空门之佛不应该是一心向内求清净，而应是在红尘中成佛。按照《坛经》的说法，“佛法在世间”，离了世间是羚羊挂角，无佛可寻。而强调“行”是佛教尤其是禅宗的特色。《坛经》中六祖这样教导：“善知识，又有人教坐，看心观静，不动不起，从此置功。迷人不会，便执成颠。如此者众。如是相教，故知大错。”他更说：“善知识，迷人口说，智者心行。又有迷人，空心静坐，百无所思，自称为大。此一辈人，不可与语，为邪见故。”

佛教一再地强调于此而视“偏空”、“恶见”为外道。然而话是这样说，在实际上，佛门给人的印象等于高蹈出世。以致梁启超先生这样感慨：“然真学佛而真能赴以积极精神者，谭嗣同外，殆未易一二见焉。”论者爱引朱光潜的那两句话，“以出世的精神，做入世的事业”，实在只是一种向往而难寻其例。

本来包含或者可以引出“入世”的佛理，却在事实上是“出世”的佛教。鲁迅的不满也由此而来。他在《青年必读书》中说：“我看中国书时，总觉得就沉静下去，与实人生离开。”“中国书虽有劝人入世的话，也多是僵尸的乐观。”这个判断显然包括了佛教，他把“印度”的书拿来相提并论，可以佐证。他不屑于精神上的自了，也不屑于空洞茫远的普度众生而强调当下践行。他曾经这样反讽：

> 譬如现在似的冬天，我们只有这一件棉袄，然而必须救助一个将要冻死的苦人，否则便须坐在菩提树下冥想普度一切人类的方法去。普度一切人类和救活一人，大小实在相去太远了，然而倘叫我挑选，我就立刻到菩提树下去坐着，因为免得脱下唯一的棉袄来冻

杀自己。（《坟·娜拉走后怎样》）

《野草》体佛之处很多，比如《题辞》、《墓碣文》、《影的告别》、《过客》等，几乎无一例外地可以看到这种情况：他从佛学中吸取智慧，既看到无所有却同时怀疑那离开了色的虚无之空。精神挣扎的结果，是面向世界的“行动”而不是逃向无色的空。

这不单是其生命哲学、美学特质，同时也见之于他的社会哲学。比如“民主”、“科学”、“革命”等，他明知这些是有弊的，并且多有批评，但同时又参与其中，能做就做，不惜因此弄脏自己。在这一点上，他与谭嗣同相类：“真学佛而真能赴以积极精神者”。《坛经》有言：“乘是行义，不在口争。”

你在谈到“鲁迅在无意识中完成了对中国传统内在精神的某种续接与维新”后，接着有一句“为我们思考现代性道路提供了非常珍贵的思路。”但怎么个珍贵法？你把读者的胃口吊起后又戛然而止，不置一词。这就难免被当作套话。这里我想接过你的说法自设一问，并尝试作一个简略的回答：鲁迅对佛学的“续接与维新”为“思考现代性”提供了什么样的思路？

三年前，在北京大学召开的纪念“五四新文化运动”九十周年学术会议上，我提交了一篇题为《新文化运动与普世意识》（后以《超验性的缺位》发表）的长篇论文，以胡适、陈独秀、李大钊等人为例，检讨了现代中国启蒙思维。其中，我将鲁迅从惯性理解的启蒙名单中划出，对他采取了存而不论的态度。那是基于两者的不同。鲁迅的独异可以表述为敞开或空明之“空”。据说“五四”是怀疑一切的时代，但他的同仁们并不怀疑自己的主张。比如他们只是怀疑“礼教”而奉“德赛”为圭臬，顺之者昌逆之者亡。鲁迅从早年开始，就没有这样的一律，他也为新文化呐喊，但同时怀疑“德赛”，并且怀疑自己的怀疑。中国学界近些年虽然注意到了法国启蒙运动的独断问题，但鲁迅百年前的洞识至今还被一些鲁研者当作他的局限。

空明之“空”也是他与很多佛门弟子的区别所在。[1] 善男信女“看破红尘”，不再被“世法”所迷，却往往被“佛法”所迷，而沦于教义的奴隶。鲁迅则更像得到大乘智慧的“行者”，看破红尘而不舍红尘，明知红尘玷污羽毛却偏置身红尘而在，在红尘中打滚。这样的“性相一如”、“体用不二”、“真俗不二”别具一格，既有的图式无法界定，既有的人物也很难类比。这个区别也是他不愿走进佛教圈并且多有微词的原因。

你引用这段话证明鲁迅的多疑，很有说明力，也很有趣：

> “我怀疑自己，怀疑中国人，我怀疑人们所努力挣扎的事业的价值”。他说，“顷完全是个悲观主义者，那时渐渐的我又觉得自己怀疑起自己怀疑来！这是一种不能忍受的矛盾心境。两负变作一正，于是我获得了对人生更乐观的态度”，他解释着，乌黑了的眼睛带有欣慰的心情。（《多疑》第9页）

言者是一个西方人，他大概习惯用逻辑术语来描述。其实“两负变作一正”近于上述“空空”，而“乐观”、“欣慰”则近于由此而来的空明状态。

现代化“空”了中世纪，“空”了纲常名教，却陷于“主体性”执着。思考现代性就不能不面对这个困境，这是一个世界性问题。你将鲁迅的怀疑放在这个大背景下来立论，是一个很到位的起点。本文啰啰嗦嗦，只是希望你的建树更扎实一些。这个课题很难，需要大视野。

末了，我谈谈日本人。这不光是《多疑》对日本学者有太多的称引，而且因为，要论佛教的怀疑或“空”与“现代性道路”，不能不提日本人。

与不少大陆研究者一样，你受启示于日本学者。十分惭愧，书中所涉学者及其学术我都比较陌生，但从你间接的介绍看来，这的确是一些

---

1 “吃教”者无信可言，不在此列。

值得重视的人们。很多年前，因为丸尾常喜先生翻译过我与钱理群先生的合著的《作为思想家的鲁迅》一文，我当时有一封很短的回信，其中有言：对鲁迅作深层探寻，日本学者恐怕要优于中国学者（大意）。这话的根据就在于，他们没有经过中国大陆的文化浩劫和长期的洗脑运动，因而也少一些意识形态眼障，倒容易看到我们熟视无睹的东西。从《多疑》中我第一次知道日本鲁研学者有关“回心”、“赎罪文学”这类概念，并且认为竹内好、伊藤虎丸的相关说法有灼见。之前的中国学者就好像没有这样认识鲁迅。不过在我看来，只是用西学解释鲁迅的“回心”、“赎罪”，是生硬的。退一步说，鲁迅的“回心”（加ガぃしん）即便不是佛教用语而是来自英语的 Conversion，也不能证明鲁迅的转折只是来自基督教。尽管《狂人日记》“所仰仗的全在先前看过的百来篇外国作品”，因而有基督教的影响。我们知道，“忏悔过去的罪恶意识和生活”之类的“回心”，并不是只有基督教而几乎是所有宗教都有的精神现象。更何况基督教“赎罪意识”的根本，不是“忏悔过去的罪恶意识和生活”而是“原罪”感的有与无。《狂人日记》中“过去的罪恶意识和生活”则是人的在世“现罪”（crime）而非“原罪”（sin）。所以曾经的过失（比如吃过妹子的肉）不是原罪，而更像佛教所说的由本人犯下的“先世罪业”[1]。与基督教“赎罪”相似的佛教修为，也不是“改过自新”，而是究竟“悟空”、“转识成智”。基督教的“原罪　赎罪”意识当然可以说是“回心”，佛教的“悟空”、“转识成智”更是“回心”。佛教最短的经文叫《心经》，可以说通篇讲的就是回心。在此我无意非此即彼，而勿宁亦此亦彼。甚至可以说，“宗教”这个词就意味着“回心”。[2]

总之，单一的归结不好。更何况，从逻辑上讲，“怀疑主体形而上学”这样的“回心”不可能依靠基督教。因为形而上学与基督教同属“二元”论，二者是一根藤上的瓜。这也是尼采为什么在打击形而上学

1　这里的佛教语“先世”并不等于通常所谓“前生”，而可以是现在以前的任何时候。

2　Religion（宗教）的拉丁字根 ligare 有“黏合”、“绑住”之意。在《圣经》语境中，可以理解为回到与上帝的和好状态。

的同时要批判基督教的一个原因。[1]

你注意到了鲁迅“回心”的现代意义，非常好。不过在我看来，倘若要把视野拓展，研究鲁迅的佛缘对“思考现代性”的借鉴意义，也许同时要更留心的，是另一类日本学者。也就是译介佛学并与西方学者对话的一批现代日本人，比如铃木大拙、池田大作、九鬼周造等，还有上面论及的手冢富雄等。除了铃木大拙，他们多与鲁迅没有交往，而且没有研究鲁迅，但因为眼光独到而深刻，更可以启发我们去注意鲁迅与佛学的关系，重识鲁迅的“多疑”，从而思考其当下意义。当然，这不只是一个鲁研话题，以后再聊好了。

以上是信非信的文字早就写完，寄还是不寄，犹豫了好长时间。现在决定还是给你好了。感谢《多疑》，激发出了我一直懒得说的话，居然是一篇万言书。如果有胡说之处，还请指出和见谅。祈福！

王乾坤

2013 年 5 月 5 日

1 当然不能望文生义地认定“不二”就是一元论。佛教并不主张世界有一个最高的本原存在。

初版序一：

“疑”的力量

孙　郁

记不得是什么时候，曾读到一位友人谈及海德格尔与鲁迅的文章，惊喜了多日。后来一位卡夫卡研究者也论及了鲁迅与这位天才作家的相似性，精神为之一振。浏览这类文章，我曾感到一种刺激，那原因是我们从旧的中国作家那里的确难以找到鲁迅的对应者。鲁迅是个异类，昨天是，现在是，明天大概也是。这异不仅在于其目光剥脱了对象世界，重要的是也剥脱了他自己。我们从传统中国文化的因子里不易看清他，他具有的现代意味与反现代意味，使我们的研究者面临的是思维方式的挑战。

大凡从颠覆世俗思维开始的研究，和鲁迅都有种亲密的感觉。刘春勇正是在这样一视角下，进入了鲁迅世界。

每一个进入鲁迅思想的人，对其看法总有些差异，即便是看法一致者，体验也多少有别的。刘春勇博士论文写的是鲁迅的“多疑”问题，几年前，我参加了他的论文答辩会，印象很深。他看到了鲁迅思想的一个深切的难题，并且在此深挖下去，玄学的与迷离的精神之光一直在闪烁着。

怀疑主义者很少怀疑自己，除了那些有现代感的思想者之外。我们的文明出现问题的时候，往往是一切概念出现了问题，表象已不再体现本真，而本真又非存活于词语里。多疑者鲁迅，挣脱了一切外在的语言之网，从多维的视角进入对世界的认识。

刘春勇意识到了问题的复杂性，他十分敏感地捕捉到了鲁迅的荒原体验与回旋的内心之苦，“多疑与主体生成关系”涉及许多难点，鲁迅在自我的挣扎里，呈现出现代哲学才碰到的话题。不仅颠覆了世界，而且也颠覆了自己，原来自己也是一个有着罪愆的人。有了此种心意的鲁迅，其实就和古中国人拉开了距离，也与同代人拉开了距离，解释鲁迅，以往的理论模式几乎都不适用于他。

从来如此便对么？鲁迅经常发出类似的感叹，他对历史，对文化，对熟悉与不熟悉的文人，都不愿用一种伦理的尺度量之，因为伦理化的目光，有时是远离本原的，与真的生命体验甚远。刘春勇发现，鲁迅的多疑相当于竹内好所说的象征鲁迅“回心”的那种东西，这是含混与超出常理的。研究鲁迅，不能不注意到此中玄机。

这一本书是对作者的一种智力检验，我们在此也见识了作者的心灵冒险。鲁迅的丰富性与复杂性给他带来的是一种哲学的惊喜。在与海德格尔、竹内好的交织里，在与黑格尔、笛卡尔的对应中，鲁迅的哲学似乎一点不显得生硬，反而有着更为迷离不清而又深远的价值。在现代文化演进过程里，诸多中国文人的世界是被单一性纠缠的，他们相信世界的唯一性原理，比如进化论，比如安那其主义。较之这些单色调的文本，鲁迅却是介于明暗之间的忽隐忽现的存在，他的文字是生命内在的真的流动，那种具有体温感的篇什，把理性图像撕碎了。鲁迅在不确切性里把握着确切性，相反，也在明晰中对应着神秘的混沌。刘春勇从鲁迅的精神背景，内心生活，家庭环境，人文网络几个方面回溯鲁迅的精神结构，应当说选择了“多疑”，就选择了困惑，对一种非逻辑的理解结构进行打量，以往的逻辑语言是有问题的。作者一直注意对近代哲学资源的借用，警惕进入僵硬的语言秩序。他的兴趣广泛，许多视角纠缠着尼采，海德格尔式的寓言。这样的拷问有精神的力度，和那些平庸的、八股式的著作比，刘春勇有着属于自己温度的东西，我在阅读此书时，感到了他的紧张背后的快慰。

在鲁迅的时代，“信”与“疑”一直纠葛着知识界，鲁迅是从旧营垒过来的人，内心一直缠绕着虚无之气，也就是他所说的鬼气。鬼气的产生乃历史的原因，在对旧文明的阅读中，给他光明的因子真的不多，而他又希望摆脱这些。问题在于，他的时代能体现的光明殊少，许多学者的伪态，在他看来只能使人陷入更大的灰暗里。所以先生看重的倒是“中间物”式的价值，看重的是执拗于“现在”的“韧”的精神，更看重的是抵抗黑暗时的自我消失，这个消失是承担后的消失，是“多疑”背后的确切性的进化。“疑”之后乃大洒脱，将人间苦涩集于一身，将恶名集于一身，将“疑”的晦气集于一身，最后剩下来的却是清洁的精神，他的无伪之朗照，精神之明澈，世人何人及之？鲁迅的“疑”其实一直逼近人的一种“致人性于全’的渴望，他没有得到这些，但却呈现了这些。

看我们的历史，有怀疑精神的人很多。王充《论衡》里的诘问之语，与尼采比毫不逊色。李贽对孔夫子的反问，也颇有骨气的。其实明清以来，狂狷之士多有“疑神疑鬼”之态，徐渭的诗与画好，大抵和非循规蹈矩有关。鲁迅意识里自然有这些鬼气，可是他背后的现代主义式的荒谬，无常，绝望，将精神由士大夫的豪放引向了形而上之域。那是只有神学家与形而上学论者才关注的内容。但这一切在他那里又非玄而又玄、虚无缥缈之所。鲁迅的特点是一直站立在人间，与活的人生在一起。人们曾称之为现实主义，那也没错。可是这现实主义是黑暗里觅路的现实。他的一切回旋精妙之思，隐曲迷茫之语，都来自民间，而非庙堂书斋。于是近神学而非神学，似玄语而实人语，在人性与神性之间，鲁迅属于前者。

理解这样的存在我们要耗费心血。刘春勇把自己青春的大多时光献给了鲁迅。我知道这是唯有经历过困境的人才有的情思。他随着鲁迅一同远走，一路瞭望到无数迷人之景，且一一记录下来。不仅在挑战别人，更主要是在挑战自己。这样的书我写不出来，看着更年轻的友人跋涉在这条路上，除了高兴，还有祝福。于是想起这样的结论：随鲁迅一同“疑”世者，苦自然有，在思想之路上确是有福的。

2009 年 7 月 7 日于北戴河

初版序二：

也还是所谓对于将来的希望

尾崎文昭

刘春勇君要我给他的著作写序，恐怕因为他的这论著的中心题目“鲁迅的多疑思维方式”这个说法原来我十七八年以前发表过的文章里曾提出过，所以他想要给我致意。受到此要求，我觉得很高兴，但只承诺了写第二序文的任务，因为我过去没给人写过序文，肯定写不好，认为应该有更正规的序文才对。

刘春勇君的大著原是他的博士论文，几年前他给了我那篇，我就知道了他立论时多次提到我那篇文章，而且在其第四章即最中心位置的篇章里，跟几篇其他先生的文章一起，当作要批判要克服的主要对象。当时我极为高兴，就因为觉得获得这么个高水平的理解能力的读者，实在不容易的。除了我的文章以外，刘春勇君还将钱理群、汪晖、王晓明、王乾坤等各位先生以及日本的研究成果作为自己立论的依据，同时又当作批判克服的对象，和它们在很深刻层次上进行了学术对话。能够进行这种高水平对话本身就证明刘春勇君本人对鲁迅的理解也有很深刻的水平。可是有共同的理解深度，理所当然并不保证大家的最后见解也会共同，应是见仁见智，但这种深刻对话本身给予双方深层的喜悦和满足感。尤其高兴的是他对战后日本的鲁迅研究者竹内好、伊藤虎丸两位先生的研究成果具有又准确又深刻的理解。近十来年中国的鲁迅研究界里也有不少谈论其研究成果的，但按我个人的看法来说，真正捉到其要点的其实几乎寥寥无几。在这方面刘春勇君表现了优秀的思维能力。

可是在这一方面觉得稍微遗憾的是刘春勇君不太注意日本学者木山英雄和丸尾常喜两位先生的研究成果，其实对于刘春勇君所关心的北京时期的鲁迅思想来说，木山英雄先生的《野草》论在日本鲁迅研究界里可算是真正经典，而丸尾常喜先生就综合过去日本学者的研究成果（包括木山先生的在内）提出过相当完整的看法，尤其是对鲁迅的中间物意识讲了精辟的看法。丸尾先生以前出过汉译著作，但其里面没有充分表达这个方面的成果，因此不能责难刘春勇君（木山先生的汉译著作《文学复古与文学革命》也在刘春勇君写作博士论文期间才出版，估计来不及详细看）。幸亏丸尾先生的新的汉译鲁迅论著作快要出版（《“耻辱”与“恢复”——〈呐喊〉、〈野草〉研究》北大出版社，预定 2010 年 1 月出版），给中国鲁迅研究界提供新的材料。假如此书前几年翻译出版的话，刘春勇君的立论在一定范围内会有所调整，改得更完整些。但我们看到那新译著作后再次进行讨论也不迟。

现如简单地介绍他的看法，丸尾把鲁迅中间物意识在《呐喊》时期的和《彷徨》《野草》时期的分为两种，把前者定名是鲁迅范式进化论，是由于伦理进化论加自我牺牲观念而成的，依据此自我定位产生了对敌人的强烈憎恶感情以及民族自我批评的文学。而到了《彷徨》《野草》时期此自我定位想法开始动摇没法坚持，经过苦恼过程最后得到了新的自我定位想法，就是把自我否定和自我肯定此两者的矛盾扬弃后，得到了同时承认两者的新的中间物意识（木山英雄先生的《野草》论把此后期新中间物意识理解为将自我放在敌友之间的空间性/社会性中间物意识，而前期的叫做时间性/世代性中间物意识）。以上模式化了的介绍恐怕难免过于简单化的嫌疑，也很可能大幅度丢了原本论说的丰富含义，希望读者自己参阅。

丸尾常喜先生实为可惜去年（2008 年）5 月去世了。他在最后日子里写了一篇讲演稿子，准备为有个自己知道已不能赴会的研究会提交以托人代替宣读。他其实自己书写觉得困难，因此先录音口述，由他女儿做成打字稿，然后自己修改，采用了这么个办法。最后他去世的头一天才能修改完，而据看他的大夫说他去世时的样子似乎是他的手还在捏着朱笔进行修改的样子。后来在东京开追悼会时他女儿给我们特意放了那最后的口述录音。所选的部分似乎是最后结束的一段，所放的声音不大像快要结束生命的人的声音，很清晰又有毅力，一边引用鲁迅的话一边讲述确信人生的希望。他所引用的鲁迅的话就是“我们所可以自慰的，想来想去，也还是所谓对于将来的希望。希望是附丽于存在的，有存在，便有希望，有希望，便是光明。如果历史家的话不是诳话，则世界上的事物可还没有因为黑暗而长存的先例。黑暗只能附丽于渐就灭亡的事物，一灭亡，黑暗也就一同灭亡了，它不永久。然而将来是永远要有的，并且总要光明起来；只要不做黑暗的附着物，为光明而灭亡，则我们一定有悠久的将来，而且一定是光明的将来。（《华盖续　记谈话》）”丸尾作为讲鲁迅的最后机会的结论，特意选择了这段话，以此代替了给要遗留的女儿们以及朋友们的告别词。

我自己过去没有多大注意鲁迅的这段话，因此刚听到录音时不能立即想到哪一篇中的一段。可是不久想到这个部分就是刘春勇君的这本论著，要证明鲁迅最后克服了虚无主义的那立论中用过的。在最后一章的作为最中心的一段里，引用那些话作为鲁迅克服过了虚无主义的证据。想到此一点，我感慨万端，又觉得非常遗憾，丸尾先生生前我没有给他看刘春勇君的这篇博士论文。

刘春勇君的这部论著里，虽然将来还会需要部分的修改或补充，但总体来说依据强有力的文本分析以及他信念的健康性，具有相当有力量的说服力。尤其是第三章和第四章里展开的逻辑非常精彩，表示有独特的逻辑建构，看来对过去没法解决叫做悖论来留下的重要问题，他提出了相当合理的答案。但我特别感兴趣的地方是，刘春勇君批判很多学者说他们无意识地把“形而上性/超越形”或者“价值/目的”作为立论前提，所以他们不能够由“希望—绝望”的循环思维或者“虚无主义”的思维惯性摆脱出来。他强调鲁迅思维里应该更要重视“存在性/日常性”本身的意义。他这样立论使人感到很有魅力，认为是确有值得讨论的看法。同时也有所使人联想到儒家思维，但我现在不准备因此否定他的这种试探。鲁迅晚年的另一篇文章《且介亭杂文末篇　“这也是生活”》也使人觉得类似的感觉。

最后借此地方就“鲁迅的“多疑”思维方式”想要说明两点，恐怕对刘春勇君来说只是个蛇足。其一，当初写草稿时试用过“相对化思维”，但怕引起无端误会不采用这个说法。现在如果以别的说法来表达的话，也可以以“多层次彻底相对化（或对象化）思维方式”来代替。但这么说，与在西欧思想界里否定上帝存在以后相当普遍地出现过的现代性思维似乎没有多少两样（其实我也认为确是相差不远的，就像刘春勇君这论著里详细地分析的那样），而要描述鲁迅思维的特点（表现得有个性并且很彻底），恐怕有所不足。因此，刘春勇君所立论的那样还是用“多疑思维方式”怕恰当些。

其二，“多疑思维方式”与竹内好鲁迅论的关系。其实，我那篇文章第四节里有这样的文字，“竹内好为了证明那种因语言无法说明的根源存在，竭力用语言填满其周围空间。竹内好又使用另一说法，称其为“产生身藏‘永远的革命者’的现在的行动者的根源”。……笔者所说“多疑”思维其实也指同一内容。”这就是说，竹内好感觉上获得了但是没法弄清楚用语言表达的那个鲁迅思想的根源核心，该文章由不同角度弄清楚并用一个语词来表达的就是“多疑思维方式”。此一点只有极少数人注意并理解，而似乎绝大多数的读者忽略过去，包括日本的和中国的鲁迅研究者在内。但刘春勇君看来很是理解的。

2009 年 7 月 14 日

导论　鲁迅的多疑及其界定

第一节　鲁迅是多疑的吗？

第一篇以鲁迅的“多疑”为专题进行评述的文章是曹聚仁的《论“多疑”》，其文如下：

> 鲁迅先生生前，已经有人说他“多疑”；这从他自己杂文中所散见的讽刺这“恶谥”的话可以知道。鲁迅先生死了以后，周作人先生在北平对记者谈话，也说：“鲁迅的个性不但很强，而且多疑，旁人说一句话，他总要想一想，这话对于他是不是有不利的地方？”倒应了鲁迅先生所说“以‘多疑’为忠实长者所诟病”的前言了。
>
> 作人先生在谈话中，曾说鲁迅在观察事物上非常透澈，前后颇有点矛盾；因为“观察透澈”便不会“多疑”，“多疑”的人便缺乏“透澈的观察力”，这两者是不能两全的。鲁迅先生有一回，往大上海去看戏：刚要跨进大门，被一个十二三岁的女孩子捉住了。是小学生，在募集水灾的捐灾，因为冷，连鼻子尖也冻得通红。他说没有零钱，那女孩子就用眼睛表示了非常的失望。鲁迅先生觉得对不起人，就带她进了电影院，买过门票之后，付给她一块钱。那女孩子非常高兴了，称赞鲁迅先生道：“你是好人”，还写给他一张收

据。本来这件事已经完结了。但是鲁迅先生在静悄悄的回家途中，眼前出现了女孩子的满足的表情的相貌，“心情又立刻不舒服起来，好像嚼了肥皂或者什么一样。”鲁迅先生心中所浮起的意念是：“诚然，两三年前是有过非常的水灾的。……但我又知道，中国有着叫作‘水利局’的机关，每年从人民收着税钱，在办事。但反而出了这样的大水了。——连被水灾所害的难民成群的跑到安全之处来，说是有害治安，就用机关枪去扫射的话也都听到过。恐怕早已经统统死掉了罢。然而孩子们不知道，还在拼命的替死人募集生活费，募不到，就失望，募到手，就喜欢。而其实，一块来钱，是连给水利局的老爷买一天的烟卷也不够的。我明明知道着，却好像也相信款子真会到灾民的手里似的，付了一块钱。实则不过买了这天真烂漫的孩子的欢喜罢了。”我们对于他所浮起的这念头，究竟还是说他“多疑”呢？还是解剖透澈呢？说他“多疑”，则明明所谓“水灾捐款”，经过了那些“善棍”，“慈善家”以及土豪劣绅猾胥奸吏之手，真的到灾民之手有限得很了；鲁迅先生所给一块钱，真是连给水利局老爷买一天的烟卷也不够的，难道真是“多余”的“疑虑”吗？说他解剖透澈，则带了“好人”的头衔走进戏院可以完结的事，他偏左想右思，心情为之大不舒服，甚至要写一封公开信，说明自己的本心，去消释误解，也不被一些人可以看作“多疑”吗？

说到这里，我有点懂得“多疑”和解剖透澈的界线了。上海街头有一种小赌摊，用三张扑克牌当作赌具，周围有一些像是下注的赌客，其实是摆赌摊的同伙，而娘姨，乡下人，小伙计则用几角洋去碰运气。这时若有一过往的客人，停住了脚，在旁看看，并不下注，那些同伙就要请你帮帮忙，请你走开点了。那行人若告诉那些小伙计娘姨们“小心上当”，那些同伙们便怒目怪你“多疑”，不许你开口；而小伙计娘姨们的心中，也许以为这位行人真是“多疑”。天下惟有富于理智的人，能用犀利的眼光，对观众作透澈的解剖。

> 他这种解剖，在天真的，老实的人，容易认为多疑，因为他们实在看不穿。而变把戏骗别人的人，也会说是“多疑”；因为他自己最明白葫芦里卖的什么药，惟有抹杀透澈的解剖，说那是“多疑”，方能使天真的老实的人上当而不疑。
>
> 所以，周作人先生说鲁迅先生“多疑”是不应该的，因为他最了解鲁迅先生的透澈的解剖。[1]

从整篇文章来看，作者的立意很简单，那就是为鲁迅辩诬，文章的基调是反驳。这篇文章理应是对周作人的一次记者访谈[2]的回应。在曹聚仁看来，周作人用“多疑”和“观察事物的透澈”这两点来评价乃兄鲁迅是前后矛盾的，“因为‘观察透澈’便不会‘多疑’，‘多疑’的人便缺乏‘透澈的观察力’，这两者是不能两全的。”曹聚仁认为，“多疑”其实是“观察力透澈”的另外一种说法，是对“观察力透澈”的人的一种“诬”，因此，指责鲁迅“多疑”其实就是对他的“透澈的观察力”的“诬”。文章举了两个具体的事例对此进行了说明，其一是鲁迅在《我要骗人》一文中所讲述的他本人的一个亲身经历；其一是上海街头的赌摊。在曹聚仁看来，鲁迅对“募捐”的“多余”考虑并不是“多余”的，而是他的解剖事物透澈的表现，而很多人会认为这恰恰是鲁迅的“多疑”，曹聚仁认为持这种看法的人是对鲁迅的“诬”。接着他进一步

---

1 曹聚仁：《论“多疑”》，1936 年 10 月 29 日《立报》（上海）。案：《1913—1983 鲁迅研究学术论著资料汇编》（第二卷）错将曹先生的另外一篇文章《鲁迅的性格》（载曹聚仁：《文思》，上海：上海书店 1987 年版，第 176—180 页，又载《曹聚仁杂文集》，北京：生活·读书·新知三联书店 1994 年版，第 237—239 页。）当作《论“多疑”》收入，且题名为《论多疑》，去掉了原书名中的引号，并在来源上注明“原载 1936 年 10 月 29 日《立报》（上海）”，显然是收录时出现手误所致。详见《1913—1983 鲁迅研究学术论著资料汇编》（第二卷），中国社会科学院文学研究所鲁迅研究室编，北京：中国文联出版公司 1986 年版，第 526—527 页。案：在本书后面的所有注释中，当一个文献第二次出现时，译者、编者、出版机构以及出版年份都做省略处理，只留著者、文献名称以及页码，期刊报纸文章除外。

2 《鲁迅在平家属访问记》，1936 年 10 月 23 日《新民报》（南京），由王志之的《鲁迅印象记》转录，载《鲁迅回忆录》（专著）（上册），鲁迅博物馆、鲁迅研究室、《鲁迅研究月刊》选编，北京：北京出版社 1999 年版，第 54—57 页。

对“诬”进行了“剥离”，于是他举了一个非常恰当的例子，就是上海街头的赌摊，摆赌摊者及其同伙对付那些洞穿他们把戏的行人路客的招数就是“诬”。“诬”他们“多疑”——实际上他们在心里很明白那不是“多疑”而是“观察力透澈”，而这一招非常管用，它不仅将这个妨碍他们发财的“潜在威胁”撵走，而且还让天真老实的小伙计娘姨们真的相信这个行人是如此的“多疑”，而他们这些摆赌摊的是多么的真诚。当众人“诬”了这个“清醒者”并将其撵走之后，这个世界便继续它的“瞒与哄”。很显然，这个故事中的清醒“过客/行人”指的就是鲁迅，而他却因其“清醒”而遭到众人的“诬”：“鲁迅多疑”。文章最后对周作人“诬”其兄“多疑”表达了不满。

这是一篇雄辩的文章，其中有两点值得注意：其一，曹聚仁在不经意中对“多疑”作了一种解释：“多余”的“疑虑”。曹先生这个解释应该代表了当时（20世纪30年代）一部分人对鲁迅“多疑”的某种真实看法，即鲁迅的“多疑”是多余的、没有必要的、无谓的“疑虑”，这虽然是一种表面的（“看起来是这样”，“似乎是这样”，“好像是这样”）现象，但其实很重要；其二，曹聚仁认为周作人将“多疑”和“观察事物的透澈”放在一起评价鲁迅是不符合逻辑的。这种理解当然和他的辩诬的立场有关，辩诬使得他将“多疑”看成是与“观察事物的透澈”相对立的贬词，而将这一贬词用于评价鲁迅是他所不能容忍的。可是反过来想一想，如果我们不对“多疑”这个词作价值判断，将其作为一个中立的词来用时，我们是不是能换一种思维来看待“鲁迅多疑”这个问题呢？其实鲁迅在自己的作品中也从不否认自己的“多疑”，这已然证明鲁迅对自己的“多疑”是予以承认的。而深知他的周作人用“多疑”来评价他虽然有“诬”的嫌疑，但“诬”字恐怕不能概括全部吧，我的意思是说，周作人这种凭深知的直觉所说的话恐怕是有某种道理的，或者说他的原意不一定是对其兄的“诬”，而是在他看来鲁迅的“多疑”及其“观察事物的透澈”在某种意义上是有某种内在（本质的，而非如赌摊者的修辞）联系的。这在周作人那里仅是某种直觉，而在后来的李长之和钱理群两位那里却经过了理论的论证。在李长之看来，“观察事物的透澈”是一种性格中的“锐感”的表达，而这种“锐感”会导致人的“多疑”；[1] 钱理群则更直接，他认为“多疑”就是“观察事物的透澈”。[2] 这些当然是后话，但也能证明后人与前人在看待鲁迅多疑上的不同与变迁，以及曹聚仁辩诬的确实。

既已受非难，处于“辩”的位置，不论“诬”的确实与否，倘要“辩”就已经处于不利的地位了。[3] 更何况，鲁迅在其文章中对于自己的“多疑”从来都是供认不讳的呢，这一点只要稍稍通读过《鲁迅全集》的人就会知道的。全集中单是以“多疑”二字来供认自己这种个性的地方亦不下数次，其文如下：

> 虽然分了类，但不幸这些畜生就杂在人们里，而一样是人头，实际上仍然无从辨别。所以我就多疑，……[4]
>
> ……凡做领导的人，一须勇猛，而我看事情太仔细，一仔细，即多疑虑，不易勇往直前，……[5]
>
> 然而我那时对于“文学革命”，其实并没有怎样的热情。见过辛亥革命，见过二次革命，见过袁世凯称帝，张勋复辟，看来看去，就看得怀疑起来，于是失望，颓唐得很了。民族主义的文学家在今年的一种小报上说，“鲁迅多疑”，是不错的，……[6]
>
> 外交家是多疑的，我却觉得中国人大抵都多疑。如果跑到乡下

1　李长之：《诗人和战士的鲁迅：鲁迅之本质及其批评——鲁迅批判之总结》，载《1913—1983 鲁迅研究学术论著资料汇编》（第一卷），第 1330—1333 页。原载 1935 年 8 月 14 日《益世报》（天津）。

2　钱理群：《心灵的探寻》，石家庄：河北教育出版社 2002 年版，第 56 页。

3　鲁迅在《忽然想到（十）》中曾说，“无论是谁，只要站在‘辩诬’的地位，无论辩白与否，都已经是屈辱。更何况受了实际的大损害之后，还得来辩诬。”见鲁迅：《华盖集 · 忽然想到（十至十一）》，载《鲁迅全集》（第三卷），北京：人民文学出版社 2005 年版，第 94 页。

4　鲁迅：《华盖集 · 并非闲话（三）》，载《鲁迅全集》（第三卷），第 161 页。

5　鲁迅：《两地书 · 八》，载《鲁迅全集》（第十一卷），第 33 页。

6　鲁迅：《南腔北调 · 〈自选集〉自序》，载《鲁迅全集》（第四卷），第 468 页。

> 去，向农民问路径，问他的姓名，问收成，他总不大肯说老实话。……因了一整年的经验，我就比农民更加多疑起来，看见显着正人君子模样的人物，竟会觉得他也许正是蜘蛛精了。然而，这也就会习惯的罢。[1]

至于不用“多疑”二字而间接承认自己多疑的文字就更多了，其中最著名的是关于一个事件的两篇文章和一句话。前者是指鲁迅在 1924 年写的关于“杨树达”的袭来的两篇文章《记“杨树达”君的袭来》和《关于杨君袭来事件的辩正》。许多年以来，这两篇文章被视为鲁迅多疑的典范性文本被征引或被故意遗忘，“学术界已经多年不谈所谓‘‘杨树达’君的袭来事件’，也许是有所忌讳。但这恰恰是显示鲁迅‘多疑’、‘尖刻’的真相的。”[2] 而在《辩正》一文中，鲁迅也确实公开承认过自己的“多疑”与“易怒”，“今天接到一封信和一篇文稿，是杨君的朋友，也是我的学生做的，真挚而悲哀，使我看了很觉得惨然，自己感到太易于猜疑，太易于愤怒。”[3] 后者是鲁迅在 1928 年写给章廷谦的一封信中的一句话，“……我总觉得我也许有病，神经过敏，所以凡看一件事，虽然对方说是全部打开了，而我往往还以为必有什么东西在手巾或袖子里藏着。但又往往不幸而中，岂不哀哉。”[4]

以上都是明显的例证，其实一部《鲁迅全集》里关于“多疑”的证明何止这些，真可以说是不胜枚举，而且有很多例证往往是不被人注意的，在此仅举两例。其一是鲁迅 1926 年 7 月在北京《世界日报副刊》上连续发表的《马上日记》，在“六月二十八日晴，大风”的下面有这样的记载：

---

1 鲁迅：《集外集拾遗·上海所感》，载《鲁迅全集》（第七卷），第 432 页。
2 钱理群：《心灵的探寻》，第 50 页。
3 鲁迅：《集外集·关于杨君袭来事件的辩正》，载《鲁迅全集》（第七卷），第 52 页。
4 鲁迅：《书信·280815 致章廷谦》，载《鲁迅全集》（第十二卷），第 128 页。

又想了十秒钟，只好决计去访C君，仍在大毒日头底下的尘土中趱行，这回总算一路无阻，到了。打门一问，来开门的答道：去看一看可在家。我想：这一次是大有希望了。果然，即刻领我进客厅，C君也跑出来。我首先就要求他请我吃午饭。于是请我吃面包，还有葡萄酒；主人自己却吃面。那结果是一盘面包被我吃得精光，虽然另有奶油，可是四碟菜也所余无几了。

吃饱了就讲闲话，直到五点钟。

客厅外是很大的一块空地方，种着许多树。一株频果树下常有孩子们徘徊；C君说，那是在等候频果落下来的；因为有定律：谁拾得就归谁所有。我很笑孩子们耐心，肯做这样的迂远事。然而奇怪，到我辞别出去时，我看见三个孩子手里已经各有一个频果了。[1]

又据该文注解（20），C君“指齐宗颐（寿山）。据《鲁迅日记》1926年6月28日载：‘晴。……往信昌药房买药。访刘半农不值。访寿山。’”[2] 齐寿山是当时鲁迅在教育部的同事，应该说是仅次于许季市的好朋友了。对于齐寿山与鲁迅的关系，蔡元培曾经有过这样的描述，“先生在教育部时，同事中有高阳齐君寿山，对他非常崇拜，教育部免先生职后，齐君就声明辞职，与先生同退。齐君为人豪爽，与先生的沉毅不同；留德习法政，并不喜欢文学，但崇拜先生如此，这是先生人格的影响。”[3] 又这篇文章是写于1926年的6月底，距离鲁迅南下不到两个月的时间。《鲁迅日记》1926年7月6日记载，“……下午往中央公园，与齐寿山开始译书。”[4] 《鲁迅年谱》第二卷记载，“下午往中央公园，与齐寿山开始翻译荷兰作家望·蔼覃所作长篇童话《小约翰》。”[5]

1　鲁迅：《华盖集续编·马上日记》，载《鲁迅全集》（第三卷），第334页。
2　鲁迅：《日记·1926年6月》，载《鲁迅全集》（第十五卷），第625页。
3　蔡元培：《记鲁迅先生轶事》，载《鲁迅回忆录》（散篇）（上册），第101页。
4　鲁迅：《日记·1926年7月》，载《鲁迅全集》（第十五卷），第627页。
5　鲁迅博物馆、鲁迅研究室编：《鲁迅年谱（增订本）》（第二卷），北京：人民文学出版社1983年版，第310页。

并且从即日起一直到他离京南下之前的一个多月的时间里，先生的日记里几乎是隔一两天就有“往中央公园”的记载，可见鲁迅与齐寿山见面之频繁及关系之密切。然而对于即使关系如此之密切，且性格如此之豪爽的齐寿山君，鲁迅也还是“情不能自已”地“疑”，而况疑的又是吃面包与苹果之小事。这自然不免让人觉得鲁迅多疑了，而爱与崇仰先生的人不免也“可怜”他了。很显然，在这篇文章中鲁迅并没有自觉到他的多疑。

我要举的第二个例子是先生1922年4月12日发表于《晨报副刊》的一篇短文，名为《无题》[1]：

> 私立学校游艺大会的第二日，我也和几个朋友到中央公园去走一回。
>
> 我站在门口帖着“昆曲”两字的房外面，前面是墙壁，而一个人用了全力要从我的背后挤上去，挤得我喘不出气。他似乎以为我是一个没有实质的灵魂了，这不能不说他有一点错。
>
> 回去要分点心给孩子们，我于是乎到一个制糖公司里去买东西。买的是“黄枚朱古律三文治”。
>
> 这是盒子上写着的名字，很有些神秘气味了。然而不的，用英文，不过是Chocolate apricot sandwich。
>
> 我买定了八盒这“黄枚朱古律三文治”，付过钱，将他们装入衣袋里。不幸而我的眼光忽然横溢了，于是看见那公司的伙计正揸开了五个指头，罩住了我所未买的别的一切“黄枚朱古律三文治”。
>
> 这明明是给我的一个侮辱！然而，其实，我可不应该以为这是一个侮辱，因为我不能保证他如不罩住，也可以在纷乱中永远不被偷。也不能证明我决不是一个偷儿，也不能自己保证我在过去现在

1　1994年钱理群在《鲁迅“多疑”的思维方式》一文的撰写中注意到了这篇《无题》以及《一件小事》同鲁迅“多疑”之间的深层联系，并做了仔细分析。见钱理群：《鲁迅“多疑”的思维方式》，《语文学习》1994年第8期，第9—10页。

以至未来决没有偷窃的事。

但我在那时不高兴了，装出虚伪的笑容，拍着这伙计的肩头说：

“不必的，我决不至于多拿一个……”

他说：“那里那里……”赶紧掣回手去，于是惭愧了。这很出我意外，——我预料他一定要强辩，——于是我也惭愧了。

这种惭愧，往往成为我的怀疑人类的头上的一滴冷水，这于我是有损的。

夜间独坐在一间屋子里，离开人们至少也有一丈多远了。吃着分剩的“黄枚朱古律三文治”；看几叶托尔斯泰的书，渐渐觉得我的周围，又远远地包着人类的希望。[1]

这篇文章是先生记载自己买“黄枚朱古律三文治”的一段经历，尽管是一篇600字的短文，却写得一波三折，由游园而制糖公司而方寸之屋，由被挤而被疑而惭愧而觉出“人类的希望”，作者将自己的心态变化写得淋漓尽致。那么，这篇文章是如何写出作者的多疑来的呢？作者先从眼光写起，“不幸而我的眼光忽然横溢了，于是看见那公司的伙计正揸开了五个指头，罩住了我所未买的别的一切‘黄枚朱古律三文治’”，显然作者觉得这于自己是“一个侮辱”，于是辩解，“不必的，我决不至于多拿一个……”，这一层写作者怀疑店员害怕自己是个偷儿，而不幸猜中。然而多疑的描写并不在此。店员听到辩解后，“赶紧掣回手去，于是惭愧了”，“这很出我意外”。为什么“出我意外”呢？是因为“我”先前本着料想普遍的中国人那样去料想这名店员，怀疑他一定会爱“面子”非为自己的不光彩行为强辩一番不可，然而，不料“我”的怀疑竟落空了，“于是我也惭愧了”，“这种惭愧，往往成为我的怀疑人类的头上的一滴冷水”。其实这种惭愧又何尝不是作者对于自己多疑的反省呢？

1　鲁迅：《热风·无题》，载《鲁迅全集》（第一卷），第405—406页。

这反省换一种表达就是，鲁迅疑自己的多疑，双层的“疑”，即双层的否定，反倒构成了一种肯定，并因此形成了他行动的力量，因为他“渐渐觉得我的周围，又远远地包着人类的希望”。显然，与上一个例证相比，这篇短文代表的是鲁迅另一种类型的多疑，而这种类型尤其值得我们注意。其实早在1935年鲁迅去世之前，就已经有论者注意到这一点。在1935年1月23日的《北辰报》上，一位署名“棻”的作者以《鲁迅的眼睛》为题报道了当时《亚细亚》杂志上一位外国作者斯鲁士的文章《白话文的主人鲁迅》，在这篇外国朋友的文章中有这样的一些话：

> ……如今他是一位有信仰的人了。直到他将近四十岁的时候，他才放弃他的怀疑论与悲观主义。
>
> “我怀疑自己，怀疑中国人，我怀疑人们所努力挣扎的事业的价值”。他说，“顷完全是个悲观主义者，那时渐渐的我又觉得自己怀疑起自己怀疑来！这是一种不能忍受的矛盾心境。两负变作一正，于是我获得了对人生更乐观的态度”，他解释着，乌黑了的眼睛带有欣慰的心情。[1]

瞧瞧，这么多的怀疑，难道我们还要否认吗？难道我们还能忍心去否认吗？我们可怜而伟大的鲁迅先生呀，他的“信仰”，他对人生“乐观的态度”却是从他的怀疑与对怀疑的自我否定——这“多疑”中来的呀！

第二节　史上对鲁迅多疑的评价

1936年10月19日去世以前，社会上传言“鲁迅多疑”是很普遍

1　棻：《鲁迅的眼睛》，载《1913—1983鲁迅研究学术论著资料汇编》（第一卷），第1064页。原载1935年1月23日《北辰报》。

的，鲁迅对此自然也是了解的，因此，他也曾经多次在文章与书信中提到这一点。除了我们上文引到的"'鲁迅多疑'，是不错的"而外，先生提及此事，还有两处，兹文如下：

……我虽以多疑为忠厚长者所诟病，但这样多疑的程度是还不到的。不料人还是大意不得，偶不疑虑，偶动友情，到底成为我的弱点了。[1]

……我自己想，虽然许多人都说我多疑，冷酷，然而我的推测人，实在太倾向于好的方面了，他们自己表现出来时，还要坏得远。[2]

三处引文，从时间上看，"'鲁迅多疑'，是不错的"是1932年，"我虽以多疑为忠厚长者所诟病"也是1932年，"虽然许多人都说我多疑"是1935年。所以，由此看来，社会普遍流传"鲁迅多疑"的时间当是上个世纪30年代。但从前面的引文我们知道鲁迅早在1925年11月就已经说过"所以我就多疑"的话，[3] 这就证明鲁迅对于自己"多疑"的自知是早于1925年的，或许有人会认为1924年"'杨树达'君的袭来"事件是其肇始，因为众所周知，在这次事件中鲁迅非常懊悔于自己的"太易于猜疑"，虽然未用"多疑"二字，则意思"庶几近之"。但我个人则宁愿倾向于更早的推断，我认为，上文引用过的发表于1922年4月的《无题》与发表于1919年12月的《一件小事》，更进而发表于1918年的第一篇白话文小说《狂人日记》是其"多疑"的最初萌动。《无题》我已经分析过，《一件小事》其实更早以小说的形式表达了《无题》的主题，即对"我怀疑人类思想"的怀疑，并由此重新看到人类的希望。而《狂人日记》则是一个复杂的怀疑与自我怀疑的文本，我在后面的行文中将作详细的论述。

1　鲁迅：《且介亭杂文末编·续记》，载《鲁迅全集》（第六卷），第514页。

2　鲁迅：《书信·351004致萧军》，载《鲁迅全集》（第十三卷），第559页。

3　鲁迅的《并非闲话（三）》写于1925年11月22日。

写到这里，有一个疑问出来了，即在上个世纪20年代会不会有这种情况出现呢？那就是鲁迅的同人、朋友乃至文化界里的人在口头臧否人物时，会不会有关于“鲁迅多疑”的传言呢？或许有吧，[1] 但现在也无从研究了，这当然是无可奈何的事情，所以我也只好根据现有的文字资料来进行研究了，这可真是“肺腑而能语，医师面如土”[2] 啊！

从现有的文献资料来看，最早在文章中写鲁迅多疑的除鲁迅本人而外是高长虹。1927年1月30日，高长虹以《走到出版界——疑威将军其亦鲁迅乎》为题在《狂飙》周刊上发表了一篇短文，以戏谑与调侃的形式骂鲁迅为“疑威将军”，并且说，“此已足证明鲁迅为一多疑之人”。[3] 1933年6月10日，一位署名谐庭的作者在天津《益世报》上发表了一篇关于《两地书》的书评，认为鲁迅在《两地书》中的言辞有“自大狂”与“迫害狂”的倾向，并“以牙还牙”地说，“鲁迅说：‘创造社量狭而多疑’，于鲁迅吾亦云然。”[4] 1935年，郁达夫在《〈中国新文学大系〉散文二集·导言》中亦谈及鲁迅的多疑，“鲁迅的性喜疑人——这是他自己的话——所看到的都是社会或人性的黑暗面，故而语多刻薄，发出来的尽是诛心之论……”[5] 同年8月，李长之在《诗人和战士的鲁迅：鲁迅之本质及其批评——鲁迅批判之总结》一文中也认为鲁迅多疑，“鲁迅又多疑”，“鲁迅虽然多疑，然而他的心肠是好的……”[6] 1936年3月3日，署名易木的作者将郁达夫《〈中国新文

1　据尚钺《怀念鲁迅先生》一文的记载确实有某种类似的传言，“三年中，先生虽然对我已经很熟识了，但我还没有一次直接去找他谈一谈我脑中所积存的许多问题。这是我怕先生忙，同时也有点惧怯传言中他的脾气不好……”尚钺：《怀念鲁迅先生》，载《鲁迅回忆录》（散篇）（上册），第134页。

2　鲁迅：《且介亭杂文·〈草脚鞋〉小引》，载《鲁迅全集》（第六卷），第21页。

3　高长虹：《走到出版界——疑威将军其亦鲁迅乎》，载《1913—1983鲁迅研究学术论著资料汇编》（第一卷），第240页。原载1927年1月30日《狂飙》（周刊）（上海）第十七期。

4　谐庭：《〈两地书〉》，同上，第800页。原载1933年6月10日《益世报》（天津）。

5　郁达夫：《〈中国新文学大系〉散文二集·导言》，同上，第1136页。原载《〈中国新文学大系〉散文二集》，郁达夫选编，上海：良友图书印刷公司，1935年8月30日初版。

6　李长之：《诗人和战士的鲁迅：鲁迅之本质及其批评——鲁迅批判之总结》，同上，第1331—1332页。原载1935年8月14日《益世报》（天津）。

学大系〉散文二集·导言》以节录的形式用《郁达夫观察：鲁迅多疑周作人冷静》[1] 为题发表在《北平晚报》上，内容并没有变更。

以上是鲁迅生前别人对他的“多疑”的指责或指出。先生去世后，在所谓盖棺定论的评说当中，谈到他的多疑的一面，除了前面曹聚仁文章中所引的周作人的言论外，最著名的恐怕是钱玄同的纪念文章《我对周豫才（即鲁迅）君之追忆与略评》。在这篇文章中，钱玄同总结了鲁迅的两点长处和三点短处，长处：“（一）他治学最为严谨，无论校勘古书或翻译外籍，都以求真为职志”，“（二）他读史与观世，有极犀利的眼光，能抉发中国社会的痼疾”；短处：“（一）多疑。……（二）轻信。……（三）迁怒。”[2] 案：此二人都是鲁迅五四时期关系最为密切的同志——周作人自不必说，至于钱玄同，他五四时期同鲁迅关系之要好，恐怕连当时的许季市亦不能相比，这一点只要查读二人当时往来的书信即可知——虽然尔后都绝了交终老不相往来，但以他们对鲁迅的深知，此二人不约而同的意见当是我们了解这一问题的重要参考。正是这两个人的意见引来了曹聚仁的不满，于是就有我们论文开篇引用的那篇文章——《论“多疑”》。除此三篇外，另有两篇谈及鲁迅多疑的文章是欧阳凡海的《关于研究鲁迅先生的几点基本认识的商榷》和苏雪林的《论鲁迅的杂感文》。由于这两篇文章都不仅仅是指出鲁迅的多疑，还对此做了论述，所以，我们将在下面的行文中予以评述。

以上都是同时代人对鲁迅多疑个性的指出，无论是本着指责也好，还是辩护也好，它们——除个别而外——的共同之处都停留在“指出”上，即使个别文章稍有论述也还是单薄的。下面将对历来——自从有此论以来以至于今的——研究讨论鲁迅多疑的各种文字做一个较详细的综述，以窥一斑。

1　易木：《郁达夫观察：鲁迅多疑　周作人冷静》，载《1913—1983 鲁迅研究学术论著资料汇编》（第一卷），第 1357—1358 页。原载 1936 年 3 月 3 日《北平晚报》。

2　钱玄同：《我对周豫才（即鲁迅）君之追忆与略评》，同上（第二卷），第 521 页。原载 1936 年 10 月 26、27 日《世界日报》（北平）。

长期以来，学界一直将“多疑”当作是对鲁迅的污蔑，或者即便在内心默认，亦认为是先生的缺点，羞于启齿。共和国建立后，鲁迅被抬到云端，当作圣人，丝毫不能容许有所谓的缺点，“多疑”更成为忌讳之谈，一度从鲁迅研究中消失，这种情况一直持续到改革开放。[1] 直到1980年湖南人民出版社翻译出版日本人增田涉的《鲁迅的印象》[2]，僵局才算打破。新时期以来，国内鲁迅研究已经取得了长足的进步，各个方面都有重大突破，但令人遗憾的是在“多疑”这个问题的研究上——尽管偶有闪光——仍裹足不前。截止到目前，研究鲁迅多疑的问题没有专著出现，即使是像《论“多疑”》这样的专题文章也很少有，大部分议论都散见在各种专著与论文当中，而且数量亦不多。我想导致这种局面的原因大致有二：一是仍然抱着老观念，认为“多疑”是鲁迅的一大缺点，羞于启齿；或者认为“多疑”不过是一个无足轻重的小问题，或者认为关于“多疑”的研究已经有那么几篇力作，无再行研究的必要。那么，问题到底是不是这样呢？我们还是先看看已有的研究成果，再行回答吧！现将相关研究文章与相关专著述评如下（以下按文章发表的先后次序排列）：

1.《〈中国新文学大系〉散文二集·导言》　尽管我说曹聚仁的《论“多疑”》“是迄今为止第一篇以鲁迅的多疑为专题进行论述的文章”，但散见在这篇导言中的相关文字却是肇始之作。在承认了“鲁迅的性喜疑人”后，郁达夫作了一番精湛的评论，这些评说即使是在今天看来也非常有价值。他说，“这与其说是他天性使然，还不如说是环境造成的来得恰当，因为他受青年受学者受社会的暗箭，实在受得太多了，

1　“进入五十年代，鲁迅的意义越来越显，圣化鲁迅的光圈也越来越大，于是不再有人敢轻言他的‘多疑’。到了八十年代，客观、科学的精神融化了人为的光圈，‘多疑’的话题又提了出来。随着些被鲁迅疑过的人的历史地位逐个得到应有的肯定和尊重，由此鲁迅的‘多疑’有时竟又成为他的一种道德罪名，于不明历史的青年当然会产生不良影响。”陈学勇：《漫说鲁迅的“多疑”》，《书屋》1997年第3期，第6页。

2　[日] 增田涉：《鲁迅的印象》，钟敬文译，长沙：湖南人民出版社1980年版。又载《鲁迅回忆录》（专著）（下册），第1337—1463页。

伤弓之鸟惊曲木，岂不是当然的事情么?”这真是“诛心之论”，不禁要使读者慨叹，“知鲁迅者，郁达夫也!”比起辩诬的曹聚仁，郁达夫难道不是更让人信服吗？不但如此，郁达夫更将鲁迅的多疑及刻薄与他的创作联系起来，“在鲁迅的刻薄的表皮上，人只见到他的一张冷冰冰的青脸，可是皮下一层，在那里潮涌发酵，却正是一腔沸血，一股热情；这种弦外之音，可以在他的小说，尤其是《两地书》里面，看得出来。”[1]

2.《诗人和战士的鲁迅：鲁迅之本质及其批评——鲁迅批判之总结》　稍晚于郁达夫《导言》的这篇文章也应该算是肇始作之一，并且李长之在该文中有许多极有见地的论述，阅之使人震惊。李文认为，应该将鲁迅分为情感的和理智的两个方面，并且他认为“鲁迅在情感方面，是远胜理智的”，但他又认为，鲁迅“过度发挥其情感的结果”造成了他情感上的病态，这就是锐感、忧郁和迫害的心情、忽喜忽厌的态度和多疑。但值得注意的是，李并不认为这些病态的情感是要不得的，相反，他认为，“以一个创作家论，病态不能算坏。而且在一种更广泛、更深切的意义上，一切的创作家，都是病态的。”并且他认为鲁迅的真价值正在于此。令人佩服的是，李还将锐感和“联想的特别快”联系起来。[2] 在李长之看来，鲁迅的这些情感上的病态并不是孤立的而是相互具有内在联系的。他认为锐感导致了鲁迅的过多联想，以至于到了深文周纳的地步，而过分的想与某种情感的相加会导致他的“刻毒”。因为陷在情感里，他容易把事情看得坏，从而形成了他的忧郁与迫害的心情。又因为太锐感而容易变到多疑上去。但他认为“鲁迅虽然多疑，然而他的心肠是好的，他是一个再善良没有的人。”在此，李长之第一次以“‘杨树达’君的袭来”事件为例证明鲁迅虽然多疑，但是知错就改，心地是非常善良的。最后，他总结道，鲁迅“在情感上病态是病态了，

1　郁达夫：《〈中国新文学大系〉散文二集・导言》，载《1913—1983 鲁迅研究学术论著资料汇编》（第一卷），第 1136 页。

2　这不禁令人想起十多年后日本人增田涉在《鲁迅的印象》里对多疑的解释，增田认为多疑也就是想象丰富。增田是否受到李长之的启发，我们不得而知，不过我们知道上个世纪 40 年代日本的一位研究鲁迅的大家竹内好是深受长之先生影响的。

人格上是全然无缺的。”[1]

3.《论“多疑”》　论文开篇已经作过较详细的论述，兹不再论。

4.《鲁迅的性格》　这篇文章收入1937年上海北新书局出版的曹聚仁杂文集《文思》当中，从文章的内容来看，应该是写于《论“多疑”》同时。同《论“多疑”》一样，这篇文章也是为鲁迅辩诬，针对的是周作人对记者的同一次谈话。从曹氏的引文来看，周作人对乃兄的评价有以下几点：（1）个性强而易怒；（2）悲观，从个人主义而入虚无主义；（3）多疑；（4）观察事物的透彻。其中除“观察事物的透彻”一点而外，余者似乎都是否定性的评价，也就是所谓“诬”，即唯一肯定的一点却并不见于第一段的引文，而是在后面辩驳的行文中出现的。文中，曹氏对前三点一一进行了驳斥，并引孟子的话，称赞鲁迅是伊尹式的“圣之任者”，高度评价了鲁迅的节操，“非其义也，非其道也，一介不以与人，一介不以取诸人”。对于虚无主义的论调，曹氏并没有完全否认，“他的幼年时代的经历，以及壮年以后对于政治改革社会改革的幻灭，无疑的使他变成虚无主义者”，但他认为“鲁迅先生在近十年间，努力克服个人主义的气氛，……渐渐远离虚无主义，投入社会主义中去，对于革命事业的完成，并不和先前那样悲观了。”至于周作人的指责鲁迅“多疑”，曹则完全予以否定，“启明先生也说鲁迅‘多疑’，这倒是很有趣的。”“很有趣”显然是一句反语，其意在指责周作人不应该如此评价乃兄。句中的“也”字有两层意思，其一，指除了周作人外，还有旁的人说鲁迅多疑。从时间上看应该是指钱玄同，钱的文章《我对周豫才（即鲁迅）君之追忆与略评》写于1936年10月24日[2]，分上下两篇连载于1936年10月26日与27日的北平《世界日报》上，曹聚仁撰写该文时应该见过钱氏的这篇文章。其二，如文所示，曹聚仁用一个“也”字指出了周作人谈话的前后矛盾与不能自圆其说。曹氏认为，

1　李长之：《诗人和战士的鲁迅：鲁迅之本质及其批评——鲁迅批判之总结》，载《1913—1983鲁迅研究学术论著资料汇编》（第一卷），第1330—1333页。

2　钱玄同：《我对周豫才（即鲁迅）君之追忆与略评》，同上（第二卷），第519—521页。

“‘多疑’和‘非常透彻的观察事物’正是相反”，用于评价同一个人是不“合得逻辑”的。[1] 这同他在《论“多疑”》中的调子一模一样。

5.《鲁迅印象记》　这是在鲁迅去世后第一个以专书出版的形式纪念他的文字，作者王志之是“30 年代‘北方左联’成员，鲁迅发表战斗的‘北平五讲’的邀请者之一和重要见证人。本书生动描写了鲁迅赴北师大讲演的热烈场景，介绍了鲁迅支持北方左翼文学运动的感人事迹，用实例批驳了周作人在鲁迅尸骨未寒之际攻击鲁迅‘虚无’、‘悲观’、‘多疑’、‘动不动要生气’等不实之词。”[2] 与曹聚仁驳斥周作人不同，王志之认为周作人认定的他老兄的缺点“多疑”和“个性很强”恰恰是鲁迅的战斗精神的表现，是“为许许多多的人极口称颂”的优点。“鲁迅先生看得清，他只是很固执地一往直前地走他自己的路，他是这样‘多疑’的，他的‘个性’这样就‘很强’了。就因为他的性格有这样的特点，使他愈不能容于旧的社会，这样使他对于旧社会更加坚强其憎恶的心理，于是他就一步不停地前进了。”[3]

6.《关于研究鲁迅先生的几点基本认识的商榷》　在这篇文章的第五部分，欧阳凡海以“猜疑，执拗，不放松的攻击，并不是计较个人底荣辱”为题，肯定了鲁迅的爱猜疑的个性，“他没有一回让他底猜疑，执拗，笔战变成个人主义的东西过。”欧阳凡海认为，鲁迅猜疑的个性源于他的屡次“受人欺侍”，而对青年抱着希望与实际接触中对青年的认识的冲突也是导致他猜疑的一个重要原因。此外，该文还有一句极有

1　以上这一段引文均见曹聚仁的《鲁迅的性格》，载《文思》，上海：上海书店影印上海北新书局 1937 年版，第 176—180 页。又载于《曹聚仁杂文集》，第 237—239 页。但这两处引文有一个不同的地方，《文思》中有一段话为，“鲁迅先生的文章中对于‘多疑’二字的正面驳斥，已经**一见不一见**，他决不料死后还要蒙‘多疑’二字的冤枉的。”这段话在《曹聚仁杂文集》中黑体字变为“**屡见不一**”。我暂时还没有找到原文的出处，因此不敢下判断到底哪一篇正确，但就字面看，似乎“**屡见不一**”比“**一见不一见**”更符合汉语表达的习惯。而《1913—1983 鲁迅研究学术论著资料汇编》（第二卷）错将此文当成《论“多疑”》抄录时沿用的是《文思》的版本，见《1913—1983 鲁迅研究学术论著资料汇编》（第二卷），第 526—527 页。

2　陈漱渝：《“高山安可仰　徒此揖清芬”——〈鲁迅回忆录〉序言》，载《鲁迅回忆录》。

3　王志之：《鲁迅印象记》，载《鲁迅回忆录》（专著）（上册），第 7 页。

见地的话，即由于鲁迅性格的多面与复杂，我们应该在“有机的整体中去说明”“猜疑”与“执拗”这些词。[1]

7.《论鲁迅的杂感文》 苏雪林写过很多关于鲁迅研究的论文，可以算是早期鲁迅研究的方家，但苏雪林的出名是在她对鲁迅的谩骂，《与蔡孑民先生论鲁迅书》听起来颇有点像新文学伊始时林纾的《致蔡鹤卿太史书》，而这一篇《论鲁迅的杂感文》也同样是一篇非难鲁迅的文章。尽管只有一小段论及多疑，未尝不代表一种看法，“他的多疑出乎寻常情理之外。人家固得罪他不得，恭维他也是‘公设的巧计’，用精神的枷锁来束缚他的言动的。‘不但恩惠，连吊慰都不愿受。老实说罢，我总疑心是假。’”[2] 这段固然分析得对，可是接着对《狂人日记》的分析显然犯了泥实的忌讳，“《狂人日记》闻狗吠则以为对他吠……虽是描写狂人心理，也就是我们作家自己性格的流露。”[3] 到底是苏雪林的狭隘导致了她“只见树木，不见森林”，也正是这个原因致使她对鲁迅肆无忌惮地谩骂，以至为后人所诟，惜哉，其狭隘之罪与！

8.《鲁迅的印象》 该书在日本初版于 1948 年，1980 年钟敬文翻译成中文出版。该书的作者增田涉虽然是日本人，但几乎可以算作是鲁迅的入室弟子。[4] 全书凡四十七节，其中有三节专门谈到鲁迅的多疑。三节的题目分别是“对所谓‘多疑’、‘善怒’的看法”、“多疑与想像力及民族、社会的关系”、“鲁迅与长篇小说家”。在第一节中增田企图纠正当时认为说鲁迅多疑和善怒是对鲁迅污蔑的观点，“我却正相反，想带着不少的好意来肯定他的多疑、善怒。”接着他举了“‘杨树达’君的

1 欧阳凡海：《关于研究鲁迅先生的几点基本认识的商榷》，载《1913—1983 鲁迅研究学术论著资料汇编》（第二卷），第 342 页。原载 1936 年 12 月 1 日《文学》（月刊）（上海）第七卷第六册。

2 苏雪林：《论鲁迅的杂感文》，载《1913—1983 鲁迅研究学术论著资料汇编》（第二卷），第 723 页。原载 1937 年 3 月 15 日《文艺》（月刊）（湖北武昌）第四卷第三期。

3 苏雪林：《论鲁迅的杂感文》，载《1913—1983 鲁迅研究学术论著资料汇编》（第二卷），第 723 页。

4 在 1956 年第二版序言中，增田较为详细地述说了他与鲁迅先生的交往过程，“我在上海和鲁迅直接接触，是昭和六年（1931）三月到同年十二月末的十个月期间，以后，从昭和十一年（1936）六月到七月，为了探望他的病，再一次去过上海，……这期间，也 （转下页）

袭来”事件证明自己的看法。在第二节中，有三点值得注意，其一，多疑即是想像力丰富，“所谓多疑，另一面也可说是想像力丰富。”其二，多疑的原因，“是由于苦心或多忧虑产生的，总之是不能安闲地静观事象的气质。”其三，鲁迅的多疑与善怒不仅仅是个人的，还扩大和发展到民族和社会的关系上去了。这末一点有点欧阳凡海的影子在里面。第三节中，增田将多疑和善怒与鲁迅的文学创作联系起来，认为多疑善怒的气质是鲁迅不能创作长篇小说的原因，但在另一方面，这种气质却成就了鲁迅的杂文创作，“这种气质却是一种重要因素，使他成为在政治批评方面，写出‘有阴影’的极痛烈的文章的独特文学家。”[1]

9.《浅论鲁迅的怀疑精神》　这大概可以算作是新时期以后最早触碰鲁迅“多疑”话题的首篇论文。由于正值“拨乱反正”的初期，文章不免带有浓厚的时代气息。但作为首篇文字，还是有很多可取之处。在作者看来，“所谓鲁迅的多疑，就其总体来看，乃是一种伟大的怀疑精神，是一种判断是非、否定谬误、预测将来、探求真理的思辨精神、研究精神和批判精神。”并且作者认为，鲁迅多疑“不仅不是什么变态心理，倒是一种可贵的品质。”在论文的第一节“鲁迅是否‘多疑’？他为什么‘多疑’？”中，作者对详细解析了鲁迅多疑产生的原因，鲁迅“多疑的性格和心理是时代和环境的产物”，鲁迅“之所以多疑，是因为中国人民面临着一个像《西游记》一般‘全部充满着妖怪的变化’的社会，而且全部‘身历其境’。在这光怪陆离的社会中，蜘蛛精、牛魔王一类的人物，常常给他们以‘祸祟’，因而，‘无论对于什么，就都不免要怀疑’”。尤为可贵的是，该篇论文还提到了鲁迅的多疑同怀疑论以及笛卡尔的怀疑主义的区别。在作者看来，笛卡尔的建立于“我思故我在”基础之上的怀疑主义是“唯心论”的，而鲁迅的怀疑精神则是建立

（接上页）许可以说是间接地和他接触吧。初头的十个月，每天午后在他家度过三个小时乃至四个小时时间，……他的著作《中国小说史略》、第一部小说《呐喊》、第二部小说《彷徨》，几乎是一字一句地曾经直接听过他的讲解（每天下午到他家正是为此）。”见［日］增田涉：《鲁迅的印象》，载《鲁迅回忆录》（专著）（下册），第1338—1339页。

1　同上，第1418—1421页。

在“实践是检验真理的唯一标准”的“唯物论”基础上的。[1]

10.《心灵的探寻》　钱理群在这部著作中以“‘多疑’、‘尖刻’中的现代智慧”为题专章讨论了鲁迅的多疑与尖刻问题。虽然将近 20 年过去了，这些论述的影响力还依然存在，并且不时为人所称道。同增田涉一样，钱理群也是从积极的方面来讨论鲁迅的多疑。他将“多疑”与“尖刻”从一般的评语扩展成为鲁迅的思维方式。这在某种程度上是对“多疑”的重新界定。钱认为，“多疑”表现了鲁迅思维的细致周密，并且这种思维“注重多侧面、多角度、多层次地展现事物本质的多样性、多变性、复杂性与个别特殊性，是一种小说艺术家的‘模糊型’的思维，它的语言表达方式带有很大的曲折性。”它“不肯轻信主观、片面、表面的观察得出的简单化的结论，而努力追求对对象及其矛盾着的各个侧面的精细的观察与思考。不仅注意对象的正面，而且注意其反面；不仅注意对象一个侧面，而且注意其前后左右，东西南北各个侧面，并且从这些不同方位的观察的综合中，得到对对象的全面认识。”论点确定后，钱理群紧接着举出了大量例证进行证明，阐述了鲁迅“多疑”思维下深文周纳的文风和令人畏惧的洞察力。最为典型的例证是《我之节烈观》，钱理群这样分析道，“鲁迅用怀疑主义的否定眼光去考察在中国曾被认为是‘天经地义’的‘节烈观’，一口气提了十个‘疑问’……鲁迅是那样冷静地、仔细地，像医生解剖‘尸体’一样，把传统节烈观这具历史的陈尸的里里外外，前前后后，正面反面，都作了透彻的探查、剖析；……‘疑’了又‘疑’，‘问’了又‘问’，……思考极其周密，驳诘十分雄辩，既是锋不可当，又具有铁的逻辑说服力。”[2] 由此，可以看出来，“多疑”这个形容词，在钱理群的阐释里是拆开为“多”和“疑”两个词的，前者是副词，可以换成“多层面地”、“多角度地”、“多侧面地”，后者是动词，所接的宾语都是与主体相对的客观存在。所

1　林溪：《浅论鲁迅的怀疑精神》，《晋阳学刊》1981 年第 5 期，第 29—35 页。案：该篇为本书修订时补录。

2　钱理群：《心灵的探寻》，第 55—56 页。

有的“疑”都是以主体所认为“正确”的某种观念为前提的，而且每“疑”必对。从某种意义上说，这只是对怀疑主义的解释。当然，如钱文所示，这也不是一种简单的怀疑主义，而是许多怀疑主义的叠加。但，是不是说鲁迅的“多疑”就是这个样子呢？抑或这就是鲁迅“多疑”的全貌呢？我想这个问题恐怕还有待商讨。

11.《从鲁迅的怀疑人类思想看〈一件小事〉的主题》　文章的作者是程志坚，发表于1989年第8期的《鲁迅研究动态》。这篇文章有意义的地方在于它对鲁迅怀疑人类的思想的来源作了简单的探讨。在作者看来，进化论和尼采是鲁迅怀疑人类的思想的两个重要来源。[1]

12.《无法直面的人生——鲁迅传》　王晓明的这部著作在海外与年轻人当中的影响极大，但在国内鲁研界反响却不是那么强烈，这恐怕同它运用历史心理的分析方法将鲁迅解析得过于悲观与黑暗有关系吧！著作集中谈到“多疑”是第九章“从悲观到虚无”。同钱理群的著作相比，虽然二者都同样关注鲁迅的思想研究，但各自的侧重点不同，钱著关心的是思想对文学的作用，而王著则更关注思想与人生的相互关系，“他（鲁迅）这多疑和易怒并不是表示他的为人之道的转变，而是证实了他对自己立身之道的惶惑的深广。”[2] 前者认为鲁迅的多疑对于其创作具有建设性的意义，而后者则认为鲁迅的多疑对于一个人来说实在是病态。所以尽管二人都由“多疑”进而谈到鲁迅洞察力的“毒奇”，但与钱的欣赏与赞叹不同，王晓明的态度是警惕的，“（他）对人心的阴暗面的挑剔，似乎也太厉害了。我以前读他的文字，常常佩服他这种特别‘毒’的眼光，有时候甚至心生羡慕，希望自己也能练出这样的本事。可现在我觉出事情的另一面，他这副特别的眼力正是一个危险的标记，表明他在怀疑人的思路上，已经走得相当远了。”[3] 王认为，鲁迅独特的

1　程志坚：《从鲁迅的怀疑人类思想看〈一件小事〉的主题》，《鲁迅研究动态》1989年第9期，第35—39页。

2　王晓明：《无法直面的人生——鲁迅传》，上海：上海文艺出版社1993年版，第156页。

3　同上，第80页。

"毒奇"眼光正是源于他的多疑。"鲁迅有时候固然看错，但在另一些时候，他却常常是看对了。因此，这种不惜以恶意来揣测别人的做法，常常给他带来特别的收获。"[1] 这种"特别的收获"在王看来即是他观察物象时的"毒奇"的眼光。而这种"疑"与"毒"在鲁迅那里愈滑愈远，其尽头就是"虚无"，"这条道路的尽头，就站着虚无感。"[2] 王晓明认为，鲁迅的这种虚无感不同于启蒙者的悲观，也即是不同于绥惠略夫式的理想主义者的悲观与绝望，"它（虚无感）虽然包含着对战胜黑暗的悲观，但它同时又怀疑在黑暗之外还有其他的价值，倘若天地之间只有黑暗是'实有'，这黑暗也就不再是黑暗了。因此，你一旦陷入这样的虚无感，就会迅速失去行动的热情，牺牲也罢，反对也罢，都没有意义，人生只剩下一个词：无聊。"[3] 这好像把鲁迅看得太悲观了，鲁迅的"无聊"是有的，但许多时候却只是一种说辞，他说"无聊"、"想玩玩"的时候内心确实是"挣扎"的，痛苦的，但他又何尝为此而失掉"行动的热情"呢？似乎他表现出来的更多的却是反抗这种虚无感，自我质疑这种虚无感，鲁迅的自我质疑其实是永无止境的，而正是这种永无止境的自我质疑与自我否定构成了他的行动之源。王晓明似乎在看待这个问题上出现了偏差，偏差的原因是他的写作带有太浓厚的上个世纪 80 年代所特有的启蒙主义的思想，而事实上他的这本书的写作正是在这个时间内。从他的论述来看，他更看重的是理想主义，所以他认为理想主义者绥惠略夫的绝望甚至比鲁迅的"虚无感"具有更积极的意义，而鲁迅的"虚无"与"无聊"是中国传统的"彼亦一是非，此亦一是非"与"达则兼济天下，穷则独善其身"的儒道幽灵附体的结果[4]。显然，王晓明混淆了鲁迅与古代文人的区别。王晓明理解的鲁迅是安于"虚无"的鲁迅，"安于"即是静止，即是不动，而我们知道鲁迅是永远不"安于"

1 王晓明：《无法直面的人生——鲁迅传》，上海：上海文艺出版社 1993 年版，第 79 页。
2 同上，第 80 页。
3 同上，第 81 页。
4 同上，第 84 页。

的，“过客”与“中间物”便是证明。批判传统文化痼疾与渴求理想主义固然是上个世纪80年代启蒙主义者的双刃剑，但用在鲁迅批判上却是“失之毫厘，差之千里”!

13.《试论鲁迅“多疑”的思维方式》　尾崎文昭的这篇论文可以说是迄今为止研究鲁迅多疑的众多文字中最好的一篇。笔者从中受到的启发最大。论文原文收在日本鲁迅论集《鲁迅研究的现在》中，1992年日本汲古书院发行，1993年翻译发表于《鲁迅研究月刊》，译者孙歌。文中，尾崎借用了钱理群曾经扩展使用过的“多疑”思维这一说法，并进一步扩展为“多疑”思维方式。他首先对鲁迅的“多疑”与简单怀疑主义做了简要的区分，“鲁迅之为鲁迅，正在于他尽管彻底地‘多疑’(笔者案：显然，这里的‘多疑’是指钱理群的多方面、多角度的怀疑而言的)。同时却并不流于简单的怀疑主义。本文的开头所引‘总是疑，而从来不下断语，这才是缺点’一句提到这一点。众所周知，鲁迅与彼亦一是非，此亦一是非的简单的相对主义风马牛不相及，勿宁说他倒是严于判别是非，以至于被人说成‘偏激’。”[1] 在做了这样的区分后，尾崎在随后的第二、三、四部分详细论述了鲁迅的“多疑”思维方式的各种类型及其在诗学中的表现。在尾崎看来，鲁迅的“多疑”思维方式集中表现为三种形式：首先是定向否定深化型“多疑”思维方式；其次是往复否定型“多疑”思维方式；复次是居于两者之间的往复深化型“多疑”思维方式，这一点最为重要。尾崎以《狂人日记》为例阐释了定向否定深化型“多疑”。所谓定向否定深化型“多疑”思维方式是指“将先有观念（理解）的否定与新的发现在多个层面上反复进行下去的思维方式”，这种思维方式在“对某个现象进行思考时，不是用粗略的分析与解释使其终结，而是以各种并不显眼的征兆为线索，暴露出这一现象背后所隐藏着的另一个深层的形式以及更为深层的本质”。[2] 这一类型

1　[日]尾崎文昭：《试论鲁迅“多疑”的思维方式》，孙歌译，《鲁迅研究月刊》1993年第1期，第20页。

2　同上，第20页。

的“多疑”思维方式较接近钱理群的“‘多疑’思维”概念。尾崎为第二种类型的“多疑”思维方式举的例子是《自言自语》的《序》文。接下来，尾崎文昭着重阐释了第三种类型的“多疑”思维方式。尾崎认为，与第二种类型相比，第三种类型“不是单纯的往复”，而是“边往复边深化的否定的过程”[1]。往复深化型“多疑”思维方式在小说创作中表现为“小说结构性自我否定”，典型文本是《狂人日记》和《故事新编》中的小说。《狂人日记》中的往复深化型“多疑”思维方式具体表现在其《序》与正文之间的矛盾上，“《狂人日记》的《序》否定了日记正文内容的正当性”，[2] 造成了消解与颠覆效果。接着，尾崎以大量篇幅讨论了《故事新编》中的“小说结构性自我否定”，认为《故事新编》中的主要修辞反讽、戏拟、间离效果、油滑以及类型化都可以看作往复深化型“多疑”思维方式在小说创作中的具体表现。尾崎认为往复深化型“多疑”思维方式不仅局限于《故事新编》中，而且还表现在鲁迅的其他小说和散文中。它是鲁迅进行文学创作和认识的一个普遍的思维方式。在文章的第四部分，尾崎进而将往复深化型“多疑”思维方式同鲁迅强烈的自我否定与自我质疑联系起来，认为鲁迅的“中间物意识”归根结底也是这种“多疑”思维方式的产物。尾崎认为《过客》中的“过客”正是鲁迅这种精神的深刻写照，“不依赖任何东西，不把任何东西作为自己支点，不断反抗（革命、忍耐）空虚”，这正是鲁迅意义之所在，“中国社会真正意义上的现代人由此诞生。”[3]

14.《鲁迅“多疑”的思维方式》[4]　钱理群 1994 年发表的这篇论文并不太引人注意，但对于他的个人鲁迅研究而言却是非常重要，甚至

1　[日] 尾崎文昭：《试论鲁迅“多疑”的思维方式》，孙歌译，《鲁迅研究月刊》1993 年第 1 期，第 21 页。
2　同上，第 21 页。
3　同上，第 26 页。
4　钱理群：《鲁迅“多疑”的思维方式》，《语文学习》1994 年第 8 期。案：该篇为本书修订时补录。

可以不夸张地说，该篇修正了他在《心灵探寻》中的很多主要观点，标志着其鲁迅研究踏上了一个新台阶。其实发表于上一年（1993年）的《解读鲁迅小说的一把钥匙》就已经显示了这样一种转变。在这篇论文当中，钱理群开始修正他之前关于“多疑”的思考，他说，“而鲁迅最终在五四新文化运动中提起笔来，除了前述‘为别人’的动因外，更是他的独特的思维方式形成的特殊思考的结果。这点在《呐喊·自序》里说得也很清楚‘我虽然自有我的确信，然而说到希望，却是不能抹的，因为希望是在于将来，决不能以我之必无的证明，来折服了他之所谓可有’。”[1] 从这句话里，我们能够看到尾崎文昭“鲁迅‘多疑’的思维方式”的影子。所谓“他的独特的思维方式”其实就是尾崎所说的“多疑”的思维方式。“请注意，这里存在一个双重的否定（与怀疑）：首先，是我的由经验而产生的‘确信’即对‘启蒙梦’的‘绝望’，对‘希望’（以及‘启蒙本身’）的否定（与怀疑）；然后，又由于对自我经验的有限性的怀疑（如鲁迅在《〈自选集〉自序》里所说，‘我所见的人们、事件是有限得很的’），进而对自己的‘绝望’（对‘希望’的怀疑与否定）产生怀疑（与否定），进而产生（对‘启蒙’）的‘希望’，随之而来的又是对‘希望’（‘启蒙’）的怀疑与绝望，形成新的循环。”[2] 钱理群这段话里表达的就是尾崎的往复深化型“多疑”思维方式。紧接着，他列举了尾崎文昭的典型例证之一的《狂人日记》的正文与序文的悖论来论证前说。当然，《解读鲁迅小说的一把钥匙》通篇，钱理群没有提“多疑”两个字，但到了次年发表的《鲁迅“多疑”的思维方式》，他则直接用了“‘多疑’的思维方式”做文章标题[3]，在内容上延续了上一篇的思考，并且承认吸收了国内外最新的鲁迅研究成果：其一是刘为民的《论鲁迅的“两面神思维”与五四作家的知识结构——

1　钱理群：《解读鲁迅小说的一把钥匙》，《语文学习》1993年第9期，第10页。
2　同上，第10页。
3　“我曾经将其称为‘多疑的思维方式’（参看拙作《心灵的探寻》，上海文艺出版社1987年版）。”钱理群：《鲁迅“多疑”的思维方式》，《语文学习》1994年第8期，第8页。

兼说胡适的“十字真言”》[1]，其一是尾崎文昭的《试论鲁迅“多疑”的思维方式》。“而最能表现鲁迅这种‘多疑’的思维方式的彻底性的，莫过于鲁迅对他的‘怀疑’本身的‘怀疑’。”最后，钱理群认为，这种多疑“自然不能说鲁迅思想前后矛盾，而正是反映了鲁迅思想在对立两项间往复旋进的特点：每一次往复都是一次深化。”[2] 这样的认知，显然已经超越了《心灵的探寻》当中对鲁迅及其多疑的理解了。

15.《论鲁迅的“多疑”——纪念鲁迅先生逝世六十周年》[3]　该文认为，“首先应该正视鲁迅的‘多疑’”，并且提出了“鲁迅既是‘多疑’的，又是不设防的，单纯的”的观点。而鲁迅自身之所以有这样矛盾的存在，是因为20世纪前半叶中国的社会环境所致。可以说，这在某种层面上回到了林溪的《浅论鲁迅的怀疑精神》的观点，同时也在另外一个侧面呼应了钱理群早期的某些主要观点，“我们来看看当时的社会环境吧。钱理群等许多有识之士都把眼光注视到了这一点。鲁迅的‘多疑’，乃是本世纪以来空前尖锐、复杂的政治斗争与思想斗争的产物。”“我以为，鲁迅的‘多疑’也就是怀疑精神，它包含了两方面的内容，一是对具体当事人的指名道姓的怀疑……；一是对没有具体当事人的怀疑，——“从来如此，便是对的么?”——是一种超越现时代人事纠纷的纯粹意义上的对历史、对文化的怀疑……”从这样的一些论述中，我们不难看出《心灵的探寻》的影子。

16.《漫说鲁迅的“多疑”》[4]　该篇“漫谈”说，“到了八十年代，客观、科学的精神融化了人为的光圈，‘多疑’的话题又提了出来。随着些被鲁迅疑过的人的历史地位逐个得到应有的肯定和尊重，由此鲁迅的‘多疑’有时竟又成为他的一种道德罪名，于不明历史的青年当然会

1　刘为民：《论鲁迅的“两面神思维”与五四作家的知识结构——兼说胡适的“十字真言”》，《鲁迅研究月刊》1993年第6期。

2　钱理群：《鲁迅“多疑”的思维方式》，《语文学习》1994年第8期，第9、10页。

3　房向东：《论鲁迅的“多疑”——纪念鲁迅先生逝世六十周年》，《理论与当代》1996年10期。案：该篇为本书修订时补录。

4　陈学勇：《漫说鲁迅的“多疑”》，《书屋》1997年第3期。案：该篇为本书修订时补录。

产生不良影响。”[1] 这一说法倒是提醒了我们，20 世纪 80 年代重提鲁迅多疑的微妙语境。除此之外，“漫谈”中的有些话也颇具启发性，“我还想说的是，鲁迅的猜疑，在清醒的旁观者看来为‘疑’，而于当局者他本人，其实乃是审慎的观察。”[2] 这句话似乎旁证了本书开篇我对周作人的判断，即“在他（周作人）看来鲁迅的‘多疑’及其‘观察事物的透澈’在某种意义上是有某种内在（本质的，而非如赌摊者的修辞）联系的。”“漫谈”又说，“我觉得，怀疑之于鲁迅，好像已不仅仅是个人的性格，而且演变为一种隐性的思维方式，乃至一种隐性的人生态度。”[3]

17.《鲁迅怀疑精神略论》　这是卜钊先和李道喜二人合写的一篇论文，发表于 1993 年第 6 期《鲁迅研究月刊》。文章高度评价了鲁迅的怀疑精神，论述了怀疑精神在鲁迅世界中的重要性。文章重点强调了“自我怀疑”精神在鲁迅怀疑精神中的重要地位，并对鲁迅的自我怀疑大体作了四种形式的区分。但作者显然没有意识到鲁迅“多疑”与“自我怀疑”的内在联系，而还是将“多疑”局限在狭小的范围内理解，“（由《一件小事》等作品）足见他对自己的‘多疑’的‘自我怀疑’是何等自觉。”[4] 在这句话中，“自我怀疑”显然不包括在“多疑”之内。

18.《多少话，欲说还休——关于鲁迅的“顾忌”》[5]　这篇旨在分析鲁迅“顾忌”的文章，认为鲁迅对个体有限性的清醒认识是导致他“顾忌”的一个很重要的原因。这种心理使得鲁迅对“透露自己的‘真实的心’有着疑虑。他怀疑自己对人生和社会的‘疑’，怀疑自己那颗‘真实的心’不过是一枚未成熟的酸果，甚至是毒果，奉献出来，或许会有害于青年。也同样是基于对自身内心深处的绝望的怀疑，……所谓

1　陈学勇：《漫说鲁迅的“多疑”》，《书屋》1997 年第 3 期。案：该篇为本书修订时补录，第 6 页。

2　同上，第 7 页。

3　同上，第 7 页。

4　卜钊先、李道喜：《鲁迅怀疑精神略论》，《鲁迅研究月刊》1993 年第 6 期，第 19 页。

5　王彬彬：《多少话，欲说还休——关于鲁迅的“顾忌”》，《鲁迅研究月刊》1997 年第 3 期。

‘绝望之为虚妄，正与希望相同’，传达的也就是这样一种心态。”[1] 文章认为，“在鲁迅心中，始终有着另一个‘我’。这个‘我’，怀疑一切，悲观绝望，并渴望以某种极端的方式破釜沉舟地报复社会。”[2]

19.《鲁迅“多疑”个性阐释》　这篇文章发表于1997年4月的《鲁迅研究月刊》，作者梁启谈。关于文章的立意，作者开篇交代得很清楚，“本文试图以鲁迅的《狂人日记》为个案，考察‘多疑’在鲁迅身上的个性表现，即鲁迅的‘多疑’是怎样的一种多疑?”[3] 文章采用现象学还原的方法对《狂人日记》进行细读，首先描述了小说中狂人“多疑”的客观存在，接着通过分析这些现象，得出了“鲁迅‘多疑’的品性概貌，这就是：鲁迅的‘多疑’是不断怀疑不断发现的探索过程；在这一过程中主体表现了充满活力的气势；同时，鲁迅的‘多疑’是一种全面而勇敢的执著的剖析精神，由于这一因素，导致鲁迅的孤独感并加重其深沉忧郁的性格特征。”[4] 从作者的定义来看，他这里阐释的“多疑”实际上大致相当于尾崎文昭文章中的“否定深化型‘多疑’思维方式”，也和钱理群所定义的鲁迅“‘多疑’思维”有一脉相承之处，但也有同钱理群不一样的地方，那就是对鲁迅多疑中表现出来的自我剖析的分析。并且他还将这一点同中国传统士人的“修齐治平”联系起来，认为“鲁迅这种‘多疑’而对自身无情严厉的剖析，是一种苛刻的自我修身精神，其中包含着中国传统文化因素在鲁迅身上的涵化”。[5] 这种说法当然很新颖，但颇值得商榷。

20.《怀疑：科学之问与人生之问》[6]　王乾坤的这篇论文着重从怀疑时代这个大背景入手，比较了胡适之疑与鲁迅之疑的区别。在我看

1　王彬彬：《多少话，欲说还休——关于鲁迅的“顾忌”》，《鲁迅研究月刊》1997年第3期，第28页。
2　同上，第29页。
3　梁启谈：《鲁迅“多疑”个性阐释》，《鲁迅研究月刊》1997年第4期，第28页。
4　同上，第32页。
5　同上，第33页。
6　王乾坤：《怀疑：科学之问与人生之问》，《鲁迅研究月刊》2000年第3期，第18—28页。

来，这篇文章实际上是在比较尾崎文昭所谓的“单纯怀疑主义”和鲁迅“多疑”之间的区分，惜王乾坤没有用到“多疑”这个词。王乾坤认为胡适的怀疑主义是建立在乐观主义之上的科学之问，他所怀疑的对象（敌人）是特定的，无非是“五鬼闹中原”，他自信能够消除，虽然胡适自始至终声称“怀疑一切”，“于不疑处有疑”，但是他从来没有将这些原则贯彻到底，胡适从来“不曾想到他走向了科学独断，他也不曾怀疑到这种独断。而鲁迅的怀疑则呈现出另一种风貌。王认为，“（鲁迅）他的怀疑主义一开始就定局在人生之问上。”[1] 他并没有像胡适那样走向科学的独断，而是对“科学万能”同样存有怀疑。鲁迅求“端”索“本”、“一追到底的怀疑品质决定了他与英美的和中国的实用主义、启蒙主义者相异的悲剧生命情怀。”[2] 同胡适确定的怀疑对象不同的是，鲁迅的怀疑对象（敌人）是无名，是“鬼打墙”，是“无物之物”，是“虚空”……[3]在王看来，是鲁迅而不是胡适才真正做到了“于不疑处有疑”。

第三节　重新评价鲁迅多疑的立场

以上是对上个世纪 30 年代至今（2004、2005 年）研究鲁迅的“多疑”的文字——或文章或专著里面的某个章节——的一个综述。从数目上看，在长达 70 多年的时间里，收罗的文字仅 20 篇，是大出我的意料之外的。同鲁迅研究的其他题目相比，数量之少，应当是绝无仅有的。而从文章的质量上面看，上佳之作亦寥寥，就视野的开阔度与论述的深度而言，恐怕也没有哪一篇能够及得上尾崎文昭的《试论鲁迅“多疑”的思维方式》。从仅有的 20 篇文章看，除了曹聚仁的《论“多疑”》是

1　王乾坤：《怀疑：科学之问与人生之问》，《鲁迅研究月刊》2000 年第 3 期，第 20 页。
2　同上，第 24 页。
3　同上，第 24 页。

一篇单纯的辩诬之作外，其他大致可以分为三类：

1. 肯定之文字，认为鲁迅的“多疑”具有积极的意义，如欧阳凡海的《关于研究鲁迅先生的几点基本认识的商榷》、增田涉的《鲁迅的印象》、钱理群的《心灵的探寻》；

2. 否定之文字，认为“多疑”是鲁迅病态人格的表现，如苏雪林的《论鲁迅的杂感文》、王晓明的《无法直面的人生——鲁迅传》；

3. 中间之文字，采取客观的分析方法，阐释“多疑”在鲁迅的思想，尤其是文学中的种种表现，如李长之的论“多疑”的文字和尾崎文昭的文章。

那么，笔者应该采取怎样一种立场呢？这个问题实际上触及本文的根本性质，即为什么要分析鲁迅的“多疑”，分析“多疑”的目的是什么？或者说，在前人已有的研究成果上，笔者能够再做出一个什么样的研究？

我想我的立场不属于上面三种立场中的任何一个，而是它们的综合，也就是说我将采取一种“综合之文字”来分析鲁迅的“多疑”。这种“综合之文字”将以“中间之文字”为根基，兼及“肯定之文字”与“否定之文字”。具体分析将按以下几个步骤进行：

1. 鲁迅性格中的“多疑”已属不容争辩的事实，问题是这种多疑是与生俱来的还是环境使然的呢？或者说，它是先天的还是后天的呢？如果是前者，那么有什么资料证明呢？若是后者，那么它又是如何一步一步养成的呢？它所受的影响来自于哪些方面呢？而最主要的是，“多疑”与鲁迅本人的主体建构或者自我认同构成什么样一种关系呢？

2. “多疑”的个性对他的文学创作有什么影响呢？“多疑”在他的文学作品中具体表现在哪些方面呢？更具体一点，“多疑”赋予他的文学叙事以什么样的特点呢？他的小说结构、修辞以及作品所散发出来的意蕴同“多疑”有什么样的关系呢？在文学作品中，“多疑”作为一个谓词，它的主词是什么呢，它的宾词又是什么呢？鲁迅叙事作品中的“我”与“多疑”是什么关系呢？

3.“多疑”在鲁迅全部思想中占有一个什么样的位置呢？它与思想中其余部分的关系是怎样的呢？在鲁迅思想的变动过程中，它发生了什么样的作用呢？鲁迅作为一个受过浓厚古典式教育的社会转型时期的现代人，“多疑”在他的主体生成过程中充当了一个什么样的角色呢？作为一个现代的“探路者”，“多疑”在这个探索过程中又起了什么样的作用？“多疑”是不是使得鲁迅所探索的“路”与众不同呢？而这到底是一条什么样的“路”呢？这条“路”能够给我们一些什么样的启发呢？

以上三个步骤及其回答将构成本论著的全部。不过，在回答这些问题之前，需要解决两个问题：一是“多疑”与主体生成的关系是什么？一是如何界定“多疑”。

第四节　多疑与主体生成的关系

那么，多疑与主体之间到底是怎样一种关系呢？在展开这个问题之前，不妨先考察一下“疑”与主体生成之关系。

当我们谈到“主体”这个事物的时候，实际上就是在谈论一个现代的问题，因为主体几乎是一个代表现代本质的词语。[1] 主体最初出现在笛卡尔那里，“我思故我在（Cogito，ergo sum）”为主体奠定了坚实的基础。从某种意义上说，现代哲学就是主体哲学，这也就是为什么黑格尔说，有了笛卡尔的“我思故我在”，哲学才踏上真正意义上的大陆。[2] 对笛卡尔来说，“我思”就是主体的全部，“我思”是一个绝对的开端。

1　“由于古希腊人不把自身看作凝视着客体的‘主体’，即希腊人并不把事物‘客体化’，因此，他们尚未是‘主体’。中世纪哲学家也不把世界看作人类的对象，认为世界是上帝的创造，连人类也是上帝所造，因此，中世纪也没有真正意义上的‘主体’。‘主体’是近代的产物。”“笛卡尔哲学标志着‘主体’的崛起和近代‘自我’的觉醒。”语见莫伟民：《主体的命运》，上海：上海三联书店1996年版，第1—2页。

2　［德］海德格尔：《黑格尔与希腊人》，载《路标》，孙周兴译，北京：商务印书馆2001年版，第505页。

除了“我思”是确定的之外，世界其余的部分都是值得怀疑的，因此，“笛卡尔主张哲学的第一要义是必须怀疑一切，即抛弃一切假设。De omnibus dubitandum est［怀疑一切］，抛弃一切假设和规定，是笛卡尔的第一个命题。”[1] 但笛卡尔的“怀疑一切”并没有怀疑论的意义，也就是说它不是为怀疑而怀疑，以怀疑为目的。相反，笛卡尔的“怀疑一切”的真正目的是寻找可靠的东西，寻找世界的确定性，因此，他所怀疑的是过去一切不可靠的成见与假设，尤其是宗教的假设。正是这种怀疑一切与重新寻找世界的确定性规定了现代之本质：“人通过向自身解放自己来摆脱了中世纪的束缚。”而主体的生成正是在这样一个进程中进行的。但“决定性的事情并非人摆脱以往的束缚而成为自己”，也不是在于人成为主体，“而是在人成为主体（Subjekt）之际人的本质发生了根本变化”。这种本质的变化即是“人成为存在者本身的关系中心”，“一切存在者以其存在方式和真理方式把自身建立在”[2] 人之上。这样，世界便成为了图象[3]，存在者整体成为人把捉和掌握的对象。[4] 在这个时代，作为主体的人力求“成为那种给予一切存在者以尺度和准绳的存在者”[5]，并且按照自己的尺度与标准改造一切存在者（客体、对象，甚至是被物化的人）。

那么，五四以来中国社会的现代进程是不是这样的呢？其实这个问题的答案在许多关于五四的习惯性描述中早就存在，譬如，“五四是一个‘人的发现’的时代”，“五四是一个怀疑一切的时代”，“五四是一个重估一切价值的时代”，“五四是一个启蒙的时代”，“五四是一个不同于

1 ［德］黑格尔：《哲学讲演录》（第四卷），贺麟、王太庆译，北京：商务印书馆 1978 年版，第 66 页。

2 ［德］海德格尔：《世界图象的时代》，孙周兴译，载《海德格尔选集》（下卷），孙周兴选编，上海：上海三联书店 1996 年版，第 897 页，以上三处引文皆与此同。

3 同上，第 899 页。另第 897 页，孙周兴的注释中说，“‘世界图象’（Weltbild）在日常德语中作‘世界观’或‘宇宙观’。联系海德格尔下面的讨论，我们取更为字面的直译‘世界图象’，意味着人的表象活动把世界把握为‘图象’。”

4 同上，第 918 页。

5 同上，第 904 页。

封建社会的新时代”，等等。而事实上，五四时期中国社会的现代进程也正是沿着“怀疑一切”和“寻求确定性”两条路径前行的，中国现代的主体也就是在这个进程中逐渐生成的。这两条路径具体操作起来就是对中国传统文化的批判和思想启蒙。典型的代表人物即是胡适、陈独秀、周作人和鲁迅。周作人在《人的文学》中指出关于“人”的真理的发现和女人与小儿的发现都是很晚近的事，[1] 他说，“我所说的人道主义，……乃是一种个人主义的人间本位主义，”“个人爱人类，就只为人类中有了我，与我相关的缘故。”[2] 在做了这种确定之后，周作人将文学区分为“人的文学”和“非人的文学”两种，他认为中国古典的《肉蒲团》和《九尾龟》是非人的文学，法国莫泊桑的《一生》和俄国库普林的《坑》是人的文学，[3] 而中国现在亟待建立的是人的文学。显然，周作人评判存在的尺度和准绳是已经作为存在者关系中心的主体“我”，而“我”是以人道主义为基石的。胡适的主体（我）是建构在实验主义的大厦上的，“我谈政治只是实行我的实验主义，……我谈白话文也只是实行我的实验主义。”[4] 这个“我”成为评判一切的尺度，怀疑一切，“什么东西都要拿证据来，大胆的假设，小心的求证。这种方法可以打倒一切教条主义、盲从主义，可以不受人欺骗，不受人牵着鼻子走。”[5] 这几乎可以看作是“我思”的标准范本，并且胡适丝毫不去怀疑“我思”的前提的确定性，他的学生唐德刚后来不无悲哀地指出，“胡适之先生一生反对‘被人家牵着鼻子走’，可是在这篇自述里，我们不是也看到那个才气纵横的青年胡适，一旦碰到安吉尔、杜威二大师，便‘尽弃所学而学焉’，让他两位‘牵着鼻子走’吗?”[6] “胡公虽然一辈子鼓励

1　周作人：《人的文学》，载《艺术与生活》，石家庄：河北教育出版社 2002 年版，第 9 页。
2　同上，第 11 页。
3　同上，第 12 页。
4　胡适：《我的歧路》，载《胡适作品集》(9)，台北：远流出版公司 1986 年版，第 67 页。
5　胡适：《就任中央研究院院长典礼致词》，载《胡适作品集》(25)，第 88 页。
6　《胡适的自传》(胡适英文口述，唐德刚编校译注)，载《胡适哲学思想资料选》(下)，葛懋春、李兴芝编辑，上海：华东师范大学出版社 1981 年版，第 93 页。

人家怀疑，他自己却不大愿意人家对他底思想有所‘怀疑’。”[1] 同他们相比，鲁迅好像有点与众不同，王晓明曾经这样指出，“鲁迅是以一种非常独特的方式，加入‘五四’那一代启蒙者的行列的，这独特并不在他的战斗热情比其他人高，也不在他的启蒙主张比其他人对，他的独特是在另一面，那就是对启蒙的信心，他其实比其他人小，对中国的前途，也看得比其他人糟。”[2] 这实际上指出了五四启蒙得以凭借的确定性在遭遇到鲁迅时发生了动摇。情形也确实如此，在这场战斗中，其他人如胡适丝毫没有对这个确定性产生过怀疑，对他来说，这完全是主体对客体的一场战争，是一场降妖伏魔的“人妖”之战，最后的胜利一定会到来。而鲁迅却在未战之前对主体的正当性起了怀疑，也就是说他没有像胡适那样将主客体如此分明地划开，而是在客体中看见了自我，在自我之中看见了客体。“夏济安认为：与鲁迅比较，胡适就浅薄得多，后者虽然认为故纸堆中藏着吃人的妖怪，却自信有降妖伏魔的本领，并不像鲁迅那般看到妖怪已经附在自己的身上。”[3] 造成这种不同的，正是鲁迅的多疑。正是他的多疑，使得他比胡适看得更深，他的敏锐的目光投向了更远的地方，他发现那个“确定性”（“我思”）的背面不是基石，而是松软的泥土。这个发现使得他非常的悲哀，他何尝不想寻找一块可以依靠的基石呢？他又何尝想让妖魔附身，何尝不想做一个干干净净没有“吃”过人的孩子呢？可是他把这一切看得那么清楚，他不能够欺骗自己。他以一个文学家的直感将他所看到的曲折而含混地写出来或者吞进心里，这就是那些悲哀的文字，那些行走在“呐喊”缝隙里边所谓的“太黑暗的思想”。可是他又怀疑起来，他同样不能确认他所看到的就是松软的泥土，而不是基石，即“决不能以我之必无的证明，来折服了他

---

1 《胡适的自传》（胡适英文口述，唐德刚编校译注），载《胡适哲学思想资料选》（下），葛懋春、李兴芝编辑，上海：华东师范大学出版社 1981 年版，第 95 页。

2 王晓明：《无法直面的人生——鲁迅传》，第 59 页。

3 ［美］孙隆基：《历史学家的经线》，桂林：广西师范大学出版社 2004 年版，第 262 页。

之所谓可有”[1]，于是他获得了行动的原动力，“呐喊”起来，可是悲哀依然挥之不去，他并没有就此完成从悲观到乐观的转变。所谓“两负变作一正，于是我获得了对人生更乐观的态度”[2] 其实只是一种说辞而已。我们显然不能将之与黑格尔的“否定之否定”的辩证运动等同起来。辩证运动通过起点、进展、过程和返回的进程，最终达到的是一个绝对的行动之源，也就是绝对主体[3]，在抵达这个终点后，不会再有犹豫与彷徨，而是充满自信与乐观。辩证法在“自身的返回”中包含着“末世论”的期待，它的着眼点是未来的“绝对时刻”而不是现在，所以总是充满希望，而希望处于“要来”之中。总的来说，这是一种乐观主义哲学。鲁迅的所谓“两负变作一正”虽然也能使他获得行动之源，但其底蕴不是“要来”之希望，而是对“绝望”的反抗，它的着眼点是现在而不是未来，而且即使“两负变作一正”，也还是处于“疑”之中的，以悲观为其基调。那么，在这反复的“疑”——多疑——当中，主体生成表现为一种什么样的情况呢？下面我以鲁迅的“希望话题”与《狂人日记》中的“吃人”为例进行阐释：

首先来看看“希望话题”。在《呐喊·自序》中有这么一段文字：

> 是的，我虽然自有我的确信，然而说到希望，却是不能抹杀的，因为希望是在于将来，决不能以我之必无的证明，来折服了他之所谓可有，于是我终于答应他也做文章了，这便是最初的一篇《狂人日记》。从此以后，便一发而不可收，每写些小说模样的文章，以敷衍朋友们的嘱托，积久了就有了十余篇。[4]

1　鲁迅：《呐喊·自序》，载《鲁迅全集》（第一卷），第 441 页。

2　茉：《鲁迅的眼睛》，载《1913—1983 鲁迅研究学术论著资料汇编》（第一卷），第 1064 页。原载 1935 年 1 月 23 日《北辰报》。

3　［德］海德格尔：《黑格尔与希腊人》，载《路标》，第 506 页。

4　鲁迅：《呐喊·自序》，载《鲁迅全集》（第一卷），第 441 页。

这段文字照例是曲折而含混的，“我虽然自有我的确信”，这里的“确信”到底是指什么呢？从后面的行文看，肯定不是指“希望”，而应当是指“必无”（必，显然是确信的一种表达），从上下文的语境来看，“必无”的宾词应该是“希望”，也就是“我的确信”是指我对希望的否定，而“决不能以我之必无的证明，来折服了他之所谓可有”显然又对“我对希望的否定”构成否定，然后作者说希望是有的，于是“答应他也做文章了”，但后文的“敷衍”二字却又对否定之否定之后得到的希望进行了解构，作者到底还是对“希望”心存疑虑。我们可以将这段话用命题与等式的形式表达出来，从中可以窥出“疑”与主体的曲折关系。其解法分为两步：

1. 步骤一：

（1）命题Ⅰ：我疑“希望之有”。解题：“希望之有”是钱玄同们的“我思”，是五四启蒙的确定性，这是现代普遍的根据与基础，是一般主体（Subjectum）[1]。因此，命题可以转换为：我疑一般主体。设 A = 我疑一般主体。

（2）命题Ⅱ：我疑 A。解题：因为 A = 我疑一般主体，所以，命题转换为：我疑“我疑一般主体”。命题中有两个“疑”，是双重否定，转换成一个肯定：我不疑一般主体。

（3）结论：我肯定一般主体。表达确信，“希望之有”。

（4）余论：然而作者又说，“以敷衍朋友们的嘱托”。既然作者肯定一般主体，答应写文章以启蒙，这应该是一项严肃而神圣的事情，态度应该积极才对，而“敷衍”显然是一个缺乏确信的消极之词。这两相对照看来显然是矛盾的，但正是这种矛盾构成了鲁迅“两负变作一正”同

1 这里借用的是海德格尔的术语，海德格尔认为笛卡尔的“我思故我在”中的“我思”（主体）是一个抽象的纯粹的概念，是一个泛称的“我”，不涉及具体的“自我”，因此海德格尔称之为一般主体（Subjetum），而且 Subjetum 这个词原始意思是“根据”、“基础”之意，而泛称的“我”也正构成了现代之根据和基础。海德格尔称作主体的词语是 Subjekt，指具体的“自我”。见海德格尔：《世界图象的时代》，载《海德格尔选集》（下卷），第 920 页孙周兴译注。

黑格尔的“否定之否定”的辩证运动的区分。也就是说鲁迅即使在表达某种希望与确信时其心态也不是乐观的，而仍是处于“疑”之中。在另一方面也应该看到，“敷衍”与确信“必无”相比，确实前进了一些，而正是这构成了鲁迅的行动之源。但总的来说，“敷衍”对“我肯定一般主体”构成了反讽效果，即使不对“我肯定一般主体”构成绝对否定，也至少从程度上降低了“肯定”的语气，从某种程度上说，敷衍+我肯定一般主体≈我疑一般主体。

2. 步骤二：

（1）命题Ⅰ：我疑“希望之有”。解题：鲁迅说，我“自有我的确信”。上文讲过，“我的确信”即是希望之“必无”，也就是我对“希望之有”的怀疑，即我疑“希望之有”。因此，命题可以转换成：我的确信。而我的确信 = 我思 = 主体（Subjekt），在这里“我思” = “鲁迅思”，于是命题Ⅰ可以说是鲁迅主体的表达。设 B= 命题Ⅰ。

（2）命题Ⅱ：我疑 B。解题：因为 B= 命题Ⅰ，而命题Ⅰ最终的表达是：主体。所以，命题Ⅱ可以转换为：我疑主体。

3. 合解：我疑主体。

这个结论或许多少有点令人吃惊，因为如果继续沿着这个结论往下推论的话，甚至可以得出“鲁迅疑现代”这样一个命题。那么，这是鲁迅所愿意的吗？其实从情感上讲，鲁迅是非常不情愿这样的。如前所述，他何尝不想寻找一块可以依靠的基石呢？但从理智上讲，他的直感告诉他这些都是无可奈何的事情，因为他不能欺骗自己，尤其是不能欺骗他人。他的情感与理智上的两难处境伴随他终生，直到晚年他写《我要骗人》其实还是在宣告，他在对待这件事情上是多么的无可奈何，他声嘶力竭地喊着要骗人，其实还是在向世人宣告，“我做不到！”而《狂人日记》正是宣告他这种复杂情感的开端，从这个意义上说，《狂人日记》标志着一个真正鲁迅世界的诞生，而不仅仅是他的第一篇白话小说。我们常常讲《狂人日记》是第一篇反封建的檄文，而且这也是我们通常所理解的《狂人日记》的意义所在。这种理解相当于尾崎文昭所分析的否定深化型“多疑”思维方式的那一部分。但是真正使《狂人日记》成为一篇“有意味的形式”却是在另外两个地方，其一是其序文对正文的否定，其二是作为反封建斗士的狂人竟然发现自己也参与了“吃人”。这相当于尾崎所分析的往复深化型“多疑”思维方式那部分。序文对正文的否定，尾崎称作为“小说结构性自我否定”，其实是对作为主体的狂人的否定。而发现自己参与“吃人”则更直接是对主体的否定，这种否定是通过主体的否定性存在者的附身来实现的，即夏济安所说的，鲁迅在自己身上看见了妖魔。这种发现使得鲁迅非常痛苦，以至于产生了类似于基督教的原罪感。

通过对以上两个例证的仔细分析，我们现在对多疑同鲁迅世界中主体生成的关系多少也应该有些了解了，那就是，多疑使得鲁迅世界中主体之生成在某种程度上陷入了困境。

第五节　多疑的界定

现在我们可以集中精力对鲁迅的“多疑”做一个详细的界定。这项工作可以通过如下两个步骤进行：（一）归纳：通过前人的研究及导论中所列举的例证，归纳出鲁迅多疑的类型；（二）比较：通过比较辨析鲁迅的“多疑”、一般的怀疑和怀疑论三个容易混淆的概念来界定“多疑”，并以此界定来检验前面归纳的多疑类型且甄别之，从而最终给出多疑的定义。

（一） 多疑的类型

关于“多疑”的界说，前面零星涉及过一些，而且尾崎文昭的论文甚至做过很详细的区分。现在做一下简单的回顾。在《导论》的第一部分谈到《马上日记》中的“多疑”与《无题》中的“多疑”时，我说过这是两种不同类型的“多疑”。在前者中，鲁迅没有意识到自己的“多疑”举动，而在后者中，他意识到了，并进行了自我剖析与自我否定。在后一种情形中，鲁迅的“多疑”表现为“疑‘先前之疑’”。尾崎文昭的文章则将“多疑”分为三种类型：否定深化型“多疑”思维方式、往复否定型“多疑”思维方式和往复深化型“多疑”思维方式。但从尾崎的界定与论述来看，他的三种类型的“多疑”并没有包括像《记“杨树达”君的袭来》和《马上日记》中面包与苹果之疑这种类型的“多疑”，虽然整个“‘杨树达’君的袭来”事件（包括《辩正》与公开信）可以安放在尾崎所谓的“往复深化型‘多疑’思维方式”中，但单就《记“杨树达”君的袭来》而言，其中鲁迅的近似神经质的多少有点病态的“多疑”是不能包含在尾崎三种类型“多疑”中的。《马上日记》也是这样。既然如此，只能另想他途了。在此不妨先将尾崎的三种类型及其代表篇目和我前面提到的几篇作品排列出来，看看到底有没有别的途径重新洗牌。

A组：尾崎文昭的三种类型及其代表篇目，如下：

（1）否定深化型：《狂人日记》正文

（2）往复否定型：《自言自语·序》

（3）往复深化型：《狂人日记》的正文与序、《故事新编》、《过客》

B组：鲁迅对“多疑”的自觉与不自觉，篇目如下：

（1）不自觉：《记“杨树达”君的袭来》、《马上日记》

（2）自觉：《无题》、《一件小事》

“疑”，作为谓词，其主词一定为鲁迅或相当于鲁迅，那么，现在来看看“疑”的宾词。按尾崎的界定，A（1）的宾词是他者，表现为对一切外于己的存在的怀疑，如《狂人日记》中狂人之“疑”。A（2）虽然是在对陶老头子进行反复否定，其实是作者在反复进行自我否定，所以宾词应该为自我（所谓主体）。A（3）中举的《过客》的例证是为了说明往复深化型“多疑”的思维方式是一种指向自身的，“对于自己所拥有并依据的全部观念与心情”“都要加以‘多疑’的审视”，“不可扼制地对自己的现存方式进行多层次的否定”[1] 的思维方式。因而“多疑”的宾词自然是自我了。至于《故事新编》中的小说则都是“小说结构性自我否定，它的构造基本上与往复深化型的‘多疑’思维方式相同，据此我们可以将这种情况理解为‘多疑’思维方式在小说创作中作为小说结构表现出来的结果”[2]。根据尾崎的这种提法，我们也可以将《故事新编》中的“小说结构性自我否定”作为鲁迅世界中大的“自我否定”的一部分处理，将其中“多疑”的宾词看作是“自我”。而《狂人日记》中的《序》对正文的关系也可以看作这种情况。再来看B组，B（1）中“多疑”的宾词显然是他者。B（2）我前面说过，它其实是鲁迅“自我质疑”的一种，大致相当于往复深化型“多疑”思维方式。所以，B（2）中“多疑”的宾词当然是自我了。如此我们可以按照“多疑”的宾词对鲁迅多疑的类型进行重新洗牌：

1．“疑”他者，包括：

（1）“疑”的结果正确，也就是判断正确，所谓“果然如此”，《无题》中“疑”店员防止“我”偷东西，结果“果然如此”。或者“当然如此”，在对外物“疑”之前，已有一套既成的评判标准，所以每“疑”必对，如钱理群对“多疑”思维解释中所举的《我之节烈观》中的各种角度与层面的“疑”即属这一种。尾崎所列举的《狂人日记》中的层层怀疑与层层否定也属此例。所以这一项中的“当然如此”相当于尾崎的“否定深化型‘多疑’思维方式”。

（2）“疑”错了。如《记“杨树达”君的袭来》对少年判断的错误，又如《无题》中对店员要强辩的疑心的落空，以及《一件小事》中对人类皆不可救药的判断的受挫，都属此例。

（3）“疑”的结果正确然否未知。如《马上日记》中无谓的“多疑”。

1　[日] 尾崎文昭：《试论鲁迅“多疑”的思维方式》，《鲁迅研究月刊》1993年第1期，第24页。

2　同上，第21页。

2.“疑”自我，包括：

（1）往复否定型“多疑”思维方式，如《自言自语·序》。

（2）往复深化型“多疑”思维方式，这种类型的“多疑”除了包括尾崎文昭原有的阐释内容外，我们还要明确另外一种属于此类型的“多疑”思维方式，即“‘疑’（我之‘疑他者’）”，简称“疑‘我之疑’”，用一句话说就是，对我的怀疑的自我质疑，也就是鲁迅对自己有限性的清醒认识，即《呐喊·自序》中所谓“决不能以我之必无的证明，来折服了他之所谓可有”[1]。按理说这一类型也在尾崎所阐释的“不可扼制地对自己现存方式的多层次的否定”[2] 的范围之内的，但由于“疑‘我之疑’”与我们论文的主旨密切相关，故此单提出来，以示重要。具体到篇目，属于尾崎原有的为《过客》《故事新编》等，属于“疑‘我之疑’”型的有《一件小事》《无题》和《呐喊·自序》等。

以上的归纳只是界定的初步工作，到底什么是鲁迅的多疑还有待进一步甄别。

（二） 多疑同一般的怀疑和怀疑论的区别

多疑[3]、一般的怀疑和怀疑论三者都属于“疑”——怀疑的范畴。一般的怀疑即我们通常所说的怀疑，多疑和怀疑论则是怀疑范畴中非通常概念。在哲学上，一般的怀疑的典型是以笛卡尔的“我思”为基础的“怀疑一切”的近代怀疑主义。怀疑论则可以上溯到希腊化时期哲学上的怀疑派[4]，这一派也可以称为怀疑主义，为了与笛卡尔式的近代怀疑主义区别开，我们沿用黑格尔的用语称之为“怀疑论”。关于一般的怀疑与怀疑论，黑格尔在《哲学史讲演录》中说得很清楚：

1　鲁迅：《呐喊·自序》，载《鲁迅全集》（第一卷），第 441 页。

2　[日] 尾崎文昭：《试论鲁迅“多疑”的思维方式》，《鲁迅研究月刊》1993 年第 1 期，第 24 页。

3　其实前面应该加一个定语“鲁迅的”，但为了方便起见，我在全文皆简称“多疑”。

4　它的代表任务是皮浪、蒂孟和阿塞西劳斯。见 [英] 罗素：《西方哲学史》（上卷），何兆武、李约瑟译，北京：商务印书馆 1981 年版，第 297—304 页。

> 他首先从思维开始，这是一个绝对的开端。他认为我们必须从思维开始，因而声称我们必须怀疑一切。笛卡尔主张哲学的第一要义是必须怀疑一切，即抛弃一切假设。De omnibus dubitandum est [怀疑一切]，抛弃一切假设和规定，是笛卡尔的第一个命题。但这个命题并没有怀疑论的意义；怀疑论是为了怀疑而怀疑，以怀疑为目的，认为人的精神应当始终不作决定，认为精神的自由就在于此。与此相反，笛卡尔的命题却包含着这样的意思：我们必须抛开一切成见，即一切被直接认为真实的假设，而从思维开始，才能从思维出发达到确实可靠的东西，得到一个纯洁的开端。在怀疑论者那里情形并非如此，他们是以怀疑为结局的。[1]

怀疑论是以怀疑为结局的，它“提供不出任何积极的东西（哪怕是在纯知识的领域内）”[2]。而相反，笛卡尔的“怀疑一切”的真正目的是为了寻找确实可靠的东西，寻找世界的确定性。因此，这种怀疑是以“我思”为根基对以往的习俗或旧有观念进行质疑。一句话，怀疑论的尽头“站着”的是虚无，而笛卡尔式的近代怀疑主义的基础则是实有。

那么，多疑与二者的区别是什么呢？

首先来看看多疑与怀疑论的区别。这两个概念很容易混淆，将这两个概念弄混淆的典型著作是王晓明的《无法直面的人生——鲁迅传》。王晓明认为，鲁迅独特的“毒奇”眼光源于他的多疑，而多疑“道路的尽头，就站着虚无感。”[3]“它（虚无感）虽然包含着对战胜黑暗的悲观，但它同时又怀疑在黑暗之外还有其他的价值，倘若天地之间只有黑暗是‘实有’，这黑暗也就不再是黑暗了。因此，你一旦陷入这样的虚无感，就会迅速失去行动的热情，牺牲也罢，反对也罢，都没有意义，人生只

1　［德］黑格尔：《哲学讲演录》（第四卷），第 66 页。
2　［英］罗素：《西方哲学史》（上卷），第 304 页。
3　王晓明：《无法直面的人生——鲁迅传》，第 80 页。

剩下一个词：无聊。”[1] 从引文中的楷体字来看，王晓明显然是从怀疑论的角度来理解多疑的。其实，多疑与怀疑论的差别就在一纸之间，其共同点在于二者的时间观非常相似，它们都是执着于目前/瞬间，认为未来捉摸不定，但对于目前/瞬间的态度却绝然不同，怀疑论者是抱着享受的态度，“为什么要忧虑未来呢？未来完全是无从捉摸。你不妨享受目前。”[2] 由于这种享受的态度，怀疑论者就完全建构在“虚无”之上，“失去了行动的热情”，“怀疑主义是懒人的一种安慰，因为它证明了愚昧无知的人和有名的学者是一样的有智慧。”[3] 正因为如此，黑格尔才说，“他们是以怀疑为结局的。”换句话说，怀疑论者只是疑，而从来不决断。这正是鲁迅所批判的一种态度：

> ……中国的人民是多疑的。无论那一国人，都指这为可笑的缺点。然而怀疑并不是缺点。总是疑，而并不下断语，这才是缺点。我是中国人，所以深知道这秘密。其实，是在下着断语的，而这断语，乃是：到底还是不可信。但后来的事实，却大抵证明了这断语的的确。中国人不疑自己的多疑。[4]

鲁迅对中国人的批判完全可以用到怀疑论者身上，怀疑论者便“总是疑，而并不下断语”，并且“不疑自己的多疑”。同怀疑论者相反，鲁迅是疑自己的多疑的，并且鲁迅的多疑的最终结局并不是怀疑而是一种决断，换句话说，鲁迅的多疑并不是建构在“虚无”之上的，而是在“虚无之咬”的瞬间做出了决断，[5] 尽管这决断有些迂回曲折。在上一节我举过《呐喊·自序》里面的“决不能以我之必无的证明，来折服了他之

1　王晓明：《无法直面的人生——鲁迅传》，第 81 页。
2　［英］罗素：《西方哲学史》（上卷），第 297 页。
3　同上，第 297 页。
4　鲁迅：《且介亭杂文末编·我要骗人》，载《鲁迅全集》（第六卷），第 504 页。
5　［德］海德格尔：《尼采》（上卷），孙周兴译，北京：商务印书馆 2002 年版，第 289 页。

所谓可有”的层层怀疑与否定来证明了鲁迅的这种决断，这里我再举一关键例子来证明这一点：

> ……至于对于《晨报》的影响，我不知道，但似乎也颇受些打击，曾经和伏园来说和，伏园得意之余，忘其所以，曾以胜利者的笑容，笑着对我说道：“真好，他们竟不料踏在炸药上了！”
>
> 这话对别人说是不算什么的。但对我说，却好像浇了一碗冷水，因为我即刻觉得这“炸药”是指我而言，用思索，做文章，都不过使自己为别人的一个小纠葛而粉身碎骨，心里就一面想：
>
> “真糟，我竟不料被埋在地下了！”
>
> 我于是乎“彷徨”起来。
>
> ……
>
> 但我的“彷徨”并不用许多时，因为那时还有一点读过尼采的《Zarathustra》的余波，从我这里只要能挤出——虽然不过是挤出——文章来，就挤了去罢，从我这里只要能做出一点“炸药”来，就拿去做了罢，于是也就决定，还是照旧投稿了——虽然对于意外的被利用，心里也耿耿了好几天。[1]

这是鲁迅多疑的一个典型例证，但他始于多疑，却并不是终于多疑——“彷徨”其实是一种多疑心态的诗意描述——而是“挤”，这个“挤”字非常关键，其实就是决断，“于是就决定，还是照旧投稿了。”我在此只是列举此例，以示与怀疑论者的区别，至于鲁迅如何在多疑中做出决断，是我后面要解决的问题。与怀疑论者消极“享受”目前/瞬间不同的是，鲁迅对每一个瞬间是积极承担的，在每一个瞬间“肩起黑暗的闸门”，正因为如此，鲁迅就不像怀疑论者那样完全不忧虑未来，而是实

1　鲁迅：《三闲集·我和〈语丝〉的始终》，载《鲁迅全集》（第四卷），第171—172页。

实在在地在忧虑，只是他所肩起/开启之门不是在“要来”的“末世论”期待之中，而是在“过去与未来之际”[1] 每一次碰撞的瞬间。

那么，多疑与一般的怀疑的区别是什么呢？鉴于一般的怀疑范畴的宽泛，我将这个问题转换为多疑与一般的怀疑的典型——笛卡尔式的近代怀疑主义的比较。实际上，关于它们的区别，我在上一节已经谈到一些。其中最为典型的例证就是鲁迅的核心多疑[2]与胡适的怀疑之比较问题。胡适的怀疑实质上就是笛卡尔式的怀疑主义，它是以主体的“我思”这种确定性为前提的，其真正目的是寻找可靠的东西，寻找世界的确定性。从表面来看，这种建立在主体“我思”确定性基础上的怀疑是一种“合理”的怀疑，其怀疑的提出是“合乎常理”的、自然的，而不是非“合理”的、突兀的，也就是说，它是建立在自信之上的“果断”。而鲁迅的核心多疑，从表面上看，则是“多余”的怀疑，是“不合乎常理”的、突兀的，其怀疑的提出给人一种“无根无据”的感觉，并且似乎是一种远离自信的“犹疑/游移”。从深层来看，它是建立在对主体“我思”确定性的怀疑的基础上的，即是尾崎文昭所谓的“往复深化型‘多疑’”思维方式。当然，无论如何，这只是鲁迅众多类型多疑当中最为核心的一种，现在的问题是，其他类型的多疑符不符合这种两项规定呢？让我们再回过头来甄别前面的归纳项吧。

1. “疑”自我，包括两项：往复深化型“多疑”思维方式和往复否定型“多疑”思维方式。前者即我所说的鲁迅的核心多疑。现在看看后者符不符合我上面的两项规定。尾崎文昭为此举的例子是《自言自语·序》，“例如可以看一下《野草》的原型《自言自语》（收入《集外集拾遗补编》）的《序文》：陶老头子的话为人所讨厌，谁都不想听——却也有点意思的——不过写出来一看却又毫无意思——不过既然写出就姑

1　鲁迅：《野草·题辞》，载《鲁迅全集》（第二卷），第 163 页。

2　鲁迅的核心多疑即是尾崎文昭先生所谓的“往复深化型‘多疑’思维方式”。因为同尾崎先生一样，我的论文的核心就是建立在对这种类型“多疑”的分析上的，并且我认为在鲁迅的众多类型的“多疑”中，这种“多疑”是最具意义的，因此，为了方便起见，不妨称之为“鲁迅的核心多疑”。

且留下吧——不过即便留下它又怎样呢？就这样在肯定与否定之间不断地往复。”[1]《自言自语》发表于1919年八九月间，正是所谓启蒙时期，但从本篇来看，鲁迅却丝毫没有启蒙者应该有的“自信”，相反却到处表现出“犹疑/游移”的心态，对陶老头子的话的反复肯定与否定其实是鲁迅对作为启蒙者自身根基之“疑”的外露。由此看来，往复否定型“多疑”思维方式是符合那两项规定的。

2.“疑”他者，包括：

（1）“疑”的结果正确，也就是判断正确。有两种情况：

a. 所谓“果然如此”。最佳的例子是鲁迅的那句名言，“……我总觉得我也许有病，神经过敏，所以凡看一件事，虽然对方说是全部打开了，而我往往还以为必有什么东西在手巾或袖子里藏着。但又往往不幸而中，岂不哀哉。”[2] 所谓“不幸而中”即是“果然如此”。“我往往还以为必有什么东西在手巾或袖子里藏着”的“疑”是“无根无据”的一种“没来由”的直觉，我们找不出任何征兆——如笛卡尔式的怀疑有强有力的征兆那样——去“疑”手巾或袖子里藏着什么，甚至是鲁迅自己也不能确定，所以他才说“我总觉得我也许有病，神经过敏”，这样说自己实际上是对主体的一种否定，是一种“不自信”的“犹疑/游移”。虽然是疑他者，但在深层上还是对主体“我思”确定性的怀疑。

b. 或者“当然如此”。在对外物“疑”之前，已有一套既成的评判标准（确信），所以每“疑”必对，如钱理群对“多疑”思维解释中所举的《我之节烈观》中的各种角度与层面的“疑”即属这一种。从钱的解释来看，“多疑”在他那里是可以拆开为“多”和“疑”两个词的，前者是副词，可以换成“多层面地”、“多角度地”、“多侧面地”，后者是动词，所接的宾语都是与主体相对的客观存在。所有的“疑”都是以主体所认为“正确”的某种观念为前提的，而且每“疑”必对。从某种

---

1 ［日］ 尾崎文昭：《试论鲁迅“多疑”的思维方式》，《鲁迅研究月刊》1993年第1期，第21页。

2 鲁迅：《书信·280815 致章廷谦》，载《鲁迅全集》（第十二卷），第128页。

意义上说，这只是对怀疑主义的解释。所谓“多层面地”、“多角度地”、“多侧面地”“疑”实际上是许多笛卡尔意义上的怀疑主义的叠加，如果按照钱理群的解释，这种也称作“多疑”，那么是与我前面理解的“对主体‘我思’确定性的怀疑”的多疑截然不同的。

（2）“疑”错了。这种类型的“疑”其实是（1）a“果然如此”的反面，即“我往往还以为必有什么东西在手巾或袖子里藏着”，然而没有猜中。其具体分析同（1）a，如《记“杨树达”君的袭来》对少年判断的错误等。因此，这一项“疑”也是符合我的预设的。

（3）“疑”的结果正确与否未知。如《马上日记》中无谓的“多疑”。从这个具体事例来看，鲁迅对于“苹果”的“疑”其实是“多余”的、“没有缘由”的和“不可理喻/不合理”的，大体上也是符合我前面的预设的。

从上面的综合分析来看，鲁迅各种类型的“多疑”是符合我的公设的，即（1）从表面上看，是“多余”的怀疑，是“不合乎常理”的、突兀的，其怀疑的提出给人一种“无根无据”的感觉，并且似乎是一种远离自信的“犹疑/游移”；（2）从深层来看，它是建立在对主体“我思”确定性的怀疑的基础上的。而这里面有一项是例外的，即（1）b“当然如此”，也就是说，钱理群所界定的“多疑”是唯一不符合我的公设的。从上面的分析来看，钱的“多疑”实际上是多个笛卡尔意义上的怀疑主义的叠加，是建立在主体“我思”确定性基础上的“疑”，因此，按照多疑和笛卡尔式的怀疑主义的区分，我将此项貌似“多疑”的“疑”排除在鲁迅的多疑之外。

除此之外，我对尾崎文昭的“定向否定深化型‘多疑’思维方式”还要做一些说明。我在上一小节中说过，尾崎所列举的这种思维方式其实和钱理群界定的多疑的内涵大抵是相同的。所谓“定向否定”实际上是以主体“我思”的确定性为根基的新观念替代先前的旧有观念。其实质是在启蒙范畴之内的怀疑主义。因此，这种所谓的“多疑”思维方式也不符合我对鲁迅多疑的公设，应该排除在多疑概念之外。但问题并不是这样简单，尾崎为“定向否定深化型‘多疑’思维方式”所举的例证是《狂人日记》的正文，从文本表面看，确实是“多疑”的典型文本，早在上个世纪30年代，苏雪林就以此证明鲁迅的多疑，“他的多疑出乎寻常情理之外。……《狂人日记》闻狗吠则以为对他吠……虽是描写狂人心理，也就是我们作家自己性格的流露。”[1] 但伊藤虎丸却对《狂人日记》的正文有另外一种定论，“鲁迅留学时期从事的评论和翻译的文学活动（相当于《狂人日记》中的狂人要求人们改心换面的呼吁），即我称之为‘启蒙文学’或‘预言文学’。”[2] 实际上，伊藤是从文本的深层来作这种界定的，即他认为《狂人日记》正文是属于主体“我思”范畴内的启蒙文学。很明显，这里出现一个悖论，按照我的公设，一个文本既然属于主体“我思”范畴的启蒙文学，就不应该表现出“多疑”特征，而一个表征“多疑”的文本也不应该属于主体“我思”范畴的启蒙文学，可是《狂人日记》正文却偏偏包含了这种悖论，甚至可以说，尾崎的术语“定向否定深化型‘多疑’思维方式”本身就是一个悖论式的表达。那么，如何来判定《狂人日记》正文呢？我认为应该从文本的深层来做判定，即它在本质上属于主体“我思”范畴的启蒙文学，只不过在表面上它借用了“多疑”的外衣而已。综上所述，尾崎的“定向否定深化型‘多疑’思维方式”仍然应该排除在多疑概念之外。

至此，我们可以得出多疑的定义：多疑相当于竹内好所说的象征鲁迅“回心”[3] 的那种东西，是鲁迅世界得以诞生的标志，它是鲁迅打量世界时，据以评判存在的一种否定性的思维方式，这种思维方式主要是以一种文学家的直感（而非理论家的系统逻辑）的形式显露出来，并且带有某种“含混”的意味，在行文上造成不同程度的曲折与迂回，从表面上看，它是“多余”的怀疑，是“不合乎常理”的、突兀的，其怀疑

---

1 苏雪林：《论鲁迅的杂感文》，载《1913—1983鲁迅研究学术论著资料汇编》（第二卷），第723页。

2 ［日］伊藤虎丸：《鲁迅、创造社与日本文学》，孙猛等译，北京：北京大学出版社1995年版，第151—152页。

3 ［日］竹内好：《鲁迅》，李心峰译，杭州：浙江文艺出版社1986年版。

的提出给人一种“无根无据”的感觉，并且似乎是一种远离自信的“犹疑/游移”，从深层来看，它是建立在对主体“我思”确定性的怀疑的基础上的，它包括“疑他”和“疑我”两种类型，“疑他”是对此在（海德格尔语）以外的存在的评判；“疑我”则是此在对自身所拥有并依据的全部观念和心绪加以审视，是“不可扼制地对自己的现存方式进行多层次的否定”[1]。

1　［日］竹内好：《鲁迅》，第 24 页。

第一章　启蒙时期：我是谁？

引言　启蒙者周树人

提到“启蒙”，我们首先会想到“五四”，其实，中国“启蒙时代”的开端是要早于“五四”很多年的，“五四”只不过是它的一个总表演。其起始时间大致是在戊戌变法失败后的那几年，也就是 1900 年前后。从这个时间到“五四”之前，中国社会发生了剧烈的大变动，堪称中国历史上“千年未有之大变局”。这段时间对中国文化的影响，张灏曾经作过这样的评述，“在从传统到现代中国文化的转变中，19 世纪 90 年代中叶至 20 世纪最初 10 年里发生的思想变化应被看成是一个比‘五四’时代更重要的分水岭。”[1] 很难想象如果没有严译《天演论》的出版，没有梁启超“新民说”的出现[2]，没有林译小说的大量发行，1919 年前后的中国会是个什么样，“五四”新文化运动会不会发生，鲁迅会不会出现。当然，这些只是徒劳的历史假设，真正对我们发生意义的是我们对

1　［美］张灏：《梁启超与中国思想的过渡（1890—1907）》，南京：江苏人民出版社 1997 年版，第 218 页。

2　其实梁启超“新民说”当中最具启蒙影响的是他对小说的提倡，1902 年他在《新小说》杂志的创刊号上发表了《论小说与群治之关系》一文影响深广。竹内好先生在《鲁迅》一书中曾经就这篇文章对周氏兄弟，尤其是对鲁迅的影响作了长篇的论述。见［日］竹内好：《鲁迅》，第 67 页。

所谓“启蒙时代”的时间所作的确认。此外，还有一件需要确认的事实是，在诸多的早期启蒙者当中还应当加入一位年轻的留日学生：周树人。其实在我们过去的历史叙事上，从来就不曾存在一位名叫周树人的启蒙者，如果有，他不叫周树人，而叫鲁迅，我们说，鲁迅是“五四”时代中国伟大的启蒙者。我承认鲁迅是伟大的启蒙者，然而，我认为那个名字叫周树人的启蒙者比起后来的鲁迅是更其为纯粹的启蒙者。原因很简单，作为启蒙者的周树人信念坚定，充满朝气，且心怀理想与希望，而作为启蒙者的鲁迅则怀疑，动摇，犹豫，彷徨，确信“希望之必无”然而又怀疑确信之真。作为启蒙者的周树人拥有启蒙者所要求的一切品格，而作为启蒙者的鲁迅则戴上面具“呐喊”[1]。其实，对留日时期的信念，鲁迅自己就曾经有过总结，“做起小说来，总不免自己有些主见的。例如，说到‘为什么’做小说罢，我仍抱着十多年前的‘启蒙主义’，以为必须是‘为人生’，而且要改良这人生。”[2] 这篇文章虽然写于1933年，但回忆的是写作《狂人日记》时的想法，因此，“十多年前的‘启蒙主义’”应当是指他留日期间的信念。既然鲁迅自称留日时期为“启蒙主义”，那么，我想将本章命名为“启蒙时期”应该是没有什么错的吧！并且后来的研究者持此论也不乏其人，伊藤虎丸就曾经很敏锐地指出鲁迅留日时期所从事的是“启蒙文学”或“预言文学”，而自《狂人日记》起则走向“赎罪文学”，“我们看到了从鲁迅留学时期从事的评论和翻译的文学活动（相当于《狂人日记》中狂人要求人们改心换面的呼吁），即我称之为‘启蒙文学’或‘预言文学’开始，在向着竹内好称之为‘赎罪文学’的发展中，《狂人日记》乃是其中决定性的转折点。我看这可以说是鲁迅从‘预言文学’走向‘赎罪文学’的过程中确立了鲁迅自己的近代现实主义。”[3]“赎罪文学”是指竹内好在其名著《鲁迅》中对鲁迅文学的定评，在这本著作中，竹内好将作为启蒙者的鲁迅和作

1　语出王晓明的《无法直面的人生——鲁迅传》。
2　鲁迅：《南腔北调集·我怎么做起小说来》，载《鲁迅全集》（第四卷），第526页。
3　［日］伊藤虎丸：《鲁迅、创造社与日本文学》，第151—152页。

为文学家的鲁迅区别开，他认为作为文学家的鲁迅，其文学是赎罪的文学。[1] 伊藤虎丸有意识地将“赎罪文学”和“启蒙文学”相对，其实在某种程度上多少瓦解了1918年后鲁迅作为启蒙者的角色。

作为历史转型时期的启蒙者，首先困扰周树人的一个问题就是自我认同问题，也就是“我是谁?”的问题。而尤其是周树人作为一个留学生，他的自我认同过程发生在日本，这在某种程度上增加了这一过程的复杂性，那么，这种复杂性对周树人构成怎样的影响呢？它又促使他进行了怎样的反思呢？这将是我们这一章所要讨论的重点。从内容上看，这一章将着重讨论的是主体生成的问题，至于“多疑”实际上在这一时期的周树人那里是不存在的，如果有“疑”的话，其实也只是一种单纯的怀疑，而非“多疑”。

第一节　世界图象、异与自我认同

“世界图象”是一个海德格尔的词语，在本书《导论》之（五）我曾做过说明。“世界图象”的德语Weltbild意译是“世界观”、“宇宙观”的意思，孙周兴在做翻译时，为了更好地把海德格尔的文本意思表达出来，用了直译的手法，翻译成“世界图象”，意思是，人的表象活动将世界把捉与掌握为“图象”[2]。在海德格尔看来，世界成为图象是现代的一个本质，“世界之成为图象，与人在存在者范围内成为主体是同一个过程。”[3] 自我认同其实是主体生成的另一种表达，它是人类进入现代以来的一个普遍问题。也就是说，只有当世界被人的表象活动把捉为“图象”，世界整体被绝对区分为主客体二元对立的两个世界时，自我认同

1　［日］竹内好：《鲁迅》，第12页和第43页。
2　［德］海德格尔：《世界图象的时代》，载《海德格尔选集》（下卷），第885—923页。
3　同上，第902页。

才成为可能。所以，按照黑格尔的观点，只有真正踏上“大陆”的哲学[1]——笛卡尔的“我思故我在”出现后，才会有自我认同这回事。从本质上来说，自我认同是一个自我证明的过程，是自我打量自我，自我进行确证，或者说自我为自我的存在寻找根据的一个过程。这一过程在基督教世界（教会时代）是根本不存在的，因为人在那个时代是不需要进行自我证明的，人的证明是通过上帝来完成的，只有上帝才是唯一的实体。既然不需要自我证明，也就没有主客体之分，因为，人（后来之所谓“主体”）与世界万物都是上帝的创造。正因为世界万物（包括人）都是上帝的创造物，所以，他们在上帝面前的地位是平等的，人没有统治世界与任意处置世界的权利，按照《圣经》的规定，人只是上帝在地上的托管者而非统治者，地球是人类居住的“家”。上帝给予人类以“家园意识”，除了给予他们栖息与依靠之地外，更主要的是让他们与世界万物和谐共处，不至于破坏上帝创造之物，因为，一个人对自己的家园是不会随意破坏的，只有“侵入者”或无家可归的人才会不顾后果地破坏“无主之地”。[2] 基督教世界（教会时代）的“自我”通过上帝证明与“家园意识”不仅仅表现在观念里，还表现在书写当中，德国著名的汉学家顾彬（Wolfgang · Kubin）在北京大学讲演录《关于“异”的研究》中对此作过详细的说明，我们不妨摘引：

> ……Self 作为代词（即拉丁语的 ipse）虽然在古英语中就已出现，但只是起强调作用；而作为名词，在中世纪早期的英语中就已经开始使用，但它具有现今这种用以描述、表现一个人的意义却始自 1595 年；而作为哲学概念则开始于 1674 年或 1690 年（约翰 · 洛克首次使用）。德语里的“Selbst”出现得更晚，也就是说，肯定没有出现在马丁 · 路德（1541）之前。德语模仿英语将 Selbst 字头

1　［德］海德格尔：《黑格尔与希腊人》，载《路标》，第 505 页。

2　［德］莫尔特曼：《创造中的上帝》，隗仁莲等译，北京：生活 · 读书 · 新知三联书店 2002 年版，第 67 页。

> 大写是1702年的事，而从康德开始才广泛使用。相近似的是，在西方思想史上，哲学界惯常使用的，可与第一人称代词“我”相替代的词就是Selbst。以德语为例，“我”在中古高地德语中已经使用得很普遍，在此之前，它就像希腊语、拉丁语、哥特语（古日耳曼语的一支）和古高地德语一样要靠动词的变位来表达，一般也都是用于强调。作为“自我意识”的主语或宾语，英语中的“I”1710年以后才正式出现。[1]

显然，作为现代“自我”标志的Self、Selbst和“I”这些词的出现及其单独运用是基督教世界瓦解之后的事情了。

基督教世界的逐步瓦解使得世界成为“图象”，人的存在丧失了上帝的证明，人确证的依据必须重新寻找，笛卡尔的“我思故我在”最终为这种证明提供了依据，但同时也就将世界分割为认识实体和广延实体两部分，这就是主客体二分世界的形成。依据这种思维，人只是在成为主体时才能够进行自我证明，即自我认同，而要成为主体，必须先确定对象世界，即客观世界。这个对象世界首先是所谓等待“被征服”的大自然，然后扩展到同主体认识不相同的他者世界。由于他者与主体对世界的认识不相同，在主体看来，他者是野蛮的，愚昧的，非文明的，因此，是需要“驯服”，教化，改造，甚至是被拯救的。在这个过程中西方的主体化与文明化同非西方的被客体化与被野蛮化是同步进行的，“世界历史”也便是在这一过程中被建构起来的。按照黑格尔的“世界历史”的构想，东方（亚洲）是世界历史的起点，西方（欧洲）是世界历史的终点，[2] 东方在其起点上滞留不前，而西方则在经过了否定之否定的辩证运动之后，最终抵达世界历史之终结

1　[德] 顾彬（Wolfgang Kubin）：《关于“异”的研究》，曹卫东编译，北京：北京大学出版社1997年版，第81—82页。

2　在《历史哲学》中，黑格尔说，“……欧洲绝对地是历史的终点，亚洲是起点。”见 [德] 黑格尔：《历史哲学》，王造时译，上海：上海书店出版社1999年版，第110页。

主体：日耳曼民族。因此，处在主体之外的非西方民族的当前历史是不能写进“世界历史”的，[1] 或者干脆说，他们的历史是不存在的。所以，在人类历史上才会有“发现新大陆”这一事情的发生，因为在作为主体的欧洲人眼里，哥伦布之前的美洲居民——印第安人是没有资格进入“世界历史”的，这等同于他们先前就不存在，或者他们只能等同于树木或者山水。“发现”一词本身就说明主体对被发现之物先前没有历史记载。

在导论中我借海德格尔的话说过现代的本质是：“人通过向自身解放自己来摆脱了中世纪的束缚”，但“决定性的事情并非人摆脱以往的束缚而成为自己”，也不是在于人成为主体，“而是在人成为主体（Subjekt）之际人的本质发生了根本变化”。这种本质的变化即是“人成为存在者本身的关系中心”，“一切存在者以其存在方式和真理方式把自身建立在”[2] 人之上。其实，海德格尔是从哲学的角度说的一个普遍现象，但从具体历史考察，这里的“人”首先应该是指西方人。西方人的自我认同（而不是“人的自我认同”）是通过对他者——非西方人的建构来完成的。这种建构从某种意义上说是源于西方人自身的需求。在世界成为“图象”后，西方人在面对自己时有两种强烈对照的感觉：“一方面是感到自己微小如电子，内心充满了恐惧；另一方面则是自高自大，傲睨一切。”[3] 为了摆脱这种恐惧与表现自我价值，作为主体的西方人唯一的途径是进入他者世界，其具体方法就是航海、旅行、殖民、侵略和传教，并在这一过程中建构一个与他们迥异的“高贵的野蛮人”（卢梭语）的他者世界。这个过程就是西方人对“异”的追寻的过程。[4]

1　在《哲学史讲演录》中，黑格尔说，“东方的思想必须排除在哲学史以外”，“真正的哲学是自西方开始”。案：在黑格尔体系中，世界历史和哲学史具有同构的关系。见《哲学史讲演录》（第一卷），第 98 页。

2　［德］海德格尔：《世界图象的时代》，载《海德格尔选集》（下卷），第 897 页，以上三处引文皆与此同。

3　［德］顾彬（Wolfgang Kubin）：《关于“异”的研究》，第 16 页。

4　同上，第 16 页。

在“异”——异国情调、奇异、不同寻常、他者世界——中，西方人一方面摆脱了由本土日常的平庸生活所造成的“认为自己渺小”的恐惧心理，另一方面也在“野蛮”的土地上实现了自我价值，即自我认同。在作为主体的他们看来，他者世界——“高贵的野蛮人”是一个完全外在于自己的世界，他们一方面鄙视这个世界，认为“高贵的野蛮人”愚蠢、麻木、自私、残忍、恶毒；但另一方面，他们又喜爱这个世界，把它当作自己梦中的“茉莉花”，一个能够让自我得到充分表现的世界，一个理想之乡。因为在这个他者的世界里，不仅仅有黄金和具有异国情调的女人，而且他们还能以自己的“文明”开发这野蛮之地及其上之人，而他们的自身价值的实现（自我认同）也就在这一过程中。这份工作首先是由传教士来完成的。传教士之所谓“拯救”其实就是作为主体的欧洲人以自己的固有的观念与意识向他者——客体（非西方人）的传播与灌输，并且他们将这一行动神圣化。“拯救”同主体将野蛮的他者世界把捉为“图象”是同一个过程。对这种“图象”的较为真实的记录就是传教士们留传下来的诸多书籍。其中便有那本对鲁迅曾经产生过重要影响的美国传教士史密斯（Arthur H. Smith）的著作《中国人的气质》。

类似于《中国人的气质》的这种书，一方面是作为主体的西方人对“异”的发现及其记录，他们在这个发现与记录当中实现自我认同；但另一方面，它也成为了“异”的一方进行最初的自我认同与国族认同的参照物，也就是说，非西方的国族“想象共同体”[1] 最初并不是通过自己的书写而是通过“侵入者”的书写来完成的。非西方的主体生成与其国族认同实际上是同步进行的。但是，由于其“第一次书写”是由“侵入者”完成的，并且“侵入者”在其他者建构过程中将被描写之方“野蛮化”甚至“妖魔化”，因此，非西方的主体生成是在某种程度的屈辱

1 ［美］本尼迪克特·安得森：《想象的共同体》，吴叡人译，上海：上海人民出版社 2003 年版。

中进行的。这使得其“自我认同”成为极其尴尬的事情，表现为一种两难的矛盾心境。这种矛盾的心境在鲁迅的散文《藤野先生》中表现得极为清晰。鲁迅在东京时对大清国留学生的生活习惯的挑剔，以至于对辫发的嘲讽（以富士山形容之）都表现了他难以对大清国留学生进行认同，但其后仙台的“幻灯片事件”显然又从潜意识里表明了他的国族认同，然而其中饱含屈辱。

继传教士之后，西方对他者——非西方的“拯救”是通过规范的文化教育进行的，这便是留学潮的发生，及随后的西式教育与文化的涌入“异”国。这促成了“异”国的一部分人首先转变成西式知识分子，认同西方，使其主体生成之路沿着西方的模式前行。这个时候“异”除了保留原来的成分外，又加进了新的内容，即非西方的留洋知识人经过几年的学习之后，归来时发现，他同异乡人一样置身于“异”之中了，尽管这里是自己的故乡。于是他们惊呼，“这不是我的中华，不对，不对！”[1] 闻一多的《发现》抒发的就是这种情感：

> 我来了，我喊一声，迸着血泪，
> “这不是我的中华，不对，不对！”
> 我来了，因为我听见你叫我；
> 鞭着时间的罡风，擎一把火，
> 我来了，不知道是一场空喜。
> 我会见的是噩梦，哪里是你？
> 那是恐怖、是噩梦挂着悬崖，
> 那不是你，那不是我的心爱！
> 我追问青天，逼迫八面的风，
> 我问，拳头擂着大地的赤胸，

1　闻一多：《发现》，载《闻一多选集》（第一卷），成都：四川文艺出版社 1987 年版，第 99 页。

总问不出消息；我哭着叫你，
呕出一颗心来，——在我心里！

这首诗是闻一多经过三年的留美生活，于 1925 年 5 月归国后写的，诗歌情绪饱满，表达了置身于“异”中的感受。何以离开三年故乡变化让青年闻一多有置身“异”的感觉呢？王富仁对此曾做过精辟的分析，他认为，并不是故乡变了，而是作为主体的闻一多变了，因为 1922 年的中国和 1925 年的中国都是在凌辱与破败中度过的，其光景相差无几，只是主体闻一多经过美国西式教育之后，其观察事物的方式发生转变，所以才有诗中的惊讶与呼唤。[1] 王富仁其实说的就是主体认同问题。实际上，闻一多的自我认同是在美国三年完成的，因此，他的主体是建构在西方文化基础之上的，这样，当他反观自己的故乡时，他其实将它“图象化”了，也就是将之变为了他者世界，从而无法形成认同。实际上，这种不能认同是双方的，在作为他者的故乡之人看来，他们同样不能认同受过西式教育的新式知识分子。这就形成截然对立的两个世界，新式知识分子想对故乡之人进行启蒙，从某种意义上讲就是传教士对非西方世界的“拯救”模式的内化。

当然，在非西方的国族认同过程中，个人的自我认同倾向于西方，并不是盲目的行动。以中国为例，其主要原因有二：其一是当时国族处于危亡之际，欲图存，不得不将目光投向正处于上升时期的西方；其二，随着西方船炮而来的还有一套强大了话语体系，这套话语体系在主体建构过程中起着不可忽略的作用。这两点在前人的著作中已经做过充分的论述，我们不再作为重点详细论述，只是对第二点中的某些与本文相关但又没有澄清的问题，本文将在下一节中详细阐释。但在进入这个阐释之前，我们先将中国古代关于“我”的一些概念同现代的“自我”

1　王富仁：《闻一多诗论》，载《现代作家新论》，西安：陕西教育出版社 1998 年版，第 255—282 页。

（主体）做一简单的比较，以示区别。[1]

中国典籍中表示“我”的词语有很多，譬如，“我”、“吾”、“余”、“己”、“予”、“吾身”、“自身”、“自家”、“吾心”等等。因此，有的学者借此认为，中国古代就有“自我”的观念，“比如，墨子刻，他曾援引如‘身’、‘吾身’和‘吾心’等儒家学说中的一般用语来证明其中存在‘自我’。人们甚至以这种方法最终得出结论说，中国比西方‘现代’得多，因为中国有关‘自我’的一些用语要比英文的 Self 和德文的 Selbst 早出现几百年甚至几千年。”[2] 如同许多海外新儒家千方百计想从古代儒家典籍中证明中国自古就有民主制度一样，这种证明其实也是徒劳而无益的。其实，中国古代的“身”与“吾身”等词与现代的“自我”虽然在表达方法上没有太大的区别，但我说过，词本身其实并不是问题，问题在于这个词语背后所开启的是怎样的一个世界？这个词语它究竟表达了怎样的一种关联域？其实仔细比较起来，中国古代的“吾身”等概念与现代的“自我”有三个根本性的区别：其一，现代的“自我”即主体是一个界定较清楚的概念，即笛卡尔的“我思故我在”。而中国古代的“吾身”等概念从来没有明确界定。其二，现代的“自我”是独特的“这一个”，是与世界万物相对且外于世界万物的主体。而中国古代的“吾身”等表达的是世界万物之中的一个，与世界万物并不形成对立，而是相通的，是其不可分割的一部分，因此不可能是以主体的面目出现。其三，按照顾彬的观点，中国古代的“吾身”等表达“我”的概念是建立在自我“节制”的基础上的。而现代的“自我”是自我的解放与扩张，它是建立在对欲望的永无止境追逐的基础之上的。下面对第三点稍作解释。

尼采在《查拉图斯特拉如是说》中的《精神的三种变形》中分别用

1　顾彬先生在北京大学的讲演录《关于“异”的研究》第九讲《“心猿意马”——儒家学说中的“自我”问题》其实对这个问题做过详细的辨析，在这里不妨借用其中的一些观点。见《关于“异”的研究》。

2　同上，第 81 页。

骆驼、狮子和婴孩隐喻精神的三种变形——“你应该”、“我要”和“我在”。骆驼的“你应该”是一种道义的承担，是他律的规定；狮子的“我要”是对这种他律的否定，是对自由的要求，是一种自我的解放以及对自我欲望的无止境的追求；婴孩的“我在”则是与世界的和解，达到一种“临在”之境。[1] 其实，现代的“自我”即主体就是狮子的“我要”，它是建立在对“欲”的无止境的满足的基础上的。三种变形当中的骆驼的“你应该”实际上是上帝的一种他律，而在中国古代社会并没有这种他律，也就是在中国没有一个绝对的审判者，因此，中国古代的“吾身”等表达的是一个自律关联域，这种关联域用《论语》中的词语表达即是“克己”。“仁”是孔子追求的至境，而达到“仁”的办法就是“克己复礼”。

> 子曰：“克己复礼为仁。一日克己复礼，天下归仁焉。为仁由己，而由人乎哉?”[2]

朱熹对这段话的解释是：

> 仁者，本心之全德。克，胜也。己，谓身之私欲也。复，反也。礼者，天理之节文也。为仁者，所以全其心之本德也。盖心之全德，莫非天理，而亦不能不坏于人欲。故为仁者，必有以胜私欲而复于礼，则事皆天理，而本心之德，复全于我矣。归，犹与也。又言一日克己复礼，则天下之人，皆与其仁，极言其效之甚速而至大也。又言为仁由己而非他人所能预。又见其机之在我而无难也。日日克之，不以为难，则私欲净尽，天理流行，而仁不可胜用矣。

1　尼采：《苏鲁支语录》，徐梵澄译，北京：商务印书馆 1995 年版，第 19—21 页。

2　朱熹注《〈论语〉章句集注》，第 49 页，载《四书五经》（上册），北京：中国书店 1985 年版。

孔子所谓“己”，朱熹解释成“身之私欲”。所以“克己”就是理学的“灭人欲”。从这里看来，中国古代的“我”、“己”也是与“欲”联系在一起的，但是与现代的“自我”在对欲望的无止境的追求中完成自我实现相反，中国古代要最终达到“全其心之本德”的“真我”则必须“克”掉一“己”之私欲，即所谓“私欲净尽，天理流行”。按照顾彬的解释，这里的“私欲”之“己”即是“小我”的“我”，而“全其心之本德”的“真我”则是“大我”的“我”，因此，“存天理，灭人欲”最终是要将“我”融入“大我”中的一种集体主义努力。这当然是一种现代人的理解。其实，宋明理学的“天理”与“人欲”是对《尚书·大禹谟》中的“人心惟危，道心惟微，惟精惟一，允执厥中”[1] 的一种重新阐释。“人心”之“心”与“道心”之“心”乃是一个“心”，蔡沈注曰，“心者，人之知觉，主于中而应于外者也。指其发于形气者而言，则谓之人心，指其发于义理者而言，则谓之道心。”[2] 所以，“天理”对应的是“道心”，而“人欲”对应的是“人心”，“存天理而灭人欲”，即是以“道心”主“人心”，从而达到大化流行的天人合一的境界才是中国古代之“我”的价值追求。如此看来，中国古代的“我”之确证与现代的“自我”认同是完全不相同的两套关联域，其标志就是对“欲”的不同规定。

然而，这两者竟然相遇了，并且进行了殊死的搏斗，而最终获得这场胜利的并不是历来被誉为包容性极强的中国古代话语体系，而是凶悍的“狮子”。这是为什么呢？

第二节　进化论与历史进步观

“狮子”的胜利，其实质是西方话语体系的胜利。这套话语体系中

1　蔡沈注《〈书经〉集传》，第 14 页，载《四书五经》（上册）。

2　同上。

最为精要的部分就是历史进步观。在这种观念的支配下，人们将世界划分为“进步的”和“落后的”，“新的”和“旧的”，“现代的”和“古代的”，“青年的”和“老年的”。虽然，“现代的”和“古代的”划分在古罗马时期就已经出现，但真正在现代历史进步观的支配下进行绝对划分的时代是在17世纪法国的古今之争中。在中国，这种划分最为明显的时期就是“五四”时期。实际上，“五四”是中国真正意义上的“古今之争”。“五四”时期不厌其烦地对“新”、“青春”、“进步”进行礼赞正是基于这样一种历史进步观。但历史进步观在中国最初的出现并不是在“五四”时期，而是更早，在梁启超的著作中出现的。梁在1898年戊戌变法失败后，旅居日本十年，一面反思变法失败的原因，一面大量吸收西方新思想，其中对他影响最大的当推历史进步观。1902年前后，梁在日本办的好几个刊物都是以“新”命名，最著名的如《新民丛报》《新小说》，而且其时著作也多以“新”命名，如《新中国未来记》《新史学》《新民说》等。但众所周知，梁启超早在1898年戊戌变法前就已经受到严复《天演论》的影响，因此，进化论对梁的影响应该更早，即便如此，进化在梁的观念里始终是工具性的而非终极信仰，其终极信仰毋宁是进步观。张灏对此有过精辟的论述：“梁接受达尔文竞争的价值观与他对近代西方另一价值观——进步的信仰密不可分。其实在某种意义上，梁接受竞争价值观，主要因为他相信后者是进步的一个重要条件。因此，与他接受竞争价值观的模棱两可和只看重竞争的工具性不同，梁对进步价值观的信仰是终极的和无条件的。”[1] 梁对进步观的接受实际上是非常超前的，在《新史学》里他甚至能够很熟练地运用黑格尔的“世界历史”的修史方法。他指出，“有历史的人种可进一步分为两部分，即有世界史的和非世界史的人种。前者指能够有能力将他们的统治扩大到疆域之外，并通过促进人类社会的进步而具有世界影响的民族；后者

---

1 ［美］张灏：《梁启超与中国思想的过渡（1890—1907）》，第121页。

显然指那些在人类历史中不能扮演这种角色的民族。”[1] 在 20 世纪的前十年中，梁启超的这种进步观因其笔尖饱带热情的政论文体对那时成长起来的一代青年的影响是极大的。早期的另一位思想启蒙家严复则是完全以《天演论》的翻译与阐释而影响青年的，然而就此一项的影响，既深且远，是当时任何书籍与文章皆不可匹敌的。究其实质，《天演论》有两项内容影响最大，其一是“物竞天择，适者生存”，其二是进化的进步。其实《天演论》最终要传播的还是一种进步的信仰，但它却是披着“进化”的外衣进行的。由于《天演论》影响的巨大，“进化”在中国实际上成为了“进步”的代名词，而掩盖了两者的不同。其实，从根本上讲，进化与进步是两套完全不同的理论，它们甚至在许多方面是根本对立的。两者逐渐地有些融合是在 19 世纪中后期才发生的事情，而事实上在这个融合过程中起主导作用的一直是进步的观念，进化只不过在某些方面充实了进步观念。因此，在西方，体现现代本质的观念是历史进步观，而非晚起的进化论。但是中国现代之初接受西方的历史进步观却是通过进化论来完成的，这直接导致了“进化”和“进步”两个词在中国现代的混用，并且一直到现在，很少有人对此作出明确的辨析。那么，究竟是什么导致了这种含混的运用呢？在这种含混的运用背后隐藏着现代中国的一种怎样的语境呢？含混运用的动机又是什么呢？鲁迅在这个问题上是如何理解的呢？在对此做详细分析之前，我们先有必要对进步观和进化论做一番辨析。

历史进步观最初起源于 17 世纪英法的古今之争，其原意是对抗当时极流行的一个论调，即自古罗马衰败以来人类处于不断退化当中。持这种论调的人认为，人类以前存在着一个黄金世界，但此后，人类就处于不断堕落与退化当中，因此，同古人比起来，现代人是低能的，没有创造力的，在现代人中不可能出现苏格拉底、柏拉图和亚里士多德这样的伟大人物。这是一种典型的厚古薄今的历史观。在这种观点之下，现

1　［美］张灏：《梁启超与中国思想的过渡（1890—1907）》，第 113 页。

代一直生活于古人，尤其是古希腊与罗马人的阴影当中，失去创造的勇气。为了驳斥这种观点，替现代人辩护，站在现代一方的论者指出这种退化观是荒谬的，因为自然力是恒久不变的，因此，自然力在希腊时代能创造出柏拉图和亚里士多德，在现代一样也能创造出具有同样智慧的人来，现代人在创造力与智慧上至少应该和古人是同等的。在作出这样的判断后，支持现代的论者更进一步指出，由于现代人出生得晚，他就有可能继承以前人类的一切知识，因此，现代人在知识积累上要比古人多，而知识的无止境的积累必定导致人类的不断进步。培根甚至指出，“我们所谓的古代并且给予极大尊敬的那个时代反而恰恰是这个世界的青年时代。而我们现代所生活的时代，这个老年的，年龄在不断增长的世界才是真正意义上的古代。……我们才是名副其实的古人，古希腊人和古罗马人都比我们年轻。”[1] 据此，培根将历史隐喻成一个人，史前是其幼年时期，古希腊罗马是其青年时期，中世纪是其壮年时期，现在则是其老年时期，老年时期聚集了这个“人”的一生的知识与创造成果，因此是最具有智慧的。由于培根认为知识的增长就意味着幸福的增长，也就是善的增长，因此，世界总体上是向着不断完善进步的，而且这种进步是无止境的。但进步的观念最终的完成是在笛卡尔那里，培根及其同时代人只是指出了知识的进步及其与人类幸福的关系，但笛卡尔却为进步的观念提供了理论证明。在笛卡尔的体系中有三点对于进步观念的确立起了决定性的作用，即：理性的至高无上原则、自然法则的永恒不变性和精密的逻辑论证方法。[2] 而笛卡尔的主体形而上学为此提供了基石。理性的原则就是“我思故我在”，这个原则一方面确定了主体，在另一方面，它也为人怀疑一切提供了基础，因为，除了“我思”是确定的外，其余的一切都是值得怀疑的，也就是说，其余的一切都必须通过理性提供证明。因此，古代的一切权威，甚至是上帝都在“我思”面前

---

1 J. B. Bury *The idea of progress* Dover publications，INC. NEW YORK，1955，page 54. 引文系笔者译，下同。

2 同上，page 65.

丧失了权威性。而权威性是当时人类退化论的一块基石，有权威性在，就有人类不断退化论在，进步观就无立足之地。因此，打倒权威性实际上为进步观的最终确立准备了第一个条件。“进步理论形成的另外一个条件是要真诚地认识到世俗生活的价值和知识对人类的有用性。文艺复兴的世俗精神为这个世界准备了新的价值，而它完成于培根，并最终发展成为现代的实用主义。”[1] 进步观念得以成立的第三个条件是自然法则的永恒不变性，“在科学找到确信的根基以前，没有人能相信知识会持续不断地进步。并且在自然法则的永恒不变性得到承认以前，科学也不可能为我们找到确信的根基。如果我们不承认这个假说，如果我们认为自然世界会随时而变，那么，我们便不能保证科学的无限进步。而笛卡尔哲学建立了这个原则。”[2]

进步的观念是一种历史哲学，但在本质上却是政治哲学的，[3] 因此，它是伦理的，是一种价值观。与中性词“进化”不同，进步是同幸福和“完善”联系在一起的，它表达的是一种信仰。这种信仰在人进入现代以后替代了此前的“天意”信仰。并且，同主体的确立和世界成为“图象”一样，进步的观念也是现代的本质内容。

在笛卡尔之后，进步的观念以各种形态融入西方各种学说之中，大致来说可以分为两类：其一是以孔德和孔多塞为代表的无限进步的观念；其二是以黑格尔和马克思为代表的“末世论”或“千禧年”进步观。前者以知识的实用与积累为基础，认为人类的进步是永无止境的直线，人类在进步中不断“完善”，但他们并不指明这条直线的终点是什么，或者说他们相信“永无止境”是没有终点的。后者则不同，他们认为进步是有终点的，这个终点就是“千禧年”期待，因此，“世界历史就是世界审判”。这种进步观其实质是将基督教的彼岸天国搬到了世俗

---

1 J. B. Bury *The idea of progress* Dover publications，INC. NEW YORK，1955，page 54. 引文系笔者译，下同，page 66.

2 同上，page 66.

3 ［美］约翰·斯坦利：《〈进步的幻象〉英译者导言》，载［法］乔治·索雷尔：《进步的幻象》，吕文江译，上海：上海人民出版社 2003 年版，第 11 页。

界，进步的最终目的是要在此岸建立曾经是基督教的“天国”，因此它最终是基督教的世俗化，是一种将基督教原则运用到“地上”的企图。[1]

乔治·索雷尔对进化观念起源的有趣解释在某些方面给我提供了一些启示，在《进步的幻象》一书中，他这样说道，“加速的观念有可能从政治学进入物理学之后，马上又掉转过来，因而物体加速下坠的理论有助于进步观念的精致化。在进化的假设那里，我们可以看到一个类似的现象；有关进化的诸种假设源出于历史哲学，但它们并没有给历史学家留下必然如此的印象，直到在生物科学中转了一圈之后方才如此。”[2] 这段话只是对“加速的观念”的一个注解，但在随后的正文中，乔治·索雷尔解释了“进化”的这种历史哲学的起源，他认为，进化学说是与独立战争联系在一起的。为什么这么说呢？因为大革命后的拿破仑帝国是当时欧洲世界的进步的代表，“法国的军队打到哪里，哪里的人们都期望仿效法国制度，废止旧制度，按照被人们当作遵循自然法的原理另造制度。然而，却有这么一天，各民族起而反叛这种改进体系，并用手中的武器拒绝我们带给他们的幸福。”[3] 实际上，乔治·索雷尔这段话讲的是民族国家的起源。紧接着他说，“此后，进化就对立于进步，传统就对立于创造，历史必要性就对立于普遍理性。”[4] 很显然，乔治·索雷尔认为进化的观念是和民族国家的起源有莫大的关系的，并且他认为进化的观念在很大程度上是各个民族在反拿破仑帝国中向本民族传统回顾时形成的。但按照乔治·索雷尔的观点，进化的这种历史哲学的起源并没有被普遍注意，随后它进入生物学之中。这就是我们通常所谈到的 19 世纪的居维叶、拉马克和达尔文。

19 世纪生物科学对人文社会科学的影响是明显的，科学实证主义

---

1 ［德］卡尔·洛维特：《世界历史与救赎历史》，李秋零、田薇译，香港：汉语基督教文化研究所 1997 年版，第 52 页。

2 ［法］乔治·索雷尔：《进步的幻象》，吕文江译，上海：上海人民出版社 2003 年版，第 114 页。

3 同上，第 271 页。

4 同上，第 271—272 页。

对 19 世纪后期法国自然主义文学的影响就是一个典型的例证。19 世纪早期，生物科学对人文科学的影响中最重要的是将社会比作有机体，于是顺理成章的进化论进入人文科学当中，并且给进步观补充了血液。这就是促成了进化的进步的诞生，而后来伯格森的创造进化论与此也有关系，兹不赘述。

但无论如何，进化和进步是有很大区别的。具体如下：

- 进步观是建立在自然法则永恒不变的基础上的；而进化论则是建立在自然环境与物种变化的基础上的。
- 进步是建立在对未来的展望之上的；而进化则主要是建立在对历史的回顾的基础上的。"一个人可以展望未来并记下据称能对各种事物给出彻底解释的所有发展的根源，这种途径随之关注的就是各种创造。另一方面，一个人可以回顾过去以发现各种适应是怎样出现的，这就是进化学说。"[1]
- 进步——如上所示，本质上是不断创造；进化本质上则是适应。
- 进步将世界划分为"先进"与"落后"；进化则没有这种划分，它只有"适应"与"不适应"。
- 进步总体上是单线性的；进化则是复杂的，可能是双线性，也可能是其它，也就是说，进化有可能是进步的，但也可能不是进步的。

对于末一点，实际上进化论在中国传播之初就已经有很多人点出，其代表人物是章太炎，他在《俱分进化论》一文中认为，在"善"进化的同时，"恶"也在进化，因此，进化绝对不能等同于进步[2]。但是，这只是少数人的意见，当时大多数人还是宁愿相信进化就是进步。我想其中至少有下面两个原因：

1　[法] 乔治·索雷尔：《进步的幻象》，吕文江译，上海：上海人民出版社 2003 年版，第 276 页。

2　章太炎：《俱分进化论》，载《章太炎全集》（四），上海：上海人民出版社 1985 年版，第 386—394 页。

1. 与当时的国情有关。这是历来为我们所常谈到的。当时列强瓜分中国，尤其是中日甲午的战败，为中国敲响了“亡国灭种”的警钟。这使得《天演论》[1] 的翻译者与阅读者在理解进化论上出现偏差。在解读进化论时，片面地强调了“竞争”和“争存”，对“适应”二字理解不全面，认为“适应”即是“进步”的，“不适应”即是“落后”的。在这情况下，中国人理解的“进化论”就不是乔治·索雷尔所说的，“回顾过去以发现各种适应是怎样出现的”进化论了，相反，他们企图完全抛弃自身的民族传统，借助外来资源使自己洗心革面，从而达到适应环境的目的。进化论强调的是一种渐进的适应过程，是在环境变化中，借助于自身的传统，逐渐适应环境的变化。而中国当时采用的显然不是渐进式的改革方式，而是一种疾风骤雨式的“激变”或“灾变”的方式。这其实是和进化论相抵触的，是借着“进化论”外衣的进步理念的表达。

2. 同主体的建构相关。虽然年龄相差 20 多岁，但严复和鲁迅成长道路极其相似。起先，两个人都是在西式学堂学习，然后留学海外，因此，他们的自我认同都是在西方语境中形成的，这样在他们主体建构之时就很自然地接受了西方的“世界图象”：西方是文明的、先进的；中国是野蛮的、落后的。因此，在严复翻译赫胥黎的《进化论与伦理学》时，在他脑海中，就已经存在一套历史的进步观念。正是这种主体的先入之见使得严复在翻译《进化论与伦理学》时有意无意地从进化即是进步的角度去解读进化论。

留日时期的鲁迅对进化论的理解实际上也是循着“进化就是进步”的思路进行的。其典型文本是《人之历史》和《科学史教篇》。前者详细讲述了自希腊泰勒斯（鲁迅译为德黎）至德国海克尔（鲁迅译为黑格尔）的进化论演变的历史。后者则集中表述了鲁迅的进步观，“科学盛

---

1 据本杰明·史华兹的推断，《天演论》的翻译在很大程度上是受甲午海战的刺激。见［美］本杰明·史华兹：《寻求富强：严复与西方》，叶凤美译，南京：江苏人民出版社 1996 年版，第 89 页。

大，决不缘于一朝。索其真源，盖远在夫希腊，……递十七世纪中叶，乃复决为大川，……以至今兹。实益骈生，人间生活之幸福，悉以增进。”[1] 科学知识的增进与人间生活幸福的增进联系在一起是典型的培根论，也就是历史进步观念的表达，这证明留日时期的鲁迅是相信历史进步观念的，而这种信仰与他对进化论的信仰是同一的。

第三节　立人——谁立人？

同一性其实永远只是个假设/假说，只有差异是存在的。作为民族国家建立之基础的民族认同同样是一个宏大叙事/宏大假说。即使是作为民族国家发源地的西欧，各个民族国家内部都存在各种显著的差异，譬如大不列颠就并不是由一个单一的民族组成，而即便是那些由所谓单一民族组成的国家，其内部的同一性也仍然存在问题，譬如女性、同性恋等弱势群体或亚文化群体在民族认同上，就和男性或主流群体不同，这一点在刘禾对萧红《生死场》的重新阐释中有过很清晰的描述。[2] 在鲁迅留日期间，中国的民族认同尤其繁杂。两百多年前，满清入关及其对汉民族的屠杀所造成的永久的创伤记忆并没有被时间抹杀掉，相反，随着民族认同问题的出现而更加清晰。这造成了汉民族在现代民族认同中的尴尬处境，在他们身上，民族和国家始终是处于一种分离的状态，作为民族，他们非常不愿意认同清政府，但作为国家，又不得不认同。这种矛盾的心态在鲁迅那里有过充分的描述：

> 东京也无非是这样。上野的樱花烂熳的时节，望去确也象绯红的轻云，但花下也缺不了成群结队的“清国留学生”的速成班，头

1　鲁迅：《坟・科学史教篇》，载《鲁迅全集》（第一卷），第 25 页。

2　［美］刘禾：《跨语际书写》，宋伟杰译，北京：生活・读书・新知三联书店 2002 年版，第 285—303 页。

> 顶上盘着大辫子，顶得学生制帽的顶上高高耸起，形成一座富士山。也有解散辫子，盘得平的，除下帽来，油光可鉴，宛如小姑娘的发髻一般，还要将脖子扭几扭。实在标致极了。
>
> 中国留学生会馆的门房里有几本书买，有时还值得去一转；倘在上午，里面的几间洋房里倒也还可以坐坐的。但到傍晚，有一间的地板便常不免要咚咚咚地响得震天，兼以满房烟尘斗乱；问问精通时事的人，答道，“那是在学跳舞。”
>
> 到别的地方去看看，如何呢？
>
> 我就往仙台的医学专门学校去。……[1]

尽管是讽刺，但鲁迅的笔调仍然是复杂的，鲁迅当然忘不了他也曾经是其中的一员，他在作讽刺的时候其实也揭露了心中隐痛的伤痕，并且隐约地透露了他初去日本时由身份认同所引起的尴尬心境。对鲁迅而言，自从踏上日本的国土后，“辫子”几乎就是“尴尬”的代名词，一方面辫子有汉民族对民族创伤的记忆，另一方面，更重要的是，从西洋人和日本人——尽管他们改掉“难看”的民族发饰也只是不久前的事情——看来，辫子是野蛮人的象征，是蛮性的遗留。他们用一个带有污蔑性的词汇“pigtail”（猪尾巴）称呼清国人的辫子，这个污蔑性的词语其实隐含着这么一层意思，即“你们清国人不是‘人’”。这正是一种典型的“主体”思维方式，在这种思维方式下，“大清国”被对象化，也就是客体化或者野蛮化，其实是一个意思。被“客体化”的人当然就是与“猪”或树木一样对待了。实际上，鲁迅的尴尬更多的是来源于此，民族历史上的创伤记忆只是由此触发而已。因为，很明显，他在南京的时候没有如此重视过辫子问题。从这个意义上说，这一时期的鲁迅对西方的“主体”观念是接受与认同的。另一段文字也可以提供证明：

1 鲁迅：《朝花夕拾・藤野先生》，载《鲁迅全集》（第二卷），第 313 页。

> ……汽船一到，看见一大堆，大概一共有十多人，一上岸便将行李放到税关上去候查检，关吏在衣箱中翻来翻去，忽然翻出一双绣花的弓鞋来，便放下公事，拿着子细地看。我很不满，心里想，这些鸟男人，怎么带这东西来呢。自己不注意，那时也许就摇了摇头。检验完毕，在客店小坐之后，即须上火车。不料这一群读书人又在客车上让起坐位来了，甲要乙坐在这位上，乙要丙去坐，揖让未终，火车已开，车身一摇，即刻跌倒了三四个。我那时也很不满，暗地里想：连火车上的坐位，他们也要分出尊卑来……。自己不注意，也许又摇了摇头。[1]

鲁迅两次摇头，显然是带着“看辫子”的眼光去看待范爱农他们的行为的。在那时鲁迅眼里，他们这群初来的留学生是不符合“文明”的。而在范爱农眼里，鲁迅是不尊重/瞧不起他们的，因为鲁迅是带着有色眼镜瞧他们的，而这有色镜片就是西方的文明观念。鲁迅正是带着这副有色眼镜愤然离开这群不“符合”文明的有 pigtail 的人，到了仙台。可就是在这里，他的身份认同遭到了前所未有的失败，由身份认同的尴尬所造成的屈辱感也大大的加深了。这突出表现在两件事上，其一是考试事件，其一是幻灯片事件。

> 中国是弱国，所以中国人当然是低能儿，分数在六十分以上，便不是自己的能力了：也无怪他们疑惑。但我接着便有参观枪毙中国人的命运了。第二年添教霉菌学，细菌的形状是全用电影来显示的，一段落已完而还没有到下课的时候，便影几片时事的片子，自然都是日本战胜俄国的情形。但偏有中国人夹在里边：给俄国人做侦探，被日本军捕获，要枪毙了，围着看的也是一群中国人；在讲堂里的还有一个我。

1　鲁迅：《朝花夕拾・范爱农》，载《鲁迅全集》（第二卷），第 323—324 页。

> “万岁！”他们都拍掌欢呼起来。
>
> 这种欢呼，是每看一片都有的，但在我，这一声却特别听得刺耳。此后回到中国来，我看见那些闲看枪毙犯人的人们，他们也何尝不酒醉似的喝彩，——呜呼，无法可想！但在那时那地，我的意见却变化了。[1]

很多研究者指出幻灯片事件可能是出于鲁迅的虚构，[2] 但无论虚构与否，鲁迅将这两件事放在一起叙述至少表明了他在身份认同上的某种困境。尽管他不认同“大清国”，但却无法不认同“中国/支那”。因为，“中国是弱国”，所以中国是被（日本人——文明人）野蛮化的，中国人当然就是野蛮人——“当然是低能儿”，我是中国人，当然我也是野蛮人。这野蛮人在幻灯片中表现出来的是愚昧、麻木，我与他们唯一的区别是没有拍掌欢呼“万岁”，并且更为重要的是，我在观看“他们的愚昧与麻木”。于是，“在那时那地，我的意见却变化了”，什么意见呢？鲁迅在《呐喊·自序》中对此作了答复：

> ……那一回以后，我便觉得医学并非一件紧要事，凡是愚弱的国民，即使体格如何健全，如何茁壮，也只能做毫无意义的示众的材料和看客，病死多少是不必以为不幸的。所以我们的第一要著，是在改变他们的精神，而善于改变精神的是，我那时以为当然要推文艺，于是想提倡文艺运动了。[3]

---

1 鲁迅：《朝花夕拾·藤野先生》，载《鲁迅全集》（第二卷），第 317 页。

2 这种说法最初为李欧梵所提出，“从文学观点看，鲁迅所写的幻灯片事件既是一次具体动人的经历，同时也是一个充满意义的隐喻。幻灯片尚未找到，作者可能有虚构。”见［美］李欧梵《铁屋中的呐喊》，尹慧珉译，长沙：岳麓书社 1999 年版，第 17 页。王德威后来在他的《从“头”谈起——鲁迅、沈从文与砍头》一文中也应和了这种观点，见［美］王德威：《想像中国的方法》，北京：生活·读书·新知三联书店 1998 年版，第 136 页。

3 鲁迅：《呐喊·自序》，载《鲁迅全集》（第一卷），第 438—439 页。

这便是鲁迅的“立人”思想。可是，谁立人呢？立什么样的人呢？

我们先来看第二个问题：立什么样的人？

立什么样的人？隐含着一个判断，即什么样的人才是理想的人？[1] 它隐含着鲁迅对人的定义：人是什么？《呐喊·自序》里的这段话虽然用的是一个医学隐喻，但从中可以窥出鲁迅对人的看法与笛卡尔以来西方的传统并无不同，他同样是将人分为肉体的（广延实体）和精神的（认识实体），而且同笛卡尔一样，他轻视人的肉体而重视人的精神。在提出“首在立人”的《文化偏至论》中，鲁迅详细地论述了“立人”之“人”。文章开始批评了中国近代救国论中舍本取末的两种做法：金铁兵事之说与国会立宪之说。鲁迅尤其批评了当时颇为流行的“托言众治”的国会立宪之说，他认为，“托言众治，压制乃尤烈于暴君。”[2] 鲁迅认为，金铁兵事之说与国会立宪之说正是十九世纪西方文明中重物质与众数的翻版，但“论者不以为有当”，他说，“物质也，众数也，十九世纪末叶文明之一面或在兹，而论者不以为有当。盖今所成就，无一不绳前时之遗迹，则文明必日有其迁流，又或抗往代之大潮，则文明亦不能无偏至。诚若为今立计，所当稽求既往，相度方来，掊物质而张灵明，任个人而排众数。人既发扬踔厉矣，则邦国亦以兴起。”而且，“物质也，众数也，其道偏至。根史实而见于西方者不得已，横取而施之中国则非也。”[3] 接着鲁迅从史实考察了西方十九世纪的重物质与倚众数的文化偏至。他认为，“十九世纪文明一面之通弊”在于“诸凡事物，无不质化，灵明日以亏蚀，旨趣流于平庸，人惟客观之物质世界是趋，而主观之内面精神，乃舍置不之一省。重其外，放其内，取其质，遗其神，林林众生，物欲来蔽，社会憔悴，进步以停，于是一切诈伪罪恶，蔑弗乘之而萌，使性灵之光，愈益就于黯淡”。鲁迅认为，能起而矫正这一流弊的

1　许寿裳在《回忆鲁迅》一文中说，“我们又常常谈着三个相关联的问题：（一）怎样才是理想的人性？（二）中国民族中最缺乏的是什么？（三）它的病根何在？”载《鲁迅回忆录》（专著）（上册），第487页。

2　鲁迅：《坟·文化偏至论》，载《鲁迅全集》（第一卷），第46页。

3　同上，第47页。

是根源于十九世纪初叶神思一派的新神思宗，其利器是“或崇奉主观，或张皇意力”[1]。这样，鲁迅逼近了他所主张的“立人”之“人”，即此“人”是崇“主观”而张“意力”的。“主观”者何？“一谓惟以主观为准则，用律诸物；一谓视主观之心灵界，当较客观之物质界为尤尊。……于客观之习惯，无所盲从，或不置重，而以自有之主观世界为至高之标准而已。以是之故，则思虑动作，咸离外物，独往来于自心之天地，确信在是，满足亦在是，谓之渐自省具内曜之成果可也。”[2] “意力”者何？“内省诸己，豁然贯通”，“排斥万难，黾勉上征，人类尊严，于此攸赖”。鲁迅认为，“二十世纪之文明”当如是，只有崇“主观”而张“意力”的人才能“虚伪道消，内部之生活，其将愈深且强”，“精神生活之光耀，将愈兴起而发扬”，“主观与自觉之生活，将由是而益张”。[3] 他认为，只有人的“内部之生活强，则人生之意义亦愈邃，个人尊严之旨趣亦愈明”，这样才能“立狂风怒浪之间，恃意力以辟生路”。因此，中国当务之急是“取今复古，别立新宗”，使“国人之自觉至，个性张”，这样“沙聚之邦”才能“转为人国”。由此，鲁迅提出了，要“生存两间，角逐列国是务，其首在立人”，而立人的根本途径是“尊个性而张精神”。[4]

以上是鲁迅在《文化偏至论》中对“立人”的论述，我认为很有梳理的必要，先来看看鲁迅“立人”思想表达中的一些关键词：主观、意力、内面、内部、内曜、精神、自心。这些词都可以用文章中的一个表达替代，即“主观内面之精神”。人只有具备“主观内面之精神”，才有“自心”，这样才能“于客观之习惯，无所盲从，或不置重”，“思虑动作，咸离外物，独往来于自心之天地”。这才是鲁迅所要立之“人”。在另外一篇未完成的文章《破恶声论》中，鲁迅也表达了相近的意思，

1 鲁迅：《坟·文化偏至论》，载《鲁迅全集》（第一卷），第 54 页。
2 同上，第 54—55 页。
3 同上，第 56—57 页。
4 同上，第 58 页。

“盖惟声发自心，朕归于我，而人始自有己。”[1] 看来，鲁迅之“人”的关键词就是“自心”，扩大一些就是“主观内面之精神”。那么到底什么是“自心”，什么是“主观内面之精神”呢？是不是人的本质中就有这种东西存在呢？是不是人在本质中就存在一个“内面”呢？鲁迅并没有追问下去，而我认为这是问题的关键。

虽然，中国古代也有“内省”、“自心”这样的词语，但我一再强调过，词语本身并不是问题，问题是词语所表达的关联域是什么，它表达了言说者与世界的一种怎样的关系？中国古人的“内省”与“自心”是与礼相关联的，它强调通过内省去掉属于“个”的欲（人欲），使“个”融入“天理”之中，从而达到“私欲净尽，天理流行”的天人合一之境。显然，鲁迅所说的“内省”与“自心”表达的关联域与此不同，他强调的是“个”，这个“个”必须要有“主观内面之精神”。那么，“主观内面之精神”到底是什么呢？它是不证自明的吗？还是需要论证的呢？

日本学者柄谷行人认为，“内面”是一个“发现”的过程，其实更精确地说，“内面”是一个由外塑内的过程。柄谷认为，在日本“内面”的确立是明治 20 年代的事情，“发生于明治 20 年代的‘国家’与‘内面’的确立，乃是处于西洋世界的绝对优势下不可避免的。”[2] “国家”与“内面”确立的明治 20 年代正是日本现代民族国家确立与现代文学起源的时期，也就是伊藤虎丸所谓的“道义上的骨干的青年”时期[3]，这一时期的青年如夏目漱石和国木田独步等在文言一致运动中确立/发现了“内面”[4]，等到了“明治 40 年代，当花袋和藤村开始自白之前，自白这一制度已经存在了，换言之，创造出‘内面’的那种颠倒已经存

1 鲁迅：《集外集拾遗补编·破恶声论》，载《鲁迅全集》（第八卷），第 26 页。
2 ［日］柄谷行人：《日本现代文学的起源》，赵京华译，北京：生活·读书·新知三联书店 2003 年版，第 89 页。
3 ［日］伊藤虎丸：《鲁迅、创造社与日本文学》，第 201 页。
4 ［日］柄谷行人：《日本现代文学的起源》，第 52 页。

在了。”[1] 也就是说，从明治 20 年代到明治 40 年代，“内面”是日本人面临的一个普遍的问题。鲁迅 1902 年（明治 35 年）至 1909 年（明治 42 年）留学日本，正是在这一时期内。而且《文化偏至论》写于 1907 年（明治 40 年），正好是柄谷行人所说的自白制度与“‘内面’的那种颠倒”已经存在的时候，换言之，在 1907 年（明治 40 年）的日本，“内面”已经是一个不证自明的概念，因此，鲁迅（包括当时的日本人）并不会对此质疑。这就是为什么《文化偏至论》中使用了那么多“内面”或者与“内面”相近的表达而不予证明的原因。柄谷行人认为，这种情况是“‘精神’常常使人们忘记其物质性的起源”的一个例证。[2]

那么，“内面”这种“精神”的物质性的起源到底是什么呢？为什么说“内面”是一种颠倒的存在呢？这实际上涉及日本/中国，甚至是西方的主体生成的问题。我们现在提到一个人，就想当然地认为他必定有一个“内心”——一个心理学的概念，但是我们不要忘记现代心理学科的确立是很晚近的事情，它甚至比现代主体的确立还要晚得多。而且作为“内心”的独白制度，只是在现代的文学中才开始出现的，我们古代的文学根本就没有心理描写这一说。正是在这个基础上，柄谷行人认为，“内面”是一个“发现”的过程，换言之，它是一个建构的过程。为了说明这个问题，柄谷行人举了日本的歌舞伎/能剧演员的“脸谱”和现代话剧的“素颜”作比较的例子。他认为，在古代日本，舞台戏中，演员必须是有脸谱的，没有脸谱的素颜在舞台上没有任何意义。观众从演员的脸谱中获得意义。但当现代话剧出现后，素颜开始具有意义，以前观众通过脸谱获得意义，现在观众必须通过“无所不在的身影姿态和面孔的‘背后’寻找其意义（所指）。”[3] 这种寻找的结果就是“内面”——“背后”的意义——的诞生。起先是用某种身姿或面孔规定了某种意义，即“内面”，而等到“内面”确立后，这种规定就颠倒

1 ［日］柄谷行人：《日本现代文学的起源》，第 74 页。
2 同上，第 71 页。
3 同上，第 47 页。

过来，成了某种“内面”规定某种相应的身姿或面孔了，也就是身姿或面孔仅仅成了传达某种“内面”的媒介，这个时候，“颠倒”就形成了，即柄谷行人所说的“‘精神’常常使人们忘记其物质性的起源”。“‘内面’并不是从一开始就存在着的。它不过是在符号式的装置之颠倒中最终出现的。可是，‘内面’一旦出现，素颜恐怕就要成为‘表现’这个‘内面’的东西了。”[1] 由此，柄谷行人讲到了文言一致，他认为，文言一致其实是反对以前的“文”，建立文言一致的“文”，以前的“文”相当于歌舞伎/能剧演员的“脸谱”，是要用一定的音韵表达才能唤起人们的意义共鸣的，而文言一致的“文”就相当于现代话剧中的“素颜”，人们必须穿透文字“背后”去寻找所指。久之，相同的颠倒也就发生了。“我并不是要从‘内面’来观察‘文言一致’运动，相反，是想通过‘文言一致’这一制度的确立来看‘内面的发现’问题。不如此观之，则我们只会越发强调已被视为不证自明且自然而然的‘内面’及其‘表现’之形而上学性，而看不到其历史性。比如，说到《浮云》、《舞姬》的‘内心格斗’时，人们往往无视其文字表现问题，仿佛‘内面’是可以和文字表现问题脱离开来而存在似的。要之，‘内面’本身好像自然存在着的这一幻想正是通过‘文言一致’而得以确立起来的。”[2]

笛卡尔“我思故我在”的“我思”毕竟最终是一个内心的活动，因此，现代心理学的崛起在某种意义上是对主体合法性的一种证明。而“内面”以及自白/内心独白其实就是这个合法性证明的一种表达。鲁迅在日本受到这方面的影响是显著的，并且他在这个时候对主体/内面的思考并没有超出时代的局限也是明显的。

以上是对鲁迅的“立人”中立什么样的人的一个考辨。在解答完这个问题之后，我们再回过头来看第一个问题——“谁立人?”——会轻松得多。作为启蒙者，其启蒙的目的都是要让被启蒙者如其所是地生

1 ［日］柄谷行人：《日本现代文学的起源》，第47页。
2 同上，第52页。

活，因为他们相信只有像他们那样生活才是正确的/理想的。从这个意义上说，每一个启蒙者都是对上帝的模仿，因为上帝按照自己的形象来塑造人。启蒙者的神圣性便是在这个层面上获得的。既然“如其所是”，而我们已经知道所“立”之“人”是如何一个面目，按照逆推法，“谁立人”之“谁”就是所要“立”之“人”的原型，也即是一个具有“主观内面之精神”的有“自心”之主体的人。

在结束这一节之前，有必要对柄谷行人的“主体的获得在于颠倒”这一观点作一下说明。柄谷认为，日本主体的获得与基督教有很大的关系，“基督教所带来的结果，是通过放弃‘主人’而欲成为‘主人’（主体）这样一种逆转。他们通过放弃主人，完全服从于上帝而获得了‘主体’。”[1] 柄谷这里虽然只是通过内村鉴三的例子谈到日本主体的建构问题，但实际上触及了整个现代主体生成的一个关键性问题。我们说真正主体的确立是在笛卡尔那里，但促成主体最终确立其实有很多预备条件，其中一个很关键性的条件是马丁·路德的宗教改革，众所周知，宗教改革后，很多人信仰的是新教，而抛弃了天主教的“三位一体”原则。换言之，在新教信仰中，上帝成了一个绝对的权威（因为不需要作为中介的教会）。这是主体产生的一个极为重要的条件，因为，人是上帝在地上的形象，既然上帝是一个绝对的权威，那么“只有通过对世界的统治，人才能与上帝——世界的主人——一致。”[2] 这样人就自然而然地成为了世界的主人和拥有者——主体。这就是柄谷行人所说的“主体的获得在于颠倒”。其实，鲁迅的主体获得也是在这种“颠倒”的框架中的，他首先是作为一个被启蒙者来到所谓“文明”的日本，其接受启蒙的先决条件是承认日本比中国“文明”，然后，摄取“文明”，成为一个崭新的“主体”，在成为“主体”之后，其先前的来源被割断，于是我们就不证自明地/顺理成章地认为他先验的就是如此。这个过程正是

1　［日］柄谷行人：《日本现代文学的起源》，第 79 页。

2　［德］莫尔特曼：《创造中的上帝》，隗仁莲等译，北京：生活·读书·新知三联书店 2002 年版，第 16 页。

柄谷行人所谓的“颠倒”过程。

“谁立人”之“谁”正是这一“颠倒”之结果。

第四节　伪士当去，迷信可存？

日本人尾崎文昭 2002 年 5 月在第一回韩国中语中文学会国际学术发表会上作过一次令人震动的发言，题目是《21 世纪里鲁迅是否还值得继续读?》。在发言中尾崎强调了以下三点看法：

> 1. 鲁迅基本上是存在于“现代性”当中的。在这个层次上说，在 21 世纪的日本，甚至是在中国（指大都市而言）和韩国，以社会规模来说恐怕再也没有接受鲁迅的条件了。就是说，想让一般的年青人感兴趣也已经做不到。文化全球化促进这条件。就鲁迅所追求的精神而说，是否全面实现了？恐怕没有。但只以此论据很难说仍有社会效果价值。2. 鲁迅的思想本身原来不适宜推荐给一般的年青人，其毒气过分浓厚。也有可能使不成熟的年青人引起精神问题，或铤而走险，或者使他们伤害别人的危险性极大。对本人不利，对别人也不利，还是不轻易推荐读鲁迅比较安全些。3. 但是对个别的人会有价值继续阅读。其一，鲁迅的“伪士”观念会启发我们反思一百年的亚洲现代化过程的另一个视角。其二，前面渺茫的 21 世纪里为了我们保持清晰的思考，鲁迅的存在也可能给予精神上的支撑。[1]

从以上三点来看，第二点是比较公认的，姑且不论。对于第一点，认为

1　［日］尾崎文昭：《21 世纪里鲁迅是否还值得继续读?》，转引自王晓明等《今天是否需要重读鲁迅?》，载《鲁迅研究月刊》2004 年第 2 期，第 90 页。

“鲁迅基本上是存在于‘现代性’当中的”是尾崎一贯的观点，在那篇“作为考察鲁迅‘多疑’思维方式的序论”的著名文章《试论鲁迅“多疑”的思维方式》的结尾，尾崎就阐述了一个相同的观点，“不依赖任何东西，不把任何东西作为自己的支点，不断反抗（革命、忍耐）空虚，这该多么艰难！如果鲁迅拥有相当于陀思妥耶夫斯基的神那样的存在，将使他怎样地获救呵！但是，如果说我们在鲁迅身上并且在他的小说（虚构世界）中感到了现代性的话，那么，其理由却也正在这里。中国社会真正意义上的现代人由此诞生。”[1] 尾崎的意思很明显，即鲁迅不但身在现代社会当中，而且其思维也囿于“现代性”当中。对尾崎的这样一个观点我始终不敢苟同。第三点，鲁迅在个别人那里还值得一读的原因，尾崎给出得很勉强，尤其是第二点，我不知道他所指什么，既然鲁迅“囿于”“现代性”之中，又怎能在脱离“现代性”的“后现代”的21世纪里让“我们保持清晰的思考”并“给予精神上的支撑”呢？从这一小点来看，恐怕尾崎在内心里还在嘀咕，“鲁迅毕竟还有些超出‘现代性’的东西吧！”要不然他的第一小点又如何成立呢？所以在尾崎看来，“伪士”恐怕也是鲁迅超出“现代性”思维的一例证明。

不仅是尾崎文昭，包括伊藤虎丸在内的许多日本鲁迅研究者都极其重视鲁迅早期的“伪士当去，迷信可存”，甚至我们在这里已经看到的，尾崎文昭可以没去鲁迅的全部，但惟独存留一个“伪士”观念——早期的鲁迅（其实是周树人而不是鲁迅），这足以看出日本人所关注的鲁迅之焦点何在。日本人对鲁迅的研究虽然给我们很多启发，甚至是我们的榜样，但他们毕竟有自己的语境限制，如伊藤虎丸、丸尾常喜等再三强调指出的，日本人对鲁迅的研究目的很明确，那就是他们企图在鲁迅那里找到能对日本近代化有警醒作用的思想。日本学者一直以来对日本近代化中“脱亚入欧”和做欧美的优等生的做法心存疑虑，因此，“伪士

---

1 ［日］尾崎文昭：《试论鲁迅“多疑”的思维方式》，《鲁迅研究月刊》1993年第1期，第26页。

当去，迷信可存”几乎成了他们警醒这些做法的清醒剂。缘此初衷，他们对“伪士当去，迷信可存”的阐释自然也偏重一方。而中国近年来对这一问题的阐释似乎也紧跟日本，其当与否姑且不论，我们还是先回到鲁迅的文本吧！

我关心的焦点当然还是“主体”问题，因此，对于其中一些细节的东西尽量借鉴前人的论述。《破恶声论》写作于1908年，是“针对洋务派、改良派高唱‘维新’，宣扬‘功利’，到处鼓吹什么‘破迷信、崇侵略、尽义务’以及‘同文字、弃祖国、尚齐一’等邪恶之声，进行批判。……本文未写完，在以上所举的有代表性的六种‘恶’声中，只批判了‘破迷信’、‘崇侵略’两种”。[1] 这个未完成的文本共分四段，伊藤虎丸对此有过清晰的描述：

> 第一段落，可以叫作“序论”。第二段落称作“恶声”之“总论”。鲁迅把出现于清末舆论界的“恶声”分为两大类，即“汝其为国民”与“汝其为世界人”。二者又有一些具体表现，前者有“破迷信”、“崇侵略”、“尽义务”；后者有“同文字”、“弃祖国”、“尚齐一”。但是，他认为“皆灭人之自我，使之混然不敢自别异”这一点上则是相同的。
>
> 第三段落是“分论”的第一章，就是批判“破迷信论”的部分。
>
> 第四段落可以说是“分论”的第二章，即批判“崇侵略”这一具体论点。[2]

从全文来看，《破恶声论》的根本立意依然是《文化偏至论》中所阐述的“立人”思想，“故病中国今日之扰攘者，则患志士英雄之多而患人

---

1 《鲁迅年谱（增订本）》（第一卷），第206页。
2 ［日］伊藤虎丸：《鲁迅、创造社与日本文学》，第106页。

之少”一句即是证明。那么，“立”什么样的人呢？与《文化偏至论》中所欲“立”之人不同吗？非也。从内容来看，《文化偏至论》与《破恶声论》所欲“立”之人并无不同，只是前者从“立”而“立”，后者则从“破”而“立”也。文章中描述了三种人：硕士、正信之伪士和迷信之农人。硕士其实是鲁迅“立人”之理想，所谓具“心声”、“内曜”者。在鲁迅看来，“心声”、“内曜”非常重要，只有具有“心声”、“内曜”才能做到“声发自心，朕归于我，而人始自有己”，“人各有己”则“群之大觉近矣”；[1] 只有具有“心声”、“内曜”才“有不和众嚣，独具我见之士，洞瞩幽隐，评骘文明，弗与妄惑者同其是非，惟向所信是诣，举世誉之而不加劝，举世毁之而不加沮，有从者则任其来，假其投以笑傿，使之孤立于世，亦无慑也。则庶几烛幽暗以天光，发国人之内曜，人各有己，不随风波，而中国亦以立。”[2] 那么，“心声”、“内曜”到底是什么呢？鲁迅并没有作正面回答，而是从“破”的角度言明什么是不具备“心声”、“内曜”之人。在鲁迅看来，不具备“心声”、“内曜”的人就是自称“正信”的“伪士”。这种人根本没有“确信”，“为匠者乃颂斧斤，而谓国弱于农人之有耒耜，事猎者则扬剑铳，而曰民困于渔父之宝网罟；倘其游行欧土，偏学制女子束腰道具之术以归，则再拜贞虫而谓之文明，且昌言不纤腰者为野蛮矣。”[3] 鲁迅将他们分为两类：“一曰汝其为国民，一曰汝其为世界人”，其共同特征是，“灭人之自我，使之混然不敢自别异，泯于大群”。[4] “泯于大群”则众是则是，众非则非，随波逐流，而中国不立。鲁迅认为，之所以这样，是因为他们“随波弟靡，莫能自主，则姑从于唱喁以荧惑人；抑亦自知其小陋，时为饮啖计，不得不假此面具以钓名声于天下”，而最根本的是他们“顾蒙幗面而不能白心”。[5] “不能白心”则不能聆其“心声”，观其“内

---

1 鲁迅：《集外集拾遗补编·破恶声论》，载《鲁迅全集》（第八卷），第 26 页。
2 同上，第 27 页。
3 同上，第 27 页。
4 同上，第 28 页。
5 同上，第 29 页。

曜”，于是“神气恶浊”而丧失“神思”之本能。在鲁迅看来，“伪士”所反对的“迷信”之小民则恰恰具备“白”其“心”而“神思”的本能。“中国志士谓之迷，而吾则谓此乃向上之民，欲离是有限相对之现世，以趣无限绝对之至上者也。人心必有所冯依，非信无以立，宗教之作，不可已矣。”[1] 宗教与迷信之作正是古民之“白心”与“神思”的表征，“夫龙之为物，本吾古民神思所创造”[2]。不但如此，鲁迅还将伪士与农人（乡曲小民）做了各个方面的比较，“他若虽一卉木竹石，视之均函有神閟性灵，玄义在中，不同凡品，其所崇爱之溥博，世未见有其匹也。顾民生多艰，是性日薄，洎夫今，乃仅能见诸古人之记录，与气禀未失之农人；求之于士大夫，戛戛乎难得矣。”[3] “墟社稷毁家庙者，征之历史，正多无信仰之士人，而乡曲小民无与。”[4] 比较的结果，便是那个著名的观点，“伪士当去，迷信可存”[5]。

这个观点在鲁迅那里真如许多研究者所说的那么重要吗？它真的是鲁迅前期，乃至整个鲁迅世界的一个变数吗？它真的如尾崎文昭所言超出了鲁迅的“现代性”视线而对我们反思一百年的亚洲现代化过程提供了另一个视角吗？

“伪士当去，迷信可存”确实在客观上为我们反思一百年的亚洲现代化过程提供了另一个视角，但这种阐释其实是断章取义的“六经注我”的做法，实际上“伪士”观念并没有超出鲁迅前期的“现代性”视线。当我们再回到鲁迅的语境中时，我们会发现这一点。

《破恶声论》的中心论点显然不是“伪士当去，迷信可存”，而是呼吁那种具备“心声”与“内曜”，“不和众嚣，独具我见之士”的出现，也即是硕士的出现。而“破恶声”是为前提，只有“恶声”破了，才能达到“白心”与“神思”。只有达到“白心”与“神思”才能具备“心

1 鲁迅：《集外集拾遗补编·破恶声论》，载《鲁迅全集》（第八卷），第29页。
2 同上，第32页。
3 同上，第30页。
4 同上，第30页。
5 同上，第30页。

声”与“内曜”，从而出现硕士。我们看到，鲁迅这篇文章很熟练地运用了演绎法，即他所谓的“外籀”。众所周知，近代演绎法发达于笛卡尔（特嘉尔），其特征是以一个不证自明的观念为前提，运用严密的逻辑推理推演下去，最终达到证明的目的。在笛卡尔那里，这种不证自明的前提就是“我思”，而在鲁迅的这篇文章里，则是“心声”与“内曜”。至于“心声”与“内曜”是什么呢？鲁迅并没有说明，只是说，“世之言何言，人之事何事乎。心声也，内曜也，不可见也。”[1] 并且，鲁迅为了达到“心声”与“内曜”，必须诉诸“白心”与“神思”。这两个古语是什么意思呢？对于“白心”伊藤虎丸曾经有过令人信服的解释：

> 语见《庄子·天下篇》言及宋钘之和平主义之部分。参阅两三种注本，或谓“清白其心”，或谓“明白之”，“暴白其志之无他也”；两种解释，大同小异。本文从后者，因为鲁迅紧接着便提到了《忏悔录》等：“奥古斯丁也，托尔斯泰也，约翰卢骚也，伟哉其自忏之书，心声之洋溢者也。”而且他还说：“若其本无有物，徒附丽是宗，辄岸然曰善国善天下，则吾愿先闻其白心。使其羞白心于人前，则不若伏藏其论议。”这里所讲的“白心”，也可以说是把自己的内心和盘托出于人前这一种直率的态度（这使我想起了北村透谷所讲的“内部生命”一词）。这是一种最积极地执着于自己的内心的真实而不顾惧一切既成的价值和外界的条条框框的、真率的心态，与那拒斥追随外部制约或多数人意见的主体性，与自由畅想的空想力（神思）密切相连。[2]

伊藤的解释同样是把“白心”与“内心/内面”联系在一起了。这同上

1 鲁迅：《集外集拾遗补编·破恶声论》，载《鲁迅全集》（第八卷），第 27 页。
2 ［日］伊藤虎丸：《鲁迅、创造社与日本文学》，第 115 页。

一节所讲的“内面”与“主体”之形成及其“颠倒”其实是一个意思。而伊藤括号里的“想起”证明了我的猜测，“这使我想起了北村透谷所讲的‘内部生命’一词。”“内部”或“内面”只是翻译问题。北村透谷[1]正是日本“内面”之发现期——明治20年代——的代表人物，他和正冈子规、二叶亭四迷、夏目漱石、国木田独步一起为日本“内面”之建立进行了艰苦的实践。[2]

而“神思”是什么意思呢？伊藤说，“‘神思’一词，《文心雕龙》也用作篇名。至于鲁迅所讲的‘神思’，友人已有精辟的论文，恕不赘述。”[3]“友人”，根据该书的注解，是指丸尾常喜。其论述鲁迅“神思”的文章是《关于早期鲁迅的“神思”的概念》。我并没有找到这篇文章，不过结合《文化偏至论》来看，我个人认为鲁迅早期的“神思”其实就是“我思”。鲁迅最初用“神思”二字是指19世纪初叶黑格尔以来的“重个人”、“非物质”的哲学流派而言的，“然其根柢，乃远在十九世纪初叶神思一派；递夫后叶，受感化于其时现实之精神，已而更立新形，起以抗前时之现时，即所谓神思宗之至新者也。”[4] 然后他考察了“新神思宗”的几个代表人物：斯契纳尔（M. Stirner，通译斯蒂纳）、勖宾霍尔（A. S chopenhauer，通译叔本华）、契开迦尔（S. Kierkegaard，通译克尔凯郭尔）、显理伊勃生（HenrikIbsen，通译亨利克·易卜生）、尼佉（Fr. Nietzsche，通译尼采），之所以把他们称之为“新神思宗”

---

1 伊藤虎丸先生另外一席话或许能够作为北村透谷曾经影响过鲁迅的旁证，“我曾指出，鲁迅的《随感录六十六生命的路》跟北村透谷的《内部生命论》有着相通的地方，可以说他们都发现了作为‘生命’的人的尊严。”见伊藤虎丸的《鲁迅的“生命”与“鬼”——鲁迅之生命论与终末论》，《文学评论》2000年第1期，第136页。又郜元宝曾经指出，“鲁迅从他们思想中吸收的‘个人’、‘精神’，主要取其‘争天抗俗’的一面，同时又引入了别有源头的生物主义内容。……李长之最先发现这种生物主义，据日本学者研究，这是受了大正时代生命主义的影响，如1905年出版的北村透谷的《内部生命论》（作于1893年）和中泽临川1916年《生命的凯歌》。”见郜元宝的《鲁迅六讲》，上海：上海三联书店2000年版，第8页。其实，郜之所谓“日本学者”指的正是伊藤虎丸先生。

2 ［日］柄谷行人：《日本现代文学的起源》，第28页。

3 ［日］伊藤虎丸：《鲁迅、创造社与日本文学》，第117页。

4 鲁迅：《坟·文化偏至论》，载《鲁迅全集》（第一卷），第50页。

是因为他们重主观之内面精神与意力，“思虑动作，咸离外物，独往来于自心之天地”。由此看来，“神思”在鲁迅这里仍然是指“内面”，也就是“我思”。接下来，鲁迅在《破恶声论》中大量用到这个词语：

> 夫神话之作，本于古民，睹天物之奇觚，则逞**神思**而施以人化，想出古异，……
>
> 太古之民，**神思**如是，……
>
> 夫龙之为物，本吾古民**神思**所创造。
>
> 抑国民有是，非特无足愧恧已也，**神思**美富，益可自扬。
>
> 念古民**神思**之穷，有足媿尒。[1]

从引文来看，在《破恶声论》中，“神思”都是用来指“古民”，而非指涉“新神思宗”之传人的“硕士”。那么，“神思”的意思是不是发生了根本的变化呢？其实是没有的，鲁迅在这里强调的仍然是“主观之内面精神”，他似乎在用一个隐喻，以太初之民的“白心”与“神思”寄予他的理想，从而寻找具备“心声”与“内曜”的“主观之内面精神”的人。鲁迅将“神思”用在古民，甚至是乡曲小民身上，无非是为了“破”“恶声”，从而最终“立人”。因此，他并不在意“迷信”之古民与具备“心声”与“内曜”的“主观之内面精神”的硕士的区别。而实际上整篇论文丝毫没有作这种区分的意图。所以，他才不加分别地将“神思”一词用到“新神思宗”和太初之古民身上。于是引来很多人为之阐释论证，我认为是没有太大的必要的。伊藤企图用“假说精神”来弥合二者之区分，其实是勉强之言。先民的“神思”确实是一种创造，但是心怀敬畏与恐惧的创造，是战栗的结晶，他们完全相信神之存在，而近代的假说则是建立在“我思”基础上的无所畏惧的探索精神，它丝毫不

1 以上引文均见鲁迅：《集外集拾遗补编 · 破恶声论》，载《鲁迅全集》（第八卷），第 32—33 页。

带敬畏与恐惧。并且，我认为将近代科学假说的谱系追索到古代神话，其实是一种渺茫之言。[1]

总之，我认为，“伪士当去，迷信可存”只是早期鲁迅“现代性”思想中的一个有机的组成部分，并不构成一个变数。如果说这句话真的对我们反思一百年亚洲的现代化过程提供了另一个视角的话，那也只是一种客观的断章取义的理解。因为早期的鲁迅/周树人并没有超出那个时代的“现代性”局限，尽管他在某些方面批判现代，表现出某些我们称之为“悖论”的东西，但仍然是“现代性悖论”（汪晖语）。

小结　理想主义者周树人及其道路

在本章的开篇我就声言过，这一时期没有鲁迅，只有周树人，我之所以在叙述中用鲁迅这个名字，是为了方便起见。我想对名字的强调，并不是唯名的论调。因为，作为周树人的世界和作为鲁迅的世界其实是两个非常不同的关联域。作为周树人，他是一个地道的理想主义者，一往无前，而作为鲁迅，他则是一个现实主义者，彷徨犹豫。鉴于后面的部分将重点谈及现实主义者鲁迅，我这里只谈作为理想主义者的周树人。我将其归纳为以下四点：

1. 演绎的。这是指这一时期鲁迅（为行文方便起见我们仍然用鲁迅）行文论证的具体方法而言的。我在本章第四节实际上已经提到这一点。在谈到《破恶声论》的具体论证方法时，我说，“鲁迅这篇文章很熟练地运用了演绎法，即他所谓的‘外籀’。”近代演绎法发达于笛卡尔，其特点就是以一个不证自明的观念为前提，运用严密的逻辑推理，达到最终的证明。笛卡尔的根本前提是“我思”，即认识实体，他认为

1 ［日］伊藤虎丸：《鲁迅、创造社与日本文学》，第 121 页。

这个认识实体是不需要任何证明的。而在鲁迅那里，如前所述，这个不证自明的前提是“主观之内面精神”或“心声”与“内曜”。所谓“不证自明的前提”在哲学中其实就是“应然”之物，即是一种理想。然而，我们往往将此“应然”之物当成“实然”之物，而忘记了其虚妄性，这就是理想主义的不成熟性。而《狂人日记》之后的鲁迅恰恰时时刻刻在揭露这种虚妄性。

2. 宏大叙事的。鲁迅这一时期的文章/论文几乎都含有历史进步的观念。《人之历史》一篇最为明显。而《科学史教篇》则径直表达了这种观念，“科学盛大，决不缘于一朝。……递十七世纪中叶，乃复决为大川，状益汪洋，流益曼衍，无有断绝，以至今兹。实益骈生，人间生活之幸福，悉以增进。”[1] 科学（知识）的盛大意味着生活之幸福增进，这是培根的进步观，而鲁迅表述之，表明他对进步观是认同的。余者，《文化偏至论》《摩罗诗力说》都有这种倾向。而后来的《中国小说史略》等虽然也是讲述历史的著作，并没有表现出这种在历史进步观支配下的宏大叙事的倾向。

3. 怀疑的。这在《文化偏至论》和《破恶声论》中表现得尤为明显。重物质与倚众数是现代社会的主流趋势，鲁迅在留学时期凭着对书本的摄取，竟然能够早熟地对此“主流趋势”进行怀疑，进而批判，显示了他过人的敏锐。但有一点必须明确，即这种怀疑精神绝对不是我所谓的多疑，其实质是笛卡尔“我思”意义上的怀疑。二者根本的区别在于，怀疑精神是在主体的支撑下进行的，它丝毫不去怀疑主体存在的虚妄；而多疑则根本就是建立在对主体的否定之上的。换句话说，怀疑精神的前提是承认“我思”——“心声”与“内曜”的确定性，它不会去质疑这个前提，而多疑则对“我思”——“心声”与“内曜”的前提不予承认，而且质疑其存在之合理性。因此，可以说这一时期鲁迅的怀疑是笛卡尔意义上的怀疑，而非后来的多疑。

1　鲁迅：《坟·科学史教篇》，载《鲁迅全集》（第一卷），第25页。

4. 理想的。这一点是就理想主义者周树人的道路而言的。道路的言说在《文化偏至论》中最为明显，“明哲之士，必洞达世界之大势，权衡校量，去其偏颇，得其神明，施之国中，翕合无间。外之既不后于世界之思潮，内之仍弗失固有之血脉，取今复古，别立新宗。”[1] 从这里我们看出，鲁迅早期的理想道路是折中的调和之道路，即中道。在另一处，他也对这种中道做出了首肯，“若其执中，则偏于培庚之内籀者固非，而笃于特嘉尔之外籀者，亦不云是。二术俱用，真理始昭，而科学之有今日，亦实以有会二术而为之者故。如格里累阿，如哈维，如波尔（R. Boyle），如奈端（I. Newton），皆偏内籀不如培庚，守外籀不如特嘉尔，卓然独立，居中道而经营者也。”[2] 这显然是一种理想的表达。郜元宝对此作过相关评论，他将摆在鲁迅前面的道路分为全盘西化主义、中国文化本位主义和折中调和论三种，“《文化偏至论》确定了‘自心’为文化发展的始基，但谈到未来中国文化的出路，他还是认为理想的形式应是‘洞达世界之大势，权衡校量，去其偏颇，得其神明，施之国中，翕合无间。外之既不后于世界之思潮，内之仍弗失固有之血脉，取今复古，别立新宗’，对折中方案显然抱有一定的好感。在《破恶声论》否定了第一和第二两套方案之后，折中调和就顺理成章地显现为相当具有蛊惑性，似乎是剩下来唯一可走的第三条道路了。……直到‘五四’期间，在和《学衡》派的论争中，鲁迅才逐渐修正了以前这种模棱两可的思想，对用折中融会之法拼凑出的‘一是之学说’的不切实际、同样蔑视内心的迂阔之论，发出了辛辣的嘲讽。”[3] 鲁迅对他早期的理想之道路的反思形成文字的恐怕是郜元宝所说的《“一是之学说”》（1922 年），但在其思想里这种反思怕要早得多。

早期鲁迅在思想形成方面确实有许多我们值得注意的东西，但我个人认为这一时期他其实更多的是从书本到书本，是居于单纯的理论之中

1　鲁迅：《坟·文化偏至论》，载《鲁迅全集》（第一卷），第 57 页。
2　鲁迅：《坟·科学史教篇》，载《鲁迅全集》（第一卷），第 32 页。
3　郜元宝：《鲁迅六讲》，第 35—36 页。

的，这也就是他之所以为理想主义者的原因。然而，尽管如此，理想主义者的周树人仍有他的过人之处，就是他的看问题的敏锐，一旦这敏锐与经验的现实结合起来，一个强大的鲁迅就会诞生，而这要到《狂人日记》之后。

第二章　鲁迅世界的诞生：鲁迅是谁？

引言　作为“回心”的多疑

关于鲁迅留日时期的定性，历来众说纷纭，就我个人而言，则更倾向于将这一时期看作是鲁迅世界诞生的一个准备与积淀期。这一点不期然地与竹内好的看法达成了一致，“竹内好氏将鲁迅的留学时代称之为他的‘前史时代’，把鲁迅在那个时期写的评论、翻译等视为‘习作’，而没有收入竹内最后编定的《鲁迅文集》。”[1] 或许有人会说，竹内是20世纪40年代的研究，后人对他的这个论点早已经提出了异议，并且作了许多的修正，譬如日本的丸山昇、伊藤虎丸，中国的钱理群、汪晖等等。但竹内好有他的理由，那就是鲁迅世界的诞生必然是在那“回心”[2]之后。而我的理由则有三：

首先，留日时期的鲁迅只是在书本理论上为后来作了某些准备和积淀，而真正的鲁迅世界是奠基在对世界的经验/体验之上的。其质的区别是：停留于书本理论的周树人是理想主义的；而奠基在对世界经验/体验之上的鲁迅则是清醒地道的现实主义者。

1　［日］伊藤虎丸：《鲁迅、创造社与日本文学》，第47—48页。

2　［日］竹内好：《鲁迅》，第46页。

其次，更为重要的是，我认为多疑是决定鲁迅成为鲁迅的那种根本的属性。而这在鲁迅留日时期几乎是不存在的，只有在他经历了一系列的现实的打击/“碰壁”之后，多疑才成为他生命中不可或缺而且是最根本的那种属性。

复次，与多疑思维的生成相对应的是鲁迅对“主体形而上学”的怀疑。这也成为鲁迅世界与其准备期的质的区别。在留日时期，是他主体高扬的时期，充满自信，而在鲁迅世界中，鲁迅发现这种“主体形而上学”其实是一种虚无之物，而事实的真相则是：在我的身上有妖魔，在妖魔的身上也有我的影子。这无疑打破了主体-客体两分的“二元论”思维，成为鲁迅思维中那种本质的属性。

依据以上三点理由，我将鲁迅世界的诞生放在辛亥革命之后。

第一节 作为多疑起点的《狂人日记》

“鲁迅”这个名字如此响亮，然而其诞生却如此偶然。与“鲁迅”几乎同时诞生的还有另外两个名字：唐俟和巴人。众所周知，“鲁迅”是发表《狂人日记》时的笔名，唐俟是同时期发表《我们现在怎样做父亲》等随感时用的笔名，而巴人则是其代表作《阿Q正传》发表时的笔名。我曾经跟朋友聊天说，“当初‘唐俟’和‘鲁迅’流传下来的几率大抵是相当的，若是‘唐俟’而不是‘鲁迅’流传下来，我们今天谈论的该是‘唐俟’。”历史的偶然往往就在几微之间。事实上后来鲁迅还开着玩笑对唐弢说，“我也姓过一回唐的。”[1] 对于“鲁迅”一名的来历，许寿裳有过这样的解释：

……觉得这很像周豫才的手笔，而署名却是姓鲁，天下岂有第

1 以上两处引文见唐弢：《琐忆》，载《鲁迅回忆录》（散篇）（中册），第909页。

> 二个豫才乎？于是写信去问他，果然回信来说确实是“拙作”，而且那同一册里有署名唐俟的新诗也是他做的。到了九年的年底，我们见面谈到这事，他说：“因为《新青年》编辑者不愿意有别号一般的署名，我从前用过迅行的别号是你所知道的，所以临时命名如此。理由是（一）母亲姓鲁，（二）周鲁是同姓之国，（三）取愚鲁而迅速之意。”“至于唐俟呢？”他答道：“哦！因为陈师曾（衡恪）那时送我一方石章，并问刻作何字，我想了一想，对他说，你叫做槐堂，我就叫俟堂罢。”……把“俟堂”两个字颠倒过来，堂和唐两个字同声可以互易，于是成名曰“唐俟”。……[1]

从 1918 年 5 月《狂人日记》的发表起到 1923 年 8 月小说集《呐喊》的发行，这期间阅读文学的人常常有一个疑问挂在嘴边，那就是“鲁迅是谁？”，甚至到了 1926 年鲁迅和现代评论派打笔仗时，陈西滢还要在文章里澄清“鲁迅，即教育部佥事周树人先生的名字”[2]。孙伏园后来回忆说：

> 鲁迅先生在《新青年》上发表文章，给予青年的印象是十分深刻的。青年们常常相互询问：“唐俟到底是谁？谁的文章有这样深刻呢？”陈独秀、胡适之写文章主张用真名字，决不会用笔名发表文章的。钱玄同、刘半农虽然都爱弄玄虚，但文章的格调都不像。于是在文科教授名单中，从本科找到预科，又在法科和理科的教授名单中去想，都没有一个相像的。有人说这一定是蔡元培的笔名，因为他身居校长地位，不便轻率发表文章，所以只好把真名隐去，但文章的格调也完全不像。
>
> 还有一个问题是“唐俟”和“鲁迅”会不会是一个人？唐俟大

1　许寿裳：《鲁迅的生活》，载《鲁迅回忆录》（专著）（上册），第 461 页。

2　陈源：《闲话的闲话引出来的几封信》，载《1913—1983 鲁迅研究学术论著资料汇编》（第一卷），第 134 页，原载 1926 年 1 月 30 日《晨报副刊》。

> 抵写论文、写新诗、写随感；鲁迅则写小说、也写随感，而两个人的用词造句和思想内容又很有相像之处，也许这两个人是一个人的笔名吧？那么这一个人到底是谁呢？[1]

而常维钧年轻时的一句问话则颇具象征意味：

> 但我认识鲁迅先生是由刘半农先生介绍的。我读了《狂人日记》，问刘半农先生："这鲁迅是谁？"……[2]

"鲁迅是谁?"，也就是鲁迅世界诞生的问题。这句话有两层意思：（一）表层，即"鲁迅"这个名字的诞生、传播及影响力的不断递增。"鲁迅"名字始于《狂人日记》，传播于1918年以后，至《呐喊》出版而广益，1925年则"飙升"。《呐喊》出版于1923年8月，而周氏兄弟失和在同年7月，以这两件事情为标志，其前为鲁迅世界之诞生期，其后则为鲁迅更宏益广大期。（二）深层，即超出于表层面之外的意思是：鲁迅之为鲁迅的那种属性是什么？或者我们借用一个哲学式表达，即鲁迅性是什么？这个问题又有两层意思：（1）鲁迅之成为鲁迅，他同其他人（如胡适、陈独秀等）的不同是什么？（2）鲁迅之为鲁迅，他和其前期，即周树人时期（辛亥革命前）有何根本的区别？两个小问题合起来就是鲁迅的根本特性的问题，即鲁迅性是什么？对于问题（1），王晓明这么说：

> 鲁迅是以一种非常独特的方式，加入"五四"那一代启蒙者的行列的，这独特并不在他的战斗热情比其他人高，也不在他的启蒙主张比其他人对，他的独特是在另一面，那就是对启蒙的信心，他

1　孙伏园：《五四运动中的鲁迅先生》，载《鲁迅回忆录》（散篇）（上册），第75页。

2　常惠：《回忆鲁迅先生》，载《鲁迅回忆录》（散篇）（上册），第421页。

其实比其他人小，对中国的前途，也看得比其他人糟。[1]

虽然我在导论中已经引用过这段话，但鉴于其重要性，我还是再一次引用。王晓明用了两个“独特”，企图表明鲁迅之为鲁迅（即鲁迅性）的那种东西是什么，即“那就是对启蒙的信心，他其实比其他人小，对中国的前途，也看得比其他人糟。”这句话其实就是对他的一句名言“戴着面具的呐喊”的一个注释，意思是说鲁迅在“新青年”启蒙时期是犹疑与彷徨的，其原因是对启蒙的信心不足。但更深层的原因是什么呢？王晓明并没有往下分析。所谓启蒙者的信心其实是源于启蒙者主体的自信，即启蒙者充分相信作为主体的自我拥有绝对的真理性。而王晓明认为鲁迅对启蒙的信心不足，其更深层的意思就是鲁迅对启蒙者主体的真理性产生怀疑，也就是主体的自我否定，即多疑。因此，问题（1）的最终答案是多疑。换句话说，鲁迅之所以为鲁迅，他同其他人的根本区别在于多疑。在此，我不得不再一次引用导论中的一句话：

> 夏济安认为：与鲁迅比较，胡适就浅薄得多，后者虽然认为故纸堆中藏着吃人的妖怪，却自信有降妖伏魔的本领，并不像鲁迅那般看到妖怪已经附在自己的身上。[2]

胡适的自信源于他对主体真理性的信仰，他认为自己手中握有真理，而鲁迅则没有这种自信，他并不认为真理绝对掌握在自己手里，也就是对主体产生怀疑，“看到妖怪已经附在自己的身上”正是对鲁迅这种心态的一个形象的描述。

对于问题（2），竹内好用了一个特殊的词语“回心”：

1　王晓明：《无法直面的人生——鲁迅传》，第 59 页。
2　［美］孙隆基：《历史学家的经线》，第 262 页。

> 我曾写过：《狂人日记》发表以前的北京生活时期，即林语堂称为第一个“蛰伏期”的时期，在鲁迅的传记中是最不清楚的部分。这是什么意思呢？我认为，这个时期对于鲁迅来说是最重要的时期。他还没有开始文学生活。他在会馆的“闹鬼的房间”埋头于古籍之中。外面也没有出现什么运动。“呐喊”还没有爆发为“呐喊”。只能感到酝酿着它的郁闷的沉默。我想，在那沉默中，鲁迅不是抓住了对于他一生可以说是具有决定意义的回心的东西了吗？作为鲁迅的**“骨骼”形成的时期**，我不能想到别的时期。……而且，可以认为，他获得**罪的自觉**的时机，除了在他的传记中这段情况不明的时期之外，别无其他了。[1]

“回心”到底是什么意思呢？《鲁迅》一书的译者李心峰加了这么一条注：

> 回心（加ガいしん），佛教用语，指对于信仰的回心转意；或指由于悔悟而皈依。这里指鲁迅走上文学道路的一个关键性的契机。也可译为转折点、关节点，但都不太确切，因后文经常出现这一概念，故仍用原概念。[2]

但这条注释有一个致命的错误，即日语词“回心”并非佛教用语，而是转译自一个基督教词语。[3] 2005 年 3 月，大陆编译出版的竹内好的著作

---

1 ［日］竹内好：《鲁迅》，第 46—47 页。

2 同上，第 46 页，译注。

3 我的博士论文写作是在 2004 年年底到 2005 年年初进行的，参照的版本只有李心峰的译本，到博士论文答辩以后我才见到另外一个译本，并且诧异于这两个译本在解释“回心”时的不同。我并不通日语（这是我引以为憾的事情），于是这个疑虑一直存留下来。直到要出版这本著作，烦请尾崎文昭先生作序时，他才于百忙当中指出了这个致命的错误：“看你的原来的论文稿，发现了有一点问题，即第 59 页谈到竹内好的‘回心’是佛教语，估（转下页）

《近代的超克》一书纠正了这个错误：

> 回心，日语当中“回心”这个词。来自英语的Conversion，除了原词所具有的转变、转化、改变等意思之外，一般特指基督教中忏悔过去的罪恶意识和生活，重新把心灵朝向对主的正确信仰。[1]

但，无论如何，李心峰的注释似乎还是抓住了“回心”的某些关键性的内容，从后面竹内好的行文来看，“回心”确实有契机、转折点或关节点的意思，也就是说，鲁迅有一个转变的决定性时刻，但问题的关键并不在何时为转变之关节点，而在于转变的内容是什么，也就是“回心”的关联域的问题。这或许是李心峰在当时不知情的情况下翻译“回心”时最为棘手的地方。那么，“回心”的关联域到底是什么呢？《近代的超克》一书的译者说：“竹内好使用这个词，包含有通过内在的自我否定而达到自觉或觉醒的意思。”[2] 那么情况到底是不是这样呢？让我们先回到竹内的文本吧！

> ……鲁迅没有用语言说明自己的回心之轴。……《新生》事件也许是投入他那文学**回心**的坩埚的许多铁片中的一片。……某个人，直到获得了对于他的一生具有决定意义的**自觉**为止，恐怕要有无数要素的堆积吧。不过，他一旦获得了**自觉**之后，要素就会反过来由他选择。《新生》事件就变为应该追忆的事情了。鲁迅所得到的自觉是什么呢？我认为，若是勉强地用我的语言来表达的话，就

（接上页）计你跟着首次翻译版本的解释而写的。但这属于错误，应是基督教的概念。新翻译版本（《近代的超克》，北京三联）已纠正过。估计你早已纠正过。”（尾崎文昭2009年6月30日电子邮件）

1　［日］竹内好：《近代的超克》，孙歌编，李冬木、赵京华、孙歌译，北京：生活·读书·新知三联书店2005年版，第45页，译注。

2　同上。

是通过对政治的对立而得到的**文学的自觉**。[1]

……幻灯片事件本身并不意味着他的**回心**。他所受到的屈辱感在形成他的回心之轴的各种原因中增加了一个要素。……对于他的**回心**来说，它与《新生》事件在性质上具有同等价值。

……鲁迅的文学根源是应该被称为“无”的某种东西。获得了那种根本的**自觉**，才使他成为文学家。[2]

……我觉得，如果把我所认为的鲁迅的“**回心**”用语言表达出来，那么，不是除了用这样的话来表达，就没有别的办法了吗？绝望之为虚妄，正与希望相同。人们可以说明“绝望”和“虚妄”，但对于**自觉**地意识到它的人却无法说明。[3]

……如果绝望也变为虚妄，人还能干什么呢？对绝望都绝望了的人只能成为文学家。由于对什么都不信赖，什么也不能作为自己的支柱，就必须把一切都作为我自己的东西。于是，文学家鲁迅现在形成了。使启蒙者鲁迅表现出多采的方面的可能性已经产生。我称之为他的**回心**和文学的正觉的东西象影子发出光似地产生出来。……

……

能够成为文学家的原因大概是某种**自觉**吧。正象可能成为宗教家的原因是对罪过的**自觉**一样，某种**自觉**也是必要的吧。[4]

……我在序章中姑且称之为文学家鲁迅和启蒙者鲁迅的本质性矛盾的东西；或者是与他的**回心**之轴有关的、被我称之为政治和文学的对立的东西，那就是奇妙的相互纠缠的核心。因而，我认为，解开它，是现在弄明白他所获得的**文学自觉**、**回心**的性质和内容的

1 ［日］竹内好：《鲁迅》，第55页。
2 同上，第59—60页。
3 同上，第81页。
4 同上，第110页。

一种手段吧。[1]

以上大概是竹内好在《鲁迅》中所写到“回心”的地方，我们发现每一处写“回心”都无一例外地写到“自觉”。也就是说“回心”是和某种“自觉”联系在一起的，看来这一点是与《近代的超克》一书的译者对“回心”的解释相吻合的。但问题是，“自觉”到底指什么呢？从以上几处引文来看，有两处是“文学自觉”，一处是“某种自觉”，一处是“那种根本的自觉”，结合《鲁迅》判断，所谓“自觉”就是指鲁迅的文学的自觉，即“回心”。但，是什么样的文学自觉呢？我们前面的引文说这个时期——鲁迅的“蛰伏期”——是“他获得罪的自觉的时机”，也就是说“文学自觉”指的是“罪的自觉”的获得，我想这大概才是竹内“回心”的关联域吧！伊藤虎丸下面的两段话或许能够使我们的论证更加明晰：

> ……我同竹内好先生一样，从《狂人日记》的背后，看到了作为鲁迅文学“核心”的“回心”。而且，我们看到了从鲁迅留学时期从事的评论和翻译的文学活动（相当于《狂人日记》中狂人要求人们改心换面的呼吁），即我称之为“启蒙文学”或“预言文学”开始，在向着竹内好先生称之为“赎罪文学”的发展中，《狂人日记》乃是其中决定性的转折点。我看这可以说是鲁迅从“预言文学”走向“赎罪文学”的过程中确立了鲁迅自己的近代现实主义。[2]
>
> 竹内好氏的《鲁迅》为我国研究鲁迅的出发点。他从《狂人日记》背后看到了鲁迅的“回心”（类似于宗教信仰者宗教性自觉的文学性自觉），并以此为“核心”确立了“鲁迅的文学可以称为赎罪文学”这一体系。[3]

---

1 ［日］竹内好：《鲁迅》，第112—113页。

2 ［日］伊藤虎丸：《鲁迅、创造社与日本文学》，第151—152页。

3 同上，第175页。

“赎罪文学”正是竹内的“文学自觉”与“罪的自觉”的综合，竹内说，“我站在把鲁迅称为赎罪的文学的体系上，发表我的异议。”[1] 我们已经逼近了问题的核心，但我还是要发问，“鲁迅的罪的自觉是如何得来的呢?”或者说，“为什么把鲁迅的文学称之为赎罪的文学呢?”翻阅《鲁迅》，我们并没有查到竹内对这一关键之处的详细论述，其中较为明确说法是下面一段话：

> ……一读他的文章，总会碰到某种影子似的东西；而且那影子总是在同样的场所。影子本身并不存在，只是因为光明从那儿消逝，从那儿产生某一点暗示存在那样的黑暗。如果不经意地读过去就会毫不觉察地读完。不过，一经觉察，就会悬在心中，无法忘却。就象骷髅在华丽的舞场上跳着舞，结果自然能想起的是骷髅这一实体。鲁迅负着那样的影子过了一生。我们称他为赎罪的文学就是这个意思。而且，可以认为，他获得罪的自觉的时机，除了在他的传记中这段情况不明的时期之外，别无其他了。[2]

竹内这里采取的是隐喻的描述，他将鲁迅的“罪的自觉”隐喻成“影子”和“骷髅”，那么这隐喻有没有明确的所指呢？竹内的后继者们都企图点明这一所指，伊藤是这样说的，“《狂人日记》中的主人公的后期，也知道了自己不但是‘被人吃’的‘被害者’，而且也是‘未必无意中、不知吃了我妹子的几片肉’的‘加害者’”，“这个自己也吃过人肉的‘自觉’，便是从前竹内好认为的‘文学的自觉’。他把这自觉看作与宗教中的‘罪的自觉’相似。”[3] 而吴晓东在《鲁迅的原点》一文中对此所指阐释得更明确：

---

1 ［日］竹内好：《鲁迅》，第 60 页。
2 同上，第 46—47 页。
3 ［日］伊藤虎丸：《鲁迅、创造社与日本文学》，第 42 页。

> 鲁迅这种赎罪文学意识是怎样产生的呢？
>
> 不妨先问一个这样的问题：今天读起来，《狂人日记》给我们的最深印象是什么？
>
> 也许《狂人日记》真正令人惊悚的不是鲁迅对“吃人”的洞见，甚至也不是小说结尾“救救孩子”的呐喊，而是最终令狂人无比震惊的“我也吃过人”的发现。不妨说这是狂人“原罪”意识的自觉——对自己与吃人的旧时代的无法割裂的深层维系的悲剧性体认，从而才产生了竹内好所谓的鲁迅的赎罪文学。[1]

问题的焦点落到《狂人日记》中狂人发现“我也吃过人”这一意识上，竹内好称此为“罪的自觉”，伊藤则称之为“加害者的有罪意识”及“个的自觉”[2]。其实，这个问题回到本论著的主题上即是鲁迅的“多疑”，也就是尾崎文昭所谓的“往复深化型‘多疑’”。所谓狂人发现“我也吃过人”的震惊正是“《狂人日记》的主人公即作者本人”[3]——鲁迅在自己身上看见妖魔时的那惊鸿一瞥。多少年后，鲁迅在私人信件中对此作过这样的言说，“我自己总觉得我的灵魂里有毒气和鬼气，我极憎恶他，想除去他，而不能。”[4]“发现自己吃人”与“在自己身上看见妖魔”其实就是对作为绝对行动之源的主体产生怀疑，并加以否定。但这不是一般的怀疑与否定，而是“回心”的，带有“抵抗”[5]意味的怀疑与否定，是多疑与主体之关系的深层纠缠，用我在导论中的原话表

1　吴晓东：《鲁迅的原点》，载《记忆的神话》，北京：新世界出版社 2001 年版，第 177 页。

2　［日］伊藤虎丸：《鲁迅、创造社与日本文学》，第 148 页。

3　同上，第 151 页。

4　鲁迅：《书信・240924 致李秉中》，载《鲁迅全集》（第十一卷），第 453 页。

5　伊藤虎丸对竹内好的“回心”有如下的解释：“这里所用的‘回心’和‘转向’，则是竹内好提出的他独自的概念。他说，‘回心和转向都意味着改变，这一点上没有差异的。但是，回心是媒介（通过）抵抗而后改变的；而转向是无媒介地（趋向有支配性、权威性的思想）改变的。’同时，他还说明所谓‘抵抗’这一概念，是‘固执（坚持下去）自己’的意思。”见［日］伊藤虎丸：《鲁迅、创造社与日本文学》，第 76 页。

达即是，“正是他的多疑，使得他比胡适看得更深，他的敏锐的目光投向了更远的地方，他发现那个‘确定性’（‘我思’）的背面不是基石，而是松软的泥土。这个发现使得他非常的悲哀，他何尝不想寻找一块可以依靠的基石呢？他又何尝想让妖魔附身，何尝不想做一个干干净净没有‘吃’过人的孩子呢？可是他把这一切看得那么清楚，他不能够欺骗自己。他以一个文学家的直感将他所看到的曲折而含混地写出来或者吞进心里，这就是那些悲哀的文字，那些行走在‘呐喊’缝隙里边所谓的‘太黑暗的思想’。可是他又怀疑起来，他同样不能确认他所看到的就是松软的泥土，而不是基石，即‘决不能以我之必无的证明，来折服了他之所谓可有’，于是他获得了行动的原动力，‘呐喊’起来，可是悲哀依然挥之不去。”

以上是对问题（2）的回答。综合问题（1）和（2），可以对问题（二）作出解答，即鲁迅性（或鲁迅之为鲁迅的那种属性）是他的“多疑”，或者说导致鲁迅性的那种根本属性是缘“多疑”而来的。这实际上是承认了这样一个命题，即鲁迅世界诞生的本根秘密在于“多疑”的产生。如果说“多疑”是一个不断生成的问题，甚至一直持续到鲁迅生命的终了，那么在这里首先的一个问题是：鲁迅最初的“多疑”从何而来？一个日本时期的“阳光青年”在他步入中年之后为何会变得如此“多疑”——彷徨、犹疑呢？他为什么会发现妖魔附身或“我也吃过人”呢？这些问题将在本章余下的几节中尝试作答。不过在作答之前，先来澄清一个与主题相关的小问题。

在谈到《狂人日记》的狂人发现“我也吃过人”时，伊藤认为这是“加害者有罪意识”，他称之为“个的自觉”，而且他说，“我在这里所说的‘个的自觉’，也许与竹内好的‘罪的自觉’相似。”[1] 那么什么是他的“个的自觉”呢？在他对“加害者的有罪意识”的阐释中有很清楚的答案：

1 ［日］伊藤虎丸：《鲁迅、创造社与日本文学》，第 42 页。

> 所谓加害者有罪的自觉，岂不是意味着被害者意识的求救吗？有罪的自白，实际上已经是得救的证明。因此，在这里，他的话本来的含义获得了**自由**（案：黑体为原有，下同）。可以说是开始**获得了自己，获得了主体**。这就是鲁迅的“清醒现实主义”的诞生过程。[1]

所谓“获得了自己，获得了主体”就是“个的自觉”的内容。这明显与我在本文中的意见相反对。本文的意见如前所述，认为不是对主体的获得，而是否定和怀疑。原因是“主体”这个词有一个严格的关联域，它意味着世界的图象化和主体对世界的掌控，因此，主体是与真理性牢牢地拴在一起的，真理性（即我思）是主体的动力之源，在真理性的支配下，主体是不会有丝毫彷徨与疑虑的。而鲁迅这里表现得恰恰相反，因此，我称之为对主体的“疑”与“否”。我想这是所谓“鲁迅原点”中的一个非常重要的问题，必须予以澄清。其实，竹内好的“罪的自觉”仅停止于描述鲁迅的这种状态，或许正因为如此，他才在最关键的地方采用了隐喻的描述方法，而不是用逻辑论证去下断语。这也是竹内高人一筹的地方。追寻伊藤而来的尾崎文昭和吴晓东都对此下过断语或作过认同。尾崎最终认为鲁迅的“多疑”昭示着中国社会真正意义上的现代人的诞生。[2] 而吴晓东则认同伊藤的“主体”说[3]。这其实大同而小异，都是在说鲁迅的思考在“现代性”当中。本文认为这个问题是值得商榷的，因此，提出了与伊藤的相反的意见，但伊藤说“获得自己”却是值得注意的，“获得自己”与“获得主体”必须是严格分开的两个概念，在西方强势文化下，我们的“自己”是不是必须用“主体”这个词及关

1　［日］伊藤虎丸：《鲁迅、创造社与日本文学》，第 148 页。

2　［日］尾崎文昭：《试论鲁迅“多疑”的思维方式》，《鲁迅研究月刊》1993 年第 1 期，第 26 页。

3　吴晓东：《鲁迅的原点》，载《记忆的神话》，第 179 页。

联域来界定，是一个严肃的问题。我一再强调，词语本身并不是问题所在，问题的关键是，这个词语的关联域是什么？因此，我们的“自己”的关联域是什么？其实也就是我们“自己”应该走怎样一种道路的问题。这其实是鲁迅终其一生都在考虑的问题。而本论著就是尝试着去揭示先生的这一思考。

第二节　多疑与荒原体验

那么鲁迅最初的“多疑”从何而来的呢？抑或鲁迅何时开始对主体“我思”的确定性产生了怀疑呢？先来看一段文字：

> 《新生》的出版之期接近了，但最先就隐去了若干担当文字的人，接着又逃走了资本，结果只剩下不名一钱的三个人。创始时候既已背时，失败时候当然无可告语，而其后却连这三个人也都为各自的运命所驱策，不能在一处纵谈将来的好梦了，这就是我们的并未产生的《新生》的结局。
>
> 我感到未尝经验的无聊，是自此以后的事。我当初是不知其所以然的；后来想，凡有一人的主张，得了赞和，是促其前进的，得了反对，是促其奋斗的，独有叫喊于生人中，而生人并无反应，既非赞同，也无反对，如置身毫无边际的荒原，无可措手的了，这是怎样的悲哀呵，我于是以我所感到者为寂寞。
>
> 这寂寞又一天一天的长大起来，如大毒蛇，缠住了我的灵魂了。
>
> 然而我虽然自有无端的悲哀，却也并不愤懑，因为这经验使我反省，看见自己了：就是我决不是一个振臂一呼应者云集的英雄。
>
> 只是我自己的寂寞是不可不驱除的，因为这于我太痛苦。我于是用了种种法，来麻醉自己的灵魂，使我沉入于国民中，使我回到

> 古代去，后来也亲历或旁观过几样更寂寞更悲哀的事，都为我所不愿追怀，甘心使他们和我的脑一同消灭在泥土里的，但我的麻醉法却也似乎已经奏了功，再没有青年时候的慷慨激昂的意思了。
>
> S会馆里有三间屋，相传是往昔曾在院子里的槐树上缢死过一个女人的，……[1]

这是鲁迅《呐喊·自序》中的一段文字，记叙了从1907年到1917年约十余年的事情，我想问题的答案就在这些文字或者文字的缝隙之中。“因为这经验使我反省，看见自己了：就是我决不是一个振臂一呼应者云集的英雄”这段话似乎最接近我们问题的答案，即对作为主体“我”的怀疑与否定。那么，这怀疑与否定是怎样来的呢？《自序》似乎告诉我们是因为《新生》的流产，但竹内好说，“认为发行杂志的失败这件事导致了他的‘悲哀’之类，那就太滑稽了。《新生》事件也许是投入他那文学回心的坩埚的许多铁片中的一片。”[2] 并且他认为，这样记叙是鲁迅得到某种自觉之后自由选择的结果。所谓“自由选择地记叙”隐含着这样一层意思：鲁迅在记叙中一方面强调了某些东西，另一方面又隐去了某些东西。显然，《新生》是属于某些强调的范畴，那么，鲁迅隐去了什么呢？他说，“我感到未尝经验的无聊，是自此以后的事。”又据上文，“此”是指“三个人也都为各自的运命所驱策，不能在一处纵谈将来的好梦了”，那么，鲁迅“感到未尝经验的无聊”当是指他回国以后的事情，所谓“独有叫喊于生人中，而生人并无反应，既非赞同，也无反对，如置身毫无边际的荒原，无可措手的了，这是怎样的悲哀呵”的“荒原”体验也应该是在这时候。《范爱农》中的一段就是描写这种体验的：

1　鲁迅：《呐喊·自序》，载《鲁迅全集》（第一卷），第439—440页。

2　［日］竹内好：《鲁迅》，第54页。

> 不知怎地我们便都笑了起来，是互相的嘲笑和悲哀。他眼睛还是那样，然而奇怪，只这几年，头上却有了白发了，但也许本来就有，我先前没有留心到。他穿着很旧的布马褂，破布鞋，显得很寒素。谈起自己的经历来，他说他后来没有了学费，不能再留学，便回来了。回到故乡之后，又受着轻蔑，排斥，迫害，几乎无地可容。现在是躲在乡下，教着几个小学生糊口。但因为有时觉得很气闷，所以也趁了航船进城来。[1]

鲁迅在见面后的“笑”中却看见的是“相互的嘲笑和悲哀”，嘲笑什么呢？悲哀什么呢？显然是嘲笑先前启蒙的雄心，悲哀当前的没落，这没落不仅仅是物质上的，或许更应该是对启蒙信心的丧失，即所谓“荒原”上“无可措手”的悲哀。文字行走在诗与真之间，虽然是在描写范爱农，其实也是在哀悼自己的过去，竹内好说，鲁迅在范爱农身上看到了自己，[2] 也就是这个意思。

荒原体验是鲁迅对自己精神状态的一个非常重要的描述。所谓“一人的主张”，即是指启蒙者的启蒙思想与行动，这种“主张”无论“得了赞和”或是“得了反对”都不能造成荒原体验，“独有叫喊于生人中，而生人并无反应，既非赞同，也无反对”才能造成荒原体验。实际上，鲁迅在此说的是“对象”世界的消失，也就是被启蒙世界的不可建立性。我们知道，启蒙与被启蒙是相互依存的一个二元对立的结构，一方的消失同时也意味着另一方的不可建立，在荒原体验中，既然作为被启蒙的“对象”世界消失了，那么，作为启蒙者主体世界的存在的意义在哪里呢？这对于一个自命为启蒙者的主体来说是致命的打击，因此，鲁迅在荒原体验中所感到的痛苦与寂寞可以说是他产生多疑思维之前的一段最剧烈的阵痛。这阵痛的结果分为两个路向的：其一是怀疑人类思想

1　鲁迅：《朝花夕拾・范爱农》，载《鲁迅全集》（第二卷），第 323 页。
2　［日］竹内好：《鲁迅》，第 29 页。

的产生，其二是对启蒙者主体发生怀疑，即多疑。而且，这两个路向是同时进行的。在怀疑人类思想中，鲁迅产生了“人性恶”的思想，他认识到了人类“完善”的不可能性。这种认识使得他对历史进步观发生怀疑，表现出来就是他对希望与未来表达的模糊性与不确定性。在怀疑人类的同时怀疑与否定作为启蒙者主体的“自我”是硬币的另一面。怀疑人类，即是对“对象”世界消失的确认，人类的“人性恶”决定了启蒙的不可能性，这样启蒙者是多余的，而另一方面，鲁迅意识到，启蒙者作为人类中的一员同样不可能逃脱“人性恶”的宿命，也就是他在自己身上看到了“恶”的存在，这两方面都构成了他对主体的怀疑与否定。

那么，他精神中的这些变化的决定性时机是什么时候呢？同竹内好一样，我认为“新生事件”只是“投入他那文学回心的坩埚的许多铁片中的一片”，决定性时机应该是辛亥革命。在《呐喊·自序》中鲁迅对此作了冷处理，“后来也亲历或旁观过几样更寂寞更悲哀的事，都为我所不愿追怀，甘心使他们和我的脑一同消灭在泥土里。”这些“更寂寞更悲哀的事”应该正是使他产生荒原体验的决定性时机，即辛亥革命。在这里辛亥革命不应该仅理解为那一次革命行动，而应该视为其前前后后一系列事件组合。很多资料显示鲁迅在辛亥革命到来时的热情是极高的。

> ……忽然是武昌起义，接着是绍兴光复。第二天爱农就上城来，戴着农夫常用的毡帽，那笑容是从来没有见过的。
>
> “老迅，我们今天不喝酒了。我要去看看光复的绍兴。我们同去。”[1]

这虽是对范爱农的描写，但其实也是在描写自己。

1　鲁迅：《朝花夕拾·范爱农》，载《鲁迅全集》（第二卷），第324页。

辛亥革命的时候，先生承认没有做过什么工作，只是高兴得很。在绍兴尚未光复之倾，人心浮动，先生曾经召集了全校学生们，整队出发，在市面上游行了一通来镇静人心，结果大家当作革命军已经来了，成为唾手而得的绍兴光复。每逢谈起，先生总带着不少的兴趣描述当时情景，说好像刚刚出发回来的那么新鲜，感动。[1]

……杭州光复的消息就很快传到了绍兴。这时候城内的一个寺内就开了一个大会，好像是越社发动的，到了许多人，公举鲁迅做主席。鲁迅当下提议了若干临时办法，例如提议组织讲演团，分发各地去演说，阐明革命的意义和鼓动革命情绪等。关于人民的武装，他说明在革命时期，人民武装实属必要，讲演团亦须武装，必要时就有力量抵抗反对者。[2]

……武装演说队要出发的时候，鲁迅先生曾有一段简单的训话，当时同学中有一位当队长的请问先生，“万一有人拦阻便怎样?”鲁迅先生正颜厉色的答复他说，“你手上的指挥刀作甚么用的?”[3]

又据周建人回忆，鲁迅上街游行时手里拿着一把钢刀说，“遇到万一，这把刀准能砍杀几下的。”[4] 由此可见他的热情之高。在这场激动人心的运动中，鲁迅的启蒙理念可谓达到了顶峰，然而，也因之走到了尽头。“我们便到街上去走了一通，满眼是白旗。然而貌虽如此，内骨子是依旧的，因为还是几个旧乡绅所组织的军政府，……”[5] 这当然是后来回忆时说的话，其实当时鲁迅觉得还是颇光明的，“说起民元的事来，那

---

1 景宋：《民元前的鲁迅先生》，载《鲁迅回忆录》（专著）（上册），第100页。
2 周建人：《略讲关于鲁迅的事情·鲁迅任绍兴师范学校校长的一年》，载《鲁迅回忆录》（专著）（中册），第748页。
3 孙伏园：《鲁迅先生二三事·惜别》，载《鲁迅回忆录》（专著）（上册），第95页。
4 周建人：《绍兴光复前鲁迅的一段小事情》，《人民文学》1961年第7、8月号，第124页。
5 鲁迅：《朝花夕拾·范爱农》，载《鲁迅全集》（第二卷），第324页。

时确是光明得多，当时我在南京教育部，觉得中国将来很有希望。自然，那时恶劣分子固然也有的，然而他总失败。一到二年二次革命失败之后，即渐渐坏下去，坏而又坏，遂成了现在的情形。”[1] 辛亥革命的失败促使鲁迅从一个理想主义者转变成为一个彻底的现实主义者，“看透了”标志着鲁迅启蒙时期的终结，这之后才可能有他之所谓“荒原”上“无可措手”的体验的出现。荒原体验是鲁迅世界诞生的一个决定性平台，多疑就生长其上。

辛亥革命不久，鲁迅北上，在教育部工作，开始了他漫长的蛰伏生活。这段时间他除了在教育部上班外，主要精力用在了辑录古书、读佛经和抄古碑上。但在这三件事上鲁迅的爱好却是有先后的，在此不妨将许寿裳的《鲁迅年谱》中相关的内容抄录如下：

民国元年　一九一二年　三十二岁

是月公余纂辑《谢承后汉书》。

二年　一九一三年　三十三岁

十月，公余校《嵇康集》。

三年　一九一四年　三十四岁

是年公余研究佛经。

四年　一九一五年　三十五岁

一月辑成《会稽郡故书杂集》一册，用二弟作人名印行。

同月刻《百喻经》成。

是年公余喜搜集并研究金石拓本。

五年　一九一六年　三十六岁

是年仍搜集研究造像及墓志拓本。

六年　一九一七年　三十七岁

1　鲁迅：《两地书·八》，载《鲁迅全集》(第十一卷)，第31页。

是年仍搜集研究拓本。

七年 一九一八年 三十八岁

是年仍搜罗研究拓本。[1]

以上是《狂人日记》发表之前，鲁迅在公余所做的主要事情，从时间上来看，是从1912年到1917年，这段时间，政局动荡不安，正是鲁迅所谓“亲历或旁观过几样更寂寞更悲哀的事”的时候，鲁迅的多疑便在这些“寂寞悲哀的事”当中悄悄地生长，“见过辛亥革命，见过二次革命，见过袁世凯称帝，张勋复辟，看来看去，就看得怀疑起来，于是失望，颓唐得很了。”[2] 所谓“怀疑起来”就是指我前面所说的怀疑人类和怀疑启蒙者主体“自我”两个方面。这怀疑的结果，就是寻办法“麻醉自己的灵魂，使我沉入于国民中，使我回到古代去”，具体的办法就是辑录古书、读佛经和抄古碑。虽说这些麻醉法是所谓“怀疑”的结果，但也未尝不会促进鲁迅多疑的生长。这三件事，从顺序看，辑录古书在先，次为读佛经，再次是抄古碑。从事情的意义上来说，辑录古书并校勘是乾嘉学的一种，能称之为学问，意义最大；次为读佛经，可以称之为学；而到了抄古碑，就只剩下一个“抄”字，意义最小，似乎完全为了麻醉而麻醉。关于这一点，周作人在《鲁迅的故家·抄碑的目的》中有过非常详细的说明：

……洪宪帝制活动时，袁世凯的特务如陆建章的军警执法处大概继承的是东厂的统系，也着实可怕，由他抓去失踪的人至今无可计算。北京文官大小一律受到注意，生怕他们反对或表示不服，以此人人设法逃避耳目，大约只要有一种嗜好，重的嫖赌蓄妾，轻则玩古董书画，……鲁迅却连大湖（亦称挖花）都不会，只好假装玩

---

1 许寿裳：《鲁迅先生年谱》，载《鲁迅回忆录》（专著）（上册），第538—539页。

2 鲁迅：《南腔北调·〈自选集〉自序》，载《鲁迅全集》（第四卷），第468页。

> 玩古董，又买不起金石品，便限于纸片，收集些石刻拓片来看。单拿拓片来看，也不能敷衍漫长的岁月，又不能有这些钱去每天买一张，于是动手来抄，……[1]

鲁迅抄古碑开始于1915年，正是洪宪帝制紧锣密鼓的时候，为了避人耳目不假，但问题是，鲁迅选中这项没有多大意义的障耳法与他读佛经之间有没有联系呢？在回答这个问题之前，有必要先考察一下鲁迅读佛经的原因。首先，精神的苦闷无疑是鲁迅亲近佛学的一大原因。辛亥革命失败给予鲁迅精神上的打击是前所未有的，鲁迅的启蒙理念在空前高涨之时突然被抽空，形成一段精神上的空白期，佛学的进入自然而然。其次，鲁迅开始研读佛学在1914年，时值三十四岁，这个年龄正是一个人告别青春期的理想，开始逐渐思考人生的一些大问题的时期，譬如对生与死，有限与无限等问题的思考，而佛理为此提供了答案。鲁迅就曾经对许寿裳说，"释迦牟尼真是大哲，我平常对人生有许多难以解决的问题，而他居然大部分早已明白启示了。真是大哲。"[2] 复次，据有的学者研究，鲁迅看佛经很大程度上同他蛰伏北京期间的身体状况奇差有很大关系。谭桂林在《20世纪中国文学与佛学》中认为，"我们如果过分强调这种精神逼迫性对鲁迅的重压，认为它是鲁迅中年好读佛经的主要原因，也未必真正切合鲁迅当时的实际心态。我认为，在这双重苦痛中，很有可能是生理性的痛苦成为鲁迅接近佛学的直接触媒。……查鲁迅1913年与1914年两年的日记，关于头疼、胃痛、肩痛、大发热之类的记载，其频繁程度实在令人吃惊。1913年10月1日的日记说得尤其痛切：'写书时头眩手战，神经又病矣，无日不处忧患中，可哀也。'这种忧患当然是指自己的健康状况的恶劣而言。"[3] 谭桂林认为正是这种恶劣的健康状况促使鲁迅接近佛学，而且在他看来，鲁迅后来的抄古碑在

1　周作人：《鲁迅的故家·抄碑的目的》，载《鲁迅回忆录》（专著）（中册），第1063页。

2　许寿裳：《亡友鲁迅印象记·看佛经》，载《鲁迅回忆录》（专著）（上册），第247页。

3　谭桂林：《20世纪中国文学与佛学》，合肥：安徽教育出版社1999年版，第96—97页。

某种意义上是小乘佛学的“沉心静虑的修行方式的变相表现”[1]。并且更为重要的是，谭桂林认为读佛经会引起鲁迅精神观念的变化，“如果说长期处于精神矛盾与紧张之中，最容易萌生怀疑，破除法执，那么，长期患于病苦的人也最容易视肉体生命如桎梏而破除我执。”[2] 法执其实也是我执的一种[3]，我执认为世界有一个独立自存之实体，这个实体是不变动的，由此产生“我”的观念，或执“心”，或执“色”，或执“色心”，这正是佛所要破除的观念，佛认为世间一切法皆由种种因缘和合而生，不断变迁，无恒常坚实的自体。按照佛教的这种观念，近代建立在笛卡尔“我思”基础上的主体——一种不变之实体的观念是应当在“破除”范围之内的。这无疑对鲁迅破除留日时期所习成的“自心”/主观之内面精神的观念起了一定的催化作用，从而为他多疑思维的形成准备了条件。

第三节　多疑与人性恶及循环史观

如前所述，与怀疑与否定主体“我思”确定性相伴而生的是鲁迅这一时期怀疑人类的思想。我们原本可以将这二者放到一起论述，但由于这个问题的重要性，我只好另起一节。在进入问题之前，先来看一件小事情。1925 年孙福熙在《我所见于〈示众〉者》一文的注里讲：

> 这是民国成立以前鲁迅先生在浙江两级师范学堂担任化学教员时的事体。他在教室试验轻气的燃烧，因为忘记携带火柴了，故于

1　谭桂林：《20 世纪中国文学与佛学》，合肥：安徽教育出版社 1999 年版，第 126 页。
2　同上，第 97 页。
3　我执分为“法我执”（法执）和“人我执”（人执），单称“我执”，指“人我执”，见《宗教大辞典》，任继愈主编，上海：上海辞书出版社 1998 年版，第 850 页。

> 出去时告诉学生勿动收好了的轻气瓶，以免混入空气，在燃烧时炸裂。但是取火柴回来一点火，居然爆发了；等到手里的血溅满了白的西装硬袖和点名簿时，他发见前两行只留着空位：这里的学生，想来是趁他出去时放进空气之后移下去的，都避在后面了。[1]

这件事应该是发生在1909年，那时鲁迅刚归国不久，担任浙江两级师范学堂教员是他的第一份工作，启蒙依然是他的一大梦想，因此，他工作起来尽职尽责，怀抱着理想主义的热情是可想而知的。然而，结果却是出人意料的，“手里的血溅满了白的西装硬袖和点名簿”，这足以看成是辛亥革命的一个隐喻。如果说辛亥革命是竹内好所谓鲁迅“回心”的那一决定性时机，诸如此类的小事情未始不是“回心”坩埚中的一块铁片。在理想遭遇到现实之后，开启在鲁迅面前的世界是一个与他通常所想象的完全不一样的冰冷的世界，在这个世界面前，那些青春的慷慨激昂的梦想是那样的不堪一击，更何况这些学生还都不是愚昧无知的庸众，对他们好心的启蒙换来的却是对启蒙者的愚弄与伤害。这不能不让鲁迅从心底冒出一种从前未有过的想法：人性的险恶。不幸这个想法在随后发生的辛亥革命中得到了印证，并进而产生了怀疑人类的思想。翻看文章，五四时期他的怀疑人类的思想竟然是如此之深广，现笔录如下：

> 我从乡下跑到京城里，一转眼已经六年了。其间耳闻目睹的所谓国家大事，算起来也很不少；但在我心里，都不留什么痕迹，倘要我寻出这些事的影响来说，便只是增长了我的坏脾气，——老实说，便是教我一天比一天的看不起人。[2]

1　孙福熙：《我所见于〈示众〉者》，载《1913—1983鲁迅研究学术论著资料汇编》（第一卷），第93页。原载1925年5月11日《京报副刊》。这件事后来又被许寿裳先生转述过，见许寿裳：《鲁迅的生活》，载《鲁迅回忆录》（专著）（上册），第459页。

2　鲁迅：《呐喊·一件小事》，载《鲁迅全集》（第一卷），第481页。

> 这种惭愧，往往成为我的怀疑人类的头上的一滴冷水，这于我是有损的。[1]
>
> 上午赴部，车夫误碾地上所置橡皮水管，有似巡警者及常服者三数人突然来乱击之，季世人性如野狗，可叹！[2]

更为重要的是，1920年四五月间，鲁迅在整理德国商人俱乐部藏书时得到对他影响巨大的俄国作家阿尔志跋绥夫的小说《工人绥惠略夫》。这是一部经典的怀疑人类的文本，与此时鲁迅的思想极为合拍，同时也在思想上支援了鲁迅怀疑人类的思想。小说中多处写到主人公对人类的憎恶与怀疑：

> 倘若我没有错你是从这一个立脚点出发的，就是只要有健全的理性与明白的判断力，便不会有一个恶人。就是单是表面上的可以去掉的环境，妨害着人的为善。我不信这事。人是从天性便可恶的。……
>
> ……我实在憎恶人类，但你所谓什么激愤的，我却称作经验。
>
> 真理应该抹煞，以便这一部分人能够依靠别一部分人而生活。这是最通常的诓骗……真理是，人的一切欲望，全不过猛兽本能。
>
> 我不信那些事。那些只是一个盖子，借此掩盖丑态，以及抑制那能使各种生活为难的掠夺本能的罢了。人的理想的产物，并不是人的天性……是练就的东西！……倘使爱——当然不是男女的爱——同情与无我，在我们真是天禀，正如掠夺的动力一般，我们现在便应该有基督教的共和制占了资本主义的位置，……然而我们统没有。[3]

---

1 鲁迅：《热风·无题》，载《鲁迅全集》（第一卷），第406页。

2 鲁迅：《日记·1913年2月》，载《鲁迅全集》（第十五卷），第48页。

3 ［俄］阿尔志跋绥夫：《工人绥惠略夫》，鲁迅译，载《鲁迅全集》（第十一卷），北京：人民文学出版社1973年版，乙种本，第606—607页。

从引文可以看出主人公绥惠略夫憎恶人类与怀疑人类的思想与这一时期鲁迅怀疑人类的思想是非常地合拍。难怪鲁迅在得到该书后不久，就开始着手翻译，到同年 10 月 22 日翻译完毕，只花了几个月的时间，翻译速度快得惊人，这也足以见得他与阿尔志跋绥夫共鸣之深以及他当时怀疑人类思想的深广。在谈到这一点时，鲁迅说：

> 据我所知道的说，“对德宣战”的结果，在中国有一座中央公园里的“公理战胜”的牌坊，在我就只有一篇这《工人绥惠略夫》的译本，因为那底本，就是从那时整理着的德文书里挑出来的。
>
> 那一堆书里文学书多得很，为什么那时偏要挑中这一篇呢？那意思，我现在有点记不真切了。大概，觉得民国以前，以后，我们也有许多改革者，境遇和绥惠略夫很相像，所以借借他人的酒杯罢。然而昨晚上一看，岂但那时，譬如其中的改革者的被迫，代表的吃苦，便是现在，——便是将来，便是几十年以后，我想，还要有许多改革者的境遇和他相像的。所以我打算将它重印一下……。[1]

小说中的绥惠略夫“先是为社会做事，社会倒迫害他，甚至于要杀害他，他于是一变而为向社会复仇了，一切是仇仇，一切都破坏”[2]，“对于不幸者们也和对于幸福者一样的宣战”[3]。小说的结尾，绥惠略夫在戏园中向一切人开枪其实是一个很深的隐喻，一方面表示愤怒的主人公由人道主义向个人的无治主义/无治的个人主义的转变，另一方面也表示他怀疑人类思想达到了极点。工人绥惠略夫的人生遭遇与思想经历正是鲁迅这些参加过辛亥革命的革命者的遭遇与经历，在《药》中鲁迅塑造的主人公夏瑜便是有着这样人生遭遇的革命者，他不仅是为“幸福者/

1　鲁迅：《华盖集续编·记谈话》，载《鲁迅全集》（第三卷），第 375—376 页。

2　同上，第 376 页。

3　鲁迅：《译文序跋集·工人绥惠略夫：译了〈工人绥惠略夫〉之后》，载《鲁迅全集》（第十卷），第 183 页。

当权者”所杀，同时也为“不幸者们/华老栓们”所“吃”——人血馒头。但是，夏瑜的思想并没有如绥惠略夫那样完成从人道主义到个人的无治主义/无治的个人主义的转变，也就是说，夏瑜到死都是一个彻头彻尾的人道主义者，不曾有过怀疑人类的思想，临到死，他还在劝牢头造反，挨了牢头的打还说牢头可怜，可见他至死还是相信人性是善的，人是可以通过启蒙进步不断“完善”，甚至“止于至善”的。小说《药》在对庸众“哀其不幸，怒其不争”的同时，更着力地批判了启蒙的理想主义色彩，表达了他怀疑人类的思想。

怀疑人类思想并不是一个小问题，它标志着鲁迅的历史观的转变，这突出表现在他对“至善”观念的转变上。在留日时期，鲁迅认为“至善”的境界是可以达到的：

> 夫古民惟群，后乃成国，分画疆界，生长于斯，使其用天之宜，食地之利，借自力以善生事，辑睦而不相攻，**此盖至善，亦非不能也**。[1]
>
> ……卢希飞勒不然，曰吾誓之两间，吾实有胜我之强者，而无有加于我之上位。彼胜我故，名我曰恶，若我致胜，恶且在神，善恶易位耳。此其论善恶，正异尼佉。尼佉意谓强胜弱故，弱者乃字其所为曰恶，故恶实强之代名；此则以恶为弱之冤谥。故尼佉欲自强，而并颂强者；此则亦欲自强，而力抗强者，好恶至不同，特图强则一而已。**人谓神强，因亦至善**。顾善者乃不喜华果，特嗜腥膻，凯因之献，纯洁无似，则以旋风振而落之。[2]

有了怀疑人类的思想后，鲁迅对“至善”观是持否定态度的：

1　鲁迅：《集外集拾遗补编·破恶声论》，载《鲁迅全集》（第八卷），第33页。
2　鲁迅：《坟·摩罗诗力说》，载《鲁迅全集》（第一卷），第80页。

> 以上的所谓“革命成功”，是指暂时的事而言；其实是“革命尚未成功”的。革命无止境，倘使世上真有什么“止于至善”，这人间世便同时变了凝固的东西了。[1]

对“至善”观念的否定隐含了人类完善的不可能性，其伦理观基石是“人性恶”，它表明了鲁迅怀疑人类的思想。与对“至善”观的否定相对应的是鲁迅对“黄金世界”的否定，这无疑受到了阿尔志跋绥夫的影响。对“黄金世界”的否定是《工人绥惠略夫》的一个主要特点，“黄金世界”在这篇小说中一共出现过两次：

> 人的幸与不幸，并不因为有善或恶加在他身上，却因为他生来带着感受苦恼或欢喜的机能。假使石器时代的人能在梦中看见我们的世界，他们会以为是在地上的天国。而我们现在正生活在他们的梦中，即使并没有比他们更加不幸，却也不过如此……我不信黄金时代。
>
> 你听到了么？……我是不能听了！你们将那黄金时代，豫约给他们的后人，但你们却别有什么给这些人们呢？……你们……将来的人间世界的豫言者，……当得诅咒哩！[2]

但我想来自书本的影响仅仅是事情的一个方面，它应该是有限的，它的功用在于契合了接受者的某种心态并反过来加强这种心态。而更为重要的原因应当在接受者自身，也就是说辛亥革命、二次革命等一系列历史事件的经验教训才是鲁迅否定“至善”，否定“黄金世界”，怀疑人类的根本原因。当然《工人绥惠略夫》为鲁迅将这些经验教训转化为可表达的东西提供了某种言说方式。已有论者指出，鲁迅明确提出否定“黄金

1　鲁迅：《而已集·黄花节的杂感》，载《鲁迅全集》（第三卷），第428页。

2　［俄］阿尔志跋绥夫：《工人绥惠略夫》，鲁迅译，载《鲁迅全集》（第十一卷），北京：人民文学出版社1973年版，乙种本，第609、690页。

世界”的思想是在1920年10月翻译《工人绥惠略夫》之后，并且从这年10月开始，“鲁迅在《头发的故事》、《娜拉走后怎样》、《影的告别》、《春末闲谈》、《两地书》等小说、杂文、通信和散文诗中曾一再阐述这一观点。甚至到一九二九年他还坚持这种看法。”[1]《头发的故事》自不用说了，早有论者指出它受阿尔志跋绥夫的影响，[2]并且在该小说中N先生直接借用了阿尔志跋绥夫的话：

> 我要借了阿尔志跋绥夫的话问你们：你们将那黄金时代的出现预约给这些人们的子孙了，但有什么给这些人们自己呢？[3]

而在《娜拉走后怎样》中鲁迅则直接作了这样的陈述：

> 但是，万不可做将来的梦。阿尔志跋绥夫曾经借了他所做的小说，质问过梦想将来的黄金世界的理想家，因为要造那世界，先唤起许多人们来受苦。他说，“你们将黄金世界预约给他们的子孙了，可是有什么给他们自己呢？”有是有的，就是将来的希望。但代价也太大了，为了这希望，要使人练敏了感觉来更深切地感到自己的苦痛，叫起灵魂来目睹他自己的腐烂的尸骸。惟有说诳和做梦，这些时候便见得伟大。所以我想，假使寻不出路，我们所要的就是梦；但不要将来的梦，只要目前的梦。[4]

对“至善”与“黄金世界”的否定是鲁迅怀疑人类思想的结果，其实质，如上所述，是鲁迅的历史观的转变。这一时期，鲁迅开始怀疑与否

1 汪晖：《略论“黄金世界”的性质》，1984年4月10日《鲁迅研究》（双月刊）（北京）第2期，第168页。

2 王富仁：《鲁迅前期小说与阿尔志跋绥夫》，1983年6月10日《鲁迅研究》（双月刊）（北京）第3期，第35—50页。

3 鲁迅：《呐喊·头发的故事》，载《鲁迅全集》（第一卷），第488页。

4 鲁迅：《坟·娜拉走后怎样》，载《鲁迅全集》（第一卷），第167页。

定留日时期所接受的单线性历史进步观，表现出对“轮回”与循环历史观的靠拢：

> ……要适如其分，发展各各的个性，这时候还未到来，也料不定将来究竟可有这样的时候。我疑心将来的黄金世界里，也会有将叛徒处死刑。……[1]

这听来是绥惠略夫“却也不过如此”那句话的翻版，其共同点是指出将来所谓黄金世界与现在的相似性。指出过去、未来与现在的相似是“轮回”与循环历史观的一个主要特征：

> 我觉得革命以前，我是做奴隶；革命以后不多久，就受了奴隶的骗，变成他们的奴隶了。[2]
>
> ……试将记五代，南宋，明末的事情的，和现今的状况一比较，就当惊心动魄于何其相似之甚，仿佛时间的流驶，独与我们中国无关。现在的中华民国也还是五代，是宋末，是明季。[3]
>
> “地大物博，人口众多”，用了这许多好材料，难道竟不过老是演一出轮回把戏而已么？[4]

鲁迅从历史经验中得出的“轮回”体验实际上瓦解了他在留日时期从书本上得来的单线性历史进步观。单线性历史进步观认为，历史行进中的每一刻都是唯一的，不可替代的与不可逆转的，历史是朝着一个终极目标前行的。“进步观念既是一种历史发展的规则，一种历史哲学，作为其结果又是一种政治哲学。它将对历史的一种描述性分析与一种认为这

1　鲁迅：《两地书·四》，载《鲁迅全集》（第十一卷），第20页。
2　鲁迅：《华盖集·忽然想到（一至四）》，载《鲁迅全集》（第三卷），第16页。
3　同上，第17页。
4　同上，第18—19页。

种发展是正确与良善的哲学立场结合起来。”[1] 这种“正确与良善的哲学”就是培根的“知识的积累意味着人间幸福的增加”，而鲁迅在留日时期对此是深信不疑的。在1907年写的《科学史教篇》中，鲁迅就曾经宣扬，科学的盛大会使“人间生活之幸福，悉以增进”[2]。这亦与鲁迅在那个时期相信“至善”境界通过人为可以达到的思想是一脉相承的。认为“至善”可以通过人为达到是启蒙主义者的一个基本信念，也是历史进步观的根本观念之一。历史进步观的诞生就是针对人类不断堕落的“人性恶”的观念的，它相信人性是可以通过知识的积累而不断完善的。这个观念后来成为启蒙运动的基石，无论是卢梭还是伏尔泰都是这种观念的信奉者。但是鲁迅在经过辛亥革命一系列的事件的打击后，其启蒙理念开始松动，随之而来的是其伦理观和历史观的转变，人性恶后来成为他的一种根深蒂固的观念。这在那个启蒙的时代无疑显得有些与众不同。

如第一章第二节中所示，历史进步观作为历史哲学的一种核心要素，它是与笛卡尔主体论哲学紧密相连的，可以说历史进步观就是建基在笛卡尔主体“我思”确定性之上的，历史进步观的轰塌从根本上意味着主体“我思”确定性的动摇，而这些在鲁迅世界诞生之初就随即发生，为鲁迅多疑思维的产生创造了必要条件。这也从另一个方面证明了多疑思维与鲁迅世界相始终的关系。

第四节　多疑与鲁迅的仇猫

关于鲁迅多疑的形成，除了以上两节所讲的辛亥革命的决定影响外，我认为与他这一时期蛰伏生活中的一些生活细节也有一定的关系，

1 ［美］约翰·斯坦利：《〈进步的幻象〉英译者导言》，载［法］乔治·索雷尔：《进步的幻象》，第11—12页。
2 鲁迅：《坟·科学史教篇》，载《鲁迅全集》（第一卷），第25页。

在此仅以鲁迅的仇猫为例进行阐述。

鲁迅的仇猫在许多人看来，是深不以为然的，甚至许多人认为这正是他心理病态的一种证明。早在上个世纪30年代，以谩骂鲁迅而著名的苏雪林就坚持这一观点。苏雪林认为，鲁迅天性“阴贼，谗刻，多疑，善妒，气量褊狭，复仇心强烈坚韧，处处都到了令人可怕的地步”[1]，而仇猫正是他阴贼天性的表露，“（他）为了一匹所爱的‘隐鼠’之失踪，而至于残酷地杀害许多猫，而至于加保姆以‘谋害’的罪名。这很容易使人联想到《史记》的张汤幼时掘鼠的故事。”[2] 张汤是汉武帝时的酷吏，以刀笔起家，性残酷，然清廉。[3] 以鲁迅比张汤，意在言鲁迅刀笔之犀利刻薄及生性之残酷。这里苏雪林所举鲁迅仇猫之事显然取之于《朝花夕拾》的首篇《狗·猫·鼠》。在这篇文章中，鲁迅详细解释了自己仇猫的原因：

> 现在说起我仇猫的原因来，自己觉得是理由充足，而且光明正大的。一、它的性情就和别的猛兽不同，凡捕食雀、鼠，总不肯一口咬死，定要尽情玩弄，放走，又捉住，捉住，又放走，直待自己玩厌了，这才吃下去，颇与人们的幸灾乐祸，慢慢地折磨弱者的坏脾气相同。二、它不是和狮虎同族的么？可是有这么一副媚态！[4]

作者认为“现在”对仇猫的解释“自己觉得理由充足，而且光明正大的”，这表明他对以前自己的解释不满意，认为有点牵强，甚至有些阴暗，而现在的解释要“光明正大”得多。这听起来似乎有点在辩诬。那么，鲁迅原先对仇猫又是如何解释的呢？1922年10月发表于《晨报副刊》，后收入《呐喊》的小说《兔和猫》应该是最初一篇揭示鲁迅仇猫

1　苏雪林：《论鲁迅的杂感文》，载《1913—1983鲁迅研究学术论著资料汇编》（第二卷），第723页。
2　同上，第723页。
3　司马迁：《史记》（四），上海：上海书店1988年版，第1962—1966页。
4　鲁迅：《朝花夕拾·狗·猫·鼠》，载《鲁迅全集》（第二卷），第240页。

的文章，其中有这么一段话讲述了仇猫的原因：

……而我在全家的口碑上，却的确算一个猫敌。我曾经害过猫，平时也常打猫，尤其是在他们配合的时候。但我之所以打的原因并非因为他们配合，是因为他们嚷，嚷到使我睡不着，我以为配合是不必这样大嚷而特嚷的。

况且黑猫害了小兔，我更是“师出有名”的了。……[1]

末一段，“猫害了小兔”，其实只是进一步加强了“我”对猫的憎恶，而“我”真正仇猫的原因，是因为它们配合时的嚷嚷，“嚷到使我睡不着”。这就是鲁迅先前对仇猫的解释，但“现在”他暗示了这种解释的阴暗（即不光明正大），于是，他决定找一种堂而皇之的解释以便让“自己觉得理由充足，而且光明正大”，这就出现了上边的两条解释。然而奇怪的是，鲁迅紧接着又否定了这两条堂而皇之的解释，“然而，这些口实，仿佛又是现在提起笔来的时候添出来的，虽然也象是当时涌上心来的理由。”[2] 显然，鲁迅不愿意欺骗自己的固执个性又一次占了上风。那么，在他心里仇猫的原因到底是什么呢？“要说得可靠一点，或者倒不如说不过因为它们配合时候的嗥叫，手续竟有这么繁重，闹得别人心烦，尤其是夜间要看书，睡觉的时候。”[3] 这岂不是又回到原点了吗？既然文章开头已经“暗示”了这种解释的不充足性与非光明性，为什么还要坚持这种“阴暗”的解释呢？显然，鲁迅执拗地认为，他仇猫的真实原因就在这里。然而，即使如此，它依然还只是个“阴暗”的解释，它的正当性依然需要涂抹：

但是，这都是近时的话。再一回忆，我的仇猫却远在能够说出

1 鲁迅：《呐喊·兔和猫》，载《鲁迅全集》（第一卷），第581页。
2 鲁迅：《朝花夕拾·狗·猫·鼠》，载《鲁迅全集》（第二卷），第240页。
3 同上，第240页。

这些理由之前，也许是还在十岁上下的时候了。至今还分明记得，那原因是极其简单的：只因为它吃老鼠，——吃了我饲养着的可爱的小小的隐鼠。[1]

这似乎是一个正当的仇猫原因：猫吃了我饲养着的可爱的小小隐鼠，所以我仇猫。然而，后来的事实证明，这是一种诬陷，杀死隐鼠的不是猫，而是长妈妈。这又一次对前述的原因构成了消解。于是，仇猫原因就只剩下那个不“光明正大”的解释了。而这也正是鲁迅仇猫的真正原因。据周作人晚年回忆，这些都是实有其事的。《知堂回想录·补树书屋的生活》一节有这样的记载，“那么旧的屋里该有老鼠，却也并不见，倒是不知道谁家的猫常来屋上骚扰，往往叫人整半夜谁不着觉。查一九一八年旧日记，里边便有三四处记着，‘夜为猫所扰，不能安睡。’不知道鲁迅在日记上有无记载，事实上在那时候大都是大怒而起，拿着一枝竹竿，我搬了小茶儿，在后檐下放好，他便上去用竹竿痛打，把它们打散，但也不能长治久安，往往过一会儿又来了。《朝花夕拾》中间有一篇讲到猫的文章，其中有些是与这有关的。”[2] 事实上，《鲁迅日记》1917年12月18日确有过一次对猫的记载，曰：“夜豸来。”[3] 如此看来，鲁迅的仇猫以此为由应该是光明正大的呀，为什么还故意要找别的“口实”来涂了又涂，抹了又抹呢？其实，这条理由中让鲁迅觉得不“光明正大”的只能是猫的配合。尽管是动物，这个问题也还是容易让人疑心他的对性的敏感，如果不，他又何苦在这个问题上反反复复不辞辛劳地强调呢？

……我之所以打的原因并非因为他们配合，是因为他们

---

1 鲁迅：《朝花夕拾·狗·猫·鼠》，载《鲁迅全集》（第二卷），第241页。

2 周作人：《苦茶——周作人回想录》，兰州：敦煌文艺出版社1995年版，第234页。又《鲁迅的故家》中也有相同的文字，见《鲁迅回忆录》（专著）（中册），第1065页。

3 鲁迅：《日记·1917年12月》，载《鲁迅全集》（第十五卷），第304页。

嚷……[1]

……因此也可见我的仇猫，理由实在简简单单，只为了它们在我的耳朵边尽嚷的缘故。……[2]

“因此也可见”表明他在解释“并非因为他们配合，是因为他们嚷”这个问题上颇费了一番周折。而事实也正是如此。为了证明“因此也可见”，鲁迅从猫的配合讲到狗的配合，讲到弗罗特（S. Freud）的精神分析说，最后讲到他的著名的论断：结婚仪式充其量不过是合法性交的广告而已。说明一个简单的问题如此铺陈，这不得不让人联想起鲁迅终生保持的对性与“性变态”的浓厚兴趣。[3] 尽管鲁迅一再声称，是猫的嚷而不是配合成为他仇猫的原因，但考察这个原因的形成时间，应该不是在童年的养隐鼠时期，而是在他忍受着独身煎熬的“补树书屋”时期。而赶猫除了能让人心情清静，睡好觉之外，是不是也在某种程度上反映出独身生活时期鲁迅的某种性心理呢？对于这个问题，我们可以借鉴一下吴俊的研究。在其博士论文《鲁迅性心理研究》中，吴俊曾经就鲁迅的独身生活对他的性心理的影响作过精辟的论述，“当然，在探讨鲁迅的性爱意识、心理和生活时，我也不能不注意并重视这一事实及其可能的影响，即：鲁迅虽然早结婚，但在他与许广平同居前，从 1906 年到 1926、1927 年的这二十年间，鲁迅实际上过的是一种独身生活。这正是鲁迅年富力强的从 25 岁到 45 岁的一段时期。那么，在这段青壮年时期的独身生活中，鲁迅是否会感到和遭受禁欲与性压抑的痛苦呢？在他的心理上，是否又会有一种性的渴望和煎熬呢？我想，尽管鲁迅是

---

1 鲁迅：《呐喊·兔和猫》，载《鲁迅全集》（第一卷），第 581 页。

2 鲁迅：《朝花夕拾·狗·猫·鼠》，载《鲁迅全集》（第二卷），第 241 页。

3 孙隆基在《“世纪末”的鲁迅》一文中认为，“鲁迅对‘性变态’的兴趣一直保持到参加左联以后。”但孙认为，鲁迅的这种兴趣多少与当时的“变态-遗传-堕落”的新话语体系的兴起有关系，与这个体系直接相关的新学科是优生学，而众所周知，周建人在当时是一个知名的优生学家。见［美］孙隆基：《历史学家的经线》，第 231 页。实际上，李欧梵在《鲁迅与现代艺术意识》一文中也提出过相似的看法，见［美］李欧梵：《铁屋中的呐喊》（附录），第 235—262 页。

一个人格坚强的伟人，但他既食人间烟火，也就不可能没有普通人的七情六欲，他以后的生活选择也充分证明了这一点。”[1] 接着他举鲁迅《寡妇主义》中的一段话论证他的观点（鲁迅这段话原文如下）：

> 至于因为不得已而过着独身生活者，则无论男女，精神上常不免发生变化，有着执拗猜疑阴险的性质者居多。欧洲中世的教士，日本维新前的御殿女中（女内侍），中国历代的宦官，那冷酷险狠，都超出常人许多倍。别的独身者也一样，生活既不合自然，心状也就大变，觉得世事都无味，人物都可憎，看见有些天真欢乐的人，便生恨恶。尤其是因为压抑性欲之故，所以于别人的性底事件就敏感，多疑；欣羡，因而妒嫉。其实这也是势所必至的事：为社会所逼迫，表面上固不能不装作纯洁，但内心却终于逃不掉本能之力的牵掣，不自主地蠢动着缺憾之感的。[2]

吴俊认为，鲁迅的这段分析在某种程度上也适用于他本人，“不管他有没有自觉，在一定程度上，鲁迅的这种分析对他自己是否有意义，我看也不应该因其揭露的深刻和无情，而作断然的否认。”在作这样的分析时，吴俊承认他有所顾虑，他说，“如果不是由于性乃是一个非常敏感的问题，而我自己对这个问题的一些看法还有所顾虑的话，我几乎要说，鲁迅的这番分析实际上就带有某种自况的程度，或者至少，也有着他自己切身体验的痕迹。”[3] 我认为，吴俊的分析大抵是符合实情的。作为一个“不吃冷猪肉”[4] 的常人，鲁迅长达 20 年的独身生活一定会造成他某种程度上的心理压抑，以至变形。而这也并非没有佐证。在 1910 年 11 月 15 日致许寿裳的书信中，鲁迅就说，“仆荒落殆尽，手不触书，

---

1 吴俊：《爱之衷曲——鲁迅性爱心理分析之一》，《鲁迅研究月刊》1991 年第 1 期，第 34 页。
2 鲁迅：《坟・寡妇主义》，载《鲁迅全集》（第一卷），第 280—281 页。
3 吴俊：《爱之衷曲——鲁迅性爱心理分析之一》，《鲁迅研究月刊》1991 年第 1 期，第 34 页。
4 曹聚仁：《我与鲁迅》，载《鲁迅回忆录》（散篇）（中册），第 801 页。

惟搜采植物，不殊曩日，又翻类书，荟集古逸书数种，此非求学，以代醇酒妇人者也。”[1] 这分明是鲁迅自我压抑的证明。又郁达夫曾引一个学生的话说，“鲁迅虽在冬天，也不穿棉裤，是压抑性欲的意思。”[2] 也可以作为旁证。从某种意义上说，鲁迅多疑个性中的一些所谓的病态因素即根源于此。《寡妇主义》中鲁迅分析的“不得已而过着独身生活者”大抵在精神上“有着执拗猜疑阴险的性质”，也正是苏雪林们眼中鲁迅的性格。由此看来，将鲁迅的一部分多疑个性归结于他的“不得已而过着独身生活”的结果，并且带有某种程度的病态大抵是不为过的。

但鲁迅的仇猫所透露出来的信息并不止这一点，还有两点值得我们注意，一是敏感，一是对弱者的同情。鲁迅的敏感几乎同他的多疑、易怒一样著名。而毋宁说，鲁迅的多疑、易怒即是源于他敏感的个性。在仇猫中显示鲁迅敏感的是猫配合时的嚷嚷让他不得安心看书与休眠。尽管周作人的日记也记载着因猫的叫扰而失眠的记录，但至少他还没有怒起而打猫。况且周作人还有“孩子大哭于旁而能无动于衷依然看书的本领”，而鲁迅是“无论如何做不到的”。[3] 过于敏感的人一般有两个特点，其一是爱整洁，其一是某种程度上的神经衰弱。而不幸鲁迅于这两方面的特点都有。鲁迅的爱整洁据鲁瑞老太太的意见是秉承了乃父的性格。“太师母说：你们的大先生从小就很爱护书籍和文具用品，总是把它们收拾得整整齐齐，就是包一个纸包也是方方正正的。他的这些习惯，很像太先生。太先生身体一直不大好，但他酷爱整齐。”[4] 相似的记载散见于许羡苏、许广平和周建人的回忆录里，兹不再举。神经衰弱则突出地

---

1 鲁迅：《书信·101115 致许寿裳》，载《鲁迅全集》（第十一卷），第 335 页。

2 郁达夫：《回忆鲁迅》，载《鲁迅回忆录》（散篇）（上册），第 150 页。

3 许广平在《鲁迅回忆录·所谓兄弟》中转述鲁迅评价周作人的话，“鲁迅曾经提到过，‘像周作人时常在孩子大哭于旁而能无动于衷依然看书的本领，我无论如何是做不到的！’”载《鲁迅回忆录》（专著）（下册），第 1127 页。

4 俞芳：《我记忆中的鲁迅先生》，载《鲁迅回忆录》（专著）（下册），第 1541 页。至于鲁迅先生从日本回国后，在衣着打扮上邋遢不修边幅，连鲁瑞老太太也百思不得其解，但在对待书籍上，他却终生保持着爱整洁的习惯。又见许羡苏的《回忆鲁迅先生》，“在老太太看起来，后来鲁迅先生把自己弄得像‘囚首垢面’的样子觉得有些奇怪……”载许羡苏：《回忆鲁迅先生》，载《鲁迅回忆录》（散篇）（上册），第 316 页。

表现在鲁迅的睡眠上，除了这里的怕猫吵闹外，《鲁迅日记》还有很多关于失眠的记录，而其中有些即源于外界的吵闹：

> 1912 年 8 月 12 日　惟神经衰弱所当理耳。……半夜后邻客以闽音高谈，狺狺如犬相啮，不得安睡。[1]
>
> 1912 年 9 月 18 日　夜邻室有闽客大哗。[2]
>
> 1912 年 9 月 20 日　夜雨不已。邻室又有闽客来，至夜半犹大嗥如野犬，出而叱之，少戢。[3]
>
> 1914 年 1 月 31 日　夜邻室王某处忽来一人，高谈大呼，至鸡鸣不止，为之展转不得眠，眠亦屡醒，因出属发音稍低。而此人遽大漫骂，且以英语杂厕。[4]
>
> 1914 年 7 月 9 日　夜邻室博簺扰睡。[5]
>
> 1914 年 7 月 29 日　夜邻室大赌博，后又大诤，至黎明诤已散去，始得睡。[6]
>
> 1915 年 5 月 9 日　夜半邻室诸人聚而高谈，为不得眠孰。[7]
>
> 1916 年 5 月 6 日　下午以避喧移入补树书屋住。[8]

以上均是证明。太敏感就容易导致多疑，这在李长之的《鲁迅批判》中就早有过论述。“鲁迅又多疑”，李长之举出了《为了忘却的记念》中的一段话为例：

> 他说的并不是空话，真也在从新学起来了，其时他曾经带了一

1　鲁迅：《日记・1912 年 8 月》，载《鲁迅全集》（第十五卷），第 16 页。
2　鲁迅：《日记・1912 年 9 月》，载《鲁迅全集》（第十五卷），第 21 页。
3　同上，第 21 页。
4　鲁迅：《日记・1914 年 1 月》，载《鲁迅全集》（第十五卷），第 103 页。
5　鲁迅：《日记・1914 年 7 月》，载《鲁迅全集》（第十五卷），第 124 页。
6　同上，第 126 页。
7　鲁迅：《日记・1915 年 5 月》，载《鲁迅全集》（第十五卷），第 171 页。
8　鲁迅：《日记・1916 年 5 月》，载《鲁迅全集》（第十五卷），第 226 页。

> 个朋友来访我，那就是冯铿女士。谈了一些天，我对于她终于很隔膜，我疑心她有点罗曼谛克，急于事功；我又疑心柔石的近来要做大部的小说，是发源于她的主张的。但我又疑心我自己，也许是柔石的先前的斩钉截铁的回答，正中了我那其实是偷懒的主张的伤疤，所以不自觉地迁怒到她身上去了。——我其实也并不比我所怕见的神经过敏而自尊的文学青年高明。[1]

李长之认为，“太锐感就很容易变到多疑上去。”而且，“这种多疑的性格，鲁迅也会表现在诗里：

> 很多的梦，趁黄昏起哄。
> 前梦才挤却大前梦时，后梦又赶走了前梦。
> 去的前梦黑如墨，在的后梦墨一般黑；
> 去的在的仿佛都说，“看我真好颜色。”
> 而且不知道，说话的是谁？（《集外集》，页一九）

要知道‘说话的是谁’么？我知道的，就是鲁迅内心。‘颜色许好’，是表面，真正如何，鲁迅便在怀疑着。”[2]

鲁迅的仇猫中表现其同情弱者的个性有三处：一处是对隐鼠的同情；一处是对被吃的兔子的祭奠，这两点很容易看出来；第三处则很隐蔽，是对祖母的怀念。

> ……那是一个我的幼时的夏夜，我躺在一株大桂树下的小板桌上乘凉，祖母摇着芭蕉扇坐在桌旁，给我猜谜，讲故事。忽然，桂树上沙沙地有趾爪的爬搔声，一对闪闪的眼睛在暗中随声而下，使

1　鲁迅：《南腔北调集·为了忘却的记念》，载《鲁迅全集》（第四卷），第 498 页。

2　以上三处李长之的引文均见李长之：《诗人和战士的鲁迅：鲁迅之本质及其批评——鲁迅批判之总结》，载《1913—1983 鲁迅研究学术论著资料汇编》（第一卷），第 1331—1332 页。

> 我吃惊，也将祖母讲着的话打断，另讲猫的故事了——[1]

这个在鲁迅小时候经常给他讲故事的祖母，是深为鲁迅所喜爱的蒋祖母，也是孤独者中魏连殳的祖母的原型：

> "……但那时，抱着我的一个女工总指了一幅像说：'这是你自己的祖母。拜拜罢，保佑你生龙活虎似的大得快。'我真不懂得我明明有着一个祖母，怎么又会有什么'自己的祖母'来。可是我爱这'自己的祖母'，她不比家里的祖母一般老；她年青，好看，穿着描金的红衣服，戴着珠冠，和我母亲的像差不多。我看她时，她的眼睛也注视我，而且口角上渐渐增多了笑影：我知道她一定也是极其爱我的。
>
> "然而我也爱那家里的，终日坐在窗下慢慢地做针线的祖母。……"[2]

"家里的"祖母即是我深爱着的，而画上的祖母原型是鲁迅的嫡祖母，即乃父伯宜公的母亲孙夫人，她在伯宜公很小的时候去世，蒋祖母是他的继母。后来周作人在《鲁迅小说里的人物》中解读《孤独者》时认为鲁迅上面这段话"影射出蒋太君做继母的不幸的生涯，她自己没有儿子，只生一个女儿，出嫁后却又早死了，在一群家人中间孤独的生存着，这景况是很可悲的。"[3] 女人在那个年代本来就是弱者，更何况没有子嗣。然而，周作人认为造成蒋祖母悲惨处境的更大原因还不在于此，而是"被遗弃"，"（她）后来遗弃在家，介孚公做着京官，前后蓄妾好些人，末后带了回去，终年的咒骂欺凌她，真是不可忍受的。"[4] "祖父

1　鲁迅：《朝花夕拾·狗·猫·鼠》，载《鲁迅全集》（第二卷），第 242 页。
2　鲁迅：《彷徨·孤独者》，载《鲁迅全集》（第二卷），第 99 页。
3　周作人：《鲁迅小说里的人物》，石家庄：河北教育出版社 2002 年版，第 228 页。
4　同上，第 228 页。

对于儿媳，不好当面斥骂，……至于对了祖母，则毫不客气的破口大骂了，有一回听他说出了'长毛嫂嫂'，还含胡的说了一句房帏隐语，那时见祖母哭了起来，说'你这成什么话呢?'就走进她的卧房去了。"[1]鲁迅终生认为可悲惨的，极同情然而极爱的一个人物就是这位倍受欺凌的蒋祖母，这或许是他终生不喜欢其祖父介孚公的原因。对弱者的同情同他自己从小因家庭的意外变故而受尽世态炎凉的关系也极大，这使他养成了倔强的复仇心理。但另一方面也使得他形成了一种受迫害的心理，在鲁迅那里这两种心理是相辅相成的，只不过前者为人津津乐道，而后者为人所不乐意提起罢了。与胡适总是站在时代的中心与主流地位不同，鲁迅终其一生是作为一个边缘的永在抗争者的形象出现的。因此，受迫害的心理几乎不曾中断过，即使在后来的左联时期也是这样的。[2] 而这种受迫害的心理很自然也是鲁迅多疑"坩埚的许多铁片中的一片"[3]。关于这二者的相互关系，讲得最透彻的是《狂人日记》。狂人的迫害狂心理多少带有一点鲁迅自况的影子，这一点早已经为苏雪林指出过。"《狂人日记》闻狗吠则以为对他吠，赵贵翁看他一眼则以为有阴谋，其兄与人偶语则以为商议着要吃他的肉，虽是描写狂人心理，也就是我们作家自己性格的流露。或谓鲁迅所患乃患'迫害狂'，一半是根于天性，一半则是小时困厄的环境造成，检查鲁迅的性格，不得以不为然。"[4]

综上所述，我认为，鲁迅多疑的生成与他的成长环境密切相关。他敏感的天性、因环境而养成的受迫害心理，以及 20 年的独身生活所造成的性压抑心理都可能是他多疑"坩埚的许多铁片中的一片"，而最后

1　周作人:《苦茶——周作人回想录》，第 52 页。

2　冯雪峰的《回忆鲁迅》写到 1936 年 4 月底他从陕北到上海，第二天拜访鲁迅。鲁迅与他见面的第一句话是，"这两年的事情，慢慢告诉你罢。"但据陈漱渝先生的说法，冯雪峰后来承认鲁迅先生的原话是，"这两年我给他们（按：指周扬等人）摆布得可以。"见冯雪峰:《回忆鲁迅》，载《鲁迅回忆录》（专著）（中册），第 649 页。又陈漱渝:《"高山安可仰　徒此揖清芬"——〈鲁迅回忆录〉序言》，亦见该书。

3　［日］竹内好:《鲁迅》，第 54 页。

4　苏雪林:《论鲁迅的杂感文》，载《1913—1983 鲁迅研究学术论著资料汇编》（第二卷），第 723 页。

一点尤其值得注意。但我们又必须看到另外一点，即多疑个性又可能反过来在客观上促进了这些个性与心理的发展。

第五节　作为多疑“风景”的《呐喊》

前面几节，我始终都在谈论一个问题，即：鲁迅世界诞生的标识是鲁迅的多疑，换言之，多疑是使鲁迅成为鲁迅的那种根本属性。说得更清楚一些就是：多疑是鲁迅所独有的，多疑使得鲁迅与众不同。可是，有一个问题更为清楚，即：鲁迅之诞生始自于《狂人日记》，也就是说，鲁迅之名的确立是与文学分不开的。那么，鲁迅的文学创作是如何表现鲁迅的多疑的呢？反过来，鲁迅的多疑又是如何使得鲁迅的文学创作显得与众不同呢？显然，这个问题需要从比较中来回答。只有通过比较，才能看出其与众不同之处。为了清楚地回答这个问题，我们不妨借助一个隐喻，即柄谷行人的“风景”这一概念。

在《日本现代文学的起源》一书中，柄谷行人将“文学的发现”隐喻成“风景的发现”，他认为这两件事情都是在社会进入现代以后才发生的。不但如此，柄谷还认为，文学与风景的关系比简单的隐喻远为复杂。[1] 所谓“风景”的发现，并不是说那些现在被看作为风景的存在之物先前不存在，而是说人们先前并不将其看作风景。现在之所以将其作为风景看待，是因为已经有了一套关于“风景”的观念。当人们以这种观念再来看待先前之物时，就突然会发现先前不曾看到的东西，譬如在先前以为险途且让人诅咒的高山中发现了崇高与美，“卢梭在《忏悔录》中描写了自己在1728年与阿尔卑斯山的大自然合一的体验。此前的阿尔卑斯山不过是讨厌的障碍物，可是，人们为了观赏卢梭所看到的大自

1　［日］柄谷行人：《日本现代文学的起源》第8页。

然纷纷来到瑞士。”[1] 一旦这些所谓的风景确立后，人们往往会遗忘其观念的起源，认为风景“仿佛一开始就存在于外部似的”[2]。柄谷行人将这种现象称之为“颠倒”，他认为由此颠倒产生了写实主义——绘画中的写生和现代文学中的写实主义，而写实主义实际上是对风景的摹写。[3] 这其实指明了文学与风景的复杂关系，但更为明确地指出文学与风景之关系的是下面一段话：

> 现代文学中的写实主义很明显是在风景中确立起来的。因为写实主义所描写的虽然是风景以及**作为风景的平凡的人**，但这样的风景并不是一开始就存在于外部的，而须通过对“**作为与人类疏远化了的风景之风景**”的发现才得以存在。[4]

这段话中有两个地方值得我们注意，我已经将其标为黑体：其一，“作为风景的平凡的人”是什么意思？其二，“作为与人类疏远化了的风景之风景”又是什么意思呢？先来看第二个问题。这句话中有一个关键词“疏远化”非常重要。所谓“疏远化”就是非亲和化，或者陌生化。也就是说，风景之为风景其被发现的条件是人与自然的分离——非亲和化/陌生化。或者更确切地说，风景的发现必须是在自然成为人的对象物之后，即在人成为主体，自然成为客体之后才是可能的。由此，我们追索到风景最初的观念问题，即：这一观念是如何建构的？从上面的分析来看，风景观念最初建立的条件是人成为主体，自然成为客体，但这还只是一个必要条件，而不是充要条件，风景的建立还需要一个充分条件，即：人类对恢复到人与自然和谐的“整体性”[5] 的向往。上文提到

---

1 ［日］柄谷行人：《日本现代文学的起源》，第 19 页。
2 同上，第 19 页。
3 同上，第 19 页。
4 同上，第 19 页。
5 在《关于“异”的研究》中，顾彬对现代人的“整体性”渴望做了很好的论述，他认为中世纪的欧洲主张“整体性”（Totalität）的，但到歌德时代以后，“整体性”概念开（转下页）

的卢梭在《忏悔录》中描写“自己在1728年与阿尔卑斯山的大自然合一的体验”就是一个有力的证明。但是，这种“整体性”的向往永远只是站在主客体两分立场上的一种冲动，因为当人将自己看成是一切存在者的中心和尺度时，他已然将自己凌驾于自然之上，称自己为自然的拥有者和主人，并将自然对象化，这个时候人与自然之间失去了共通性，人只是将自然作为对象（审美/劳动对象）来看待/欣赏，而失去了人类以往与自然之间的那种基于共通性的亲和力。基于共通性的亲和力在人类古典时期是非常重要的，中国传统认为宇宙万物同源，天人合一。万物同源，也就是万物之间具有共通性。王阳明认为，“良知或知不限于人，而扩及一切有生命的东西甚至物。……在生物与物质之间以及生物与人类之间，必然有着无形的密切关系。”[1]其实，中国中医的根基就是建立在人与万物具有共通性的理论之上的。在基督教时代的欧洲，这种基于共通性的亲和力也是非常明显的，因为人与自然都是上帝所造之物，他们之间的共通性与亲和力是建立在与上帝沟通的基础上的。但，当社会进入现代以后，这种基于共通性的亲和力就慢慢消失了，取而代之的是人类对自然的控制与恣意开发，人类回归到与自然的和谐中永远只能存在于梦想和文学当中。在这个时候，在人与自然疏远之时，风景之为风景被发现才成为可能。“风景”一词正体现了现代人在面对自然时候的矛盾心态，一方面，现代人想通过风景重新回到与自然的和谐当中，但结果发现与自然其实是如此的疏远，另一方面，现代人作为主体在面对客体的风景时，其控制、征服甚至改变自然的欲望也显露无遗。

然而，风景的发现并不仅限于自然，人甚至也可以成为风景，这并

（接上页）始消失，此后，黑格尔、马克思等在主客分离的情况下企图将主客体统一起来。顾彬认为这一倾向在19世纪表现尤为突出，“德国19世纪的惊险小说直到最近才为学者们所重视，这与‘整体性’概念有关。惊险小说中的主人公都曾遇到‘整体性’这一问题。他们要求‘整体性’。他们无法忍受‘整体性’被肢解成诸多的零散碎片。面对欧洲的社会现实，他们持一种逃避态度，认为只有回到森林中去方可得到一种真正的‘整体性’。”见［德］顾彬：《关于“异”的研究》，第18—19页。

1　张君劢：《新儒家思想史》，载《中国现代经典学术——张君劢卷》，刘梦溪主编，石家庄：河北教育出版社1996年版，第289—290页。

不是说漂亮的女人或潇洒的男人成为一道亮丽的风景，而是平凡的人成为风景，即前面第一个问题中所提出的“作为风景的平凡的人”。这句话是什么意思呢？它说的是一部分人将另一部分人对象化了，也就是客体化了，在这种情形下，“作为风景的平凡的人”与作为风景的自然一样是与作为主体的欣赏者失去了共通性的疏远的存在。或者更直接地说，在主体欣赏者看来，“作为风景的平凡的人”是与树木、山林、河流一样的存在，是非人的存在。与自然“风景”所体现的矛盾一样，当一部分人成为风景时，作为主体的另一部分人想要与这些作为客体的人和谐共处，但发现与他们是如此地疏远，几乎无共通性可言，而另一方面，作为主体的人又企图控制、征服甚至改造这些“作为风景的平凡的人”，使得他们掌握做“人”的基本理念，这就是启蒙——“拯救”一词的世俗写法。平凡的人作为风景被发现直接导致了现代民俗学/人类学的出现与建立。事实上，作为学科，民俗学与文学上的写实主义、绘画上的写生几乎是同时出现的。而且在中国有一个不容忽视的事实是，最初的民俗学与写实文学/民间文学几乎是混杂在一起的。上个世纪20年代民俗学的兴起与乡土文学的盛兴其实都和风景的发现关系密切。在蹇先艾、许杰、台静农、彭家煌等人的创作中，我们看到这种“风景”法则的实际运用。无论是《水葬》《惨雾》，还是《天二哥》《怂恿》，都为我们呈现了作为风景的民俗。作者站在主体的角度按照写实主义原则对这些“作为风景的平凡的人”进行了忠实的摹写，然而在这忠实摹写的背后隐藏着的是作者改变/启蒙这非人现实的强烈愿望。从这些篇目看，作者与“作为风景的平凡的人”之间有没有共通性呢？没有。天二哥就是天二哥，他与作者台静农之间并不存在共通性，台静农是作为主体启蒙者的角色存在的，而天二哥就是那么一个非人存在的酒徒，他纯然是一个客体——物体。如果将《天二哥》描绘出来，将是一幅极佳的民俗画，而它本身就是一道风景。而且我们会发现，这幅作为风景的民俗画中的人物都是那么的愚昧、麻木、落后……，总之一切的非人的形容词都可以安排上去。而作为这幅画的欣赏者——我们/主体——发现我们自己同画中的这些人比起来怎么是如此的高贵、聪明、先进与超越……，总之一切“人”的形容词都可以安排得上。如此如此之后，我们发现自我同风景中之人是无法共通的，因为我们是主体，他们是客体；我们是“人”，他们是“非人”；我们在风景之外，欣赏，他们在风景之中，作为风景。这种模式在上个世纪前半叶的中国似乎成为了民俗画的主流，不仅仅是乡土文学提供这种风景，而且现存的那个时代的老照片（写实的极致）、电影都是以这种风景为主。这样就有一个问题呈现在我们面前：当我们将这种模式的画面和中国古代的绘画相比较，能够发现什么呢？譬如古典的一幅牧童骑牛图，或者耕作图，或者垂钓图，我们并不能发现其中的人物是愚昧、迟钝、麻木、落后的，相反，我们会在其中发现许多令人愉快的东西：情趣、智慧、勤劳、乐观、闲适以及人与自然的和谐等等，这是为什么呢？我认为其中一个决定因素在于古典绘画显示了作者和画中人物的共通性与亲和力。实际上，古人在绘画中的人物身上融入了自我，因此，古人在赏画之时真正能进入画中，与画中人物神交，并同其苦乐。同现代风景画相比，古典作者从来不把自己当作凌驾于一切之上的主体，切断自身与万物的共通性，这是古典绘画与现代风景画的一个质的区别。

那么，与以上这两种画面相比，鲁迅又为我们提供了怎样的一种画面呢？或者说，鲁迅同其“画”中的人物是否具有共通性呢？我已经在前面反复征引过《狂人日记》的例子，证明鲁迅与其“画”中人是具有共通性的。因为鲁迅通过主人公“我”发现自己也参与“吃人”，表达了“妖魔附身”的思想。除了《狂人日记》外，《呐喊》中很多其它的典型篇目也都能提供这种共通性的证明。竹内好说，读鲁迅的文章“总会碰到某种影子似的东西；而且那影子总是在同样的场所。……就象骷髅在华丽的舞场上跳着舞，结果自然能想起的是骷髅这一实体。鲁迅负着那样的影子过了一生。我们称他为赎罪的文学就是这个意思”[1]。如前

1　［日］竹内好：《鲁迅》，第46—47页。

所述，竹内好所谓“赎罪的文学”就是我所谓的鲁迅的多疑。鲁迅“负着”的“影子”和“骷髅”其实就是“负罪”的隐喻，也就是我们所说的“鲁迅在自己身上看到了妖魔”，这就是他与其“画”中的主人公的共通之处。《故乡》中“我”与闰土的共通性表现在对“偶像”的崇拜上，“我想到希望，忽然害怕起来了。闰土要香炉和烛台的时候，我还暗地里笑他，以为他总是崇拜偶像，什么时候都不忘却。现在我所谓希望，不也是我自己手制的偶像么？只是他的愿望切近，我的愿望茫远罢了。”[1]《阿Q正传》中鲁迅与阿Q的共通性就不用说了，因为阿Q的精神胜利法是鲁迅描述的一种普遍的人性现象。除了阿Q之外，我们甚至还能看到鲁迅与假洋鬼子的共通性，假洋鬼子举着“哭丧棒”一路打来的形象正是鲁迅留学归来之后的写照。关于这一点，孙伏园在《鲁迅先生二三事·往事》中记载得很清楚，“此外，鲁迅先生常常拿一根手杖，就是《阿Q正传》中所谓哭丧棒。”“这群教职员当中，只有鲁迅先生没有辫子。消息传到城里，说画舫中还有一个和尚。”[2] 孙伏园这里说的“和尚”，在《阿Q正传》里叫“秃儿”，也就是鲁迅所谓的“假洋鬼子”。在小说里是阿Q骂钱太爷的大儿子的，但在实际生活中，却是鲁迅自己的遭遇，关于这一点《头发的故事》讲得最清楚，虽然是诗，却也是实情的写照：

“……

过了几年，我的家景大不如前了，非谋点事做便要受饿，只得也回到中国来。我一到上海，便买定一条假辫子，那时是二元的市价，带着回家。我的母亲倒也不说什么，然而旁人一见面，便都首先研究这辫子，待到知道是假，就一声冷笑，将我拟为杀头的罪名；有一位本家，还预备去告官，但后来因为恐怕革命党的造反或

1　鲁迅：《呐喊·故乡》，载《鲁迅全集》（第一卷），第510页。

2　孙伏园：《鲁迅先生二三事》，载《鲁迅回忆录》（专著）（上册），第103页。

者要成功，这才中止了。

我想，假的不如真的直截爽快，我便索性废了假辫子，穿着西装在街上走。

一路走去，一路便是笑骂的声音，有的还跟在后面骂：'这冒失鬼！''假洋鬼子！'

我于是不穿洋服了，改了大衫，他们骂得更利害。

在这日暮途穷的时候，我的手里才添出一支手杖来，拚命的打了几回，他们渐渐的不骂了。只是走到没有打过的生地方还是骂。

……"[1]

虽然这些话是鲁迅借N先生之口说出来的，但大抵都是他亲身遭遇的。周作人在《呐喊衍义·假辫子》中的一段话或许可以作为旁证，"鲁迅于癸卯（一九〇三年）秋回家一趟，那时就在上海买了一条假辫，……乡里人看不惯没有辫子的人，但似乎更不喜欢装假辫的，因为光头只是'假洋鬼子'罢了，光了头而又装上假的辫子，似乎他别有什么居心，所以更感觉厌恶了。鲁迅在这一时期，戴不了几回假辫子，因此，也不大怎么挨骂。"[2] 不过，所有熟悉《阿Q正传》的人都能看得出来，这活脱是一个"假洋鬼子"形象：

远远的走来了一个人，他的对头又到了。这也是阿Q最厌恶的一个人，就是钱太爷的大儿子。他先前跑上城里去进洋学堂，不知怎么又跑到东洋去了，半年之后他回到家里来，腿也直了，辫子也不见了，他的母亲大哭了十几场，他的老婆跳了三回井。后来，他的母亲到处说，"这辫子是被坏人灌醉了酒剪去了。本来可以做大官，现在只好等留长再说了。"然而阿Q不肯信，偏称他"假洋鬼

1　鲁迅：《呐喊·头发的故事》，载《鲁迅全集》（第一卷），第486页。

2　周作人：《鲁迅小说里的人物》，第45—46页。

子”，也叫作“里通外国的”，一见他，一定在肚子里暗暗的咒骂。

阿Q尤其“深恶而痛绝之”的，是他的一条假辫子。辫子而至于假，就是没了做人的资格；他的老婆不跳第四回井，也不是好女人。

这“假洋鬼子”近来了。

“秃儿。驴……”阿Q历来本只在肚子里骂，没有出过声，这回因为正气忿，因为要报仇，便不由的轻轻的说出来了。

不料这秃儿却拿着一支黄漆的棍子——就是阿Q所谓哭丧棒——大蹋步走了过来。阿Q在这刹那，便知道大约要打了，赶紧抽紧筋骨，耸了肩膀等候着，果然，拍的一声，似乎确凿打在自己头上了。

“我说他！”阿Q指着近旁的一个孩子，分辩说。

拍！拍拍！[1]

“滚出去！”洋先生扬起哭丧棒来了。[2]

将这两段文字对照起来，再结合孙伏园的回忆录，我们就能很清晰地看出其中的“诗与真”来。很少有作家将自己的亲身经历通过笔下的反面人物表现出来，无论是以自叙传著称的郁达夫还是后来的钱钟书或者别的作者，无一不是将自己的身影投射在正面人物身上，唯独鲁迅这么做了。我只能说这是一件极有意味的事情：鲁迅将自己年轻时的亲身经历刻画在一个反面人物身上。这一方面反映了鲁迅与其笔下人物的共通性，另一方面又证明了鲁迅多疑的深广，其表征就是无情的自我否定。《头发的故事》里N先生不仅遭际与鲁迅相似，而且在思想上深受阿尔志跋绥夫和尼采的影响，这一点也是和鲁迅相通的。阿尔志跋绥夫自不必说，尼采的痕迹则显现在N先生独白的最后一句话中，“你们的嘴里

---

1 鲁迅：《呐喊·阿Q正传》，载《鲁迅全集》（第一卷），第521—522页。
2 同上，第545页。

既然并无毒牙，何以偏要在额上帖起‘蝮蛇’两个大字，引乞丐来打杀？……”[1] 周作人写到这里时说，“这是尼采式的一句格言，是鲁迅自己平时所常说的话。”[2]《一件小事》作为一篇小说始终可以和杂文《无题》参照来读，这在前面的导论中曾经提及。《一件小事》和《无题》的共通性也就是小说中的主人公“我”和作者鲁迅的共通性。其一，这两篇文章都表达了怀疑人类的思想；其二，这两篇文章都通过“一件小事”扭转了“我”的这种思想，从而使“我”依稀看到了人类的希望。《端午节》里的方玄绰与鲁迅的共通性在于“讨薪”，这显然带有鲁迅自叙传的性质，难怪当年成仿吾在《〈呐喊〉的评论》里大加赞赏这篇小说，“无论如何，我们的作者由他那想表现自我的努力，与我们接近了。他是复活了，而且充满了更新的生命。在这一点，《端午节》这篇小说对于我们的作者实在有更重大的意义。”[3] “与我们接近了”中的“我们”是谁呢？自然是指早期创造社的郭沫若、郁达夫等同人。众所周知，早期创造社的宗旨是“表现自我”。那么，鲁迅的这篇小说与郁达夫的自叙传式的小说是不是一回事呢？所谓自叙传小说，其中主人公带有作者生活的痕迹只是一个方面，最主要的是其叙事方法，也就是说，自叙传最重要的地方是小说中的大量的心理描写与内心独白。心理活动与内心独白被视为表现自我的命脉，只有具有这种“内心”的人才被认为是具有自我。具有“内心”的人也就是第一章中所说的“内面之人”，它其实与风景一样都是世界分裂为主客体的结果。当世界被分裂为“我思”主体与对象化之客体后，“风景”出现了，同时“内面之人”也就出现了。但人的主体化过程也同时是人的客体化的过程，这是一个硬币的两面。也就是说，当人将自然/作为“自然的平凡之人”对象/客体化时，人也需要对主体“我思”进行确认，确认的结果就是“内面”之发现。

---

1 鲁迅：《呐喊·头发的故事》，载《鲁迅全集》（第一卷），第 488 页。
2 周作人：《呐喊衍义·女学生剪发》，载《鲁迅小说里的人物》，第 50 页。
3 成仿吾：《〈呐喊〉的评论》，载《1913—1983 鲁迅研究学术论著资料汇编》（第一卷），第 47 页。原载 1924 年 1 月《创造》（季刊）（上海）第二卷第二期。

实际上，当人将这些“内面/心理”的活动作为书写制度确立之后，他已经将它客体/对象化了。人书写“内面/心理”同他“忠实”地摹写“风景”其实是一回事。这就是为什么在许多偏重心理描写的小说里，故事里的人物有时候会变得自己不认识自己了，或者一个自我同另一个自我做斗争，因为，当人将世界分裂为主客体后，他也同时分裂了自我。对“自我是什么?”的回答永远只能是一个异延（德里达语）。因此，在自叙传式的小说里，表面上，作者和作品里面的人物似乎是相通的，但实际上他们是分裂的。而我们回过头来看看鲁迅的《端午节》，其中绝少心理描写，主要的表现手法是对话和白描。这就是鲁迅同郁达夫以及后来丁玲等人的一个明显的区别，后者在小说中大量运用心理描写。就这方面而言，鲁迅实际上传统得多。其实《端午节》里带有自传性质的描写只是鲁迅和方玄绰共通性的一个浅层表现，真正的共通性在于鲁迅通过方玄绰这样的一个所谓的新文化人物看到自己身上“因袭”的重负以及虚无的态度。“差不多论”其实就是虚无思想的表现，索薪则表现了主人公受传统旧习浸染之深。而这么一个深受旧习熏染的人物却又“咿咿呜呜”地念着《尝试集》，在这短短的几千字里鲁迅将一个半旧半新式的人物活灵活现地表现了出来，既讽刺，又同情。

关于《呐喊》中共通性的证明就此“带住”。现在来思考另一个问题：为什么鲁迅与“画”中人物的共通性总是停留在“妖魔”上呢？鲁迅通过方玄绰看到自己身上“因袭”的重负，通过狂人看到自己参与“吃人”，通过阿Q看到精神胜利法在自己身上的顽固地存留，而在“假洋鬼子”身上，他却看到自己的身影，总之，一句话，不是在自己身上看到“妖魔”，就是在“妖魔”身上看到了自我。而这些描写最终的指向是什么呢？是“我”。按照伊藤虎丸的说法，“我”是一个“加害者有罪意识”[1] 的主体。可是，这个说法本身是有矛盾的。如果是一个主体，就应该是一个绝对掌握真理的实体，怎么可能如基督徒那样感觉自己有

1 ［日］伊藤虎丸：《鲁迅、创造社与日本文学》，第148页。

罪呢？实际上无论是感觉“妖魔”附身还是感觉有罪，都是在说鲁迅与自己固有传统的那种复杂的纠葛关系。也就是说鲁迅在本能中感觉到自己与固有的传统是无论如何不能彻底一刀两断的，而是你中有我，我中有你的。而我所说的主体之建立却是要有一个分明的切断的，即传统是传统，我是我，我是主体，传统就必然作为客体呈现。鲁迅却凭经验的直觉认为这种“分明的切断”是无论如何做不到的，这实际上是对主体确立的质疑。而鲁迅的多疑也就是由此产生的。

现在我们能够看清鲁迅“画面”与前面所说的两种“画面”的区别了。同“风景”相比，鲁迅“画面”没有完全切断作者与“画”中人的共通性，而与古典画面相比，鲁迅“画”中人与作者的共通性又多少少了一些亲和力，并且其共通性是建立在灰色的“痛苦”之上的，缺少古典画面中的那些情趣与智慧。这就是鲁迅世界的诞生，即既不同于古典，又不同于通常之所谓“现代”，他所提供的“画面”建立在灰色“痛苦”之上，不乏共通性，然而缺乏亲和力。

这样一幅“画面”是不是一直持续下去呢？让我们继续探险吧！

小结　彷徨始于呐喊

1929 年，鲁迅在《我和〈语丝〉的始终》一文中有这样一段话：

> 谭正璧先生有一句用我的小说的名目，来批评我的作品的经过的极伶俐而省事的话道：“鲁迅始于‘呐喊’而终于‘彷徨’”（大意），我以为移来叙述我和《语丝》由始以至此时的历史，倒是很确切的。[1]

1　鲁迅：《三闲集·我和〈语丝〉的始终》，载《鲁迅全集》（第四卷），第 172 页。

"始于'呐喊'而终于'彷徨'"这句话恐怕也是今天大多数人评价所谓"转变"以前的鲁迅的定语。但鲁迅是不是赞同这句评语呢？从上面的引文来看，鲁迅似乎是赞同的，然而，再仔细琢磨这句话，似乎他又不太赞同，"移来叙述我和《语丝》由始以至此时的历史，倒是很确切的"，"倒是"有否定前面之意，而对于这句话本身，鲁迅只用了六个字的评语，"极伶俐而省事"，换句话说，就是取巧的意思，似乎在赞叹，似乎又在否定，先生到底是什么意思，未可知也。然而，我认为先生对自己的"呐喊"与否，"呐喊"的彻底与否，在胸中是自有一把尺子的。

> 然而我那时对于"文学革命"，其实并没有怎样的热情。见过辛亥革命，见过二次革命，见过袁世凯称帝，张勋复辟，看来看去，就看得怀疑起来，于是失望，颓唐得很了。[1]
>
> ……至于我的喊声是勇猛或是悲哀，是可憎或是可笑，那倒是不暇顾及的；但既然是呐喊，则当然须听将令的了，所以我往往不恤用了曲笔，在《药》的瑜儿的坟上平空添上一个花环，在《明天》里也不叙单四嫂子竟没有做到看见儿子的梦，因为那时的主将是不主张消极的。至于自己，却也并不愿将自以为苦的寂寞，再来传染给也如我那年青时候似的正做着好梦的青年。[2]
>
> ……其实，我的意见原也一时不容易了然，……但我对人说话时，却总拣择那光明些的说出，然而偶不留意，就露出阎王并不反对，而"小鬼"反不乐闻的话来。总而言之，我为自己和别人的设想，是两样的。所以者何，就因为我的思想太黑暗，但究竟是否真确，又不得而知，所以只能在自身试验，不敢邀请别人。[3]

从以上这组文字来看，鲁迅"呐喊"的态度显然是不够坚决，信心显然

1 鲁迅：《南腔北调集·〈自选集〉自序》，载《鲁迅全集》（第四卷），第468页。
2 鲁迅：《呐喊·自序》，载《鲁迅全集》（第一卷），第441—442页。
3 鲁迅：《两地书·二四》，载《鲁迅全集》（第十一卷），第81页。

是不够充足的。对于这种状况，王晓明在他的《无法直面的人生——鲁迅传》里称之为“戴着面具的呐喊”，我认为是很确切的。但我还是更愿意用我自己的话讲出那意思来，那就是：彷徨始于呐喊。彷徨从词义上讲是“徘徊”的意思，用在鲁迅这里，当然是对一种精神状况的隐喻，从这方面来说，彷徨是决断的缺场状态，它是向着要来的决断的游移/犹疑，并预示着决断的来临，在决断来临之前，它标识着决断者的一种思的状态，问题的根本不在于做出决断，而在于决断来临的时间和方式，决断何时以何种方式与决断者遭遇，这是一个需要思的问题，因此，真正的决断不是一锤定音的决定，而是需要延宕的碰撞与遭遇。这就决定了决断之前决断者的一种必然的状态：游移/犹疑。游移/犹疑是计后果的思之状态，也即是多疑，彷徨是多疑的一种隐喻的表达。因此，说“彷徨始于呐喊”，也就是在说，多疑是使鲁迅成其为鲁迅的那种属性。而事实上这一章都是在做这种言说，在第一节确定了多疑是使鲁迅成为鲁迅的那种唯一的属性后，第二、三、四节分别讨论了多疑生成的条件及其根基。在第二、三节中，我讨论了辛亥革命的失败对鲁迅多疑的形成起了决定性的作用，其一是对启蒙者主体形成了毁灭性的打击，动摇了笛卡尔式主体“我思”确定性的根基；其二是由历史经验教训得来的“人性恶”的伦理观导致了鲁迅怀疑人类思想的产生，从而瓦解了其留日时期的历史进步史观，这从另一个方面动摇了主体观念，促成多疑的生成。第四节则企图从生活细节入手从别一途径寻找鲁迅多疑生成的复多原因。最后一节，则讨论了多疑在标志着鲁迅世界诞生的“呐喊”文学世界中的具体表现。

总而言之，鲁迅世界诞生了，其诞生的标志就是他的多疑思维，因其多疑，他才尤其深刻。鲁迅世界诞生后，其光芒为世人所共睹，然而，另一个问题来了，从教育部佥事周树人转变到文学家与“思想界权威”鲁迅，社会角色发生了巨大的变化，在适应新的社会角色的同时，他又如何为自己重新定位呢？在面临新的社会论战、兄弟失和、政府通缉和青年背叛的时候，鲁迅是不是发出了“我在哪里？”的疑问呢？

第三章　鲁迅的身-位感：我在哪里？

引言　身-位感及其调整

上一章曾经说过，从《狂人日记》的发表到1923年七八月的兄弟失和和《呐喊》的出版是鲁迅世界的诞生期。这一时期，鲁迅逐渐从封闭的个人世界走向社会，声名日广，影响日大，若查许寿裳所订之年谱，则一目了然：

> **八年**　一九一九年　三十九岁
>
> 是年仍搜罗研究拓本。
>
> **九年**　一九二〇年　四十岁
>
> 十月译成俄国阿尔志跋绥夫著小说《工人绥惠略夫》。
>
> 是年秋季起，兼任北京大学及北京高等师范学校讲师[1]。
>
> 是年仍研究金石拓本。
>
> **十年**　一九二一年　四十一岁

1　据《鲁迅年谱（增订本）》（第二卷），鲁迅于是年8月2日被聘为北大讲师，同年12月24日开始授课。又同年8月26日受聘于北京高等师范学校，“为该校讲师。次年一月十二日开始讲课，教授《中国小说史略》。”见《鲁迅年谱（增订本）》（第二卷），第33页，第27页。

二三月又校《嵇康集》。

仍兼任北京大学，北京高等师范学校讲师。

十一年　一九二二年　四十二岁

二月八月又校《嵇康集》。

仍兼任北京大学，北京高等师范学校讲师。

十二年　一九二三年　四十三岁

八月迁居砖塔胡同六十一号。

九月小说第一集《呐喊》印成[1]。

十二月买阜成门内西三条胡同二十一号屋。

同月，《中国小说史略》上卷印成。

是年秋起，兼任北京大学，北京师范大学，北京女子高等师范学校及世界语专门学校讲师。[2]

从年谱上看，这几年明显是鲁迅处于新旧交换的时期，他逐渐淡化了对金石拓本的研究，开始翻译、创作和授课，至 1923 年则完全从金石拓本研究和古籍校勘中走出来，一下子担任四所高校的讲师。并且在同一年，发生了两件对之影响巨大的事件：兄弟失和与小说集《呐喊》的出版，以此足以见得 1923 年是鲁迅世界的一个分水岭，它标志着鲁迅世界的完全诞生——以《呐喊》[3] 出版为标志。此后，鲁迅的个人社会角色从教育部佥事转变为文学家和思想家鲁迅，这是他身-位感转变的开始，而这一时期（或许是他一生中）令他最伤痛的事情是兄弟失和，这个来自最稳固的血缘亲情内部的造反掠走了他精神中最后一点支撑，这

1　据《鲁迅日记》1923 年 8 月 22 日记载，“晚伏园持《呐喊》二十册来。”（鲁迅：《日记 · 1923 年 8 月》，载《鲁迅全集》（第十五卷），第 479 页。）又据《鲁迅年谱（增订本）》（第二卷），“《呐喊》是鲁迅第一本小说集，一九二三年八月由北京新潮社出版。”见《鲁迅年谱（增订本）》（第二卷），第 109 页。可见许先生在此说成九月是误记。

2　许寿裳：《鲁迅先生年谱》，载《鲁迅回忆录》（专著）（上册），第 539—541 页。

3　高长虹认为，“鲁迅文名的普遍，在呐喊出版以前，是远赶不上周作人的。呐喊出版以后，看的人多了，名气也广播起来了。”见高长虹：《一点回忆——关于鲁迅和我》，载《鲁迅回忆录》（散篇）（上册），第 182—183 页。

对于他的多疑个性无疑是雪上加霜。自此以后，他的多疑思维呈现出一种更为独特的风貌：“于浩歌狂热之际中寒”[1]。这是一种完全的、纯粹的多疑，是一种全然不需要任何预感、任何先兆的“奇毒”的多疑，它所凭借的第一是经验的直觉，第二是经验的直觉，第三还是经验的直觉。1923年7月18日，周作人在给鲁迅的绝交书说，“我想订正我的思想，重新入新的生活。”[2] 王晓明认为，“这其实也正是鲁迅想说的话。”[3] 所谓“订正”与“重新入新的生活”其实就是鲁迅在新的形式下对自己身-位感的调整。那么，他是如何调整的呢？在此可以借高长虹[4]的一段话将之表述出来：

> 鲁迅的短篇小说虽然不很多，但在当时的小说界占压倒的优势。在这一点上，没有一个人能够提出异议来。只是，文艺界容易有的一种错觉以为必须是块头很大的作品才有很大的艺术价值，不幸普遍流行在中国的文艺界里，这种只看形式，不重内容的批评态度，对于作家的窘迫，有时叫人喘不过气来。鲁迅有时候也说，想写一个中篇小说，可是始终没有写，因此，他的文艺财产除了一集散文诗外，就是些短篇小说了。在当时那样的环境里，就是鲁迅，也不免要气短的。……
>
> ……
>
> 块头要大，件数也要多，这种社会心理，在鲁迅文艺活动的中流造成了逆流中的主流，也在青年读者间的影响常不能不让出防地来，让他的对手郭沫若来进据，除青年情绪容易为青年所领会外，

1　鲁迅：《野草·墓碣文》，载《鲁迅全集》（第二卷），第207页。

2　周作人：《与鲁迅书》，《周作人散文全集》（3）（1923—1924），钟叔河编订，第184页。又见《鲁迅、许广平所藏书信选》，周海婴编，长沙：湖南文艺出版社1987年版，第34页。

3　王晓明：《无法直面的人生——鲁迅传》，第77页。

4　关于高长虹回忆他和鲁迅交往的文章《一点回忆》，历来颇多责难，大多数意见认为高长虹在这篇文章中延续了他20年代中后期对鲁迅先生的辱骂。但我认为，这篇文章除了其中一些涉及具体的评说有许多偏差外，总体上是很有价值的。

> 绝不是没有第二个原因的。鲁迅为克服这些困难，他在思想上采取了突出的战略，为青年开路。这种企图，他大部分是成功了。大部分的青年从此觉得，鲁迅是站在自己的这边了。
>
> 他为青年们开示的行为指南是：生存，自由和发展；求学的戒条是：不读线装书。他受到很多的攻击，但也获得更多的拥护。[1]

我认为，高长虹的描述大抵是恰当的，并且他在文章中还给我们提供了一个很好的解释鲁迅为什么没有创作“大块头”的作品的理由，即：鲁迅对自己身-位感的调整使得“他在思想上采取了突出的战略，为青年开路”。在这种思想的指导下，鲁迅开始大量接触青年，自1923年至1925年，鲁迅在青年这块领地开辟的空间愈来愈大。这开辟的方式如高长虹所说就是“他为青年们开示的行为指南是：生存，自由和发展；求学的戒条是：不读线装书。”具体说来就是如下几件事情：1. 青年必读书事件；2. 咬文嚼字事件[2]；3. 与现代评论派的笔战；4. 女高师事件及与章士钊战。这几件事无一例外地都发生在1925年，而这一年鲁迅与青年的交往也最为频繁，足以见得鲁迅“为青年开路”的战斗姿态取得了巨大的成功，这结果便是“思想界权威”鲁迅的诞生以及他的重新组织个人的新生活：

> 一九二五年北京文化界的斗争，……他（鲁迅）在思想界几乎做了一时的盟主。韦素园在一个新开广告上把他称做思想界的权威者，在当时进步的青年界抱反感的人是很少的。而在这些以外，他又获得组织新家庭的机会和便利。这在一年以前也许是连他自己都

1　高长虹：《一点回忆——关于鲁迅和我》，载《鲁迅回忆录》（散篇）（上册），第186—187页。

2　鲁迅在1925年12月的《华盖集·题记》中说，“我今年开手作杂感时，就碰了两个大钉子：一是为了《咬文嚼字》，一是为了《青年必读书》。”见鲁迅：《华盖集·题记》，载《鲁迅全集》（第三卷），第4页。

没有想到的事。[1]

这似乎反映了鲁迅阳光的一面，但后人对这段时间的评价却不尽一致。高长虹认为，这一年“鲁迅在生活上虽然也受到了一点损失，不过同他的收获比较起来，那就是很小很小的了”[2]。而几十年后王晓明的看法却完全相反，他认为鲁迅这个时期是“小成功”而“大绝望”[3]。在他看来，这一时期的兄弟失和加速了鲁迅的虚无感，加重了他身上的“鬼气”和“毒气”，“他在怀疑人的思路上，已经走得相当远了。”[4] 这两种极端的观点各偏重一方，高长虹的观点更偏重事实，即 1925 年前后对于鲁迅来说是他确立声名的时期，否则就不会有我们后来所谓的鲁迅了；而王晓明则站在距离鲁迅更遥远，因之更形而上的角度去考虑这件事，因此显得更偏重精神的一面。将两种观点合起来就是：1925 年前后，鲁迅重新订正了他的思想，调整了他的身-位感，从而获得了巨大的成功，确立了其声名，然而在另一面，他的多疑思维也进一步加深。这加深的原因，除了最主要的兄弟失和的打击外，还有一部分来自与现代评论派及章士钊的笔战：

……我一生中，给我大的损害的并非书贾，并非兵匪，更不是旗帜鲜明的小人：乃是所谓“流言”。即如今年，就有什么“鼓动学潮”呀，“谋做校长”呀，“打落门牙”呀这些话。有一回，竟连现在为我的著作权受损失抱不平的西滢先生也要相信了，也就在《现代评论》（第二十五期）的照例的《闲话》上发表出来；它的效力就可想。……但这种“流言”，造的是一个人还是多数人？姓甚，名谁？我总是查不出；后来，因为没有多工夫，也就不再去查考

1 高长虹：《一点回忆——关于鲁迅和我》，载《鲁迅回忆录》（散篇）（上册），第 194 页。
2 同上，第 194 页。
3 王晓明：《无法直面的人生——鲁迅传》，第 61 页。
4 同上，第 80 页。

> 了，仅为便于述说起见，就总称之曰畜生。
>
> 虽然分了类，但不幸这些畜生就杂在人们里，而一样是人头，实际上仍然无从辨别。所以我就多疑，……[1]

多疑思维的进一步加深，如上所述，呈现出一种更为奇特的风貌："于浩歌狂热之际中寒"。这奇特风貌的多疑不幸而在他订正的新生活里四处流溢，不仅在论战中，而且在与青年的交往中，更甚者在与爱人的热恋中。而不幸"疑"中的是青年。因此，虽然在厦门，前后的情绪却迥异，尽管骨子里是一以贯之的"疑"，但无论如何，刚去厦门之时还表现出一些爱情的欢快来，然而在10月不幸而"疑"中后，却是更加地悲哀、彷徨与多疑了。到这个时候，从《两地书》读来，反倒是许广平在为鲁迅引路，而不是鲁迅为许广平之师了。我相信，鲁迅在这个深陷悲哀与多疑的时期，他会在不断追问自己，"我在哪里？我能做什么?"，尽管他在不断以"无聊"和"想玩玩"的思想来搪塞自己。正是在这样一个痛苦、彷徨、悲哀与多疑的时期，鲁迅对自己作出了彻底的调整，并用一种近于哲学的方式将这种调整表达了出来，这就是：

> ……以为一切事物，在转变中，是总有多少中间物的。动植之间，无脊椎和脊椎动物之间，都有中间物；或者简直可以说，在进化的链子上，一切都是中间物。[2]

这是一个由多疑思维方式所引起的，远离主体的表达。至于为什么这么说，我将会在后面的行文中仔细解释的。

1　鲁迅：《华盖集·并非闲话（三）》，载《鲁迅全集》（第三卷），第161页。
2　鲁迅：《坟·写在〈坟〉后面》，载《鲁迅全集》（第一卷），第301—302页。

第一节 多疑与兄弟失和

在鲁迅的一生中，有四件事情对他构成终生的影响，即少时的家庭变故，日本时代的幻灯片事件，辛亥革命和兄弟失和，两为社会，两为家庭，而后两者的影响尤为深广。兄弟失和给鲁迅造成的是一种永恒的创伤记忆，这种创伤记忆同幻灯片事件中的示众记忆后来都成为鲁迅的创作母题。兄弟失和记忆在《鲁迅全集》中很多处都存在，最著名的有《弟兄》《铸剑》《孤独者》三篇。此外，在这个问题上还有两部颇存争议的作品，其一是《伤逝》，其一是《颓败线的颤动》。周作人晚年在《知堂回想录·辩解说（下）》中说，《伤逝》是“假借男女的死亡来哀悼兄弟恩情的断绝的”[1]，但此后和者寥寥。至于《野草》中的《颓败线的颤动》是否带有“兄弟失和的创伤记忆”则历来争议很大。我将在后面仔细谈到这个问题。写兄弟之情最直接的文本当然还是收在《彷徨》集中的《弟兄》。这篇小说历来少有人注意，据张梦阳《中国鲁迅学通史》（索引卷）统计，从《弟兄》诞生起到2002年专篇研究论文仅四篇，[2] 其中建国后仅两篇（如果算上周作人的两篇[3]，则建国后有四篇），足见受冷落程度之深。民国时期两篇研究文章的作者，一是赵景深，一是许寿裳，都是极熟悉鲁迅的。许寿裳写作于1942年的《关于

1 周作人在《知堂回想录·不辩解说（下）》中说，“《伤逝》这篇小说很是难懂，但如果把这和《弟兄》合起来看时，后者有十分之九以上是‘真实’，而《伤逝》乃是全个是‘诗’。诗的成分是空灵的，鲁迅照例喜欢用《离骚》的手法来写诗，这里又用的不是温李的词藻，而是安特莱也夫一派的句子，所以结果更似乎很是晦涩了。《伤逝》不是普通恋爱小说，乃是假借男女的死亡来哀悼兄弟恩情的断绝的，我这样说，或者世人都要以为我为妄吧，但是我有我的感受，深信这是不大会错的。因为我以不知为不知，声明自己不懂文学，不敢插嘴来批评，但对于鲁迅写作这些小说的动机，却是能够懂得。”见周作人：《苦茶——周作人回想录》，第332页。

2 《中国鲁迅学通史》（索引卷），张梦阳编，广州：广东教育出版社2002年版，第565—566页。

3 其一是《鲁迅的青年时代》中的《鲁迅与〈弟兄〉》，其一是《鲁迅小说里的人物》中的《弟兄》。

〈弟兄〉》从实证的角度来阐释这篇小说，他认为，“这篇小说的材料，大半属于回忆的成分，很可以用回忆文体来表现的，然而作者那时别有伤感，不愿做回忆的文，便做成这样的小说了。这篇小说里含有的讽刺的成分少，而抒情的成分多，就是因为有作者本身亲历的事实在内的缘故。”[1] 后来周作人在《鲁迅小说里的人物·弟兄》中同样延续了这种实证式的阐释，只是周作人丝毫没有去推测鲁迅写这篇小说的心境，对该篇小说是语含讽刺还是抒情未置可否。[2] 所谓“讽刺”，便是许文中所说的，“有人以为他和《肥皂》中的四铭，《高老夫子》的主人公高尔础差不多，其实大不然。”[3] 这“有的人”即是指赵景深。在《彷徨》出版的第二年，即 1927 年，赵景深就以《鲁迅的〈弟兄〉》做过相关评论。同许寿裳后来的意见形成鲜明对照的是，赵认为《弟兄》乃讽刺之作，“《弟兄》一篇，盖讽刺人性之虚伪而作也。我们看张沛君口口声声称赞自己兄弟和睦，不过是沽名钓誉，图得人家称赞他几句罢了。”[4] 许、赵二人对《弟兄》的理解为什么会出现如此的反差呢？究其原因是他们对小说中一段心理描写和一段梦境描写解释的不同。从周作人后来的考证来看，《弟兄》确实如许寿裳所言大半是一篇回忆的作品，但鲁迅在回忆的成分中加上了一段心理描写和一大段梦境描写，这着实让实证派大棘其手。周作人认为，“末后一段里梦的分析也带有自己谴责的意义，那却可能又是诗的部分了。”[5] 许寿裳则干脆认为，“描写那凌乱的思绪，以及那一段惝恍迷离的梦境”是“出于虚造，并非实情。”[6] 到底这些描

1　许寿裳：《关于〈弟兄〉》，载《1913—1983 鲁迅研究学术论著资料汇编》（第三卷），第 1223 页。原载 1943 年 4 月 30 日《文坛》（重庆）第二卷第一期。

2　周作人：《鲁迅小说里的人物》，第 235—236 页。

3　许寿裳：《关于〈弟兄〉》，载《1913—1983 鲁迅研究学术论著资料汇编》（第三卷），第 1223 页。

4　赵景深：《鲁迅的〈弟兄〉》，载《1913—1983 鲁迅研究学术论著资料汇编》（第一卷），第 283 页。

5　周作人：《鲁迅的青年时代·鲁迅与〈弟兄〉》，载《鲁迅回忆录》（专著）（中册），第 856 页。

6　许寿裳：《关于〈弟兄〉》，载《1913—1983 鲁迅研究学术论著资料汇编》（第三卷），第 1222 页。

写是实有还是虚写，其实并不重要。重要的是我们如何来对之进行阐释。先来看看许、赵二人的阐释。许寿裳认为，“这一段梦境的描写，也就是一种上文所述（二）的‘暴露’[1]：鲁迅在沛君的身上，发掘下意识的另一面貌，把它暴露出来。”[2] 许先生的解释意在强调“暴露”，犹“批判国民性”也。所以他把沛君的这段梦境和文中秦益堂家中的兄弟相打以及中医白问山的诊断含糊相提并论，认为都是在“揭发旧社会的病根”。[3] 赵景深对这个问题的解释则构成了他整篇论文的核心，其立论建立在对文本细读的基础上，“‘他仿佛已经有什么大难临头似的。’这是表示他对弟弟的疾痛，并非真心着急。‘仿佛’两字，用得多么冷酷！”[4] 接着他举出了那段心理描写和后面的梦境，他说，“象这样用梦境刻露沛君的心情，而又写得极恰当，是我所最佩服的。我……知道梦是实际生活缺陷的填补，……沛君待弟弟完全是一番假意，郁积在心中，于是在梦中将他的希望满足了，他实在是想虐待靖甫的孩子。”[5] 总之，赵景深认为，沛君“凌乱的思绪”和梦境是鲁迅讽刺手法的成功运用。其实，所谓讽刺手法根本上也是“暴露”的一种，它同样希望设法加以疗治。所以许、赵两位先生虽然对整篇小说的理解大不相同，但在“暴露”这一点上其实已经达成了共识。

许的所谓“暴露”，赵的所谓“讽刺”其实都是鲁迅早期“批判国民性”的另一种说法，从二位先生的论述来看，这种“暴露”或“讽刺”即“批判”的主词是作为主体的鲁迅，宾词是所谓“客体”他者的各种恶的品性，合起来就是：

---

1 “上文所述（二）的‘暴露’”是指文章第一段的一句话，“（二）要深究旧社会的病根，把它暴露出来，催人留心，设法加以疗治的希望。”同上，第 1222 页。

2 同上，第 1222 页。

3 许寿裳：《关于〈弟兄〉》，载《1913—1983 鲁迅研究学术论著资料汇编》（第三卷），第 1223 页。

4 赵景深：《鲁迅的〈弟兄〉》，载《1913—1983 鲁迅研究学术论著资料汇编》（第一卷），第 283 页。

5 同上，第 284 页。

> **主体**（鲁迅）+**批判**（或暴露或讽刺）+**客体**（他者的各种恶的品性）

这也就是我们过去常常提到的反封建的二元对立的主题。诚然，这是一方面，可是鲁迅还说，“我的确时时解剖别人，然而更多的是更无情面地解剖我自己。”[1] 五四时期并不乏“解剖别人”的高手，而乏的是那种在被“解剖”的他者中看见自己，或在自己中看见被“解剖”的他者的“更无情地解剖我自己的”思想者。而鲁迅正是这样的思想者，这也正是鲁迅奇特与可珍贵处。作为奇特思想者，鲁迅“更无情地解剖我自己”的思想是通过怀疑主体的方式完成的。其思维方式就是导论里边所谓的往复深化型“多疑”思维方式中的“自我否定”型的那种。所以在本文中，鲁迅除了讽刺、揭露、否定沛君这一类型的伪善君子外，更重要的是借沛君形象来无情地解剖我自己。

然而，正如鲁迅自己是一个极其复杂的人一样，沛君同样也是一个复杂的文学形象。他除了是一个被无情揭露与讽刺的对象外，同时还是一个为家族所累的缺乏自我的一个灰色人物，并且实际上对亲情产生了厌倦。

> ……那么，家计怎么支持呢，靠自己一个？虽然住在小城里，可是百物也昂贵起来了……。自己的三个孩子，他的两个，养活尚且难，还能进学校去读书么？……
>
> 后事怎么办呢，连买棺木的款子也不够，怎么能够运回家，……[2]

这“凌乱的思绪”显示了沛君在支持大家庭方面的疲惫与无可奈何，从

1　鲁迅：《坟·写在〈坟〉后面》，载《鲁迅全集》（第一卷），第300页。
2　鲁迅：《彷徨·弟兄》，载《鲁迅全集》（第二卷），第140页。

这个角度说，这又未尝不是鲁迅的亲身体验。周作人的一段话或许能证实当时鲁迅的这种心境，“事实上他也对我说曾经说过，在重病的时候‘我怕的不是你会得死，乃是将来须得养你的妻子的事。’”[1]

同忙急得像热锅上的蚂蚁的沛君相比，靖甫虽然重病在身，心境却似乎很沉静：

> 靖甫不答话，合了眼。[2]
>
> “你原来这么大了，竟还没有出过疹子?”他遇到了什么奇迹似的，惊奇地问。
>
> “…………”
>
> “你自己是不会记得的。须得问母亲才知道。”
>
> “…………”
>
> “母亲又不在这里。竟没有出过疹子。哈哈哈!”[3]
>
> 靖甫伸手要过书去，但只将书面一看，书脊上的金字一摩，便放在枕边，默默地合上眼睛了。过了一会，高兴地低声说：
>
> “等我好起来，……”[4]

第一段引文中的“不答话”，第二段引文中的两个省略号，第三段引文中靖甫拿书后的神态，将靖甫的沉静之态活灵活现地凸显了出来，然而这沉静在另一面也说明了靖甫生活上对哥哥的依靠。所以，小说写道：“你原来这么大了，竟还没有出过疹子?”虽然是一个病，却将靖甫的不承担与沛君的承担分明地托了出来。从上面这些描写中，我们也分明能够感觉到鲁迅对靖甫的讽刺，如果说鲁迅对沛君是喜剧性的讽刺，并且讽刺无所不在的话，那么他对靖甫的讽刺则是不露声色的冷嘲。

---

1 周作人：《鲁迅的青年时代 · 鲁迅与〈弟兄〉》，载《鲁迅回忆录》（专著）（中册），第 856 页。

2 鲁迅：《彷徨 · 弟兄》，载《鲁迅全集》（第二卷），第 139 页。

3 同上，第 142 页。

4 同上，第 144 页。

在这篇小说中，鲁迅正是通过这讽刺和冷嘲将所谓人间的亲情可怕地撕裂开来，他让你看到这温情脉脉的背后不是别的而是赤裸裸的金钱、利用与被利用。所以小说一方面似乎在描写温情脉脉的兄弟之情，另一方面却毫不犹豫地用“凌乱的思绪”与可怕的梦境来拆解这温情的面纱，他让你看到了这人间最丑陋的面目，如魔鬼一样赤裸裸的利用，赤裸裸的利己以及无比伪善的辩护。亲情是什么？它是娼妓，将你的血吸干后，把你抛弃。“抛弃”这是鲁迅恒久的创伤记忆。而小说结尾被“抛弃”的无名男尸又会不会是某种隐喻呢？

显然，鲁迅对人间最牢靠的亲情的拆解源自1923年的兄弟失和。从某种意义上说，亲情应该是人在社会中最后的一道屏障，也是最不可动摇的确信。而1923年的打击，将这一切撕得粉碎。这一打击的沉重只有辛亥革命失败后的痛苦才堪与相比，甚而比它更加沉重，因其是从最意想不到的内面来的。于是，鲁迅更加多疑起来。他甚至会不时流露出对最亲近的母亲的多疑与不满来。而这多疑与不满又多半与他的家庭之累相关。

> ……原想二十日左右才回，后来一看，那边，家里别有世界，我之在不在毫没有什么关系，而讲演之类，又多起来，……所以早走了。[1]
>
> ……舍间交际之法，实亦令人望而生畏，即我在北京家居时，亦常惴惴不宁，时时进言而从来不采纳，**道尽援绝**，一叹置之久矣。[2]
>
> 负担亲族生活，实为大苦，我一生亦大半困于此事，……[3]
>
> ……她和我谈的，大抵是二三十年前的和邻居的事情，我不大有兴味，但也得听之。她和我们的感情很好，海婴的照片放在床

1　鲁迅：《书信・290625致章廷谦》，载《鲁迅全集》（第十二卷），第190页。
2　鲁迅：《书信・320604致李秉中》，载《鲁迅全集》（第十二卷），第306页。
3　鲁迅：《书信・320605致台静农》，载《鲁迅全集》（第十二卷），第308页。

> 头，逢人即献出，但二老爷的孩子们的照相则挂在墙上，初，我颇不平，……[1]
>
> ……本月内母亲又要到上海，一个担子，挑的是一老一小，怎么办呢？[2]
>
> ……不久，我的母亲大约要来了，会令我连静静的写字的地方也没有。中国的家族制度，真是麻烦，就是一个人关系太多，许多时间都不是自己的。[3]

与家人的“道尽援绝”，这该是怎样的凄痛。家族，家族，这个鲁迅曾经无比憎恨，无情撕裂的词语，竟然终生如幽灵一般如影随形地跟随他、困扰他、戏弄他，甚至反过来将他无情地撕毁，让他迷失自我。那当年兄弟三人的誓约呢？不是发誓永不分开吗？可是母亲是柔弱的，她只能对孝顺的孩子说一不二。在八道湾吵闹的天空上，从来就不曾有过她的声音，哪怕是哭声。可是正是这个柔弱的母亲在 1906 年，给意气风发的青年鲁迅以第一次打击，送给他一件不能推，然而不想要的礼物，[4] 甚至连支持朱安的周作人晚年也不得不承认母亲做了一件不甚高明的事。[5] 这桩不幸的婚姻整整影响了鲁迅的一生。从 1906 年到 1927 年长达 22 年的独身生活，对一个正处壮年的正常人来说是一种怎样的煎熬啊！而这一切却是自己最亲近的人，那个慈祥的母亲给的。而现在最亲近的兄弟又反睦成仇，这世间还有什么东西是长存的呢？还有什么东西是可以值得信赖的呢？最根基的确信，来自“血缘”的确信甚至都不能保证，他能不多疑吗？独身生活对性格的某种扭曲，能不让他产生

---

1 鲁迅：《书信・321120 致许广平》，载《鲁迅全集》（第十二卷），第 341 页。

2 鲁迅：《书信・350313 致萧军、萧红》，载《鲁迅全集》（第十三卷），第 408 页。

3 鲁迅：《书信・350319 致萧军》，载《鲁迅全集》（第十三卷），第 415 页。

4 许寿裳先生说，“朱夫人是旧式女子，结婚系出于太夫人的主张，鲁迅曾对我说过：‘这是母亲给我的一件礼物，我只能好好地供养它，爱情是我所不知道的’。”见许寿裳《亡友鲁迅印象记・西三条胡同住屋》，载《鲁迅回忆录》（专著）（上册），第 260 页。

5 周作人：《苦茶——周作人回想录》，第 134 页。

多疑的心理吗？而这两种多疑的混合，形成了一个独特的鲁迅，一个众说纷纭、莫衷一是的鲁迅，这或许也就是他的魅力之所在吧！

与家人的“道尽援绝”使得鲁迅形成了非常奇特的家庭观。其实，早在 1918 年就有这种先兆，是年 6 月 19 日，鲁迅得知许寿裳丧偶，致信表示吊慰，8 月 20 日，再致季市信竟说出了一句让人震惊的话，“人有恒言：‘妇人弱也，而为母则强。’仆为一转曰：‘孺子弱也，而失母则强。’此意久不语人，知君能解此意，故敢言之矣。”[1] 从这句话中，足见得他对母亲的不满为时已久。而另一方面的用意也很明显，要“孺子”强，也就是要早日脱离家庭的负累，成为一个独立的人，也即主体的人。而这正是鲁迅的理想，但是在实际的家庭生活中，鲁迅却从来没有成为一个独立的主体，而是一生纠缠在家族血缘的网络之中，即使到了上海，他的感觉仍然是这样，不信，有上面的引文为证。

第二节　于浩歌狂热之际中寒：婚恋

1925 年章衣萍在谈到鲁迅的《野草》时说，“我也不敢真说懂得，对于鲁迅的《野草》。鲁迅自己却明白的告诉过我，他的哲学都包括在他的《野草》里面。”[2] 诚如其说，《野草》确实包括了鲁迅的全部哲学，开启了《野草》就能开启鲁迅的全部。而写作于 1925 年 6 月 17 日的“野草之十六”的《墓碣文》更是难懂中的难懂之篇。“……于浩歌狂热之际中寒；于天上看见深渊。于一切眼中看见无所有；于无所希望中得救。……”[3] 这段话表达了两个意思：“中寒”和“得救”。前三句表达的是“中寒”，即在充盈中看见空无；最后一句则是鲁迅开启之“门”：

1　鲁迅：《书信・180820 致许寿裳》，载《鲁迅全集》（第十一卷），第 365 页。

2　章衣萍：《古庙杂谈（五）》，载《1913—1983 鲁迅研究学术论著资料汇编》（第一卷），第 89 页。原载 1925 年 3 月 31 日《京报副刊》。

3　鲁迅：《野草・墓碣文》，载《鲁迅全集》（第二卷），第 207 页。

于“无”中“得救”。据我的理解，鲁迅是在讲他的“信”与“不信”。“中寒”讲的是“不信”，是“疑”；“得救”讲的是“信”与“门”的开启，而这“门”是为鲁迅终其一生所探寻的“路”开启的，即是“得救”。对于后面一部分我将在下一章中仔细探讨，这里先来看看“中寒”。为什么说“中寒”讲的是“不信”呢？让我们回到文本，“……于浩歌狂热之际中寒；于天上看见深渊。于一切眼中看见无所有；……”这三句都是一个否定式，“中寒”、“深渊”和“无所有”分别是对“浩歌狂热”、“天上”和“一切眼中”的否定。而“浩歌狂热”、“天上”和“一切眼中”是“信”，是众人之“信”，鲁迅对此“信”进行否定，即是“不信”，即《呐喊·自序》中所谓的“我之必无”，尽管“不能以我之必无的证明，来折服了他之所谓可有”，于是有了希望，但鲁迅最终还是“敷衍”了这希望，其实还是相信“希望之必无”，即“无所希望”，然而，鲁迅之门却恰恰就在这一循环当中。

对众人之“信”的这么一种逆向性否定，是鲁迅多疑思维的一种典型表达，这在鲁迅的文章与生活中是很常见的，试举一例证之。鲁迅去世后，他的好友许寿裳后来在《亡友鲁迅印象记·杂谈著作》中详细谈到鲁迅未完成的著作，其一是长篇小说《杨贵妃》。许寿裳这样写道，“他的写法，曾经对我说过，系起于明皇被刺的一刹那间，从此倒回上去，把他的生平一幕一幕似的映出来。他看穿明皇和贵妃两人间的爱情早就衰歇了，不然何以会有‘七月七日长生殿’，两人密誓愿世世为夫妇的情形呢？在爱情浓烈的时候，哪里会想到来世呢？他的知人论世，总比别人深刻一层。”[1]“七月七日长生殿”李隆基和杨玉环的爱情誓言在一般人眼里是浓烈爱情的表达，可是鲁迅却从中看到了他们爱情的枯竭，这是怎样一种独特的眼光啊！王晓明的《鲁迅传》行文至此，用了

---

1 许寿裳《亡友鲁迅印象记》，载《鲁迅回忆录》（专著）（上册），第253页。关于鲁迅先生“《杨贵妃》腹案”一事又见孙伏园《鲁迅先生二三事》中的《杨贵妃》，载《鲁迅回忆录》（专著）（上册），90—93页。又见郁达夫的纪念文章《鲁迅设想的〈杨贵妃〉腹案》，载《鲁迅回忆录》（散篇）（上册），第84页。又见冯雪峰回忆文章《鲁迅先生计划而未完成的著作》，载《鲁迅回忆录》（散篇）（中册），第697—698页。

一个字“毒”以示钦佩。[1] 这“毒”是鲁迅与众不同的“多疑”思维造就的，它首先表现为一个“疑”字，于无疑处有“疑”，这就是他所谓的“于浩歌狂热之际中寒”。

此外还有两个典型的事例可以说明鲁迅的这种奇特思维。其一是在与许广平热恋时的《奔月》写作，其一是鲁迅 1925 年与青年交往的复杂心态。关于后者我将在下一节中详细谈及，在此仅讨论前例。

《奔月》写于 1926 年 12 月 30 日，[2] 关于其创作初衷，鲁迅在《两地书》（一一二）中交代得很清楚：

> 那流言，是直到去年是十一月，从韦漱园的信里才知道的。他说，由沈钟社里听来，长虹的拼命攻击我是为了一个女性，《狂飙》上有一首诗，太阳是自比，我是夜，月是她。……我这才明白长虹原来在害“单相思病”，以及川流不息的到我这里来的原因，他并不是为《莽原》，却在等月亮。但对我竟毫不表示一些敌对的态度，直待我到了厦门，才从背后骂得我一个莫名其妙，真是卑怯得可以。我是夜，则当然要有月亮的，还要做什么诗，也低能得很。那时就做了一篇小说，和他开了一些小玩笑，寄到未名社去了。[3]

“一篇小说”指的就是《奔月》。小说里的三个角色后羿、嫦娥和逢蒙对应的就是高长虹诗《给——》里面的夜、月和太阳，“索引”起来，就是鲁迅、许广平和高长虹。这些都是大家所熟知的内容，但这并不是本文研究的兴趣所在。本文的兴趣是，我们如何通过阅读文本推测出当时处于热恋当中的鲁迅与许广平二人之间的关系，以及处于此关系当中的鲁迅的曲折心态。要解决这两个问题，首先得厘清文本中后羿与嫦娥之间的关系。

1　王晓明：《无法直面的人生——鲁迅传》，第 80 页。

2　林辰：《鲁迅事迹考》，北京：人民文学出版社 1981 年版，第 77 页。

3　鲁迅：《两地书・一一二》，载《鲁迅全集》（第十一卷），第 280 页。

小说并不长，分为三节，写到后羿与嫦娥之关系的只有两处，即第一节的直接描写和第三节的间接描写。第一节的直接描写反映出二人的关系是：嫦娥对后羿的冷淡、厌倦与责备和后羿对嫦娥的热情与愧疚，具体如下：

1. 嫦娥对后羿：

A. 冷淡：言语少，常答之以“哼”；

B. 厌倦：对常年吃炸酱面的厌烦；

C. 责备：“你不能用小一点的箭头么?”“你不能走得更远一点么?!”

2. 后羿对嫦娥：

A. 热情：言语极多，大都出于讨好；

B. 愧疚：“唉唉，这样的人，我就整年地只给她吃乌鸦的炸酱面……”

后羿想着，觉得惭愧，两颊连耳根都热起来。

第三节的间接描写分为几个情节，表现了后羿的被遗弃，焦急、愤怒，自省与不放弃的“韧”，具体如下：

- 被遗弃：焦虑感，“羿急得站了起来，他似乎觉得，自己一个人被留在地上了。”
- 射月：射月失败，无奈，然，嫦娥既已奔月，他射月难道不怕把嫦娥射死吗？或者说射月就是射嫦娥的隐喻呢？“然而月亮不理他。他前进三步，月亮便退了三步；他退三步，月亮却又照数前进了。”这里竟然出现了《阿Q正传》中的“龙虎斗”的场面，后羿与月亮斗其实便是与嫦娥斗。“射”与“斗”者，复仇也。然而失败。
- 自惭：“莫非看得我老起来了？”
- 打算追：先吃了饭，睡一觉，“明天再去找那道士要一服仙药，吃了追上去罢。”先管好自己的眼前，但不能放弃，表现其“韧”。

综合论之，后羿与嫦娥彼此的感情是不对等的，嫦娥是冷淡的，厌倦的甚至是决绝的，而后羿是渴求的、焦虑的、愧疚的、自惭形秽的甚至对“被遗弃”深怀恐惧。那么，这些反映了鲁迅怎样一些隐微的情感呢？从《两地书》及相关资料考察，我们发现文本中后羿对嫦娥的态度与实际生活中鲁迅对许广平的态度有惊人的相似。在谈及鲁迅与许广平的爱情时，孙郁说，“他平生很少郑重地写那么长的信，内容又如此丰富。”[1] 信长，也就是言语之多，《两地书》中确实以长信居多。这在文本中表现为后羿的热情。“当许广平真挚地向老师表达了爱情的时候，鲁迅的惊喜和忧虑，是可以想见的。”[2] 这是极恰当而中肯的话。在他们的恋爱过程中，鲁迅确实是惊喜的，然而是怀着“怕失去/被遗弃”的焦虑的惊喜，是带着疑虑的惊喜，甚至惊喜中带有寒蝉若噤的颤栗。这惊喜首先表现为极少有的某种生命激情的焕发和某种程度的对未来的期许，这里面既有对个人生活的期待，也包含着对社会与革命的关注。在《两地书》通信中，鲁迅怀着多年未见的热情和许广平讨论正在进行的革命。

> 今天本地报上的消息很好，但自然不知道可确的，一，武昌已攻下；二，九江已取得；三，陈仪（孙之师长）等通电主张和平；四，樊锺秀已入开封，吴佩孚逃保定（一云郑州）。总而言之，即使要打折扣，情形很好总是真的。[3]
>
> 此间报在北伐军于双十节攻下武昌，九江，南昌，则湖北江西全定了，再联合豫樊，与北之国民军成一直线，天下事即大有可为，此情想甚确。[4]
>
> 北伐军得武昌，得南昌都是确的。浙江确也独立了，……[5]

---

1 孙郁：《鲁迅与胡适》，沈阳：辽宁人民出版社 2001 年版，第 146—147 页。

2 同上，第 147 页。

3 鲁迅：《两地书·五四》，载《鲁迅全集》（第十一卷），第 155 页。

4 许广平：《两地书·五七》，载《鲁迅全集》（第十一卷），第 163 页。

5 鲁迅：《两地书·五八》，载《鲁迅全集》（第十一卷），第 167 页。

今天看报，知九江已克，周凤岐（浙江师长）降，也已经见于路透社，定是确的，……我想浙江或当还有点变化。[1]

今天本地报上的消息很好，泉州已得，浙陈仪又独立，商震反戈攻张家口，国民一军将至潼关。[2]

此外，鲁迅这一时期撰写的文章也毫不掩饰他对革命的热情，《中山大学开学致辞》《黄花节的杂感》《革命时代的文学》都是实在的证明。在喜悦与期许中，他甚至调整了自己对文学的一贯看法，"自然也有人以为文学于革命是有伟力的，但我个人总觉得怀疑，文学总是一种余裕的产物，可以表示一民族的文化，倒是真的。"[3] 甚至他还说，"我呢，自然倒愿意听听大炮的声音，仿佛觉得大炮的声音或者比文学的声音要好听得多似的。"[4] 这实际上是对文艺的功用作了否定的判断，将自己自日本时代建立起来的文学观击打得粉碎。而仅仅还是在两年前的北京，他关于文学与革命的看法却完全相反，"……查老例，做事的总不如做文的有名。所以，即使上海和汉口的牺牲者的姓名早已忘得干干净净，诗文却往往更久地存在，或者还要感动别人，启发后人。""这倒是文学家的用处。血的牺牲者倘要讲用处，或者还不如做文学家。"[5] 这种鲜明得让人刺眼的对照，自然是鲁迅自我否定的一种老例，但他还从未像现在这样对自己终身从事且热爱的文学事业否定得如此之干脆与决绝，几乎要让人怀疑起他的立身原则的有无来。而这一切的发生同他与许广平的恋爱不无关系，其实凭鲁迅的经验和阅历，他是不至于觉察不到这革命高潮景象背后的空虚的。然而即使是有这样的觉察，他也还是压住自己的疑虑，用一句"总而言之，即使要打折扣，情形很好总是真的"[6] 搪

1 鲁迅：《两地书·六九》，载《鲁迅全集》（第十一卷），第196页。
2 鲁迅：《两地书·八一》，载《鲁迅全集》（第十一卷），第220页。
3 鲁迅：《而已集·革命时代的文学》，载《鲁迅全集》（第三卷），第442页。
4 同上，第442页。
5 鲁迅：《华盖集·忽然想到（十至十一）》，载《鲁迅全集》（第三卷），第100页。
6 鲁迅：《两地书·五四》，载《鲁迅全集》（第十一卷），第155页。

塞自己，一反常态地“宁信其有，不信其无”。

爱情所致的喜悦对鲁迅的身体状况的影响也是极其明显的。“如果不是许广平出现在他的生活里，先生大概不会活到五十六岁，许广平延续了他的生命。”[1] 孙郁这句看似夸张的话，其实是中肯之言。从《鲁迅日记》来看，鲁迅与许广平热恋的 1926、1927 两年[2]是鲁迅有记载以来病痛最少的两年，而在厦门期间则绝无疾病的记载。[3] 这段时间完全可以说是鲁迅生命中的第二次青春，良好的身体和精神状况使得他在这期间创作惊人，“他们同居之后，鲁迅写下的文字，超过了他过去二十年的总和。”[4]

然而，这种欢乐中，并非没有阴影在。1927 年春节，他和许广平、廖立峨等畅游毓秀山，高兴得像一个孩子，为了显示自己还年轻，他竟然从一个小土丘上跳下来，扭伤了脚，很长时间才好。[5] 其实早在厦门，他为了跳过一个带刺的铁丝栏杆，就着实被刺了一下。[6] 这两件小伤痛在他生命中似乎是某种隐喻，他毕竟不是血气方刚的年轻人了，年龄的衰老同时也成了他的一块心病，他在这一时期以及后来的 1928 年上海的论战中，年龄始终是对手嘲笑他的一个借口，《我的态度气量和年纪》便是他还击对手关于这方面攻击的一篇重要文章，而他在广州时期的长篇讲演《魏晋风度及文章与药及酒之关系》中又是那么如痴如

1　孙郁：《鲁迅与胡适》，第 147 页。

2　据陈漱渝在《血的蒸气　真的声音——许广平三篇遗稿读后》中说，许广平曾对在影片中扮演许广平的于蓝说，它与鲁迅的感情上的质的变化发生在 1925 年 10 月。见陈漱渝：《鲁迅史实求真录》，长沙：湖南文艺出版社 1987 年版，第 90 页。

3　只是 1926 年 12 月 3 日鲁迅致许广平的信中说，“但今天我发见我的手指有点抖，这是吸烟太多了之故。”见鲁迅：《两地书・八六》，载《鲁迅全集》（第十一卷），第 232 页。

4　孙郁：《鲁迅与胡适》，第 147 页。

5　《鲁迅日记》1927 年 2 月 4 日记载，“上午同廖立峨等游毓秀山，午后从高处跌下伤足，坐车归。”（鲁迅：《日记・1927 年 2 月》，载《鲁迅全集》（第十六卷），第 7 页。）又鲁迅 1927 年 2 月 25 日致章廷谦信，“阴历正月三日从毓秀山跳下，跌伤了，躺了几天。”见鲁迅：《书信・270225 致章廷谦》，载《鲁迅全集》（第十二卷），第 21 页。

6　《两地书・六二》，“楼下的后面有一片花圃，用有刺的铁丝拦着，我因为要看它有怎样的阻力，前几天跳了一回试试。跳出了，但那刺果然有效，给了我两个小伤，一股上，一膝旁，可是并不深，至多不过一分。”见鲁迅：《两地书・六二》，载《鲁迅全集》（第十一卷），第 180—181 页。

醉地论及服药与长生之术，其间是不是有某种隐密的关联呢？《奔月》中后羿在嫦娥离他而去后进行自我反省时第一个想到的就是自己的年龄，“莫非看得我老起来了？但她上月还说：‘并不算老，若以老人自居，是思想的堕落。’”[1] 因此看来，后羿在嫦娥面前的愧疚并不仅仅是来源于生活的窘迫，其实还有年龄的原因。这应该也是鲁迅真实心理的流露。年龄是他面对年轻女性时自惭形秽的一个主要原因，也是他较为敏感的话题，因此谁要攻击到他的年纪，他反应的强烈是超乎寻常的。

其实，这也是他潜意识里所始终担心的事情，而《奔月》中的年龄问题也就是这潜意识的一种自然的流露。嫦娥对后羿的异常冷漠更是鲁迅潜意识中“被遗弃”恐惧症的一种文学表达。可事实上，《奔月》的写作正是在他们感情最浓烈的时候，并且他们几乎是在同时作了感情上的最后确证。然而他的疑虑就像不可抑制的先天恐惧症那样绵延不绝，这其实就是他的多疑个性的自然流露。在《两地书》中，他一方面企图向对方作出保证，可另一方面又不可扼制地流露出怀疑。

> 听课的学生倒多起来了，……女生共五人。我决定目不邪视，而且将来永远如此，直到离开了厦门。[2]
>
> 邪视尚不敢，而况“瞪”乎？[3]
>
> 因此又常迟疑于此后所走的路：（一）死了心，积几文钱，将来什么事都不做，顾自己苦苦过活；（二）再不顾自己，为人们做些事，将来饿肚也不妨，也一任别人唾骂；（三）再做一些事，倘连所谓“同人”也都从背后枪击我了，为了生存和报复起见，我便什么事都敢做，但不愿失了我的朋友。第二条我已行过两年了，终于觉得太傻。前一条当先托庇于资本家，恐怕熬不住。末一条则颇

1 鲁迅：《故事新编·奔月》，载《鲁迅全集》（第二卷），第381页。
2 鲁迅：《两地书·四八》，载《鲁迅全集》（第十一卷），第138页。
3 鲁迅：《两地书·五八》，载《鲁迅全集》（第十一卷），第166页。

险，也无把握（于生活），而且又略有所不忍。所以实在难于下一决心，我也就想写信和我的朋友商议，给我一条光。[1]

“末一条路”显然是指他和许广平要走的路，但“颇险”与“无把握”表达了他的疑虑与不确信。而“给我一条光”则是他向许广平寻求某种确信。许广平随后的回信，对他的怀疑颇表不满：

你信末有三条路，叫我给“一条光”，我自己还是瞎马乱碰，何从有光，而且我又未脱开环境，做局外旁观。我还是世人，难免于顾虑自己，难于措辞，但也没有法了，到这时候，如果我替你想，或者我是和你疏远的人，发一套批评，我将要说：“你的苦了一生，就是一方为旧社会牺牲，换句话，即为一个人牺牲了你自己。而这牺牲虽似自愿，实不啻旧社会留给你的遗产。……你自身是反对遗产制的，不过觉得这份遗产如果抛弃了，就没有打理，所以甘心做一世农奴，死守遗产。……我们是人，天没有叫我们专吃苦的权利，我们没有必受苦的义务，得一日尽人事求生活，即努力做去。我们是人，天没有硬派我们履险的权力，我们有坦途有正道为什么不走，我们何苦因了旧社会而为一人牺牲几个，或牵连至多数人，我们打破两面委曲忍苦的态度，如果对于那一个人的生活能维持，对于自己的生活比较站得稳不受别人借口攻击，对于另一方，我的局面，两方都不因此牵及生活，累及永久立足点，则等于面面都不因此难题而失了生活，对于遗产抛弃，在旧人或批评不对，但在新的，合理的一方或不能加任何无理批评，即批评也比较易立足。……因一点遗产而牵动到了管理人行动不得自由，这是在新的状况下所不许，这是就正当解决讲，如果觉得这批评也过火，

1　鲁迅：《两地书・七三》，载《鲁迅全集》（第十一卷），第204页。

> 自然是照平素在京谈话做去，在新的生活上，没有不能吃苦的。”[1]

在这封信中，许广平实际上和盘托出了久已压在自己心头的想法，在不满与激动中表达了她对鲁迅的真挚情感。但即使是这样确信的回答，鲁迅也还没有改变先前的疑虑心态，在随后的回信中他这样说，“离开此地之后，我必须改变我的农奴生活；……我觉得现在 H. M. 比我有决断得多，我自到此地以后，仿佛全感空虚，不再有什么意见，……自己也明知道这是应该改变的，但现在无法，明年从新来过罢。”[2] 而他一个月后在《奔月》中表达的绝望似乎让人觉得他们在此之前丝毫没有作过任何承诺似的。天知道，实际生活中的许广平是多么的热情和主动，她哪里是《奔月》中那冷漠的嫦娥呢！

在这场苦涩的恋爱中，除了对许广平有不能把握处，不时投以疑虑的眼光外，鲁迅的多疑与顾虑几乎达到无远弗届的地步。就在同一封回信中，鲁迅详细讲到了他的这种顾虑：

> 我的一生的失计，即在向来不为自己生活打算，一切听人安排，因为那时豫料是活不久的。后来豫料并不确中，仍能生活下去，遂至弊病百出，十分无聊。再后来，思想改变了，但还是多所顾忌，这些顾忌，大部分自然是为生活，几分也为地位，所谓地位者，就是指我历来的一点小小工作而言，怕因为我的行为的剧变而失去力量。[3]

正是这些顾虑才使得他更加敏感和多疑：

---

1 许广平：1926 年 11 月 22 日致鲁迅信，载《鲁迅景宋通信集——〈两地书〉的原信》，长沙：湖南人民出版社 1984 年版，第 241—242 页。又见王得后：《〈两地书〉研究》，天津：天津人民出版社 1982 年版，第 126—128 页。

2 鲁迅：《两地书 · 八三》，载《鲁迅全集》（第十一卷），第 226 页。

3 同上，第 225 页。

北京似乎也有流言，和在上海所闻者相似，且云长虹之拼命攻击我，乃为此。[1]

那时我又写信去打听孤灵（原信作川岛——笔者注，下同），才知道这种流言，早已有之，传播的是品青，伏园，亥倩（原信作衣萍），微风（原信作小峰），宴太（原信作二太太）。……

……

我现在真自笑我说话往往刻薄，而对人则太厚道，我竟从不疑及亥倩之流到我这里来是在侦探我，虽然他的目光如鼠，各处乱翻，我有时也有些觉得讨厌。并且今天才知道我有时候请他们在客厅里坐，他们不高兴，说我在房里藏了月亮，不容他们进去了。你看这是多么难以伺候的大人先生呵。我托令弟（原信作羡苏）买了几株柳，种在后园，拔去了几株玉蜀黍，母亲很可惜，有些不高兴，而宴太即大放谣诼，说我在纵容着学生虐待她。力求清宁，偏多滓秽，我早先说，呜呼老家，能否复返，是一问题，实非神经过敏之谈也。[2]

上一段话还只是针对高长虹一个人，而下面一段则从学生，到朋友，到家里人，甚至包括母亲都怀疑了个遍，足见他的敏感和多疑，末了还说“实非神经过敏之谈”，实际上已经是过敏之至了。就在这同一封信中，鲁迅向许广平表达了要抛弃一切顾虑的决心，“这即使是对头，是敌手，是枭蛇鬼怪，我都不要问；要推我下来，我即甘心跌下来，我何尝高兴站在台上？我对于名声，地位，什么都不要，只要枭蛇鬼怪够了，对于这样的，我就叫作‘朋友’。”不但如此，他在信中还说了一句非常坚决的话，“我可以爱！”[3] 但即使如此，鲁迅也仍是顾虑，仍是多疑与敏感。

1　鲁迅：《两地书·一〇二》，载《鲁迅全集》（第十一卷），第263页。
2　鲁迅：《两地书·一一二》，载《鲁迅全集》（第十一卷），第281页。
3　同上，第279、280页。

1928年夏天到杭州，“实际上是度蜜月，他也要遮遮掩掩。”[1]

> ……当时我还没有结婚，当然没有小孩子等着，只是以为，一道告辞，可以让鲁迅先生早点休息。不料突然，在我和矛尘之间，横下来了一条手臂，是鲁迅先生的。同时听到他的声音：“钦文，你，日里有事情，尽管跑开去做；可是夜里，一定要回到这里来睡，每天夜里一定都要到这里来，一直到我们回到上海去！”并且指定，我睡在那并排设着的三张床铺中间的一个床铺。我这才悟着，要预订有三张床的房间，并非偶然，而是有计划的。[2]

王晓明行文至此时用了一个难以抑制的惊叹（悲叹?），“这是怎样奇怪的安排!”[3] 表达了他对鲁迅的同情。这遮掩甚至一直要到海婴出生的1929年，在这一年3月22日致韦素园的信中，遮掩的痕迹是那么的刺眼：

> 至于“新生活”的事，我自己是川岛到厦门以后，才听见的。他见我一个人住在高楼上，很骇异，听他的口气，似乎是京沪都在传说，说我携了密斯许同住于厦门了，……后来到了广东，将这事对密斯许说了，便请她住在一所屋子里——但自然也还有别的人。前年来沪，我也劝她同来了，现在就住在上海，帮我做点校对之类的事……[4]

仍然“还是多所顾忌”，这自然是他的多疑个性使然，但同时也掺杂着他对自己身-位感的考虑，用他自己的话说，“这些顾忌，大部分自然是

1 王晓明：《无法直面的人生——鲁迅传》，第127页。
2 许钦文：《〈鲁迅日记〉中的我》，载《鲁迅回忆录》（专著）（下册），第1319页。
3 王晓明：《无法直面的人生——鲁迅传》，第127页。
4 鲁迅：《书信·290322致韦素园》，载《鲁迅全集》（第十二卷），第157页。

为生活，几分也为地位。”

第三节 于浩歌狂热之际中寒：青年

在本章的第一节谈到兄弟失和时，我们说“有两部作品在这个问题上颇存争议，其一是《伤逝》，其一是《颓败线的颤动》。说《伤逝》是‘假借男女的死亡来哀悼兄弟恩情的断绝的’肇始于周作人，但以后应和者寥寥。而对于《野草》中的《颓败线的颤动》是否带有‘兄弟失和的创伤记忆’则历来争议很大。”对于这个问题，近年来的研究多倾向于持否定意见，其中的代表人物是孙玉石。孙先生是国内研究《野草》的权威，其代表作《现实的与哲学的——鲁迅〈野草〉重释》在《野草》研究史上应该算是一部具有里程碑性质的作品。在该书第十七篇《关于〈颓败线的颤动〉》的注 17 中，孙玉石明确地反对将这篇作品与对周作人的影射联系起来，为了论述方便起见，我想还是有必要将全文引录如下：

> 关于此文为作者过去养活周作人一家，反被他们所欺侮，因而产生这一作品，以表达自己的反抗思想，这种说法，李何林先生的著作中已经指出是不科学的，许杰先生也反对作不必要的索引派式的象征事实的考证。但是时至今日，仍然有这样一类的研究文章发表。我觉得这是鲁迅研究中过去就存有毛病的继续发展。第一，鲁迅在杂文中确曾有不少针对某个人的思想行为而发的作品，但是，即使如此，鲁迅也是把它当成一种社会的“类型”看待；而散文诗《野草》却不在其列。鲁迅是对于生命存在和社会现实中存在的一些问题和自己的感触，才写这些作品的。他不会为周作人一家的恩怨作此散文诗的。周作人与他可谓同辈手足，并非下一代，而这篇作品**分明是写下一代或年青人的忘恩负义的**（案：黑体系笔者所

> 加），形象的规定性与创作的动机大体应是一致的。第二，象征主义的作品的多义性，给读者解读作品的形象内涵以更大的想象的空间，但这并不意味着可以对作品的内涵作任意的索解，特别是把作品的意义弄得更为狭窄的理解。对周作人一家报复论，即属此类。读解象征的作品，应具有创造性的象征的思维，不然就会走入“五四”前后《红楼梦》研究中的“索引派”的老路，《野草》研究中屡屡出现这样的毛病，从思维方面的原因来看，根源即在于此。第三，因为这篇作品已经从生活的层面的思考，上升到人类伦理道德的哲学层面进行文明批判，它所容纳的思想就有很大的开放性。周作人一家的行为也属以怨报德的性质，当然可以去作这方面的推测。如果一定说作品的复杂情绪里含有这个方面的感情，那也只能是有的阐释者个人理解的作品形象的一种客观意义，而非作者创作这篇散文诗的主观意旨。[1]

这个注释长达六百多字，讲述了作者反对将《颓败线的颤动》阐释为对周作人及其家人行为的影射的三个理由，其意图很明显，孙先生认为该篇散文诗“分明是写下一代或年青人的忘恩负义的”。在正文中，孙先生也正是这样认为的，他说，“他（鲁迅）的内心里涌动的感情之至真，痛苦绝望之深沉，往往给《野草》一些篇章中所表现的这种生命哲学的悲剧色彩，带来除了令人广远的沉思之外的一种更为令人的灵魂震撼和颤栗的艺术力量……他因为痛苦于青年们的忘恩负义而写的散文诗《颓败线的颤动》，更是如此。”[2] “他（鲁迅）热心地用自己的心血和生命，培养青年一代的作家，想多造就一些对于社会不平的新的反抗者。但是，这些人中间，有的等他们成长为自立者并有一定的名气之后，就由

1　孙玉石：《现实的与哲学的——鲁迅〈野草〉重释》，上海：上海书店出版社 2001 年版，第 218 页。

2　同上，第 205 页。

于某一些原因，反过来讥讽，嘲骂，攻击起鲁迅来。”[1] “鲁迅的这篇散文诗《颓败线的颤动》，就是在老妇人的生命的悲剧与反抗的表层故事的后面，传达的主要是作者作为一个先驱者所经历的心灵深处的一种极端痛苦的情绪和愤怒抗议的精神，即对于自己用鲜血养育的青年一代忘恩负义的道德恶行的复仇。”[2] 很明显，孙先生文中的“忘恩负义”的青年主要是指“狂飙社”的一班青年高长虹、高歌、向培良之流。他们确实比周作人更适合于作本篇散文诗的影射对象。但情况是不是像孙先生说的那样呢？

《颓败线的颤动》写作于 1925 年 6 月 29 日，同年 7 月 13 日发表于《语丝》周刊第三十五期。《鲁迅日记》1925 年 6 月 29 日记载，“晴。上午寄向培良信。寄许广平信。晚得许广平信并稿，即复。长虹来并交有麟信又《觱篥纪念刊》一本。夜雨。得孙伏园信。”[3] 《颓败线的颤动》写作的当天，高长虹还到过鲁迅的寓所，并且日记里亲切地称呼为“长虹”，而对于后来成为他的爱人的许广平则全称呼之，足见得高长虹与鲁迅当时的关系的密切了[4]。那么，是不是当天高长虹来与鲁迅闹翻了，所以才有当天（可能是晚上写作的）“忘恩负义”之感呢？[5] 1925 年 7

1　孙玉石：《现实的与哲学的——鲁迅〈野草〉重释》，上海：上海书店出版社 2001 年版，第 213 页。

2　同上，第 208—209 页。

3　鲁迅：《日记·1925 年 6 月》，载《鲁迅全集》（第十五卷），第 570 页。

4　高长虹和鲁迅此时关系的密切据后来陈学昭的回忆是非同一般的，“记得有一次，我正在鲁迅先生家里，一个穿着布长衫的矮小个子的男子，来访鲁迅先生，这人的头发式样，走路的姿势，说话的神气，学得都那么地像鲁迅先生，使我十分吃惊。不知的人还要以为那是他的弟弟了。鲁迅先生马上立起来去招待这个贵客。后来，人家告诉我这个人就是高长虹。”见陈学昭：《鲁迅先生回忆》，载《鲁迅回忆录》（散篇）（中册），第 686 页。

5　事实上，据后来高长虹的回忆，他“同鲁迅第一次伤感情的事是闪光的出版。闪光……是在一九二五年的夏天用狂飙社的名义出版的。”见高长虹：《一点回忆——关于鲁迅和我》，载《鲁迅回忆录》（散篇）（上册），第 192 页。据廖久明的考证，“一九二五年的夏天”至少应该是在本年的 8 月份以后了，“从高长虹到鲁迅寓所次数的急剧减少——8 月 11 次 9 月 7 次、10 月 4 次——可以知道，至少高长虹认为，《闪光》的出版已在他和鲁迅之间‘造成了初次的裂痕’。”见廖久明：《高长虹与鲁迅及许广平》，北京：东方出版社 2005 年版，第 56 页。但即便如此，1925 年 6 月 29 日及其以前鲁高二人的关系也不足以让鲁迅写出直接针对高长虹的影射作品。

月日记："五日　晴。……晚长虹来。""十四日　晴。……长虹来。""十九日　晴。……长虹来。""二十日　晴。……夜长虹来。""二十七日　雨。……长虹来。"[1] 同年7月的交往打消了我们上面的推断。又，是不是鲁迅在心里厌恶他而表面与其往来周旋呢？肯定不是，理由有三：其一，鲁迅其为人不善此道，所谓"一言不合，拂袖而起"，足见其真性情；其二，若如此，日记断没有如此"长虹"记录；其三，有书信为证，1925年4月28日鲁迅致许广平信为其释疑曰，"……长虹确不是我，乃是我今年新认识的，意见也有一部分和我相合，而似是安那其主义者。他很能做文章，……"[2] 又，高长虹1940年的《一点回忆——关于鲁迅和我》中谈到自己和鲁迅的交往时说，"我同鲁迅的认识，是在一九二四年的冬天。在北平分手时是在一九二六年夏天。最后的一次见面是在上海，时间是一九二六年的秋天。友谊经历两年之久。最契合的时候，当然要算是一九二五年同办莽原的时候了。"[3] 翻看《鲁迅日记》，1925年鲁迅和高长虹等后来的"狂飙社"成员确实来往密切。鲁迅高长虹关系的破裂应该是在1926年10月。[4] 也就是说，鲁迅骂以高长虹为首的青年"忘恩负义"应该是在他去了厦门之后。那么，通过以上证明我们似乎可以断定《颓败线的颤动》不会是鲁迅对高长虹为首的"狂飙社"青年的影射之作。

于是，我又起了疑问，是不是在与高长虹们接触之前，鲁迅就觉得有一些青年对他"忘恩负义"呢？翻看《鲁迅日记》，从鲁迅1925年6月29日之前的记载看，鲁迅与青年的交往其实是与作为作家的鲁迅的

1　鲁迅：《日记·1925年7月》，载《鲁迅全集》（第十五卷），第572、573、574页。

2　鲁迅：《两地书·一七》，载《鲁迅全集》（第十一卷），第63页。

3　高长虹：《一点回忆——关于鲁迅和我》，载《鲁迅回忆录》（散篇）（上册），第179页。

4　鲁迅与高长虹的裂痕应该是在1926年秋天，10月10日为"未名社"退稿一事，高长虹在《狂飙》周刊上发表致鲁迅的公开信，言语不逊。见高长虹：《通讯——给鲁迅先生》，载《1913—1983鲁迅研究学术论著资料汇编》（第一卷），第188页。原载1926年10月17日《狂飙》（周刊·上海·第二期）。同年12月10日鲁迅在《莽原》半月刊第二十三期发表《所谓"思想界先驱者"鲁迅启事》予以反击。见鲁迅：《华盖集续编·所谓"思想界先驱者"鲁迅启事》，载《鲁迅全集》（第三卷），第410页。该篇文章又同时发表于《语丝》《北新》《新女性》等期刊。

崛起几乎是同步的，而且他的声名愈大，慕名而来的青年就愈多。并且有一个重要的事实是，鲁迅与青年真正的接触是始于他的大学执教生涯之后的。1920 年 12 月 24 日日记载，“晴。午许季市来。午后往大学讲。”[1]“大学”即北大。这是鲁迅到北京后的第一次执教。之后，鲁迅又分别于 1921 年 1 月、1923 年 9 月和 10 月在北京高等师范学校、世界语专门学校和北京女高师三所学校开课，与青年的交往机会大大增多。而且值得注意的是，1923 年 9 月、10 月的开课是在《呐喊》出版后，鲁迅声名雀跃之时。[2] 我们再来看看鲁迅同青年的交往史。在执教之前，鲁迅与青年的交往几乎仅限于以往在浙江执教时的几个学生如孙伏园、宋紫佩等。倒是有两个文学青年与他通过信，一个是宫竹心，一个是汪静之，但起先其实都是找周作人的，因为周作人当时在西山养病，所以通信与指导的任务才落到鲁迅头上。[3] 鲁迅执教后与他最先交往的应该是北大的学生冯省三。时间大约是在 1922 年，由于 1922 年日记遗失，具体日期无从考证，但 1923 年 1 月 20 日记载，“昙。……晚爱罗先珂君与二弟招饮今村、井上、清水、丸山四君及我，省三亦来。”[4] 称呼颇亲切，又查该年 1 月 1 日至 1 月 19 日的日记和 1922 年以前的日记均没有“冯省三来”的记录，足见冯省三与鲁迅的交往当在 1922 年。这一年除了冯省三之外，同鲁迅来往的青年还有汪静之等湖畔诗社的几个年

1　鲁迅：《日记・1920 年 12 月》，载《鲁迅全集》（第十五卷），第 417 页。

2　《呐喊》出版于 1923 年 8 月，它的出版对于鲁迅声名的传播所起的作用，高长虹曾经有过这样的表述，“鲁迅文名的普遍，在呐喊出版以前，是远赶不上周作人的。呐喊出版以后，看的人多了，名气也广播起来了……”见高长虹：《一点回忆——关于鲁迅和我》，载《鲁迅回忆录》（散篇）（上册），第 182 页。许广平在《欣慰的纪念・鲁迅和青年们》中这样描述鲁迅第一次到女高师上课的心情，“当鲁迅先生来上课的瞬间，人们震于他的声名，每个学生都怀着研究这新先生的一种好奇心。”见许广平：《欣慰的纪念》，载《鲁迅回忆录》（专著）（上册），第 344 页。

3　见鲁迅 1921 年 7 月 29 日致宫竹心的信。鲁迅：《书信・210729 致宫竹心》，载《鲁迅全集》（第十一卷），第 399—400 页。关于汪静之，《鲁迅日记》1921 年 6 月 13 日记载，“昙。上午寄汪静之信。”见鲁迅：《日记・1921 年 6 月》，载《鲁迅全集》（第十五卷），第 434 页。又《鲁迅回忆录》（散篇）（上册）第 385 页汪静之的回忆文章《鲁迅——莳花的园地丁》的作者简介说，汪静之 1921 年“在杭州第一师范学校学习时，将自己的诗集《蕙的风》寄周作人求教，由于周作人其时在北平西山养病，故由鲁迅代为办理”。

4　鲁迅：《日记・1923 年 1 月》，载《鲁迅全集》（第十五卷），第 458 页。

青人，[1] 但从 1923 年的日记看并没有延续这种交往。1923 年与冯省三交往最多，此外，许钦文于该年 1 月开始与鲁迅交往。[2] 1924 年 12 月以前，同鲁迅新交往的青年中也仅有李秉中、向培良和荆有麟三人，其中李秉中来往密切，荆有麟该年 11 月才始与鲁迅交往。[3] 1924 年 12 月 10 日记载，“晴。……长虹来并赠《狂飙》及《世界语周刊》。”12 月 20 日记载，“晴。……午后云五、长虹、高歌来。”[4] 自此，鲁迅与青年的交往益广大，至 1925 年 6 月 29 日以前，和青年新拓展的交往如下：

1 月 18 日　晴。……午后孙席珍来。（卷十五，页 548）[5]

2 月 10 日　晴。……夜得李霁野信并文稿三篇。（卷十五，页 551）

2 月 15 日　晴。……冯文炳来，未见，置所赠《现代评论》及《语丝》去。（卷十五，页 552）

3 月 11 日　晴。……得许广平信。（卷十五，页 555）

4 月 2 日　晴。……冯文炳来。（卷十五，页 559）

4 月 3 日　晴，风。……午后往北大讲。浅草社员赠《浅草》一卷之四期一本。[6]（卷十五，页 559）

5 月 14 日　晴。……静农、鲁彦来。（卷十五，页 565）

1　见马蹄疾《一九二二年鲁迅日记疏证》1922 年 5 月 11 日，“晴。得汪静之寄赠《湖畔》诗集一本。……（据鲁迅藏书《湖畔》、《周作人日记》）”，载《鲁迅佚文全集》（下卷），刘运峰编，北京：群言出版社 2001 年版，第 737—738 页。

2　《鲁迅日记》1923 年 1 月 15 日记载，“晴。下午许钦文君持伏园信来。”载《鲁迅全集》（第十五卷），第 458 页。

3　《鲁迅日记》1924 年 11 月 16 日记载，“晴。星期休息。午后荆有麟来。……”载《鲁迅全集》（第十五卷），第 535 页。此后，直到鲁迅南下，荆有麟与他来往十分频繁。

4　鲁迅：《日记 · 1924 年 12 月》，载《鲁迅全集》（第十五卷），第 538、539 页。

5　案：此处及以下 10 条引文注释，因太多，故暂用随文注。

6　据冯至回忆录《鲁迅与沉钟社》，日记中的“浅草社员”当是冯至，“鲁迅在一九二五年四月三日的日记里写着：‘午后往北大讲。浅草社员赠《浅草》一卷之四期一本。’这段记载引起我的回忆，跟我读《一件小事》时一样清晰。那天下午，鲁迅讲完课后，我跟随他走到教员休息室，把一本用报纸包好的《浅草》交给他。”见冯至：《鲁迅与沉钟社》，载《鲁迅回忆录》（散篇）（上册），第 340 页。

5 月 17 日　昙。……鲁彦、静农、素园、霁野来。（卷十五，页 565）

5 月 20 日　晴，风。……得曹靖华信。（卷十五，页 565）

5 月 31 日　雨，上午霁。陈翔鹤、陈炜谟来。[1]（卷十五，页 567）

以上还只是当时初与鲁迅交往的青年当中的主要一部分人，大致包括了当时文坛比较活跃的一批青年，他们分别归属于以下几个文学社团：1. 浅草-沉钟社：冯至、陈翔鹤、陈炜谟等；2. 湖畔诗社：汪静之等；3. 莽原社：鲁彦、台静农、韦素园、李霁野、曹靖华、高长虹、高歌、向培良、尚钺、荆有麟等。其中，莽原社后来又分为未名社和狂飙社，台静农、韦素园、李霁野、曹靖华等为未名社主要成员，高长虹、高歌、向培良、尚钺等为狂飙社主要成员。以上这些青年与鲁迅的交往结果如下：1. 冯省三 1922 年因北大征收讲义费风潮被开除，[2] 1922、1923 年与鲁迅交往密切，1924 年大概离开北京，遂与鲁迅失去联系；[3] 2. 李秉中、许钦文、台静农、曹靖华等成为终其一生的朋友；3. 未名社则是鲁迅鼎力扶持的一批年青人，后来除韦丛芜外，鲁迅对其他人并无不满；4. 浅草-沉钟社和湖畔诗社都是鲁迅所欣赏的社团，而且湖畔诗社成员之一的冯雪峰则成为鲁迅晚年的知己，过从密切；5. 只有后来的狂飙社才是鲁迅所谓的“忘恩负义”的青年，而他们的“忘恩”之举是要到 1926 年 10 月以后的。

从 1925 年 6 月 29 日以前的鲁迅与青年交往史来看，我们好像也没有理由认为创作于 1925 年 6 月 29 日的《颓败线的颤动》是鲁迅“对于

1　陈翔鹤最早拜访鲁迅是在 1924 年 7 月 3 日，“昙。……夜郁达夫偕陈翔鹤、陈厶君来谈。”鲁迅：《日记 · 1924 年 7 月》，载《鲁迅全集》（第十五卷），第 519 页。

2　鲁迅为此风潮写了杂文《即小见大》。鲁迅：《热风 · 即小见大》，载《鲁迅全集》（第一卷），第 429 页。

3　《鲁迅日记》最后一次记载冯省三来是 1924 年 4 月 3 日，“昙，大风。午后省三来。”鲁迅：《日记 · 1924 年 4 月》，载《鲁迅全集》（第十五卷），第 507 页。

自己用鲜血养育的青年一代忘恩负义的道德恶行的复仇”。[1] 那么，到底是什么原因使孙玉石作出以上那样肯定的结论呢？从孙玉石的论证来看，我认其原因有二：其一是对许杰研究成果的沿用；其一是对《两地书》的断章取义。

首先来看看第一点。在谈到许杰的研究之前，孙玉石先对冯雪峰的研究做了一番肯定。冯雪峰认为，“作者（鲁迅）所设想的这个老女人的‘颤动’——猛烈的反抗和‘复仇’的情绪，不能不是作者自己曾经验过的情绪，至少也是他最能体贴的情绪。这种情绪是在爱与憎发生激烈的矛盾斗争时才有的，是一个热烈地爱人们而反抗性也极强烈的人，在遭着像这个老女人这样的待遇的时候才会发生的。这是一种最痛苦的情绪。”[2] 孙玉石认为冯雪峰的观点“更接近作品原意”，但在相当长的时间里没有受到重视，既与建国后冯的政治遭遇有关，也与鲁迅的被神化有关系。他认为，八十年代以后在阐释这个问题上，“较早与冯雪峰先生的见解接近，能够从上述的关于鲁迅自身思想情绪的表达这个角度，来读解这篇散文诗的，是许杰先生。……他在八十年代初写成的关于《颓败线的颤动》诠释的文字中，……所提出的进一步的论证与看法，可以说是对于作者原意的更为切近的文本阐释。他这样说：

> 一句极其通俗的话，叫作‘日有所思，夜有所梦’，我们不敢肯定当时鲁迅先生心灵上真有这样的经历，但也不敢肯定鲁迅先生心灵上根本就没有这样的经历。用屈辱偷生、忍辱负重的精神来营养新的一代，然而得不到新的一代的同情与谅解，甚至对他加以讪笑、辱骂、鞭打与杀戮的，在现实生活中，又何尝没有呢？吃的是草，挤的是奶、是血，然而却遭人们鞭打的形象，不就是从另一角度透露这种心情吗？也就是这部《野草》中，《复仇》其二所写的

---

1 孙玉石：《现实的与哲学的——鲁迅〈野草〉重释》，第209页。

2 冯雪峰：《论野草》，载《冯雪峰论文集》（下），北京：人民文学出版社1981年版，第375页。

> 被钉杀在十字架上的耶稣，‘路人都辱骂他，祭司长和文士也戏弄他，和他同钉的两个强盗也讥诮他’，为的不是要把真理带到人间，拯救这些可悲悯的以色列人的前途吗？这并不是一种梦魇，在人间社会中，先驱者的心灵，是可以有这种心灵的经历的。我们又何必推寻这究竟暗示什么、象征什么，作一些无谓的考证呢？

许杰先生从鲁迅乃至一切先驱者的心灵经历的角度，即他们用屈辱偷生、忍辱负重的精神养育下一代，然而得到的是讪笑与辱骂的恶报，来解释这篇散文诗以梦境的形式出现的故事的内涵。他实际上突破了故事表层的意义，同时对于从某一个人（如周作人一家）的个人恩怨来作无谓的考证的方法，也表示了自己的异议。许杰先生的这种阐释，是接近对于这首非常独特的象征主义散文诗的深层意蕴的把握的。”[1] 孙玉石对鲁迅这篇散文诗的阐释正是在吸收了冯、许二位先生的故有研究成果的基础上完成的。那么，他是如何吸收的呢？

冯雪峰的阐释其实是极其深刻而最接近鲁迅原意的。冯将这篇散文诗归结为“情绪”的体验，而且这种情绪“不能不是作者自己曾经经验过的情绪，至少也是他最能体贴的情绪”。在这句话中，冯雪峰作了一个让步，“至少是他最能体贴的情绪”这一句话意味着，“老妇人”的复仇情绪可能是别一个人的，而不一定是鲁迅本人亲身经历过的情绪体验，但鲁迅“最能体贴”这种情绪体验，譬如革命先驱者为群众谋幸福反而不被庸众理解，甚至被他们讪笑、辱骂、鞭打以至于杀戮的无奈与愤怒的情绪体验等。这是极中肯的阐释。值得注意的是，冯雪峰并没有明确指出“老妇人”愤怒的对象是什么，而这在许杰的论述中具体化了，“用屈辱偷生、忍辱负重的精神来营养新的一代，然而得不到新的一代的同情与谅解，甚至对他加以讪笑、辱骂、鞭打与杀戮的，在现实生活中，又何尝没有呢？”这句话显然是有所指，它强调了“新一代”，

1　孙玉石：《现实的与哲学的——鲁迅〈野草〉重释》，第206—208页。

这就暗示了“老妇人”愤怒的对象是“忘恩负义”的青年，只是许杰没有明确指出来。孙玉石却很明确地指出了这一点，他认为鲁迅是“因为痛苦于青年们的忘恩负义而写”散文诗《颓败线的颤动》的。这可以说是孙先生对许杰的第一点继承。第二点是许杰的一句话，孙先生在整篇论文的阐释中贯彻始终，即“我们又何必推寻这究竟暗示什么、象征什么，作一些无谓的考证呢?”他们反对作“无谓的考证”实际上是针对那些将此文窄化为影射周作人一家的以怨报德的恶行的研究而言的。可是在他们作这种警惕时，却走入了另一个极端，即将《颓败线的颤动》仅仅理解为“忘恩负义”青年说。这其实同样也是将《颓败线的颤动》窄化了，只不过将“周作人一家”换做“忘恩负义”的青年罢了。我的问题是，凭什么就认为《颓败线的颤动》是“对于自己用鲜血养育的青年一代忘恩负义的道德恶行的复仇”[1] 呢？在提出自己的论点后，孙玉石对文本做了仔细的阐释，随后他提出了自己的论据：

> 鲁迅在二十年代中期，即写作《彷徨》、《野草》的时候，在自己的生命中确实体验和经历了类似老妇人所经历的痛苦的心灵历程。他热心地用自己的心血和生命，培养青年一代的作家，想多造就一些对于社会不平的新的反抗者。但是，这些人中间，有的等他们成长为自立者并有一定的名气之后，就由于某一些原因，反过来讥讽，嘲骂，攻击起鲁迅来。[2]

“二十年代中期”其实是一个模糊的概念，它包含 1924、1925、1926 三个年份，但实际上 1926 年的鲁迅与 1924 年的鲁迅相比较在名望和地位上是发生了很大的变化的。慕名拜访鲁迅的青年的多寡是衡量鲁迅声名的一个重要的指标。而从前面的梳理来看，1925 年才是鲁迅大量接触

1 孙玉石：《现实的与哲学的——鲁迅〈野草〉重释》，第 209 页

2 同上，第 213 页。

青年的开始，这证明 1925 年鲁迅的声名和地位在新文化界和思想界发生了突变，有高长虹的回忆为证，“一九二五年北京文化界的斗争，最大的损失是三一八惨案牺牲了女师大的学生刘和珍和奉军入关后枪决了京报记者邵飘萍。鲁迅在生活上虽然也受到了一点损失，不过同他的收获比较起来，那就是很小很小的了。他在思想界几乎做了一时的盟主。韦素园在一个新开广告上把他称做思想界的权威者，在当时进步的青年界抱反感的人是很少的。”[1] 1925 年鲁迅在新文化界声名的飙升一方面由于他的小说声名的日益广大，但更大程度上是得益于他在与章士钊、陈西滢笔战和“青年必读书”事件中所表现出的战斗姿态。在这一年鲁迅开始大批地“培养青年一代的作家”，一个例证就是 1925 年 4 月 11 日莽原社的成立[2]。而这个时间距离 1925 年 6 月 29 日《颓败线的颤动》的写作仅两个多月，显然在如此短的时间里，“这些人中间，有的等他们成长为自立者并有一定的名气之后，就由于某一些原因，反过来讥讽，嘲骂，攻击起鲁迅来”的事情是不会发生的。并且，另外一个事实是：《彷徨》出版于 1926 年 8 月，其中具体篇目写作于 1924 年 2 月至 1925 年 11 月间，《野草》除了《题辞》而外均写作于 1926 年 5 月以前，这些都发生在 1926 年 10 月鲁迅和高长虹关系破裂之前，因此，说“写作《彷徨》、《野草》的时候”鲁迅就有“用自己的心血和生命，培养青年一代的作家”，等他们“有一定的名气之后，就由于某一些原因，反过来讥讽，嘲骂，攻击”他的经历和亲身体验是不符合历史事实的。

第二点是对《两地书》的断章取义地理解。在举到具体例子时，孙玉石截取了鲁迅给许广平的一封信：

> 我明知道几个人做事，真出于“为天下”是很少的。但人于现

1　高长虹：《一点回忆——关于鲁迅和我》，载《鲁迅回忆录》（散篇）（上册），第 194 页。

2　《鲁迅日记》1925 年 4 月 11 日记载：“十一日　晴。……夜买酒并邀长虹、培良、有麟共饮，大醉。……”见鲁迅：《日记 · 1925 年 4 月》，载《鲁迅全集》（第十五卷），第 560 页。《鲁迅全集》该条注释曰：“席间，鲁迅等商定创办《莽原》周刊，并于十天后开始编辑。”见《鲁迅全集》（第十五卷），第 563 页注释③。

状，总该有点不平，反抗，改良的意思。只这一点共同目的，便可以合作。即使含些“利用”的私心也不妨，利用别人，又给别人做点事，说得好看一点，就是“互助”。但是，我总是“罪孽深重，祸延”自己，每每终于发见纯粹的利用，连“互”字也安不上，被利用后，只剩下耗了气力的自己一个。有时候，他还要反而骂你；不骂你，还要谢他的洪恩。我的时常无聊，就是为此，但我还能将一切忘却，休息一时之后，从新再来，即使明知道后来的运命未必会胜于过去。[1]

虽然孙玉石没有直接点明说鲁迅这段话本身是针对“忘恩负义”的青年如高长虹而言的，但他的意思很明白：这是可以用来证明《颓败线的颤动》是“写下一代或年青人的忘恩负义的”。然而，孙先生不幸而犯了断章取义的错了。鲁迅这封信写于 1925 年 6 月 13 日，正是他和以陈西滢为首表的“现代评论”派笔战正酣的时候。而在同一天的《京报副刊》上，孙伏园发表了《救国谈片》一文，其中有这样的言辞，“《语丝》、《现代评论》、《猛进》三家是兄弟周刊。”并说《现代评论》在五卅运动中“也有许多时事短评，社员做实际活动的更不少。”[2] 这些话引起了鲁迅的不满，于是当天晚上，鲁迅便写了这封信给许广平，抒发了他对孙伏园的不满，并对他的立场起了怀疑：

□□的态度我近来颇怀疑，因为似乎已与西滢大有联络。其登载几篇反杨之稿，盖出于不得已。今天在《京副》上，至于指《猛进》，《语丝》，《现代》为“兄弟周刊”，大有卖《语丝》以与《现代》拉拢之观。或者《京副》之专登沪事，不登他文，也还有别种

1 鲁迅：《两地书·二九》，载《鲁迅全集》（第十一卷），第 92 页。
2 孙伏园：《救国片谈》，载 1925 年 6 月 13 日《京报副刊》。

> 隐情（但这也许是我的妄猜），《晨副》即不如此。[1]

卷十一第 93 页注释（4）："□□　原信作伏园。"这段话下面紧接着就是孙先生所引的那段鲁迅的牢骚话。所以，鲁迅所说的"利用"的话，以及自己感到被别人纯粹利用，是针对孙伏园而言的。这分明是鲁迅的迁怒与多疑的性格所致的言论。他因为极度憎恶"现代评论派"的正人君子而迁怒于企图与他们和解的孙伏园，并怀疑他们背后还有什么不可告人的"隐情"，实际上在做这种猜测时，鲁迅也认为这可能是自己多疑，所以说"但这也许是我的妄猜"。而不幸他的多疑被许广平 6 月 17 日的回信给点破了：

> 《京报副刊》有它的不得已的苦衷，也实在可惜。从他所没收和所发表的文章看起来，蛛丝马迹，固然大有可寻，但也不必因此愤激。其实这也是人情（即面子）之常，何必多责呢。吾师以为"发见纯粹的利用"，对□□有点不满（不知是否误猜），但是，屡次的"碰壁"，是不是为激于义愤所利用呢？横竖是一个利用，请付之一笑，再浮一大白可也。[2]

"冰冻三尺，非一日之寒"，早在 1924 年底《语丝》和《京报副刊》创刊不久，[3] 孙伏园的一句无心的话就引起了鲁迅的多疑：

> ……至于对于《晨报》的影响，我不知道，但似乎也颇受些打击，曾经和伏园来说和，伏园得意之余，忘其所以，曾以胜利者的笑容，笑着对我说道："真好，他们竟不料踏在炸药上了！"
>
> 这话对别人说是不算什么的。但对我说，却好像浇了一碗冷

1　鲁迅：《两地书・二九》，载《鲁迅全集》（第十一卷），第 92 页。
2　许广平：《两地书・三〇》，载《鲁迅全集》（第十一卷），第 96 页。
3　《语丝》创办于 1924 年 10 月，《京报副刊》创办于同年 12 月 5 日。

水，因为我即刻觉得这“炸药”是指我而言，用思索，做文章，都不过使自己为别人的一个小纠葛而粉身碎骨，心里就一面想：

“真糟，我竟不料被埋在地下了！”

我于是乎“彷徨”起来。[1]

据荆有麟的回忆，《晨副》向孙伏园讲和并非由于《语丝》，而是《京副》。[2] 从文章看，孙伏园的得意显然是冲着《晨副》去的，而且“炸弹”当然也是无心说出来的，而鲁迅竟然怀疑伏园在利用他，这完全是他多疑个性的显露。

通过上面的论证，我们可以得出一个结论，即《两地书》（二九）并不能证明《颓败线的颤动》是鲁迅针对高长虹们的“忘恩负义”而发的。

综上所述，我觉得孙玉石关于《颓败线的颤动》一文的阐释在许多关键地方是值得商榷的。然而问题到此并没有结束，我们的问题是，《颓败线的颤动》到底是鲁迅怎样的一种情绪的表达呢？

我认为冯雪峰在这个问题上的表述非常深刻中肯，让我们再仔细看一下冯先生的原话：

作者所设想的这个老女人的“颤动”——猛烈的反抗和“复仇”的情绪，不能不是作者自己曾经经验过的情绪，至少也是他最能体贴的情绪。这种情绪是在爱与憎发生激烈的矛盾斗争时才有的，是一个热烈地爱人们而反抗性也极强烈的人，在遭着像这个老女人这样的待遇的时候才会发生的。这是一种最痛苦的情绪。[3]

冯雪峰认为这篇散文诗是鲁迅两种情绪的表达，其一是“作者自己曾经

1 鲁迅：《三闲集·我和〈语丝〉的始终》，载《鲁迅全集》（第四卷），第171—172页。
2 荆有麟：《鲁迅回忆断片》，载《鲁迅回忆录》（专著）（上册），第188页。
3 冯雪峰：《论野草》，载《冯雪峰论文集》（下），第375页。

经验过的情绪”，其二是“他最能体贴的情绪”。在这两点中，“情绪”的直接主词是两个，而不是一个。第一个“情绪”的直接主词是鲁迅本人；第二个“情绪”的直接主词是鲁迅以外的其他先驱者，然而，鲁迅与他们有“通感”，所以冯先生用了“体贴”一词，表示感同身受。同“经验”相比，“体贴”所得的“情绪”显然是间接的。第二种情绪的“体贴”是鲁迅从革命者秋瑾（即《药》中的夏瑜）、范爱农、孙中山，至大至远则“人之子”耶稣，至小至近则因征收讲义费风潮而充当“散胙”的冯省三等各种先驱者身上得来的。从 1924 年到 1925 年的创作中，鲁迅对这种“体贴”情绪的描写达到淋漓尽致的地步，1924 年的《复仇（其二）》，1925 年的《牺牲谟》《战士和苍蝇》《颓败线的颤动》都是这种情绪的表达。同第二种情绪相比，第一种情绪则要复杂得多，它是鲁迅“曾经经验过”各种情绪的总汇。其主要成分有三：

首先，是对兄弟失和的记忆。兄弟失和及周作人一家对鲁迅造成的心灵创伤是恒久的，1925 年 6 月距离他们失和的 1923 年 7 月不到两年，鲁迅很可能没有从这种创伤中走出来。在谈到鲁迅南下路过上海时，高长虹说，“鲁迅气急地谈起周作人来，好像有一点事情都是想暗害他的样子。”[1] 在《关于〈颓败线的颤动〉》一文中，孙玉石指出，“周作人与他（鲁迅）可谓同辈手足，并非下一代”[2]，因此，《颓败线的颤动》不可能是针对周作人而作的。但在父亲去世后，鲁迅在周氏兄弟中充当的是“长兄如父”的角色，这一点应该是众所周知的事情。并且我们认为鲁迅在该篇散文诗中所表达的仅仅是一种情绪的体验，而并非就事论事的实指。

其次，是鲁迅自身作为“先驱者”的体验。1925 年鲁迅因为“青年必读书”和“咬文嚼字”事件而大受攻击，而另一面则与陈西滢、章士钊战，虽然声名飙升，但他却也十足地体验了先驱者的孤独。

1　高长虹：《一点回忆》，载《鲁迅回忆录》（散篇）（上册），第 196 页。
2　孙玉石：《现实的与哲学的——鲁迅〈野草〉重释》，第 218 页。

再次，则是上文提到的鲁迅对自己的学生孙伏园的多疑。“我总是‘罪孽深重，祸延’自己，每每终于发见纯粹的利用，连‘互’字也安不上，被利用后，只剩下耗了气力的自己一个”正是《颓败线的颤动》中“老妇人”的“颤动”的体验。

然而，还有一个更重要的多疑，这就是对正在同自己热烈交往中的青年的多疑，尤其是高长虹他们。这样说是不是同自己前面的论证相矛盾呢？其实不然。我们前面花了大量的篇幅只是在说明一个事实，即从史实的角度我们并不能证明鲁迅在写作《颓败线的颤动》时“曾经经验过”自己用心血培养起来的新一代的青年作家对他“忘恩负义”的恶行，因此，我们从史实的角度是不能证明《颓败线的颤动》仅仅是“写下一代或年青人的忘恩负义的”。但我们并没有否认这篇散文诗包含着鲁迅抒发对“下一代或年青人的忘恩负义”的不满情绪的可能。这种可能是通过鲁迅特有的多疑思维方式完成的。从《两地书》中看，鲁迅对孙伏园的行为是非常不满的，其原因如上所述有二：其一是对被利用的愤怒，所谓“埋在地下”是也；其二是对孙伏园向陈西滢示好的不满。这两点如前所述都是由于鲁迅的多疑的个性使然。但无论如何，鲁迅对被自己的学生利用这一点上，是痛切的，这或许使他一下子回忆起与学生交往中的许多不快的事情来，如上一章所举到的因做化学实验被学生所骗而血溅点名册的例子，又如鲁迅在晚年回忆起的在北京世界语学校种痘时为学生所骗的事件，[1] 这些经验教训使得他在与青年人的交往中常常用一种他平素观察历史的方法来看待青年，历史是“轮回”的，未来未必就比现在强，青年人也一样，过去的学生利用我欺骗我，现在的

1　“最末的种痘，是十年前，在北京混混的时候。那时也在世界语专门学校里教几点钟书，总该是天花流行了罢，正值我在讲书的时间内，校医前来种痘了。我是一向煽动人们种痘的，……”“……总之，我在讲堂上就又竭力煽动了，然而困难得很，因为大家说种痘是痛的。再四磋商的结果，终于公举我首先种痘，作为青年的模范，于是我就成了群众所推戴的领袖，率领了青年军，浩浩荡荡，奔向校医室里来。”“虽是春天，北京却还未暖和的，脱去衣服，点上四粒豆浆，又赶紧穿上衣服，也很费一点时光。但等我一面扣衣，一面转脸去看时，我的青年军已经溜得一个也没有了。”鲁迅：《集外集拾遗补编·我的种痘》，载《鲁迅全集》（第八卷），第387—388页。

学生和青年就未必强到那里去，因此他才在怀疑孙伏园的那封信里说，“后来的运命未必会胜于过去。”[1] 鲁迅常常对许广平说的一句话是，“我不能因为一个人做了贼，就疑心一切的人！”[2] 这其实从反面证明了他对一切都是存有疑心的。因此之故，虽然1925年鲁迅同高长虹这些年青人来往密切，但正是这种密切的来往很可能使得鲁迅产生相反的悲观预感，即他们日后也许会背叛他以至是辱骂他。这是鲁迅多疑思维的一个经典的表达：于热烈中感到冰凉，“于浩歌狂热之际中寒”。《墓碣文》仅仅写作于前12天，《颓败线的颤动》完全可以看作是对这篇奇文形象而生动的阐释。“于浩歌狂热之际中寒”的多疑思维究其实质是对确信的一种怀疑，即在别人看来很牢靠的地方，鲁迅发现了松动。这种思维在鲁迅的文章与生活中是十分常见的，我们上一节的分析以及鲁迅对长生殿上唐明皇与杨玉环的爱情表白的独特理解皆是有力的证明。从这种思维方式，我们可以推论鲁迅1925年在同青年们热烈交往的同时很可能产生我们上面所说的悲观预感，而这种悲观的预感在《颓败线的颤动》一文中的表达，即是孙玉石所说的鲁迅抒发对“下一代或年青人的忘恩负义”的不满情绪。从这个方面说，我们在结论上与孙玉石达成了一致意见，但根本区别在于论证过程的不同，并且在另一方面，我认为孙先生对这篇散文诗的理解作了窄化的处理（完全排除鲁迅的兄弟失和的记忆）。

鲁迅的这种独特的判断也许是在潜意识中进行的，然而它终有一天将浮上水面。1926年10月，高长虹公然与他反目，他的这种潜意识便如泄了闸的洪水奔涌而出，又加以兄弟失和的记忆以及过去种种的其他不快，其愤怒与悲哀的程度前所未有：

……这样地玩“杂耍”一两年，就只剩下些油滑学问，失了专

1　鲁迅：《两地书·二九》，载《鲁迅全集》（第十一卷），第92页。
2　许广平：《欣慰的纪念·鲁迅和青年们》，载《鲁迅回忆录》（专著）（上册），第355页。

长，而也逐渐被社会所弃，变了“药渣”了，虽然也曾煎熬了请人喝过汁。一变药渣，便什么人都来践踏，连先前喝过汁的人也来践踏，不但践踏，还要冷笑。

……我先前何尝不出于自愿，在生活的路上，将血一滴一滴地滴过去，以饲别人，虽自觉渐瘦弱，也以为快活。而现在呢，人们笑我瘦弱了，连饮过我的血的人，也来嘲笑我的瘦弱了。……[1]

这该是怎样的悲哀呀！于是，此后在与青年的交往中鲁迅便“彷徨”起来：

……我近来忽然对于做教员发生厌恶，于学生也不愿意亲近起来，接见这里的学生时，自己觉得很不热心，不诚恳。[2]

你说我受学生的欢迎，足以自慰么？不，我对于他们不大敢有希望，我觉得特出者很少，或者竟没有。[3]

我现在对于做文章的青年，实在有些失望；……他们多是挂新招牌的利己主义者。而他们竟自以为比我新一二十年，我真觉得他们无自知之明，这也就是他们之所以“小”的地方。[4]

……总之，我的主意，是在想少陪无聊之客而已。倘在学校，谁都可以直冲而入，并无可谈，而东拉西扯，坐着不走，殊讨厌也。[5]

可是正如鲁迅自己说的，“但我还能将一切忘却，休息一时之后，从新再来，即使明知道后来的运命未必会胜于过去”，因此，他的“‘彷徨’并不用许多时”就又开始往外“挤”东西，“从我这里只要能挤出——

1 鲁迅：《两地书·九五》，载《鲁迅全集》（第十一卷），第 253 页。
2 鲁迅：《两地书·七五》，载《鲁迅全集》（第十一卷），第 209 页。
3 鲁迅：《两地书·七九》，载《鲁迅全集》（第十一卷），第 217 页。
4 鲁迅：《两地书·八五》，载《鲁迅全集》（第十一卷），第 231 页。
5 鲁迅：《两地书·九三》，载《鲁迅全集》（第十一卷），第 246 页。

虽然不过是挤出——文章来，就挤了去罢”[1]。于是，他一面在抱怨青年，一面却又不停地在为他们做事：

> 我先前在北京为文学青年打杂，耗去生命不少，自己是知道的。但到这里，又有几个学生办了一种月刊，叫作《波艇》，我却仍然去打杂。[2]

这到底是为什么呢？难道“这也还是上文所说，不能因为遇见几个坏人，便将人们都作坏人看的意思”[3] 这一句话就能解释得清的吗？而在这些事情当中，最让人啼笑皆非的是鲁迅收“义子”的事情，[4] 一个如此多疑、世故的老人为什么会让一个毛头小子骗得团团转，弄得简直没得法呢？难道用一句钱玄同的定评，鲁迅既多疑又轻信[5]能解释得了吗？我认为不能。我认为这一切的矛盾与悖论与此时鲁迅对自己身-位感的调整有极大的关系。那么，他又是如何调整自己的身-位感的呢？

第四节　多疑与中间物

身-位感是什么？身-位感是对身-位的感觉、体验、觉察等等，就像义务感一样。那么身-位感到底是什么样一种感觉、体验、觉察等等呢？身-位感对于一个通常的人是没有什么问题的，通常的人与其身-位感经常处于一种“相忘于江湖”的关系中，这就像一个没有胃病的人通

1　鲁迅：《三闲集·我和〈语丝〉的始终》，载《鲁迅全集》（第四卷），第 172 页。

2　鲁迅：《两地书·七三》，载《鲁迅全集》（第十一卷），第 203 页。

3　同上，第 203 页。

4　关于鲁迅收“义子”廖立峨一事可以参见章锡琛的《鲁迅先生的“义子”》、郁达夫的《回忆鲁迅》、许广平的《欣慰的纪念·鲁迅和青年们》等文章。

5　钱玄同：《我对周豫才（即鲁迅）君之追忆与略评》，载中国社会科学院文学研究所鲁迅研究室编《1913—1983 鲁迅研究学术论著资料汇编》（第二卷），第 521 页。原载 1936 年 10 月 26，27 日《世界日报》（北平）。

常不知道自己的胃在哪里一样。一个人只有得了胃病才能感觉到他的胃的存在，同样的道理，一个人只有在迷失了他的身-位感的时候才会感到有找回它的必要。譬如一个人走进了丛林而迷失了方向，他会非常焦虑，其根本的原因是他找不到出路。但在寻找出路之前，他必须首先对自己定位，也就是先确定“我在哪里?”的问题。这是海德格尔经常考虑的一个问题，以至于他将自己的一本著作干脆定名为《林中路》[1]。我们所说的当然是一个隐喻，但是一个非常恰当的隐喻。隐喻的来源就在于身-位之“位”的丰富的语义学含义。从汉语词源学来看，“位”的最初解释应该是“人立为位”，所谓“君主践其位也”，“践”其实就是站着的意思，仔细解释这句话就是，君主站在他应该站的位置上。在这里，“位”是指具体的物理位置，即隐喻之源，但同时它又表达了超-物理之上的含义：地位。所谓“君主践其位也”，这个位置是君主专用的，别人是没有资格“践其位”的。这第二个“位”（地位）是第一个“位”（位置）的引申义。但“位”还有一个更为重要的词义：方-位。方-位指示着此在的来与去，但更重要的是它指示着当下之“身”。“身”其实就是“我”，身-位就是“我-位”，因此身-位感就是“我在哪里?”。但这既可以是形而下的实指，也可以是形而上的精神之询问，其间起决定作用的是对“身”的定义。将“身”定义为“一”[2]，则身-位是实指；将“身”定义为“二”则实指与形而上的精神之询问皆可，但主要还是指后者。将“身”定义为“二”是一个现代性事件，则形而上精神询问之身-位感亦只有在现代社会才能发生。上面所举的胃病的隐喻也即指此。形而上精神询问之身-位感的表达正反映了现代人精神之“病”——无归宿感与无出路感，这就是我真正想说的身-位感。这种身-位感用帕斯卡尔的表述是，“我为何在此而非彼?”柄谷行人认为，

---

1 ［德］海德格尔：《林中路》，孙周兴译，上海：上海译文出版社 1997 年版。

2 案：“一”指中国哲学中的“一以贯之”的“一”，在西方哲学上为一元论，但还是有些区别，“一”在中国哲学中是一个浑圆的整体，所谓“一元复始”，而西方哲学上的一元论则很可能是偏执一方的“一”，譬如精神一元论。因此，我们这里的“一”当指中国哲学中的“一以贯之”的“一”；后面的“二”则指西方哲学中的精神、物质两分的二元论。

这一追问是现代性的，“因为，在这里（此）与那里（彼）是异质性空间的中世纪爵位等级制世界里，这样的追问是不可能存在的。在中世纪，人们有着在此而非彼的‘理由’，正如江户时代的人们对于自己是平民百姓而非武士这一事实丝毫不感到奇怪一样。这种追问只有在均质化的空间里，以及市民社会中才可能存在。”[1] 但这里给出的只是一个浅层的原因，更深层的原因不是在此而非彼的“理由”的失去，而是脚踏实地地在此的“理由”的动摇。这动摇的原因是在于“无限的空间之寂静使我感到恐怖”（帕斯卡尔《思想录》）。柄谷行人点到这一点，并且认为，“帕斯卡尔——他本身既是杰出的科学家——所恐怖的是由现代天文学所发现的空间。中世纪的人根本不曾知道什么是‘无限的空间’。”[2] 但他只是点到为止，没有继续往下作更深的追问。而另外一个学者则对此有非常精辟的分析：

……所谓“太空时代”的到来，非必到苏联人发射第一颗人造卫星、美国人第一次登陆月球、杨利伟完成中国的第一次载人航天飞行才分别在不同的国家以及在“国际合作”的“全球”陆续到来。“太空时代”的到来早在哥白尼革命的时候就已经开始。

然而哥白尼革命自身还不足以带来“太空时代”。作为天文学上的一个发现，日心说并不足以给这个星球上的人们的生活带来巨大的改变。哥白尼革命在地上的对应物是哥伦布的“发现新大陆”。只有当哥伦布驾驶（cyber）他的帆船在这个已然被视为球形的地球表面上航行的时候，哥白尼的地球才真正变成一艘在宇宙空间（space）中航行的飞船。也就是说，所谓“太空时代”的到来，正是与“地球时代”、“环球时代”、“全球化时代”的到来同时到来的。“天空”被转变为“太空”的过程，也就是“土地”和“大地”

1 ［日］柄谷行人：《日本现代文学的起源》，第53页。

2 同上，第53页。

被转变为“地球”的过程。

在这个转变过程中最引人注目的是作为坚实的大地的退隐，因为这个过程决不只意味着大地“形状”的改变：比如说由方变圆，而是意味着，地球本身不再是地，而不过成为太空中的一个球甚或一个点。承载地上万物和人类生存的曾经是这个坚实的大地，然而现在人们发现，环绕这个地球的是无边的黑暗的虚空。这个虚空并不“承载”地球上的一切，而只是笼罩它，让它在无边的黑暗中悬浮、航行，乃至最终要在太阳爆炸后将它吞噬。这个可怖的外张的空间毋宁是曾经被锁闭于大地深处的内敛的地狱空间的释放。[1]

当“天空”被转变为“太空”，“大地”被转变为“地球”后，人判断事物的标准便不再是日常经验，而是超验的逻辑，在古代人们认为天方地圆，大地是坚实与稳固的，但“太空时代”出现后，这种经验已经不在，而人所感到的是“飘摇”与“悬浮”，这首先是深缘于一种肉身得不到安全感的恐惧，然后蔓延到精神领域，精神的动摇感与无归宿感便逐渐成为现代人的一种致命的体验，于是建立在“天空”（天国）与“大地”（“这地”）之上的基督教（以之为例）的逝去成为必然。[2] 精神的动摇感与无归宿感迫使现代人在巨大的虚空/虚无面前去寻找精神的家园，一种现代人的“思乡之愁”便诞生了。而这里所谓的“家园”与“乡”其实是指现代人的出路，也就是“信”。在“飘摇感”与“悬浮感”之中，寻找“信”是必然而且急需的。“信”是确定之源，是与巨

1　柯小刚：《坤德与太空时代的大地概念》，未发稿，2003 年 11 月 23 日在上海复旦论语读书会第四次会上宣读。

2　在《日本现代文学的起源》中，柄谷行人表达了类似的观点，“但是，哥白尼提出地动说，是因为所观察到的行星之运动若以太阳为中心来思考的话则更具有整合性。这样，通过伽利略的解析几何之导入，‘背向’日常性的、经验性的事实之观察方法被确立起来了。客观性已不再是由知觉，而是由数学的超越论来证明的了。就是说，当我们说‘客观上地球围绕太阳运转’的时候，对此做出证明的不是经验而是数学。不过，如果这一点被忘记了，我们便会觉得好像‘客观物’就是这样存在着似的。这正是胡塞尔所说的‘欧洲诸科学的危机’。”见［日］柄谷行人：《日本现代文学的起源》，第 54 页。

大空虚/虚无相抗衡之力。然而，在找到“信”，也就是出路之前，首先要做的就是确认身-位，即我在哪里？

那么，鲁迅的身-位感是怎样的一种情况呢？综览《鲁迅全集》及其相关资料，我认为，鲁迅对身-位感的调整依“位”的解释不同分为三个层次：

（一）“位”作“位置”解时，对应着鲁迅对于居住地的选择。自1926年8月南下至1927年10月起定居上海，对定居地的选择是与鲁迅对自己的社会地位的认识及对思想的调整融为一体的。在《两地书》和其它书信中，对定居地的选择是他经常谈论的一个问题：

> 我总想在此至少讲一年，否则，我也许早跑到广州或上海去了。[1]
>
> 至于我下半年那里去，那是不成问题的。上海，北京，我都不去，倘无别处可走，就仍在这里混半年。[2]
>
> 其实我也还有点野心，也想到广州后，对于“绅士”们仍然加以打击，至多无非不能回北京去，并不在意。[3]
>
> 第一步我一定于年底离开这里，就中大教授职。[4]
>
> 至于我则无论如何，仍于学期之末离开厦门而往中大，因为我倒并不一定要跟随政府，熟人较少，或者反而可以清闲些。[5]
>
> 我之“何时离粤”与“何之”问题，一时殊难说。我现在因为有国库券，还可以取几文钱，所以住在这里，反正离开也不过寓沪，多一番应酬。[6]
>
> 北京我本想去，但有一件事，使我迟疑。我的一个旧学生，新

1　鲁迅：《两地书·五三》，载《鲁迅全集》（第十一卷），第152页。
2　鲁迅：《两地书·六四》，载《鲁迅全集》（第十一卷），第183页。
3　鲁迅：《两地书·六九》，载《鲁迅全集》（第十一卷），第195页。
4　鲁迅：《两地书·八三》，载《鲁迅全集》（第十一卷），第225—226页。
5　鲁迅：《两地书·八六》，载《鲁迅全集》（第十一卷），第232页。
6　鲁迅：《书信·270612致章廷谦》，载《鲁迅全集》（第十二卷），第37页。

近逃到南京了，因为替马二在北京办报，其把柄为张翳所得。他筹办时，对我并不声明给谁办的，但要我一篇文章，登在第一期，而且必待此文到后才出版。敝文刚到，他便逃了。因此，我很疑心，他对于马二，不会说这报是我主持的么？倘如此，则我往北京，也不免有请进"优待室"之虑，所以须待到沪后，打听清楚才行。而西三条屋中，似乎已经增添了人，如"大太太"的兄弟之类，我回去，亦无处可住也。[1]

至于最终为什么要定居上海，鲁迅没有直接说明原因，只是一一讲了其它地方不可去/留的原因。在厦门，当然只是权宜之计。在对人谈起厦大的印象时，鲁迅用了一句很形象的话，"这里的情形，我近来想到了很适当的形容了，是：'硬将一排洋房，摆在荒岛的海边'。"[2] 在广州，其离开中大的真正原因是顾颉刚到中大就教职，"不过事也太凑巧，当红鼻到粤之时，正清党发生之际，所以也许有人疑我之滚，和政治有关，实则我之'鼻来我走'与鼻不两立，大似梅毒菌，真是倒楣之至之宣言，远在四月初上也。然而顾傅为攻击我起见，当有说我关于政治而走之宣传，闻香港《工商报》，即曾说我因'亲共'而逃避云云，……"[3] 因此之故，鲁迅后来在自传中索性借用了这种说法，"不久就清党，我一生从未见过有这么杀人的，我就辞了职，回到上海，想以译作谋生。"[4] 至于北京，则上文所引的 1927 年 7 月 28 日致章廷谦的信讲得很清楚，当然大部分还是托辞，其真正的原因，一大部分是由于他与许广平的关系到北京无法可处，另一大部分的原因就是为他的工作，也就是选择以著译为生，著作是需要刺激的，尤其是杂文创作，而其时北京已经渐成故都，不太适合这种生活了，唯有上海可以不断提供新鲜与刺

1 鲁迅：《书信·270728 致章廷谦》，载《鲁迅全集》（第十二卷），第 56 页。
2 鲁迅：《书信·261023 致章廷谦》，载《鲁迅全集》（第十一卷），第 583 页。
3 鲁迅：《书信·270530 致章廷谦》，载《鲁迅全集》（第十二卷），第 34 页。
4 鲁迅：《集外集拾遗补编·自传》，载《鲁迅全集》（第八卷），第 402 页。

激。对于20世纪20年代后期的上海，林贤治在《人间鲁迅》中这样写道：

> 上海。
>
> 古老而忧伤的长江缓缓流向这座城市，而后突然中断，出现一片浩淼无涯的海域。风和船舶，从四面八方纷至沓来……
>
> ……
>
> 1927年，工人起义的火炬烧红了天空，……于是，上海由一个工业城市变成为新型的封建专制政权——蒋介石政权的第二首都。……
>
> 这时，新文化运动的策源地北京，早已显出一派古战场的情景。文人纷纷望旗南下，这里，还聚集了一群从溃败的革命队伍中过来的作家，以及文学青年。高密度的集结，预示着全国性的思想文化的激战，必将在这里展开。[1]

（二）"位"作"地位"解时，对应着鲁迅对于其社会地位的认识与调整。我在本章开篇就已经讲过，鲁迅对于其社会地位的认识与调整的最大策略是"为青年开路"。即使在高长虹之流背叛他之后，他虽然时时有所抱怨，但"为青年开路"的思想是始终没有改变过的。只有这样才理解本章第三节中鲁迅与青年交往当中的一些不可理喻的事情。如前所述，鲁迅的这一调整策略为他带来了巨大的成功，使他的声望在当时的青年当中如日中天，所谓"思想界权威"、"青年导师"是也。因此之故，他在与许广平的爱情中多所顾虑，"再后来，思想改变了，但还是多所顾忌，这些顾忌，大部分自然是为生活，几分也为地位，所谓地位者，就是指我历来的一点小小工作而言，怕因为我的行为的剧变而失

1　林贤治：《人间鲁迅》（下），广州：花城出版社1998年版，第737—738页。

去力量。”[1] 除此之外，鲁迅在对其社会地位的认识与调整中还有一个经常考虑到的问题就是将来的职业的选择：是继续教书，做研究呢，还是写点东西，刺激社会呢？

> 但我对于此后的方针，实在很有些徘徊不决，那就是：做文章呢，还是教书呢？因为这两件事，是势不两立的：作文要热情，教书要冷静。兼做两样的，倘不认真，便两面都油滑浅薄，倘都认真，则一时使热血沸腾，一时使心平气和，精神便不胜困惫，结果也还是两面不讨好。看外国，兼做教授的文学家，是从来很少有的。我自己想，我如果写点东西，也许于中国不无小好处，不写也可惜；但如果使我研究一种关于中国文学的事，大概也可以说出一点别人没有见到的话来，所以放下也似乎可惜。但我想，或者还不如做些有益的文章，至于研究，则于余暇时做，不过倘使应酬一多，可又不行了。[2]

“鱼与熊掌不可兼得”，最终他选择了做文章，而放弃了教书做研究，[3] 其立意在于：1. 与黑暗捣乱；2. 造就几个战士。因此，他还是一如既往地“为青年开路”，尽管放弃了直接面对青年的“教书”，但社会是一个更大的战场，有作为的青年当融入社会中，这样到了上海后，他与青年接触的两件重要的事情——加入左联和扶持版画事业——便都

1 鲁迅：《两地书·八三》，载《鲁迅全集》（第十一卷），第 225 页。

2 鲁迅：《两地书·六六》，载《鲁迅全集》（第十一卷），第 187—188 页。

3 冯雪峰曾经在他的《回忆鲁迅》中谈到这个问题，“在鲁迅先生发展的途中，也遇到过几次危机，很可能使他退隐于‘艺术之宫’或‘学术的殿堂’里去，而且已经有过这样的退隐的时候。……实际上，他是决不安于‘艺术之宫’或‘学术的殿堂’的，而且使他在深入这样的宫殿的时候也很快就自己拔出来的，仍旧是他自己的斗争意志和责任感；例如辛亥革命后的一个时期，他曾经沉入到学术的研究里去，但在‘五四’前夕就又出来参加战斗了。一九二七年和一九二八年之间，他也很可能回到学术的研究上去。”见冯雪峰：《回忆鲁迅·我对于他的思想方法和他的天才特征的一二理解》，载《鲁迅回忆录》（专著）（中册），第 582 页。

是在这样的一个理念下发生的。但鲁迅从心里很清楚，将来的事情是他所不能看见的，也是不能予以证明的。因此，他自己的工作就是与黑暗捣乱，“与袭来的苦痛捣乱”[1]，“自己背着因袭的重担，肩住了黑暗的闸门，放他们到宽阔光明的地方去”[2]。至于那“宽阔光明的地方”是有还是无呢？那总是不能证明的，就由它去罢！于是由此就导出了鲁迅身-位感的第三个层面：中间物。

（三）“位”作“形而上精神之询问与定位”解时，对应着鲁迅对于其精神的定位以及对“信”的追寻。这就是鲁迅在《写在〈坟〉后面》中对自己所作的定位：中间物，即我在本章开篇所引的那段话。最先将“中间物”作为概念提出来的是钱理群和汪晖。钱理群在其代表著作《心灵的探寻》中将其作为“中间物意识”：“鲁迅的‘中间物意识’，最基本的历史特征，即是将‘自我’置于社会发展、人类进化的广阔的时空中来考察。一方面，在社会、人类、宇宙的无限空间里，在历史发展的永恒时间中，充分地显示出‘自我’的有限性与短暂性；另一方面，‘自我’却又承担着无限空间、永恒时间里形成的历史重负。前者是一种客观存在，后者是鲁迅这一代人的自觉选择；鲁迅既清醒于前者，又执着于后者，就陷入了无可避免、又无以解脱的巨大矛盾与精神困境之中。”[3] 而汪晖则在《反抗绝望——鲁迅及其文学世界》中将其称之为“历史的‘中间物’”[4]，伊藤虎丸对他的这一概念作了一个很好的概括：“汪晖指出，鲁迅的‘中间物’概念不只是标示历史地位，而且是一种把握世界的具体感受世界观，其特点在于矛盾性和悖论性，它所包含的自我否定和赎罪意识与‘五四’启蒙思想的民族自我批判具有内在一致性，批判传统最后回归于自我批判。”[5] 对于这两位先生的开拓性研究，

1　鲁迅：《两地书·二》，载《鲁迅全集》（第十一卷），第 16 页。

2　鲁迅：《坟·我们现在怎样做父亲》，载《鲁迅全集》（第十一卷），第 135 页。

3　钱理群：《心灵的探寻》，第 252 页。

4　汪晖：《反抗绝望——鲁迅及其文学世界》，石家庄：河北教育出版社 2002 年版，第 105 页。

5　［日］伊藤虎丸：《传统（儒教）文化在东亚各国现代化中所起作用及其异同——“现代化与民族化”国际学术研讨会综述》，载《鲁迅、创造社与日本文学》附录，第 344 页。

日本学者尾崎文昭给予了充分的肯定，“将‘中间物意识’作为突破口切近鲁迅的本质的，是他（钱理群）和汪晖。他们的这一研究突破了中国鲁迅研究的教条解释体系（汪晖语），为新的鲁迅观开辟了道路，是划时代的工作。”[1] 并且在同一篇文章中，尾崎用了一段话对钱、汪的“中间物意识”作了一个概括：“他们所说的鲁迅的‘中间物意识’，如果粗略归纳一下大致如下：姑且说这是一种居于新旧社会之间却对任何一方都没有归属感的自我意识，不过在对于旧社会的彻底的否定叛逆精神中，伴随着源于自己亦负有旧文化罪责这种认识的强烈的自我否定与赎罪意识；产生了强烈的为新社会（下一代）牺牲的精神，在这种心理中可以看到历史使命感与浓厚的悲剧感。从这一点出发，就可以系统地理解鲁迅深藏着乐观主义的悲观主义（对‘黄金世界’的否定、重视现实课题的解决过程的现实主义）和强烈的心理紧张下的对死与生的探索，还有对于迫害改革者的大众的憎恨与复仇的冲动，由于意识到个体生命的斗争和反抗的无效性所生的深刻的‘绝望’等等。恰恰是这种深刻的对‘绝望’的洞察，产生了鲁迅‘反抗绝望’的人生哲学。”[2] 此后，学术界对“中间物”的概念论述颇丰，我们不能一一转述。在此我们只能围绕论题做一些力所能及的相关论述。

在《写在〈坟〉后面》写作后不久，许广平在书信中对之作出了这样的评说：

> 至于《写在〈坟〉后面》……末段真太凄楚了。……总之，你这篇文章的后半，许多话是在自画招供了，是在自己走出壕堑来了，我看了感到一种危机，……[3]

1 ［日］尾崎文昭：《试论鲁迅“多疑”的思维方式》，《鲁迅研究月刊》1993 年第 1 期，第 20 页。

2 同上，第 26 页，注释②。

3 许广平：《两地书 · 一一一》，载《鲁迅全集》（第十一卷），第 278 页。

所谓“自画招供”当然是指鲁迅对自己所作的“中间物”的定位。在许广平看来，这未免太凄楚。这是“知己”之言，并没有后来许多的研究者在“中间物”定位中所看到的乐观主义。何出此言呢？我们还是仔细来看看《写在〈坟〉后面》这篇文章吧！

总的来说，这篇文章讲的是身-位-路的问题，通篇文字的格调正是许广平所谓的“凄楚”，而鲁迅名之曰“哀愁”：

> ……但不知怎地忽有淡淡的**哀愁**来袭击我的心，……[1]
>
> ……只为想驱逐自己目下的**哀愁**，我还要说几句话。[2]
>
> 我的译著的印本，最初，印一次是一千，后来加五百，近时是二千至四千，每一增加，我自然是愿意的，因为能赚钱，但也伴着**哀愁**，怕于读者有害，因此作文就时常更谨慎，更踌躇。[3]

又有与“哀愁”、“凄楚”相近的词语：

> 人生多苦辛，而人们有时却极容易得到安慰，又何必惜一点笔墨，给多尝些孤独的**悲哀**呢？[4]
>
> 览遗籍以慷慨，献兹文而**凄伤**！[5]

这“哀愁”与“凄伤”岂是鲁迅情绪低落时才有的？而毋宁说是自鲁迅世界诞生以来的一种基调，而时而表现出的些许“乐观”，只不过是“苦茶加糖，其苦之量如故，只是聊胜于无糖”[6] 罢了，哪里来的鲁迅的“乐观主义”呢？如此看来，尾崎文昭所说的“乐观主义的悲观主义”

1　鲁迅：《坟·写在〈坟〉后面》，载《鲁迅全集》（第一卷），第298页。
2　同上，第298页。
3　同上，第300页。
4　同上，第298页。
5　同上，第303页。
6　鲁迅：《两地书·二》，载《鲁迅全集》（第十一卷），第15页。

应该倒过来才是，而且“主义”二字是应该去掉的：悲观主义的乐观。

这篇充满“哀愁”的文字讲到了“身”，也就是怎样的一个“我”：

> ……别人我不论，若是自己，则曾经看过许多旧书，是的确的，为了教书，至今也还在看。因此耳濡目染，影响到所做的白话上，常不免流露出它的字句，体格来。但自己却正苦于背了这些古老的鬼魂，摆脱不开，时常感到一种使人气闷的沉重。就是思想上，也何尝不中些庄周韩非的毒，时而很随便，时而很峻急。[1]
>
> 我以为我倘十分努力，大概也还能够博采口语，来改革我的文章。但因为懒而且忙，至今没有做。我常疑心这和读了古书很有些关系，因为我觉得古人写在书上的可恶思想，我的心里也常有，能否忽而奋勉，是毫无把握的。我常常诅咒我的这思想，也希望不再见于后来的青年。[2]

由此可见，“我/身”与旧事物有着千丝万缕的联系，而旧事物正是“我”要批判之物，因此，批判旧事物也就是批判“我”，即自我批判与自我否定：

> 我的确时时解剖别人，然而更多的是更无情面地解剖我自己。[3]

这就是我们所说的“多疑”，即尾崎文昭所谓鲁迅的“往复深化型‘多疑’思维方式”。那么，这个与旧事物纠缠不休的“我”能够做点什么呢？

---

1 鲁迅：《坟·写在〈坟〉后面》，载《鲁迅全集》（第一卷），第 301 页。
2 同上，第 302 页。
3 同上，第 300 页。

……几年以来，有人希望我动动笔的，只要意见不很相反，我的力量能够支撑，就总要勉力写几句东西，给来者一些极微末的欢喜。[1]

……他的任务，是在有些警觉之后，喊出一种新声；又因为从旧垒中来，情形看得较为分明，反戈一击，易制强敌的死命。[2]

……在这社会里。还有一种小缘故，先前也曾屡次声明，就是偏要使所谓正人君子也者之流多不舒服几天，所以自己便特地留几片铁甲在身上，站着，给他们的世界上多有一点缺陷，……[3]

总结起来其任务有三：其一是呐喊："喊出一种新声"；其二是与黑暗捣乱："制强敌的死命"，"偏要使所谓正人君子也者之流多不舒服几天"；其三是鼓励新人，"给来者一些极微末的欢喜"。那么，完成任务之后，"我"何之呢？

……即使是筑台，也无非要将自己从那上面跌下来或者显示老死；倘是掘坑，那就当然不过是埋掉自己。总之：逝去，逝去，一切一切，和光阴一同早逝去，在逝去，要逝去了。[4]

……但仍应该和光阴偕逝，逐渐消亡，至多不过是桥梁中的一木一石，并非什么前途的目标，范本。[5]

这个与旧事物纠缠着的"我"在完成任务之后的命运是"和光阴偕逝，逐渐消亡"，而且连这"逝去"也不是那么单纯的，这"逝去"正是在对旧事物的鏖战中，因此，同时也是"我"与"我"的消耗战，所谓

1 鲁迅：《坟·写在〈坟〉后面》，载《鲁迅全集》（第一卷），第298页。
2 同上，第302页。
3 同上，第300页。
4 同上，第299页。
5 同上，第302页。

“不明白是在筑台呢还在掘坑”[1]，其实是：筑台即是掘坑，为“新的”筑台，为“旧的”掘坑，埋葬“旧的”同时也埋葬“我”，因此，“我”远不是那终极的。如此，就导出了鲁迅的定“位”：

> 至多不过是桥梁中的一木一石，并非什么前途的目标，范本。[2]
>
> ……以为一切事物，在转变中，是总有多少中间物的。动植之间，无脊椎和脊椎动物之间，都有中间物；或者简直可以说，在进化的链子上，一切都是中间物。[3]

从前面文本我们看到，鲁迅的“位”——中间物——是与“我”的“逝去”与“消亡”连在一起的，然而，鲁迅说：“但也为我所十分甘愿的。”[4] 显然，格调仍然是“哀愁”。由此看来，中间物意识是多疑思维的一种特定的产物，它的产生是否定主体“我思”的结果。尾崎文昭对此有精辟的论述：“当‘多疑’思维尖锐地指向自身时，对于自己所拥有并依据的全部观念与心情就要加以‘多疑’的审视（《野草·影的告别》，对‘黄金世界’的否定），绝不停留地追求到底，不允许固守于某一个判断、观点和心情而停滞不前，换言之，就是不可扼制地对自己的现存方式进行多层次的否定。因此，其中便产生出强烈的自我否定与对凝固静止观点的否定。钱理群和汪晖所说的‘中间物意识’——它源于对旧社会彻底的否定叛逆精神以及因自身也负有旧文化的罪责所以也不能属于新社会这样一种认识——归根结底就是这种思维方式的产物。”[5]

在做了这样的定“位”后，鲁迅尝试着对“路”进行了一番探讨：

---

1 鲁迅：《坟·写在〈坟〉后面》，载《鲁迅全集》（第一卷），第 299 页。
2 同上，第 301 页。
3 同上，第 301—302 页。
4 同上，第 299 页。
5 ［日］尾崎文昭：《试论鲁迅“多疑”的思维方式》，《鲁迅研究月刊》1993 年第 1 期，第 24 页。

> 倘说为别人引路，那就更不容易了，因为连我自己还不明白应当怎么走。……我只很确切地知道一个终点，就是：坟。然而这是大家都知道的，无须谁指引。问题是在从此到那的道路。那当然不只一条，我可正不知那一条好，虽然至今有时也还在寻求。在寻求中，我就怕我未熟的果实偏偏毒死了偏爱我的果实的人，而憎恨我的东西如所谓正人君子也者偏偏都矍铄，所以我说话常不免含胡，中止，心里想：对于偏爱我的读者的赠献，或者最好倒不如是一个“无所有”。[1]

对于“路”鲁迅说他确切地知道的只有两点：其一，“路”的终点是“坟”；其二，到达“坟”的“路”不止一条。那么，究竟哪一条好呢？不知道，于是只好赠献一个“无所有”。其实，“无所有”并不是不答，而是答。在《野草·墓碣文》中，鲁迅借以得救的方式不就是“无所有/无所希望”吗？

> ……于一切眼中看见无所有；于无所希望中得救。……[2]

然而，“无所有”到底是什么呢？于“无所希望”中又如何得救呢？其开启之门与所指示之路究竟是什么呢？在本文又有这样一段话：

> 至于对于现在人民的语言的穷乏欠缺，如何救济，使他丰富起来，那也是一个很大的问题，或者也须在旧文中取得若干资料，以供使役，但这并不在我现在所要说的范围以内，姑且不论。[3]

1　鲁迅：《坟·写在〈坟〉后面》，载《鲁迅全集》（第一卷），第300页。

2　鲁迅：《野草·墓碣文》，载《鲁迅全集》（第二卷），第207页。

3　鲁迅：《坟·写在〈坟〉后面》，载《鲁迅全集》（第一卷），第302页。

海德格尔说，语言是存在之家，[1] 所以，“救济”语言，就是“救济”存在，可是，鲁迅说，这是“一个很大的问题”，“但这并不在我现在所要说的范围以内，姑且不论”。

“这可如何是好呢？鲁迅先生，请指点指点迷津吧！”

“呵呵，呆虫，我岂不是已经说过？”

“什么？……”

我将书横竖地仔细看：

“……或者也须在旧文中取得若干资料，以供使役……”

“哈哈，……”我惊笑起来，然而，不多时，我的笑便凝固了。我再仔细看那书时，却分明地横竖都写着三个字：“无所有”！

第五节　祥林嫂是谁？

反映鲁迅这一时期心绪的典型文本除了《野草》之外就是《彷徨》。同《呐喊》比较起来，《彷徨》虽然有很多地方继承了前者的某些特点，但却有更多更新的地方是前者所没有的。《呐喊》的体验主要来自于辛亥革命失败的打击，理想破灭留下的阴影、对主体“我思”信仰的动摇和反封建一起成为《呐喊》表现的主题。而《彷徨》除了一部分延续了这种体验之外，更主要的体验是来自于大家庭的破灭以及惶惑的身-位感，因此，家庭、被驱逐、孤独、灵魂的追问以及对道路的寻求成为《彷徨》区别于《呐喊》的主题。概言之，《呐喊》的体验主要来自于社会，而《彷徨》的体验更多来自于切身的日常生活，因之更切近、更幽愤深远。下面我尝试以《彷徨》的第一篇小说《祝福》为例进行分析。

《鲁迅日记》1923 年记载：

1　［德］海德格尔：《关于人道主义的书信》，孙周兴译，载《路标》，第 425 页。

7月14日　晴。……是夜始改在自室吃饭，自具一肴，此可记也。[1]

7月19日　昙。上午启孟自持信来，后邀欲问之，不至。[2]

8月2日　雨，午后霁。下午携妇迁居砖塔胡同六十一号。[3]

《鲁迅日记》1924年记载：

2月4日　晴。……旧历除夕也，饮酒特多。[4]

2月6日　雪雨。休假。……夜失眠，尽酒一瓶。[5]

2月7日　晴。休假。午风。无事。[6]

又《鲁迅年谱》1924年2月7日，"作《祝福》。载三月二十五日《东方杂志》第二十一卷第六号，署名鲁迅，收入《彷徨》。"[7] 从写作时间来看，《祝福》写作于旧历年的大年初三，与小说里"祝福"的时间相当。鲁迅为什么要在这样一个时间创作出祥林嫂这样一个形象呢？我们通常认为《祝福》是一篇反封建的小说，可是以鲁迅当时所处的这样的一个环境及心境，他为什么在一年多没有创作小说[8]之后，写的第一篇小说竟是一部以妇女为题材的反封建小说呢？祥林嫂的模特儿又是从何而来呢？在谈到这个问题时，周作人认为，"这显然有一个模型在那里，……那是鲁迅的一个本家远房的伯母。……她为了失去儿子的悲

1　鲁迅：《日记·1923年7月》，载《鲁迅全集》（第十五卷），第475页。
2　同上，第475页。
3　鲁迅：《日记·1923年8月》，载《鲁迅全集》（第十五卷），第477页。
4　鲁迅：《日记·1924年2月》，载《鲁迅全集》（第十五卷），第500页。
5　同上，第500页。
6　同上，第501页。
7　《鲁迅年谱（增订本）》（第二卷），第124页。
8　《呐喊》最后几篇小说皆创作于1922年秋冬之际，《鸭的喜剧》《兔和猫》《社戏》创作于是年10月，《不周山》创作于11月。

哀，精神有点失常，……祥林嫂的悲剧是女人的再嫁问题，但其精神失常的原因乃在于阿毛的被狼所吃，也即是失去儿子的悲哀，在这一点上她们两人可以说是有些相同的。”[1] 周作人的这番话的意图很明显，他显然是想从他们（他和鲁迅）早年的记忆中去搜寻故事的某些痕迹。但这只是痕迹而已，并不足以说明问题的全部。当然周作人并没有将话说尽，以他对鲁迅的了解，他很清楚，如果这个早年记忆的“痕迹”果真如他所说的那样存在于祥林嫂的故事之中的话，那充其量也只是构成因素之一，因为他知道，“祥林嫂的故事是用了好些成分合成起来的。”[2] 既然如此，那么除了这个早年记忆的“痕迹”之外，其它的合成成分是什么呢？这正是我们亟待解决的问题。

正如周作人指出的那样，《祝福》中妇女再嫁问题是引发祥林嫂悲剧的关键因素。围绕这个问题展开的叙述与议论组成了《祝福》反封建的主题。这是故事的第一个层面，也是最浅显的、谁都看得出来的层面。从叙事学的角度来讲，这个层面是《祝福》最核心的部分，也就是故事层。它讲述的是一个年轻的寡妇在封建社会如何沦落为乞丐以至于死的故事。在这个故事层以外，还有一个超故事层，也就是小说中的“我”向读者讲述祥林嫂的悲惨故事，“我”是一个讲述者。超故事层讲述的是“我”在年关回到故乡鲁镇的所见所闻，其中最重要的事情就是见证了祥林嫂的死。因此，在祥林嫂的死这个情节上，超故事层和故事层又有重叠的地方。这个重叠的地方就是故事中“我”和祥林嫂遭遇与交谈的情节，即祥林嫂之问：“一个人死了之后，究竟有没有魂灵的？”[3] 这是故事的第二个层面。在这个层面，鲁迅的笔锋从批判封建思想转向了充当现代启蒙者角色的“知识分子”本身，实际上将“解剖刀”对准了自己。作为知识分子的“我”在这个问题前退却了。

---

1 周作人：《鲁迅小说里的人物》，第 193—194 页。

2 同上，第 193 页。

3 鲁迅：《彷徨 · 祝福》，载《鲁迅全集》（第二卷），第 7 页。

> 我很悚然，一见她的眼钉着我的，背上也就遭了芒刺一般，比在学校里遇到不及豫防的临时考，教师又偏是站在身旁的时候，惶急得多了。对于魂灵的有无，我自己是向来毫不介意的；但在此刻，怎样回答她好呢？我在极短期的踌躇中，想，这里的人照例相信鬼，然而她，却疑惑了，——或者不如说希望：希望其有，又希望其无……，人何必增添末路的人的苦恼，一为她起见，不如说有罢。
>
> “也许有罢，——我想。”我于是吞吞吐吐的说。[1]

“也许有罢”的回答已经是很勉强了，然而祥林嫂接下来的追问，终于使“我”显露了原形。

> ……我已知道自己也还是完全一个愚人，什么踌躇，什么计画，都挡不住三句问，我即刻胆怯起来了，便想全翻过先前的话来，“那是，……实在，我说不清……。其实，究竟有没有魂灵，我也说不清。”[2]

实际上，十几年后，当鲁迅真正面临死亡时，他对这个问题作出了解答：“这个时候，我才确信，我是到底相信人死无鬼的。”[3] 这句话显然隐含了这么一个意思，即：人死后到底有鬼无鬼/有魂灵无魂灵是鲁迅长期思考的一个问题。这个思考具体从何时开始，我们不得而知，单知道在《祝福》中借祥林嫂之口说出是一个确切的证据，这至少证明他于1923、1924年之交就已经在思考这个问题。1923、1924年之交可以说是鲁迅一生中最困难的时期，与晚年他面对的肉体的死亡相比，他这一

1　鲁迅：《彷徨·祝福》，载《鲁迅全集》（第二卷），第7页。

2　同上，第7页。

3　鲁迅：《且介亭杂文末编（附集）·死》，载《鲁迅全集》（第六卷），第634页。

时期面对的实际上是一次精神的"死亡"。1923 年夏天的八道湾事件对他无疑是致命的打击，兄弟失和不单单是他和周作人之间的一次争吵，而是意味着一次重大的"家变"，更主要的是意味着他早期最后一根精神支柱轰塌了，其影响之大不次于辛亥革命失败的打击。搬出八道湾之后的情形使他更加尴尬，他不得不吞咽母亲留给他的苦果，那不幸的婚姻是无法摆脱的。砖塔胡同六十一号的二人世界是如此的尴尬以至痛苦、无望。兄弟失和、无望的婚姻、文化阵线上最亲密的同志——周作人的失去，如此多的打击一同袭来，而许广平的援助之手、青年学生的拥戴还杳无踪迹，加之身体的恶化，这无疑使得他想到死，想到死后魂灵的有无，翻开《鲁迅全集》，他一生中写到死最多的时期除了晚年之外，就是这个时期了。《彷徨》中大多数篇目都写到了死，《野草》中更有《死后》《墓碣文》这样的篇目。绝望的情绪不仅仅表现在文学作品中，也表现在日记和书信当中。如前所引，他在 1924 年大年三十独自喝了很多闷酒，年初二又"夜失眠，尽酒一瓶"。在同年 9 月 24 日致李秉中的信中他将这种情绪讲得最清楚不过，"我很憎恶我自己，……我也常常想到自杀，也常想杀人。""我自己总觉得我的灵魂里有毒气和鬼气，我极憎恶他，想除去他，而不能。"[1] 这些无疑又加重了鲁迅的多疑，"憎恶自己"其实就是多疑思维的一种经典的表达，"憎恶自己"表现在文本中就是对启蒙者的否定，其实就是鲁迅的自我否定。"我"在祥林嫂追问之下的支支吾吾及逃遁，同《狂人日记》中"我"发现自己"误食"了妹子的肉的效果是相同的，都是对主体"我思"确定性的否定，即鲁迅往复深化型"多疑"的表达。其实，《祝福》中不仅"我"有鲁迅的影子，祥林嫂身上同样有鲁迅的影子在。首先，祥林嫂之问是鲁迅长期以来一直存于胸中的疑问，虽然到晚年似乎得到一个"确信"的答案，但直到临死的前一天，鲁迅还兴致勃勃地同日本

1　鲁迅：《书信・240924 致李秉中》，载《鲁迅全集》（第十一卷），第 453 页。

友人大谈特谈鬼魂，[1] 这很容易使人联想到许多年前他笔下那位临死前不断追问“死后”的祥林嫂，甚至还让人怀疑他死前在文章中所作的死后无鬼的“确信”是否在他心目中真正存在过。其次，《祝福》中的一个不起眼的细节证明了祥林嫂与作者的联系。那就是祥林嫂的被驱逐。

> ……幸亏有儿子；她又能做，打柴摘茶养蚕都来得，本来还可以守着，谁知道那孩子又会给狼衔去的呢？春天快完了，村上倒反来了狼，谁料到？现在她只剩了一个光身了。大伯来收屋，又赶她。她真是走投无路了，……[2]

这是祥林嫂的第一次被驱逐，还有第二次，

> ……他们于是想打发她走了，教她回到卫老婆子那里去。但当我还在鲁镇的时候，不过单是这样说；看现在的情状，可见后来终于实行了。然而她是从四叔家出去就成了乞丐的呢，还是先到卫老婆子家然后再成乞丐的呢？那我可不知道。[3]

我们知道，对于八道湾事件，鲁迅一直认为是被羽太信子赶出家门的，所以才有他后来作品中的“宴之敖”这个人物的出现。实际上在 1924 年撰写的《〈俟堂专文杂集〉题记》，他就曾署名“宴之敖者”[4]。后来许广平在《欣慰的纪念・略谈鲁迅先生的笔名》一文中解释得很清楚：“先生说：‘宴从宀（家），从日，从女；敖从出，从放（《说文》作敖，

1　见池田幸子的纪念文章《最后一天的鲁迅》和鹿地亘的纪念文章《鲁迅和我》，载《鲁迅回忆录》（散篇）（下册）。

2　鲁迅：《彷徨・祝福》，载《鲁迅全集》（第二卷），第 15 页。

3　鲁迅：《彷徨・祝福》，载《鲁迅全集》（第二卷），第 21 页。

4　鲁迅：《古籍序跋集・〈俟堂专文杂集〉题记》，载《鲁迅全集》（第十卷），第 68 页。

游也，从出从放）；我是被家里的日本女人逐出的。”[1] 因此，从被驱逐这一点来看，祥林嫂身上有着鲁迅的影子。除此之外，孤独也是祥林嫂和鲁迅的共通之处。写作《祝福》前后几天，鲁迅几乎是在失眠和饮酒当中度过的，证明了他内心是相当孤独与痛苦的。而小说中的祥林嫂同样是孤独的，第二次来鲁镇后，她先是完全沉浸在丧子的痛苦当中，她在孤独中一遍又一遍地讲述丧子的经过，“我真傻……”，“我真傻……”，在重复的讲述中，鲁迅将祥林嫂的孤独描绘得淋漓尽致。实际上，在这个故事当中，重复本身就是孤独的一种绝佳的表达。

在证明了祥林嫂身上有鲁迅的身影后，我们发现，在《祝福》中有两个鲁迅的身影在晃动：其一是祥林嫂，其二是“我”。并且我们还在这两个身影中发现了两个共通点：其一，他们都是无家可归者；其二，他们都有被鲁四老爷斥为“谬种”的嫌疑：

> “不早不迟，偏偏要在这时候——这就可见是一个谬种！”[2]
>
> ……我从他俨然的脸色上，又忽而疑他正以为我不早不迟，偏要在这时候来打搅他，也是一个谬种。[3]

于是我们看到了这两个身影的遭遇与交谈，这就是小说开篇的“祥林嫂之问”。发问是这样开始的：

> “你回来了？”她先这样问。
>
> “是的。”[4]

---

1 许广平：《欣慰的纪念·略谈鲁迅先生的笔名》，载《鲁迅回忆录》（专著）（上册），第327页。

2 鲁迅：《彷徨·祝福》，载《鲁迅全集》（第二卷），第8页。

3 同上，第9-10页。

4 鲁迅：《彷徨·祝福》，载《鲁迅全集》（第二卷），第6页。

开始交谈的双方没有彼此称呼与寒暄，证明他们是相当熟悉的。随后就是我们前面讲过的“魂灵有无之问”。身影之一的“我”在身影之二的祥林嫂的追问下落荒而逃，其后就是祥林嫂之死。那么，我们到底如何看待这一奇特之问呢？我认为“祥林嫂之问”实际上是鲁迅在精神面临绝境之际的一场“自我”与“自我”的对话，其实质是鲁迅的精神之问。这是《祝福》这个故事的第三个层面，也是最核心的层面。这场精神之问，一方面延续了鲁迅自辛亥革命以来对启蒙者主体一贯的怀疑，而更重要的是，它在另一方面展示了鲁迅思想发展的一个新阶段，即：在个人自我解剖方面，他进入到了最深处：灵魂。比较而言，鲁迅在辛亥革命后对自我的反思与解剖主要是停留在“我”与社会结合的这一层面，而八道湾事件之后，他自我的解剖进入到了灵魂深处。从文章来看，这个转折点就是《彷徨》的首篇《祝福》。关于这一点，王晓明实际上在《鲁迅传》中已经点到了，“在他的小说中，《祝福》是一个转折，正是从这篇起，他的自我分析正式登场了。”[1] 所谓“自我分析正式登场”实际上就是指鲁迅对自我的解剖进入到灵魂层面。从这个角度理解，我们完全可以将“祥林嫂之死”视为鲁迅的一次精神之死。并且显然鲁迅这个时候对“出路”是茫然的，在《祝福》中这表现为“我”的回乡与出走的打算，而另一篇小说《在酒楼上》对这一时期的“道路”问题作了更明确的讲述：

> “我在少年时，看见蜂子或蝇子停在一个地方，给什么来一吓，即刻飞去了，但是飞了一个小圈子，便又回来停在原地点，便以为这实在很可笑，也可怜。可不料现在我自己也飞回来了，不过绕了一点小圈子。又不料你也回来了。你不能飞得更远些么？”[2]

1　王晓明：《无法直面的人生——鲁迅传》，第 101 页。
2　鲁迅：《彷徨·在酒楼上》，载《鲁迅全集》（第二卷），第 27 页。

围着“原地点”绕圈子实际上就是找不到“出路”的一个隐喻。世事轮回，可是如果在这个轮回当中找不到一个行动的突破点，那么，这轮回就是无法掌控的宿命。鲁迅显然对找到这一行动的突破点还有些茫然，这证明他这个时候对自身身-位感的把握飘忽不定，灵魂之问其实是最好的证明。

然而这一时期的“精神之死”与对“出路”的茫然并没有击垮鲁迅，相反他却表现出了“精神之死”后的某种轻松以及对跨出新的精神之旅的第一步的坚信，这正是鲁迅伟大的地方。这轻松与坚信集中体现在《祝福》《在酒楼上》《伤逝》和《孤独者》这几篇小说的结尾上：

> 我在这繁响的拥抱中，也懒散而且舒适，从白天以至初夜的疑虑，全给祝福的空气一扫而空了，只觉得天地圣众歆享了牲醴和香烟，都醉醺醺的在空中蹒跚，豫备给鲁镇的人们以无限的幸福。[1]
>
> 我独自向着自己的旅馆走，寒风和雪片扑在脸上，倒觉得很爽快。[2]
>
> 我要向着新的生路跨进第一步去，我要将真实深深地藏在心的创伤中，默默地前行，用遗忘和说谎做我的前导……。[3]
>
> 我的心地就轻松起来，坦然地在潮湿的石路上走，月光底下。[4]

行文至此，我其实已经回答了本文开头的一个问题，即祥林嫂的模特儿除了那个早年记忆的痕迹之外，其它的合成成分是什么。以上行文提供的答案是：鲁迅自己。但我认为除此之外，还有一个重要的合成成分，

1　鲁迅：《彷徨·祝福》，载《鲁迅全集》（第二卷），第 21 页。
2　鲁迅：《彷徨·在酒楼上》，载《鲁迅全集》（第二卷），第 34 页。
3　鲁迅：《彷徨·伤逝》，载《鲁迅全集》（第二卷），第 133 页。
4　鲁迅：《彷徨·孤独者》，载《鲁迅全集》（第二卷），第 110 页。

那就是实际上生活中的另一个孤独者：朱安。《祝福》行文中一个核心的问题是封建社会妇女再嫁问题，我认为这个一直纠缠着鲁迅的问题与其自身的处境及其与朱安的关系有某种隐秘的联系。据俞芳的回忆，鲁迅在 1923 年 8 月搬出八道湾之前，就曾想了结与朱安的婚姻，“实行事实上的离婚”[1]，但他最终放弃了这种做法，主动征求了朱安的意见，并最终和朱安一起搬到砖塔胡同六十一号临时住所。关于此事，俞芳作了很好的分析：

> 他（鲁迅）总是为大师母设身处地地考虑：绍兴习俗，一个嫁出去的女人，如果退回娘家，人们就认为这是被夫家“休”回去的，那时家人的歧视，舆论的谴责，将无情地向她袭来，从此她的处境将不堪设想；还有她的社会地位，也将一落千丈。性格软弱的女人，一般说是挡不住这种遭遇的，有的竟会自杀，了此一生。大先生从不欺侮弱小，遇事总是设身处地地为别人着想的好心肠，使他下不了决心，一直没有这么做。[2]

将这段话同鲁迅当时所处的环境结合起来就能很清楚地说明我们上面的问题，即 1924 年旧历正月初三，孤独者鲁迅在创作祥林嫂这一人物形象时，朱安的身影在他眼前是挥之不去的。对此，王晓明也有同感，我们不妨以他的一段话结尾吧！

> 如果还记得他搬出八道湾时，与朱安作的那番谈话，如果也能够想象，他面对朱安欲言又止的复杂心态，我想谁都能看出，他这种分析“我”的“说不清”的困境的强烈兴趣，是来自什么地方。[3]

1　［日］丸尾常喜：《颓败下去的“进化论”》，载《“人”与“鬼”的纠葛》附录二，秦弓译，北京：人民文学出版社 1995 年版，第 268 页。

2　俞芳：《我记忆中的鲁迅先生》，载《鲁迅回忆录》（专著）（下册），第 1582 页。

3　王晓明：《无法直面的人生——鲁迅传》，第 101 页。

小结　给我一条光

在名之为“鲁迅的身-位感：我在哪里?”这个标题下，鲁迅从北京南下厦门，又从厦门奔赴广州，最终择居于上海，他一生所去过的城市在这短暂的一年多的时间竟然跑了一半，这不禁使我想起两千多年前那个奔走于列国的圣人：孔子。历史竟然如此地相似，在那个“礼崩乐坏”的年代，奔波于陈、蔡的圣人最终作出了决断——删订诗书、传道解惑。而两千年后，在“千年未有之大变局”中，我们的现代圣人不也是在奔波之后，作出了他的决断——杂文警世、扶持青年——吗？然而，这奔波：定位，定居：决断，俨然成为一个巨大的隐喻。为什么肉身的飘摇与精神的悬浮竟如此这般的一致？难道这只是一次、两次的巧合吗，难道肉身的飘摇，精神会岿然不动，抑或精神的悬浮，肉身会不为之动？我不能进行磅礴的归纳证明，然而，两位圣人的经验似乎已经给出了答案。这只能不期然地再一次证明现代哲学中精神与肉体两分的“二元论”的无效，也同时揭示了建基于此的“主体形而上学”的虚幻性。而这也正是本论著的目的之一。鲁迅的多疑与主体有着纠缠不休的关系，这正如他同旧事物的纠缠不清一样。多疑愈深广，主体的虚幻性就暴露愈多。而使鲁迅多疑加深的就是本章所详细讲述的兄弟失和、艰难的恋爱以及青年的背叛。在这些事件之中、之后，多疑几乎深广到颤栗的地步，无远弗届，甚至不需要丝毫的先兆：“于浩歌狂热之际中寒”。而与多疑的颤栗相对应的是鲁迅对主体“自我”怀疑与否定的日益深广，这使得他将自己最终定位为“进化的链子上”的“中间物”。在《狂人日记》时期的多疑最深刻地表现为发现自己无意中误吃了妹子的肉，而到了这一时期，他则更发现自己是“吃人”的帮凶：

……我曾经说过：中国历来是排着吃人的筵宴，有吃的，有被

> 吃的。被吃的也曾吃人，正吃的也会被吃。但我现在发见了，我自己也帮助着排筵宴。先生，你是看我的作品的，我现在发一个问题：看了之后，使你麻木，还是使你清楚；使你昏沉，还是使你活泼？倘所觉的是后者，那我的自己裁判，便证实大半了。中国的筵席上有一种“醉虾”，虾越鲜活，吃的人便越高兴，越畅快。我就是做这醉虾的帮手，弄清了老实而不幸的青年的脑子和弄敏了他的感觉，使他万一遭灾时来尝加倍的苦痛，同时给憎恶他的人们赏玩这较灵的苦痛，得到格外的享乐。[1]

这严厉的自我否定来自他内心深藏着的鬼气与毒气，反过来又加深了这些鬼气与毒气，使得他几乎喘不过气来，走投无路。这时候他不得不求助于外力：“给我一条光”[2]。

但这“外来之光”是否照到了他，或者能够照多久呢？

1 鲁迅：《而已集·答有恒先生》，载《鲁迅全集》（第三卷），第474页。
2 鲁迅：《两地书·七三》，载《鲁迅全集》（第十一卷），第204页。

第四章　鲁迅之信：我往哪里去？

引言　“光”

这“光”确实也曾照过他，从广州到上海，他其实就是凭着这“光”。然而，这毕竟是一条来自外面的“光”，它能照耀他的内心多久呢？一个内心无“光”的人，即使外面“光”芒万丈，“灯火”辉煌，他也还是会认为无“光”的。而事实也正是如此，1928 年他在给李秉中的信中就说过这“光”：

> ……以“结婚然否问题”见询，难以下笔，……但据我个人意见，则以为禁欲，是不行的，中世纪之修道士，即是前车。但染病，是万不可的。十九世纪末之文艺家，虽曾赞颂毒酒之辞，病毒之死，但赞颂固不妨，身历却是大苦。于是归根结蒂，只好结婚。结婚之后，也有大苦，有大累，怨天尤人，往往不免。但两害相权，我以为结婚较小。否则易于得病，一得病，终身相随矣。[1]

这样的言语，没有亲身的家庭生活的体验是说不出来的，这足以见得那

1　鲁迅：《书信·280409 致李秉中》，载《鲁迅全集》（第十二卷），第 113 页。

“光”在他心中的恍惚。其实，“光”之赠予者许广平在后来的回忆录里也证实了他们新生活中的某些沉重之处。[1] 不仅如此，在新的家庭生活中，鲁迅延续了他对家庭之累的抱怨，这种抱怨从母亲以至于新生儿——海婴，几乎无所不至。

> ……但光阴如驶，近来却连一妻一子，也将为累。[2]
>
> ……本月内母亲又要到上海，一个担子，挑的是一老一小，怎么办呢？[3]

这只能说明深藏在鲁迅心中的“毒气”与“鬼气”上升，以及他的虚无感的深广。那么，是不是如王晓明所说的，“这条道路的尽头，就站着虚无感”[4] 呢？是不是从鲁迅的“悲观和绝望中生长出来的”“多半是顾自己随便玩玩的虚无情感”[5] 呢？显然不是这样的，他虽然常在虚无的路口“彷徨”，但这“彷徨”并不用许多时，他就又开始往外“挤”东西，“从我这里只要能挤出——虽然不过是挤出——文章来，就挤了去罢”[6]。这正如他受了青年的骗，抱怨起来，几乎要站到虚无中去了，但要不了多久，他却又不停地在为他们做事，“我先前在北京为文学青年打杂，耗去生命不少，自己是知道的。但到这里，又有几个学生办了一种月刊，叫作《波艇》，我却仍然去打杂。”[7] 这又怎能是虚无主义呢？而毋宁说，在虚无与行动之间，他获得了某种动力，正是这种动力将他推向了行动的一边，而不是推向虚无。那么，这种动力到底是什么呢？

---

1 参见许广平：《欣慰的纪念·鲁迅先生的日常生活》，载《鲁迅回忆录》（专著）（上册），第379—387页。

2 鲁迅：《且介亭杂文二集·〈中国小说史略〉日本译本序》，载《鲁迅全集》（第六卷），第359页。

3 鲁迅：《书信·350313致萧军、萧红》，载《鲁迅全集》（第十三卷），第408页。

4 王晓明：《无法直面的人生——鲁迅传》，第80页。

5 同上，第81页。

6 鲁迅：《三闲集·我和〈语丝〉的始终》，载《鲁迅全集》（第四卷），第172页。

7 鲁迅：《两地书·七三》，载《鲁迅全集》（第十一卷），第203页。

或者说，是什么使他克服了虚无主义呢？这两个问题换成一个问题，就是：鲁迅的信是什么？

第一节　虚无主义与信

鲁迅的一生与虚无主义纠缠不清，在他生前死后将他评价为虚无主义者的大有人在，甚至在当今，持这种定评的人仍然很多，其代表人物是王晓明。他的《无法直面的人生——鲁迅传》在青年当中的一纸风行，则从一个侧面证明了这种观点在现今的年青人当中占有很大的市场。当然，也有很多人竭力地从各个方面来证明鲁迅不是虚无主义者，远者如曹聚仁，近者如汪晖。我们姑且不论最终的结论如何，仅从评价史上的这种胶着的现象来看，我们也可以大致做出如下判断，即：鲁迅即便不是虚无主义者，他同虚无主义者之间肯定也有某种难于辨析的东西，否则，那个深知他的二弟周作人怎么也会将他归于虚无主义者一路呢？[1] 如此看来，要厘清鲁迅与虚无主义者之间的关系，必须首先对虚无主义这一概念有一个清楚的认识。

那么，到底什么是虚无主义呢？

在其遗著《权力意志——重估一切价值的尝试》的第一条，尼采就对虚无主义作了一个解释："虚无主义是迄今为止对生命价值解释的结果。"[2] 由此看来，虚无主义同生命价值是密切相关的。那么，它到底是对生命价值的一种怎样的解释呢？海德格尔在《尼采》的讲座中，对虚无主义做了简单的词源学的追索，"哲学上对'虚无主义'（Nihilismus）

1　1936 年 10 月 23 日鲁迅去世后不久，周作人在一次记者采访时说，"说到他的思想方面，起初可以说是受了尼采的影响很深，就是树立个人主义，希望超人的实现。可是最近又有点转到虚无主义上去了。"见《鲁迅在平家属访问记》，1936 年 10 月 23 日《新民报》（南京），又王志之的《鲁迅印象记》转录，载《鲁迅回忆录》（专著）（上册），第 55 页。

2　［德］尼采：《权力意志——重估一切价值的尝试》，张念东、凌素心译，北京：商务印书馆 1991 年版，第 199 页。

一词的首次使用可能起于弗里德里希·H. 雅可比。……后来，'虚无主义'一词经由屠格涅夫而流行开来，成为一个表示如下观点的名称，即：惟有在我们的感知中可以获得的、亦即被我们亲身经验到的存在者才是现实的和存在的，此外一切皆虚无。"[1] 从海德格尔这个初步的界定来看，"虚无主义"是一种感知，是"我们"的感知，其实质是"我们"的一种心理活动。"感知"什么呢？也就是"感知"的宾词是什么呢？"现实和存在"，也可以单独用"存在"来表示。所谓"虚无"就是不存在。那么，这里的"我们"是谁？亦即"我们感知"与"我们亲身经验"的"我们"是谁？或者我们将这个问题搁置起来，先来看看后面的话，即什么是"现实与存在"呢？"现实与存在"只有在这种情况下才是可能的，即：只有被"我们"所感知或被"我们"所亲身经验。这样，"我们"就是存在者的尺度与中心。我们好像在什么地方见过这种表达，在海德格尔的《世界图象的时代》里，并且我曾经在导论和第一章第一节中引用过这些话，即现代的本质是："人通过向自身解放自己来摆脱了中世纪的束缚。"但"决定性的事情并非人摆脱以往的束缚而成为自己"，也不是在于人成为主体，"而是在人成为主体（Subjekt）之际人的本质发生了根本变化"。这种本质的变化即是"人成为存在者本身的关系中心"，"一切存在者以其存在方式和真理方式把自身建立在"[2] 人之上。这样"我们"是谁就有了解答，"我们"是一切存在的基础，是一切对象化和可表象性的基础，即（用海德格尔的术语）是一般主体（Subjectum）。如此看来，虚无主义这样一种心理活动的发生条件必须是在人成为存在者的尺度与中心时才能出现，即：虚无主义是一个现代以后的人的心理活动。

行文至此，还只是对虚无主义作了一些外在的规定，并没有回答前面所提出的问题：虚无主义到底是对生命价值的一种怎样的解释？我们

1　［德］海德格尔：《尼采》（下卷），第 669—670 页。

2　［德］海德格尔：《世界图象的时代》，载《海德格尔选集》（下卷），第 897 页，以上两处引文皆与此同。

似乎在“惟有在我们的感知中可以获得的、亦即被我们亲身经验到的存在者才是现实的和存在的，此外一切皆虚无”这一界定中已经看到了某种解释，但这还仅是一种对现象的描述，离本质还很远。《权力意志——重估一切价值的尝试》的第二条，尼采紧接着又对虚无主义作了如下解释：“虚无主义意味着什么？——最高价值自行贬黜。没有目标；没有对‘为何之故?’的回答。”[1] 这个“最高价值”是什么呢？“目标”又是什么呢？“目标”和“最高价值”之间到底是什么关系呢？尼采在另外一处又说，“上帝已死。”[2] 这实际上是“最高价值自行贬黜”的另一种说法。在中世纪，上帝就是对“为何之故?”的回答，是一切事物最终极的原因和目的。但进入现代以后，当人，而非上帝，成为一切存在者的尺度与中心时，人不再将上帝看成存在的唯一实体，而是将它看成是一个“人为”的设定，人从“上帝”的笼罩之中抽身而出，即海德格尔所说的，“人通过向自身解放自己来摆脱了中世纪的束缚。”[3] 人将自身看作主体和人将上帝看成是一个“人为”的设定是同时进行的，不但如此，作为主体的人还将上帝这个“人为”设定视作是一种“利己”的或者对人“有用”的一个筹划，这个筹划是奠基于“计算”之上的，因此，上帝又被称作“最高价值”。因为只有对人“有用”的可“计算”的存在才可以称为“价值”，所以，将上帝看作“最高价值”只有在人成为主体之后才是可能的。而虚无主义的出场就在将这种所谓“人为”设定的“价值”看透的那一刻。尼采在《权力意志——重估一切价值的尝试》的 12 节名为“宇宙学价值的衰落”的笔记中对此有过详细的解释：

---

1 ［德］尼采：《权力意志——重估一切价值的尝试》，第 280 页，重点号为原文所加，下同。我在这里对其译文稍稍改动，依据孙周兴在海德格尔的《尼采》中对尼采这段话的译法，见［德］海德格尔：《尼采》（下卷），第 683 页。张念东、凌素心的原译为，“虚无主义意味着什么？——意味着最高价值自行贬值。没有目的。没有对目的的回答。”

2 ［德］尼采：《苏鲁支语录》，第 5 页。

3 ［德］海德格尔：《世界图象的时代》，载《海德格尔选集》（下卷），第 899 页。

宇宙学价值的衰落

A.

作为心理状态的虚无主义必将出现。首先，假如我们寻找一切现象的“意义”，那是找不到的。因为，寻觅者到头来总会失掉勇气的。那样一来，虚无主义就是旷日持久、虚耗精力的意识，就是“徒劳的”苦痛，就是不安全感，就是缺乏休养生息、自慰的机会——自惭形秽，就像人们自欺过久一样……下述现象在以前也许是有意义的，对一切现象都使用最高道德标准和道德世界秩序；或者，增长人在交往中的爱与和谐；或者，靠拢着普遍幸福状态；或者，甚至走向普遍虚无状态——目标无论如何总还是意义。所有这些观念的共性就是，通过过程本身实现一种目标。——然而，现在人们明白了，通过生成达不到任何目的，实现不了任何目标……这样一来，对于生成的所谓目的的失望，就成了虚无主义的原因。总而言之，就特定的目的而言是如此；就迄今一切目的假说而言，情况也是如此，因为假说与整个“发展”有关（——人不再是合作者，更不是生成的中心）。

其次，一旦人们确立了一切现象和现象总体性，体系化乃至组织化，就会出现作为心理学状态的虚无主义，以致那渴望荣宠的灵魂就沉湎于最高统治和管理形式的整个观念之中了（——假如那是一位逻辑学家的灵魂，那么绝对的逻辑性和现实辩证法就足以同一切人达成谅解……）。这就是统一性即一切“一元论”的形式。由于这种信念的结果，人就深深地陷入这样的感觉之中了，即认为人是同高踞于人之上的整体相连的，并且是依赖于这个整体的，它就是神性的标准……“普遍的幸福，要求牺牲个人的幸福”……但是，请看！这种普遍的东西根本没有！人们从根本上失去了对自身价值的信仰，假如不是这种无限宝贵的整体通过人起作用的话。因为，人构想这种整体是为了能够信仰自身的价值的缘故。

作为心理学状态的虚无主义尚不具备第三个形式和最后的形

> 式。以上两点认识告诉人们，靠生成是达不到任何目的的，而且一切生成都没有广泛的、可容个别人藏身的统一性，就像最高价值中的情形一样。于是，剩下来的就是谴责整个世界都是假的，并构想出一个位于此世彼岸的世界为真实世界的替身，然而，一旦人们明白了，臆造这个世界仅仅是为了心理上的需要，明白了人根本不应该这样做的时候，就形成了虚无主义的最后形式。这种形式本身含有对形而上学世界的非信仰，——它摈弃了对真实世界的信仰。假如人们站在这个立场上，那么就会承认，生成这种现实性乃是唯一的实在性。人们摈弃了通向内部世界和虚构神性的一切秘密途径，但是人们是不会忍受这个世界的，虽然人们并不想否认它。
>
> ——到底发生了什么事？当人们明白了，既不该用“目的”概念，也不该用“统一性”、“真理”概念来解释生命总特征时，就产生了无价值性的感觉。因为利用上述概念达不到任何目的，实现不了任何愿望；现象众多，但并不存在广泛的统一性，因为，生命的特征不是“真实”，而是“虚假”……人们根本没有理由相信“真实的”世界……简言之：等我们拿来赋予世界价值的范畴，如“目的”、“统一性”、“存在”等等，现在又通过我们之手抛弃了——于是，世界就呈现无价值的外观……[1]

尼采这段话一共有四小段，前三段是对虚无主义原因的解释，最后一段其实是对虚无主义的本质下了一个定义，如其所示，虚无主义的本质就在它的原因当中。从文章看，尼采认为产生虚无主义的原因有三：对“意义/目的”[2] 追寻的失败；对“总体性”的失信；对“真实世界”信仰的摈弃。这里实际上涉及尼采的两个根本的概念：生成和存在。在尼采看来，这个世界是一个生生不息的生成世界，它是在不断变动当中的

1　［德］尼采：《权力意志——重估一切价值的尝试》，第424—426页。

2　关于这里所谓的“意义”与我们通常所谓“意义”的区别，海德格尔在《尼采》中有很精辟的论述，“人们会以为，‘意义’是人人都了然于心的。在日常思维和毛糙意见 （转下页）

（这让人想起中国哲学中的“易”），而存在则是一个形而上学的、恒定不变的世界。虚无主义起源当中的三个因素：“意义/目的”、“总体性”和“真实世界”就是这样的与生成世界相对应的存在世界。因此，“意义/目的”、“总体性”和“真实世界”就是恒定不变的，居于这个生成世界之外并对这个生成世界进行规定的存在世界。作为生成世界的“目的”，存在世界是完满的、充盈的，而生成世界是不完满和非充盈的。虚无主义之诞生就在于人发现了存在世界之“完满与充盈”的虚假性与人为性，于是作为“充盈”之对立物的“深渊”就现身了。虚无就在于人发现了这种“深渊”。作为“深渊”的对立物“完满与充盈”，其实就是那种所谓信仰之物，虚无就是对这种信仰的不信。

可是，一个关键的问题是：为什么我们觉得在“意义/目的”、“总体性”和“真实世界”中就会感觉“完满”与“充盈”呢？换句话说，信仰为什么要与这三个范畴联系在一起呢？实际上尼采就是这么提问的：

> 假设，我们认识到了不该使用上述三个范畴来阐明世界的原因，假如按照这种认识，世界开始叫我们感到无价值了，那么我们就不得不问一句：我们对上述三范畴的信仰从何而来，——我们是否试图找到使它们脱离信仰的可能！假如我们使三范畴贬了值，那么它们对宇宙无用性的证明就不成其为使宇宙贬值的理由了。[1]

在此，尼采不仅对“信仰是什么？”提出了疑问，同时也开示了克服虚

（接上页）的范围里，这么说也是对头的。然而我们一旦意识到，人在一切事件中寻找一种‘意义’，而且如果尼采指出，这种对‘意义’的寻找是要失望的，那么，我们就无法回避如下问题了：意义在这里指的是什么，他在何种意义上以及为什么要寻找一种意义，为什么人不能把在此可能出现的失望当作某种无关紧要的事情来忍受，而是相反地，人本身在其持存方面受到这种失望的触动、危害、甚至动摇。”见［德］海德格尔：《尼采》（下卷），第 702 页。

1 ［德］尼采：《权力意志——重估一切价值的尝试》，第 426 页。

无主义的药方：如果“三范畴”本身不是“充盈的”，那么，对它们的不信也就不会导致虚无。这个问题同“信是什么?”密切相关。

那么，信是什么呢?

据郑刚《楚简道家文献辩证》研究，甲骨文与金文中的“信”字不是从“人”从“言”，而是从“身”从“言”，不仅如此，“信”在字义上也与“身”字有关，二者是同源字。“‘信’的这个意义的来源应该是实，即充实，有内容，引申为确实，再引申为抽象的诚信、确实。高丽本《孟子》中有‘信也者实也’的话。则其词本义与‘身’字的字本义有明显联系。”[1]《说文解字》释“身”字为“象人之身”，郑刚认为这是不正确的，“因为甲骨文的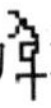或不是一般的身体，而是大肚子里充满了东西的身体，因此它可以引申来指怀孕，即充满了胚胎。《易·艮》虞注谓‘身’：‘腹也，或谓妊娠也’，《广雅·释诂4》‘身’：‘亻身也’，即妊娠。一般的身体的形象应该是‘人’字的形状而不必加一个大肚子。”[2] 据此，郑刚认为，“是鼓涨、肚子充满东西的身体，也就是很重、很实的身体，引申为实、重。《诗·大明》‘天命有身’意思是天命很重很实，看来是‘身’字本义的痕迹。”[3] “这样一来‘身’的重、实的意义最后发展为确实、可靠的抽象意思，就可以派生出‘信’字的所有意义。”[4] 因此，从“身”的“信”就是充实的意思。这同我上面所说的与“虚无的深渊”相对应的“充盈”其实是一个意思。但作为人的“信仰”、“信念”、“确信”的“信”是人的一种心理感受，是指人的心理的一种“充实或充盈”的状态。因此，我断定：信是指人的心理的一种“充实或充盈”的状态。那么，人的这种充实的心理状态是不是必须在上面三种范畴当中才有呢？也就是说，信的方式是不是必须是同三种

1 郑刚：《楚简道家文献辩证》，汕头：汕头大学出版社 2004 年版，第 26 页。
2 同上，第 26—27 页。
3 同上，第 27 页。
4 同上，第 27 页。

范畴联系在一起呢？抑或信有没有其他的表达方式呢？如果以上三种范畴不能给我们带来“充实或充盈”之感，那么，我们对它们的不信，又怎么会带来虚无之感呢？如此，虚无主义岂不就可以得到克服了吗？即使这三种范畴能够给我们带来某种“充实或充盈”之感，如果它们并不是能够带来这种感受的唯一之物，那么，我们代之以它物，岂不是一样能够克服虚无主义吗？

我们再来看看通常作为“信仰”的三种范畴：“意义/目的”、“总体性”和“真实世界”。如上所述，这三种范畴是属于生成世界之外的存在世界的，换句话说，它们是“超越（transcend）”的。所谓“超越（transcend）”在西方语境中一定是与外在于此世的彼世联系在一起的——其经典的表达式就是基督教的上帝之城，因为只有外在于此世的彼世之事物才能够称为“超越（transcend）”。因此，“意义/目的”、“总体性”和“真实世界”三种范畴的本质是与外在于此世的彼世联系在一起的，因此，对它们的信仰就是对外在于此世的彼世的信仰。这种信仰在实际操作中显现对某种观念，或观念之人格化的信仰，在罗马帝国后期及其后就是集中体现在对上帝的信仰之中。现代以来，尽管上帝可能不出场或者用尼采的话说“上帝已死”，但对这三种范畴的信仰归根结底依然是对上帝的信仰，因为对上帝的信仰已经浸透在世俗伦理当中。[1] 由此，我们必须甄别“信”与“信仰”这两个概念。我们之所以提到信仰通常会想到以上三种范畴，是因为我们将“信”这种“充实/充盈”感给程式/固定化了，我们固执地认为“信”必须是与“仰”联系在一起的，“信”的这种充实感必须通过“仰视”、“仰望”上帝或者别的神性之物才是可能的。这种联系无疑与“信仰”一词通常是指对外

1　“上帝已死”后，对上帝的信仰世俗化为对“良知的权威、理性的统治地位、历史进步的上帝和社会本能”（海德格尔语）等的信仰。这种观点可以参见尼采的《敌基督者》和卡尔·洛维特的《世界历史与拯救历史》，两种书的中文译本见［德］尼采：《敌基督者》，载《尼采与基督教思想》，吴增定、李猛、田立年等译，香港：道风书社 2001 年版。［德］卡尔·洛维特：《世界历史与拯救历史》，李秋零、田薇译，香港：汉语基督教文化研究所 1997 年版。

在于此世的彼世之“信”密切相关的。“仰”必定是与某种“超越（transcend）”之物联系在一起，这种联系反过来重新规定了我们的“信”，这其实是一种颠倒。在这个颠倒过程中，也就是在“信仰”代替“信”的过程中，我们对“信”进行了某种程度的歪曲，具体说，就是在“信”上加了“仰”，即在“充盈/充实”感上强加了“超越（transcend）”，最终的结果是：只有在“超越（transcend）”中，我们才能感到“充盈/充实”，否则，我们不会得到任何“充盈/充实”感，即不会得到“信”。

现在，我们还“信”以本来面目：信就是某种使人充盈/充实的心理感受，信的方式有多种，而不是一种。

在这样的一种界定下，我们再重新来看虚无主义和三种范畴的关系（信仰），即：这三种范畴（信仰）是“信”的诸多方式中的一种方式，它们的自行贬黜是导致虚无主义的根本原因，但我们可以采用其它方式的“信”来克服虚无主义。

第二节　鲁迅对虚无主义的克服

现在，我们回到鲁迅与虚无主义关系本身。

历来将虚无主义与鲁迅牵扯到一起的论者几乎都对鲁迅持一种诘难的态度，或者至少也是颇有微词。[1] 即使景仰者也深以为这一点是先生的瑕疵，无话可说。王晓明就认为，鲁迅的虚无感是对人生意义的否定，是他缺乏耶稣式理想主义的一种表现。[2] 王乾坤认为，“无论鲁迅还是胡适，他们的怀疑顾及或者本身就内涵了中国与世界的信仰资源，他

1　日本人增田涉或许是个例外，因为他在《鲁迅的印象》中认为，“在鲁迅所写的作品中，有时散发着虚无主义的气息。”而他认为，“一切贤明的人，在他们心胸的深处藏着虚无的深渊。”见［日］增田涉：《鲁迅的印象》，载《鲁迅回忆录》（专著）（下册），第1365页。

2　王晓明：《无法直面的人生——鲁迅传》，第82、83页。

们用生命之诚，在破坏确定性中亦表现出确定性；但在这个怀疑一切的时代，他们确乎疏于对确定性的建设寻求，同时也缺乏相应的理论建构。”[1] 尾崎文昭认为，“不依赖任何东西，不把任何东西作为自己的支点，不断反抗（革命、忍耐）空虚，这该多么艰难！如果鲁迅拥有相当于陀思妥耶夫斯基的神那样的存在，将使他怎样地获救呵！”[2] 这三个人无论他们的整篇文章如何论述，但他们在一个点上达成了共识：鲁迅没有信仰。可是信仰到底是什么，他们并不去追问。然而他们相似的提问方式提醒了我们，即：鲁迅的虚无主义是在某种理想主义成为泡影之后来临的。是什么样一种“理想主义”呢？回顾鲁迅的一生，能称得上理想主义的只有在他留日时期。这一时期所谓的信仰就是对主体“我思”确定性的信仰以及对进化论/历史进步观的信仰，而这两种信仰其实是一枚硬币的两面。因此，在那个时期，鲁迅认为人生的意义就在这种信仰当中，并且世界在进化/进步当中不断完善，人类幸福不断增长，一个理想的世界将会来临。而一个理想的世界就是尼采所说的“真实的世界”，它对生成世界——即当下生活世界构成否定/超越。然而，如前所述，鲁迅在经过一系列的打击之后，他放弃了对这种信仰的信。这就是我们所说的鲁迅多疑的产生。但多疑是不是就是鲁迅的虚无主义的表现呢？并不是的，鲁迅甚至对自己的多疑也进行“疑”，因此，鲁迅的多疑是一种无限循环下去的“疑”。尼采说，在没有别的目的之时，虚无其实也是一种目的，鲁迅也有一句与此极相似的话，“我至少将得到虚无”[3]，但，鲁迅进一步认为，虚无其实也是一种虚妄之物，这就是鲁迅多疑思维的表现。可是，就是在这种多疑思维之循环当中，鲁迅竟然获得了某种行动的动力，或者说，鲁迅在他的多疑思维当中找到了某种可以克服虚无主义的东西。它是什么呢？

1　王乾坤：《怀疑：科学之问与人生之问》，《鲁迅研究月刊》2000 年第 3 期，第 27 页。
2　［日］尾崎文昭：《试论鲁迅“多疑”的思维方式》，《鲁迅研究月刊》1993 年第 1 期，第 26 页。
3　鲁迅：《野草 · 求乞者》，载《鲁迅全集》（第二卷），第 172 页。

在导论中，我区别鲁迅的多疑与怀疑论时，引用了鲁迅的《我和〈语丝〉的始终》中的一段话，我认为其中藏着鲁迅克服虚无主义的秘密，为了方便起见，不妨再次引用这段话：

> ……至于对于《晨报》的影响，我不知道，但似乎也颇受些打击，曾经和伏园来说和，伏园得意之余，忘其所以，曾以胜利者的笑容，笑着对我说道："真好，他们竟不料踏在炸药上了！"
>
> 这话对别人说是不算什么的。但对我说，却好像浇了一碗冷水，因为我即刻觉得这"炸药"是指我而言，用思索，做文章，都不过使自己为别人的一个小纠葛而粉身碎骨，心里就一面想：
>
> "真糟，我竟不料被埋在地下了！"
>
> 我于是乎"彷徨"起来。
>
> ……
>
> 但我的"彷徨"并不用许多时，因为那时还有一点读过尼采的《Zarathustra》的余波，从我这里只要能挤出——虽然不过是挤出——文章来，就挤了去罢，从我这里只要能做出一点"炸药"来，就拿去做了罢，于是也就决定，还是照旧投稿了——虽然对于意外的被利用，心里也耿耿了好几天。[1]

孙伏园得意忘形时说的一句话当然是无心，可是"听者有意"，鲁迅感觉被人利用，这是他的多疑的典型表达。于是"彷徨"起来，这是站在虚无主义路口的"徘徊"，是遁入虚无主义之门，还是克服之呢？显然鲁迅的思想在做一种"挣扎"。从后面看，鲁迅并没有如王晓明所言丧失了行动的热情，而是"'彷徨'并不用许多时"便又开始"挤"——行动。显然，在这个思想"挣扎"的过程中，某种东西使得他挣脱了虚

1　鲁迅：《三闲集·我和〈语丝〉的始终》，载《鲁迅全集》（第四卷），第171—172页。

无主义之牵引，重新回到行动之路上。那么，它是什么呢？据鲁迅说，其原因是读过尼采的《Zarathustra》。《Zarathustra》即《查拉图斯特拉如是说》（或译为《苏鲁支语录》）是尼采生前最重要的著作，主要讲述其超人哲学，包含着尼采超越虚无主义的秘方。那么，鲁迅是不是借助尼采的这本著作才得以超越虚无主义的呢？或者说，鲁迅是在尼采哲学这个外力的帮助下才得以克服虚无主义的呢？情况并不是如此简单，为什么这么说呢？原因有二：其一，如后面要讲到的，虚无主义之克服并不是一件简单的事情，一个人想借助外力克服虚无主义是不切实际的，虚无主义之克服必须是从自身内部进行决断，因此，说鲁迅单纯借助尼采哲学这个外力就能克服虚无主义是将鲁迅简单化了的一种思考；其二，《Zarathustra》仅仅是尼采生前出版著作中讨论如何克服虚无主义的最重要的著作，而他一生中克服虚无主义最重要的思想是在他的遗稿笔记《权力意志——重估一切价值的尝试》中，这就是他的“强力意志”学说，虽然尼采在《Zarathustra》中曾经提到过这一思想，但并不是作为重点阐述的，因此，鲁迅并不知晓，一个极有力的例证是：几乎所有尼采的重要术语如超人、虚无、永恒轮回（鲁迅翻译成永远轮回）等都在鲁迅著作中出现过，唯独没有强力意志。而正是在这一点上，鲁迅进行了自己的独特创造。换言之，在克服虚无主义时，鲁迅吸收了尼采的一些重要思想，但他结合自己的历史经验和民族文化背景对之进行了改造、融合和创造，最终形成了自己独特的克服虚无主义的方法。其法如下：

（一） 中间物

“中间物”是鲁迅切身体验的哲学式表达，但其表述恐怕是受了尼采的《查拉图斯特拉如是说》的影响。在该书中有这么一段话：“人之伟大，在于其为桥梁，而不是目的。”[1] 而在鲁迅提出“中间物”概念的

1　［德］尼采：《苏鲁支语录》，第 8 页。

《写在〈坟〉后面》中有一句与此极相似的话："当开首改革文章的时候，有几个不三不四的作者，……至多不过是桥梁中的一木一石，并非什么前途的目标，范本。"[1] 这段话其实是对前面提出的"中间物"的一个具体的解释。从这个解释以及后面的行文来看，鲁迅的"中间物"确实是给自己及同时代的人的一个定位。我们历来对"中间物"的论述也都是在这个层面上进行的，如汪晖的"历史的'中间物'"和钱理群的"'中间物'意识"皆是，但殊不知，在这个词语中却深藏着鲁迅对世界/存在者整体的把握[2]及其克服虚无主义的秘方。我们再来仔细看看鲁迅的原话：

> ……以为一切事物，在转变中，是总有多少中间物的。动植之间，无脊椎和脊椎动物之间，都有中间物；或者简直可以说，在进化的链子上，一切都是中间物。[3]

这句话分为两个层次，第一层是对某些时空中的事物的定位，"中间物"并不是针对"一切事物"，而是这"一切事物"中占据某种时空之物的定位。鲁迅也就是在这个意义层面上对自己进行定位。这一层是我们通常所讲的"中间物"的意思。但是鲁迅并没有就此"带住"，而是讲了下面的话："或者简直可以说，在进化的链子上，一切都是中间物。"这句话的口气非常肯定，这在鲁迅的思想中是极少有的，我认为，正是通过这一句话，鲁迅表达了某种信，并且在其中深藏着鲁迅克服虚无主义的秘密。通过这句话，鲁迅表达了他对存在者整体/生成世界的一个根本看法，即：存在者整体/生成世界的"无目的状态"。因为，鲁迅在下

---

1 鲁迅：《坟·写在〈坟〉后面》，载《鲁迅全集》（第一卷），第 302 页。

2 汪晖其实已经触及到这一点，"汪晖指出，鲁迅的'中间物'概念不只是标示历史地位，而且是一种把握世界的具体感受世界观。"语见［日］伊藤虎丸：《传统（儒教）文化在东亚各国现代化中所起作用及其异同——"现代化与民族化"国际学术研讨会综述》，载《鲁迅、创造社与日本文学》，第 344 页。

3 鲁迅：《坟·写在〈坟〉后面》，载《鲁迅全集》（第一卷），第 301—302 页。

面的阐释中用“桥梁中的一木一石”与“前途的目标，范本”相对应来解释“中间物”，因此，“一切都是中间物”即是非“目的”的状态。如前所述，我们知道，尼采将“意义”解释为“目的”和“价值”，因此，非“目的”状态即无意义状态或无价值状态。在本章的第一节中，我们讲虚无主义产生时，第一个原因就是：对“意义/目的”追寻的失败，针对这一点，我们说克服它的方法在于祛意义/目的。如果存在者整体/生成世界本身是一种无目的/意义状态，我们又去追寻什么呢？无所追寻，又哪里来的失败呢？没有追寻的失败，虚无主义又从何而来呢？对存在者整体/生成世界进行“意义/目的”的设置，如前所述，是人的一种信的方式的表达，即：信-仰。如果我们不采取这种信的方式，不去信-仰，而是寻找我们自己的信的方式，那么对于存在者整体/生成世界的“意义/目的”设置就是我们信的唯一途径，也就是不必要的，如此，我们就从根上祛除了虚无主义。鲁迅的“中间物”正是这样从根本上祛除了虚无主义的那种信。

鲁迅的“中间物”对存在者整体/生成世界的“无意义/目的/价值”状态的设置不但祛除了造成虚无主义的第一个原因，而且还祛除了产生它的第二个原因：对“总体性”的失信。所谓“总体性”或者“系统化”、“组织化”其实质是指存在者整体有一个最高价值/意义/目的，它具有“统一性”的特征，把一切都贯穿起来，把一切归于一体。当人发现这种“整体性”的虚幻/人为性之后，虚无主义就会接踵而至。现在我们认为，世界原本便不是一个具有“总体性”/“系统化”的存在，而是一个“混沌”的生成世界，或者说，我们本来就不信“总体性”，失信就无从说起，从而就不会有失信后的虚无主义的产生。鲁迅的“中间物”对世界的规定：存在者整体/生成世界的无价值/意义/目的的状态从根本上祛除了所谓世界的“总体性”，也就祛除了虚无主义的产生。

此外，鲁迅的“中间物”同他对黄金世界的否定也是相一致的。所谓黄金世界/时代就是虚无主义得以产生的第三个原因中的“真实世界”。“真实世界”是对现实世界的否定和超越，是一个“‘超越’感性之物和生成之物（即‘物理之物’）而设置起来的形而上学的世界”[1]，也就是尼采所说的与生成世界相对的“存在世界”。我们说过，虚无主义是现代以来的事情，与此相对，人认识到“真实世界”的虚妄性与人为性也是现代以后的事情。这是因为，在现代以后，人们企图在现世实现这个“真实世界”，唯其如此，这个“真实世界”才同柏拉图的理想国和基督教的上帝之城区别开来。柏拉图认为一个“真实的世界”只存在理念当中，生活世界永远只是对这个“真实世界”的模仿，因此，生活世界只能无限接近这个“真实世界”而不可能成为“真实世界”，也就是说，柏拉图从来不承想在现世实现一个“真实世界”，他认为这也是不可能的事情。与此相似，基督教的上帝之城是在彼岸的“真实世界”，基督徒们并不认为这个“真实世界”能够在现世实现。现代与古代的本质不同就在于现代人想在现世实现“理念世界/彼岸世界”。当“真实世界”存在于彼岸或者理念中时，并不能导致现代意义上的虚无主义，只有当人企图在现世实现这个“真实世界”，而突然发现它只是一个为了人的心理需要而人为设置之物时，虚无主义才会降临，如《工人绥惠略夫》中的主人公。“真实世界”/黄金世界的实质是一个形而上学的超感性的世界。只有对这个超感性世界的不信才能使人真正面对这个生生不息的生成世界，“当超感性的真实世界已经沦落时，生成世界倒是显示为‘惟一的实在性’，亦即惟一本真的‘真实’世界。”[2] 鲁迅的“中间物”正是他对黄金世界否定之后对生成世界/感性世界的执著之物。

综上所述，“中间物”是鲁迅对存在者整体“如何/怎样”的一个描述/规定，在这个描述/规定当中，存在者整体/生成世界显现为一种“无价值/意义状态”。这种描述/规定为鲁迅克服虚无主义准备了条件，并使他祛除了“真实世界”，回归到生生不息的生成世界当中——直面

---

1 ［德］海德格尔：《尼采》（下卷），第 706 页。
2 同上，第 706 页。

人生。

（二） 在过去与未来之际：现在

生成世界是一个永恒运动着的世界，用来描述这个生成世界/存在者整体的“中间物”也必然不是一个凝固的形而上学的概念。“中间物”状态是一个生生不息地运动着的世界状态之描述。如此就有一个问题：这个生生不息地运动着的世界是“如何是”的呢？询问世界“如何是？”是询问存在者整体的存在方式，也即是存在者整体如何持存以及如何发展的？其中包含着决断的秘密，或者说包含着鲁迅克服虚无主义，获得行动之源的秘密。那么，世界到底“如何是”呢？鲁迅的回答是执著于现在。现在是一个时间概念，它也可以表达为瞬间，它不是一个持存物，在某种意义上可以说，它是倏忽而过的一刹那，但其实质却远远超出于这个点，它是“在过去与未来之际”的过去与未来的碰撞，因此，在现在/瞬间之中就既包含过去，也同时包含未来。在碰撞当中，现在/瞬间得以达到自身，并且，瞬间决定着一切“如何是”。[1] 执著于现在就是把握每一个瞬间，在每一个瞬间重新开始，并且在瞬间中决断。

执著于现在是鲁迅的一个基本的信，早在1918年发表在《新青年》上的一首诗《人与时》中，鲁迅就表达了这种信：

> 一人说，将来胜过现在。
> 一人说，现在远不及从前。
> 一人说，什么？
> 时道，你们都侮辱我的**现在**。
> 从前好的，自己回去。
> 将来好的，跟我前去。

1　［德］海德格尔：《尼采》（上卷），第304页。

这说什么的，
我不和你说什么。[1]

这首诗中排列了三种时间：从前、现在和将来。但这三个表示时间的概念在本文中所表达的意义要远远超出辞典给予它们的定义。从前和将来不但表达一个时间概念，同时表达了一个空间，一个与现在截然不同的“真实世界”，只有在那里，在那个时—空之中，世界才是“真实”的，可忍受的，而在现在，则世界以虚假的“非现实性”的面貌呈现出来，并且是不可忍受的。在这样一个观念下，现在只是通向那个“真实世界”的一个途径和手段，而真正的目的在于抵达那个所谓的“真实世界”，因此，为了达到这个目的，现在是可以被忽视的。而执著于现在的鲁迅用了一个惊叹号表达了他的“愤慨”，并且借“时”说道，“你们都侮辱我的现在。”在鲁迅看来，无论偏执将来还是偏执从前都是对现在的忽视，是不敢直面人生的一种表现。在另外一处，鲁迅对于现在的执著呈现为一种更为奇特的景观：

> 但是，万不可做**将来**的梦。阿尔志跋绥夫曾经借了他所做的小说，质问过梦想将来的黄金世界的理想家，因为要造那世界，先唤起许多人们来受苦。他说，“你们将黄金世界预约给他们的子孙了，可是有什么给他们自己呢？”有是有的，就是将来的希望。但代价也太大了，为了这希望，要使人练敏了感觉来更深切地感到自己的苦痛，叫起灵魂来目睹他自己的腐烂的尸骸。惟有说诳和做梦，这些时候便见得伟大。所以我想，假使寻不出路，我们所要的就是梦；但不要**将来**的梦，只要**目前**的梦。[2]

1　鲁迅：《集外集·人与时》，载《鲁迅全集》（第七卷），第35页。
2　鲁迅：《坟·娜拉走后怎样》，载《鲁迅全集》（第一卷），第167页。

对一般的人来说，“梦”一定是与“想”联系起来的，而“想”一定是一个等待实现的“想法”，也因此便具有某种可能性与不确定性。如此，“梦想”或者“梦”就必定与时间中代表可能性的将来/未来联系在一起。而鲁迅却固执地否认了这种通常的联系，提出即使做梦，也要做现在/目前的梦。同前面一样，这段话中的“将来”也是一个特定的“真实世界”的“将来”，如引文所示，为了这个虚无缥缈的“将来”现在之人却要付出超出承受之力的代价，这当然不是鲁迅的信。鲁迅的信就在于对现在的执著，在每一个瞬间承受快乐和痛苦，并且在每一个瞬间重新开始，而决断——行动之源——就在瞬间之中。

鲁迅说，“从我这里只要能挤出——虽然不过是挤出——文章来，就挤了去罢。从我这里只要能做出一点‘炸药’来，就拿去做了罢，于是也就决定，还是照旧投稿了。”[1] 这“挤”和“决定”照旧投稿，其实就是在瞬间获得的某种决断——行动。而鲁迅又说，这是受了尼采的《Zarathustra》的影响。那么，到底是受到这本书的什么影响呢？我们说过，这本书是尼采生前出版的克服虚无主义的集大成之作，主要讲述的是超人哲学，其克服虚无主义的具体方法就是：相同者永恒轮回。这在尼采是非常复杂的一种学说，要想完全弄清楚是非常困难的，况且这也并不是本文所要论述的范围。我们在此只能是尽力找出对鲁迅可能有所影响的内容进行阐述，并且尽量切近鲁迅的文本与思想。对于鲁迅的思想，我从来都固执地认为它们大多是来自于鲁迅自身的切身体验，而书本仅仅为他对这些经验做出判断提供某种依据。但似乎尼采的影响尤大，尤其是在克服虚无主义这一点上。我们知道，鲁迅早期是接受尼采的超人学说的，但到《狂人日记》以后实际上放弃了对这种学说的信仰，在谈到这一点时，周作人说，“说到他的思想方面，最初可以说是受了尼采的影响很深，就是树立个人主义，希望超人的实现。可是最近

1　鲁迅：《三闲集·我和〈语丝〉的始终》，载《鲁迅全集》（第四卷），第172页。

又有点转到虚无主义上去了。”[1] 虽然，鲁迅放弃了超人学说，但到《语丝》时代，他依然坚持自己受尼采的《Zarathustra》的影响，“因为那时还有一点读过尼采的《Zarathustra》的余波。”[2] 那么，这种影响极有可能是来自于相同者永恒轮回学说。但从鲁迅的文本来分析，他对相同者永恒轮回学的直接接受与应用几乎是没有的，但对其中某些环节的接受却是事实。这个环节就是对现在/瞬间的执著与超常重视。我们不妨将鲁迅常常讲的一种话视作他对尼采轮回学说的接受，虽然这么理解有点将尼采的相同者永恒轮回学说庸俗化的嫌疑：

> 但我还能将一切忘却，休息一时之后，从新再来，即使明知道后来的运命未必会胜于过去。[3]

这句话的后半部分显然包含了某种轮回思想，但更为重要的是东西却在前半部分：从新再来。这种从新再来的思想正是鲁迅对当下/现在执著的表现。这段话透露了轮回与时间的某种联系。但，我认为在这两者中，鲁迅更多地吸收了尼采的瞬间/当下思想。现在我们来粗略地看看尼采在《Zarathustra》中对瞬间/当下的论述。尼采详细讲述到“瞬间”是在该书的卷三第二篇“论视象与谜团”中。在这一篇中查拉图斯特拉向一群船员讲述了一个“谜团”：在一个黄昏，他沿着一条险峻的山间小道向上攀行，遇见了一个下行的侏儒，他俩在一个出入口（Torweg）停留下来，这个出入口有两条道路交汇，一条出去，一条回来。在这个出入口的上方写有瞬间（Augenblick）一词。查拉图斯特拉向侏儒提了两个问题，第一个问题是关于轮回的，侏儒作了回答，第二个问题是关于瞬间的，侏儒没有回答并且消失了。接着查拉图斯特拉听见了狗叫，

1 《鲁迅在平家属访问记》，1936年10月23日《新民报》（南京），由王志之的《鲁迅印象记》转录，载《鲁迅回忆录》（专著）（上册），第55页。
2 鲁迅：《三闲集·我和〈语丝〉的始终》，载《鲁迅全集》（第四卷），第172页。
3 鲁迅：《两地书·二九》，载《鲁迅全集》（第十一卷），第92页。

并且在“最荒寒底月光下”看见一个年轻的牧人倒在地上，痛苦地蜷缩着身子，一条粗黑的蛇正挂在他的嘴外，查拉图斯特拉上去想帮助他将蛇从嘴里拉出来，但是怎么拉也拉不出来，反倒是蛇越咬越紧。于是查拉图斯特拉放弃了帮助，冲着牧人大喊起来：

> 于是我便大叫：“咬吧！咬吧！
> 咬下那头！咬呀！”

于是，那牧人便咬了，“他狠狠地一咬！很远的他将蛇头一下唾出。”并且跳了起来——

> 他已经不再是一个牧人，不再是人，而是一个变形体，周身透亮，还大笑着！[1]

尼采的这段箴言到底是什么意思呢？据海德格尔的解释，[2] 其中讲了三个关键的概念：虚无主义、相同者永恒轮回和瞬间。整个故事发生在黄昏至午夜，没有太阳，这是一个隐喻，即虚无主义的来临及加深。攀登险峻的山道，一方面加深了虚无主义的深渊——爬得越高，深渊越深，另一方面也是在寻求虚无主义的克服。在出入口交汇的两条道路分别是过去和未来的隐喻。出入口是瞬间/现在的隐喻，是对瞬间的描述和规定。瞬间是这样一种时间：过去和未来遭遇的交汇点，并且过去和未来必须从现在/瞬间来理解。过去是“不再现在”，将来是“尚未现在”。而且对虚无主义的克服既不可能在过去，也不可能在未来，只能是在瞬间之中——过去与未来碰撞之际。那么，侏儒是什么呢？我们必须从他们的问答中来判断。查拉图斯特拉的第一个问题是：

1　［德］尼采：《苏鲁支语录》，第 157 页。该处引文参照孙周兴的译文有所变动，参见［德］海德格尔：《尼采》（上卷），第 289、432 页。

2　具体解释参见海德格尔的《尼采》（上卷）第二章第 6、7、8、24 节。

> 但如有人循一条路前行——愈行愈远，愈远愈行：然则你相信这两条路永远相反么？侏儒！[1]

按照通常的观念，这两条道路一条回来，一条出去，如果循其中一条愈走愈远的话，其结果这两条路当然会永远背道而驰。但尼采这里讲的是一个隐喻：两条道路即两种时间都从现在/瞬间通向永恒，“因为，如果两条道路都消逝在永恒之中，那么它们就会通向同一地方，它们在那里相交，最后就成为一条持续不断的轨道。在我们看来似乎各奔东西的两条笔直小道，其实只不过是一个不断在自身中回复的大圆圈的一段而已，是其中首先可见的一段。笔直者是一个假相。实际上，道路的进程是一个圆圈，也就是说，真理本身——作为在真理中进行的存在者——是弯曲的。时间的自身循环，以及一切存在者的相同者在时间中的永恒轮回，乃是存在者整体的存在方式。存在者整体以永恒轮回的方式存在。”[2] 可是侏儒就是这么回答的呀！

> “一切直道皆是说谎，”侏儒蔑视地咕噜着，“一切真理皆是弯曲的，时间本身也是一个圆环。”[3]

但查拉图斯特拉呵斥了他，显然他认为侏儒答得不对。紧接着他又向侏儒提出了第二个问题，这个问题关涉到“瞬间”：

> “看吧”，我接着说下去，“看这‘瞬间’！从‘瞬间’这出入口向后去，有一条长的永恒之路：我们后面即是一种永恒。
>
> 凡一切事物中之能行的，岂不是必走过这条路么？凡一切事物

1　［德］尼采：《苏鲁支语录》，第155页。
2　［德］海德格尔：《尼采》（上卷），第286页。
3　［德］尼采：《苏鲁支语录》，第155页。

> 中之能有的，岂不是曾有过：作过，而且过去了么？
>
> 倘若一切皆已有过：你侏儒以为这‘瞬间’是什么呢？便是这出入口岂不是也曾经——有过么？”[1]

这第二个问题实际上讲到了“瞬间/现在”的重要性，但是侏儒没有回答而且消失了。那么，侏儒到底是什么呢？我们暂且将这个问题搁置起来，先往下看。一个年轻的牧人倒在地上，被一条大黑蛇咬住了喉咙。这是怎么回事呢？在《Zarathustra》开篇的《序言》中，蛇曾经是作为永恒轮回的象征物出现的：

> 看呵！一只鹰在空中作大盘旋，系了一条长蛇，却不同于攫获品，蛇曲绕于其颈项，如同一位女友。[2]

可是这里却是一条大黑蛇，它是作为长蛇的反面出现的，海德格尔说，“它就是虚无主义本身。”[3] 因此，大黑蛇之咬就是虚无主义之咬。牧人正要被虚无主义所吞没，他痛苦万状，死死挣扎，在虚无主义之门下。于是查拉图斯特拉去帮他，想将蛇拉出来，可是徒劳无益。“这意思是说：虚无主义不能从外部来加以克服。”[4] 因此，查拉图斯特拉大声喊叫，要牧人自己将蛇头咬掉——自己克服虚无主义。果然，牧人在“瞬间”作出了决断，他一下子咬掉了蛇头——虚无主义通过自身得以克服。这里不仅显示了“瞬间”的重要性，而且海德格尔说，“这一咬乃是对出入口本身——即瞬间——是什么这样一个问题的回答：瞬间这个出入口乃是一个决断，在此决断中，以往的历史作为虚无主义的历史才得到了辨析，同时也得到了克服。”[5] 那么，这个牧人是谁呢？“是那个

---

1 ［德］尼采：《苏鲁支语录》，第155页。
2 同上，第17页。
3 ［德］海德格尔：《尼采》（上卷），第431页。
4 同上，第431页。
5 同上，第434页。

思考和参与思考永恒轮回思想的人”[1]，即查拉图斯特拉本人。[2] 现在，我们再回过头来看这个问题：侏儒是谁？侏儒就是将相同者永恒轮回学说庸俗化了的那种人，他认为存在者整体的存在方式无非是“一切都在绕圈子”，既然世事都无非是在“绕圈子”，那么，人就不必有所决断和作为。因此，侏儒是一种必然性的隐喻，他是对虚无主义的顺从，其致命之处在于放弃了“瞬间/现在”的决断，或者说他根本无视“瞬间/现在”。

综上所述，尼采评判存在者整体存在方式的相同者永恒轮回学说是他克服虚无主义的药方，但其根本秘密在“瞬间/现在”之决断中，否则，就容易堕入侏儒的“一切都在绕圈子”的庸俗轮回学说当中，被虚无主义所吞没。

我认为，鲁迅吸收尼采的精华就在这个“瞬间/现在”当中。在鲁迅多疑思维中，轮回/循环观念瓦解了线性的进步/进化观念（汪晖语），但鲁迅从来没有陷入侏儒式的庸俗的轮回观念当中，而是执著于现在，做出决断，获得行动之源。如果问鲁迅有没有信的话，这就是鲁迅的信，如果问鲁迅到底有没有支点的话，这大概就应该算是他的一个支点。如果，我们将意义与目的分开，在每一个瞬间的决断和承担当中去寻求意义，那么，这就是鲁迅所认为的意义之所在。

（三） 韧

据说一个人不在生成世界之外去寻求信-仰是难以忍受的，如尼采所说的，人在看穿了所谓“真实世界”的把戏之后，会摈弃对所谓“真实世界”的信仰，从而会承认，生成世界才是唯一的实在性的世界，“但是人们是不会忍受这个世界的，虽然人们并不想否认它”[3]。同样的一个意思，尾崎文昭用在了评价鲁迅上，“不依赖任何东西，不把任何

---

1 ［德］海德格尔：《尼采》（上卷），第 434 页。

2 同上，第 432 页。

3 ［德］尼采：《权力意志——重估一切价值的尝试》，第 426 页。

东西作为自己的支点，不断反抗（革命、忍耐）空虚，这该多么艰难！如果鲁迅拥有相当于陀思妥耶夫斯基的神那样的存在，将使他怎样地获救呵！”[1] 所谓“陀思妥耶夫斯基的神”就是指基督教的上帝，理所当然是外在于这个生成世界的“意义的设置”，也就是我所说的信-仰。如前所述，信-仰乃是诸多信中的一种形式，它是信的一种超越的形态。但是，人们在大多数时候颠倒了信与信-仰的关系，认为信-仰是唯一的信的形态，信即信-仰。当人们沉浸于这种颠倒之中时，才会有上述的那种感受：人不在生成世界之外去寻求信-仰是难以忍受的。只有将这种颠倒的认识再颠倒回来，还信以本来面目，才不会固执地认为鲁迅应该要一个“陀思妥耶夫斯基的神”，也只有这样，我们才不会固执地认为鲁迅终其一生没有一个支点，并由此而发出“鲁迅是多么的累啊！”之类的感叹。这突然让我想起一个生物学的知识，人类在大多数的时候愿意以人的体验去猜测动物，譬如人在紧张的时候手常常攥得很紧，在放松的时候手则是舒展开的，因此，人类认为鸟类也这样。而殊不知，鸟类正好相反，一只鸟能够在高压线上紧攥着电线呼呼大睡，原因是，它放松的时候爪子是紧攥着的，只有当它遇到天敌，挣扎着死去的时候，它的爪子才伸得很直，而这恰恰证明它死去之前是非常紧张的。如果我们不知道这个常识，看见了伸得很直的鸟爪子还以为是它情愿放松地死去，那可就是大错而特错了。看待信与信-仰这个问题也是一样，如果我们固执地认为只有信-仰才能称得上是信，那么，我们就会认为，没有信-仰的人是非常痛苦而沉重的，而殊不知，这只是一厢情愿的想法。在鲁迅翻译的鹤见祐辅的《思想·山水·人物》之“所谓怀疑主义者”中有一段话表达了与此相近的思想：“谁能指穆来的纯真为无信之徒呢？谁又竟能称法兰斯的透彻为怀疑之人呢？这两个天才，是不相信旧来的传统和形式，悟入了新的人生的深的底里的。但是，他们是在自己一人

1　［日］尾崎文昭：《试论鲁迅“多疑”的思维方式》，《鲁迅研究月刊》1993 年第 1 期，第 26 页。

的路上走去了。所以，许多结着党的世人，便称他们为不信之人。如果这样子，那么，谁敢保证，无信-仰之人却是信之人，而世上所谓信-仰之人，却反而是无信之人呢?!”[1] 因此，当我们面对鲁迅时，我们应该思考的不是鲁迅为什么不信-仰，而是我们的所谓的信-仰是什么，它是不是一个绝对之物。如果这么来思考问题，我们就不会认为鲁迅是无信的，只不过他的所谓“信”，不是通常所谓的“信-仰”罢了。

那么，鲁迅的信是什么呢？即我前面所说的鲁迅克服虚无主义的两大法宝：“中间物”和对现在的执著，鲁迅对任何事物都加以“多疑”的审视，而唯独不疑“中间物”和对现在的执著。如前所述，“中间物”是对生成世界“如何”的一个描述，“对现在的执著”则是对生成世界“如何是”的规定。可是它们如何持存呢？换句话说，鲁迅如何保持与发展这个“信”呢？在信-仰的世界中，生活世界的持存必须依赖一个外在于此世但规定此世的“真实世界”，换句话说，在信-仰的世界中，生活世界的持存不是在此世中，而是在外于此世的彼世。那么，这种持存的方式是不是唯一的呢？肯定不是唯一的，因为它前面有一个限定语“在信-仰的世界中”，而我们已经知道，信-仰只是信的诸多方式中的一种表达式。在中国传统中，生活世界的持存方式是“道”，但“道”就不是在外于此世的彼世，而是在此世的日用伦常之中的。庄子说道在屎溺其实就是对这种持存方式最极端也是最准确的一种表达。日常就是直面生活，在生活中有欢乐、痛苦和悲哀，人只有在其中才是人，人在其中生活就有“道”，“道”就在生活之中，因而“道”不是一个形而上学的概念，或者更确切地说“道”不是一个 meta-physics 式

---

1 ［日］鹤见祐辅：《所谓怀疑主义者》，载《思想·山水·人物》，鲁迅译，载《鲁迅全集》（第 13 卷），北京：人民文学出版社 1973 年版，乙种本，第 569 页。我将译文稍作了改变，原译文如下：“谁能指穆来的纯真为无信仰之徒呢？谁又竟能称法兰斯的透彻为怀疑之人呢？这两个天才，是不是相信旧来的传统和形式，悟入了新的人生的深的底里的。但是，他们是在自己一人的路上走去了。所以，许多结着党的世人，便称他们为不信之人。如果这样子，那么，谁敢保证，无信仰之人却是信仰之人，而世上所谓信仰之人，却反而是无信仰之人呢?!”——笔者案。

的概念。在日常中体“道”就是要实实在在地生活，直面真的人生，既要享受生活中的快乐，也要承受——而不是逃避——生活所带来的痛苦与不幸，这样就需要持存这种信，持存的方法就是“韧”，或者毋宁说，“韧”就是生活本身。纵观鲁迅的一生，他对“韧”的提倡是没有终止过的。鲁迅第一次明确提出“韧”是在《娜拉走后怎样》中：

> 世间有一种无赖精神，那要义就是**韧性**。听说拳匪乱后，天津的青皮，就是所谓无赖者很跋扈，譬如给人搬一件行李，他就要两元，对他说这行李小，他说要两元，对他说道路近，他说要两元，对他说不要搬了，他说也仍然要两元。青皮固然是不足为法的，而那韧性却大可以佩服。[1]

1925 年在杂文《这个与那个》中，鲁迅再次提到“韧”：

> 所以中国一向就少有失败的英雄，少有**韧性**的反抗，少有敢单身鏖战的武人，少有敢抚哭叛徒的吊客；见胜兆则纷纷聚集，见败兆则纷纷逃亡。[2]

1930 年在《对于左翼作家联盟的意见》中，鲁迅又一次明确提出“韧”：

> ……在文学战线上的人还要“**韧**”。所谓**韧**，就是不要像前清做八股文的“敲门砖”似的办法。前清的八股文，原是“进学”做官的工具，只要能做“起承转合”，借以进了“秀才举人”，便可丢掉八股文，一生中再也用不到它了，所以叫做“敲门砖”，犹之用一块砖敲门，门一敲进，砖就可抛弃了，不必再将它带在身边。这

1　鲁迅：《坟·娜拉走后怎样》，载《鲁迅全集》（第一卷），第 169 页。
2　鲁迅：《华盖集·这个与那个》，载《鲁迅全集》（第三卷），第 152—153 页。

种办法，直到现在，也还有许多人在使用，我们常常看见有些人出了一二本诗集或小说集以后，他们便永远不见了，到那里去了呢？是因为出了一本或二本书，有了一点小名或大名，得到了教授或别的什么位置，功成名遂，不必再写诗写小说了，所以永远不见了。……但要在文化上有成绩，则非韧不可。[1]

第三次提出“韧”虽然是在文学战线中，但鲁迅之为鲁迅，是生活在文学战线上的，因此，在文学战线上提倡“韧”，可以说是鲁迅将自己生活的根本体验和盘托出的肺腑之言。从鲁迅对“韧”的解释来看，“韧”显然是一劳永逸的反面，因而“韧”需要持久。“韧”是对“信”的持存，也因而是“信”的一个必不可少的部分。鲁迅作为鲁迅的根本就在于“韧”。“韧”是鲁迅对生活本质的表达，在另外一个地方，鲁迅也表达了这种意思：

……欧战的时候，最重“壕堑战”，战士伏在壕中，有时吸烟，也唱歌，打纸牌，喝酒，也在壕内开美术展览会，但有时忽然向敌人开他几枪。中国多暗箭，挺身而出的勇士容易丧命，这种战法是必要的罢。[2]

“壕堑战”中的做法其实就是“韧”。战争是复杂的，生活亦是复杂的，生活需要长久持存，因而，任何一劳永逸的做法都是不了解生活本质的结果，并最终会被生活所抛弃（虚无感由之产生，而放弃生活）。“韧”是执著生活的每一时刻，而不是为了某一所谓特定时刻忽略其它时刻。执著每一时刻，就是执著现在，而信就在其中，因为在每一刻的执著中就有充实/充盈感，这种充实/充盈感是持续的脚踏实地的，而不是那架

1 鲁迅：《二心集·对于左翼作家联盟的意见》，载《鲁迅全集》（第四卷），第242页。
2 鲁迅：《两地书·二》，载《鲁迅全集》（第十一卷），第16页。

于深渊之上，为了达到深渊彼岸之“点”才有的充实/充盈感。“韧”就是这种充实/充盈感的持存，甚至“韧”就是充实/充盈感本身。所谓“韧”就是充实/充盈感本身，并不是说，要每一个瞬间都在承担，除了承担之外，还需要享受，还需要休息，甚至还需要调整，因之，它才是全面的，而不是偏至一方的。正如鲁迅在“壕堑战”中所说，除了战争外，还要吸烟、唱歌、打纸牌、喝酒，甚至是办美术展览会，这些并不是对战争的逃避，而是战争本身。因此，鲁迅在专与黑暗捣乱之外，他还有他的处世之法来显示其“韧”，那就是他所说的“老法子：一是麻痹，二是忘却”[1]。鲁迅将此二法称为“救助我自己”[2] 的老法子。但这并不等于逃避，因为在此之后，他还“一面挣扎着，还想从以后淡下去的‘淡淡的血痕中’看见一点东西，誊在纸片上”[3]。可以说“麻痹与忘却”是鲁迅“韧”的一个关键性环节，在这一环节中，鲁迅郁结于胸中的不散之气得以排解，以至于通脱之后重新开始，继续他的“战斗/生活”，如此循环/轮回，而决断就在通脱后的那一瞬间。对于鲁迅的“韧”，林语堂有极好的评价：

> ……他如何从那些极艰难的境况中爬出来的办法，即足以佐证我所说的关于他深知中国人的生活及其生活法的那些话。那“深知”是由于年老，但还是由于透彻地明了中国的历史。[4]

在日常生活中，“韧”是根本性的，它不光是人面对困难时的生活法，同样也是人面对日常重复状态的一种处世之方，因为，太阳每一天都重新升起，生活也同样需要每一天有一个崭新的开始，这也就是我们的祖先在《大学》里所讲的“苟日新，日日新，又日新”[5] 的深层含义。这

1　鲁迅：《而已集·答有恒先生》，载《鲁迅全集》（第三卷），第 477 页。
2　同上，第 477 页。
3　同上，第 477—478 页。
4　林语堂：《鲁迅》，光落译，载《鲁迅回忆录》（散篇）（上册），第 452 页。
5　《大学》，见朱熹：《大学章句集注》，第 2 页，载《四书五经》（上册）。

个“新”是需要每一天，甚至每一个瞬间持续进行的，它是一种持存的状态，而不是基督教“末世论”意义上的终极的“新天新地”的“新”，“日日新”就是日日持存，日日培护，也就是“韧”之所由。

综上所述，我认为，鲁迅是有信的，只是这信不是我们习惯性思维中称为信-仰的那种东西，其信如下：鲁迅认为这个生生不息的生成世界呈现为“中间物”状态，在这样的一个存在者整体的存在状态中，世界是循环/轮回不息的，生成世界的行动之源就在于对循环/轮回中的每一瞬间/现在的执著并持存这执著，这执著的持存就是“韧”，而生活的本质就在“韧”之中。

第三节 所谓悖论及多疑的实质

（一）所谓悖论

我们经常说鲁迅的思想充满了悖论，尤其是他的那些关于希望与绝望的言论。他时而说希望是“没奈何的自欺”[1]，是“自己手制的偶像”[2]，甚至是“娼妓”[3]，否定希望；时而又说，“然而说到希望，却是不能抹杀的，因为希望是在于将来。”[4]“希望是附丽于存在的，有存在，便有希望。”[5] 肯定希望；时而又对希望既不否定也不肯定，“希望是本无所谓有，无所谓无的。”[6] 与希望相对，他又谈到“绝望”：“绝望之为虚妄，正与希望相同。”[7] 他似乎连绝望也要否定；然而又不然，他在另

---

1 鲁迅：《野草·希望》，载《鲁迅全集》（第二卷），第181页。
2 鲁迅：《呐喊·故乡》，载《鲁迅全集》（第一卷），第510页。
3 鲁迅：《野草·希望》，载《鲁迅全集》（第二卷），第182页。
4 鲁迅：《呐喊·自序》，载《鲁迅全集》（第一卷），第441页。
5 鲁迅：《华盖集续编·记谈话》，载《鲁迅全集》（第三卷），第378页。
6 鲁迅：《呐喊·故乡》，载《鲁迅全集》（第一卷），第510页。
7 鲁迅：《野草·希望》，载《鲁迅全集》（第二卷），第182页。

一处说，“于无所希望中得救。”[1] “无所希望”不是绝望又是什么呢？可他为什么说在“无所希望中得救”呢？这岂不是说在“绝望”中反倒能得救吗？而“绝望”又怎么能使人得救呢？“绝望”应该是让人面临深渊才对呀！……这些说法从表面上看，确实是“悖论”式的。所谓“悖论”虽然描述的是两种相反的事物的共存状态，但这两种共存的相反的事物是必须有某种内在的共同之质的，否则它们之间形不成张力，没有张力就不会有所谓“悖论”。就希望与绝望而论，它们是完全相反的，但要构成内在的张力，必须要有一个共同的质：望，只有在这个“望”是同一所指时，希望和绝望才能够成“悖论”。按照这个原理，我们来逐个检验鲁迅的望之所指。

1. 希-望

（1）否定的

A. 希望是“自己手制的偶像”。

> 我想到**希望**，忽然害怕起来了。闰土要香炉和烛台的时候，我还暗地里笑他，以为他总是崇拜偶像，什么时候都不忘却。现在我所谓**希望**，不也是我自己手制的偶像么？只是他的愿望切近，我的愿望茫远罢了。[2]

希望是“自己手制的偶像”，正是我们前面所说的为了某种心理需要而“人为”设定的“意义/目的”或“真实世界”，这是信-仰，而不是信的形式，而且认识到这种人为性和虚假性是导致虚无主义的致命原因。因此，根据我们前面的论述，这里的希-望之“望”是属于信-仰的内容，是导致虚无主义的潜在因素，是鲁迅之信所要排斥之物，因此，“我想到希望，忽然害怕起来了。”

1　鲁迅：《野草·墓碣文》，载《鲁迅全集》（第二卷），第207页。
2　鲁迅：《呐喊·故乡》，载《鲁迅全集》（第一卷），第510页。

B.“绝望之为虚妄，正与希望相同”。在同一篇文章中希望又表述为“没奈何的自欺”，甚至是“娼妓”。

> ……我的心也曾充满过血腥的歌声：血和铁，火焰和毒，恢复和报仇。而忽然这些都空虚了，但有时故意地填以没奈何的自欺的希望。**希望，希望**，用这**希望**的盾，抗拒那空虚中的暗夜的袭来，虽然盾后面也依然是空虚中的暗夜。[1]

> **希望**是什么？是娼妓：
> 她对谁都蛊惑，将一切都献给；
> 待你牺牲了极多的宝贝——
> 你的青春——她就抛弃你。[2]
> 绝望之为虚妄，正与**希望**相同。[3]

这里讲到了希望和虚无之间的关系。“绝望之为虚妄，正与希望相同”，首先讲的是：希望是虚妄的。认识到希望是虚妄的，是虚无主义的开始，其实质是认识到所追求之物——“意义/目的”或“真实世界”是虚假的，为了某种内心需要而人为设置的。因此，用这种人为设置起来的“偶像”去克服虚无是万万不能的，“希望，希望，用这希望的盾，抗拒那空虚中的暗夜的袭来”，但“盾后面也依然是空虚中的暗夜”。质言之，这种所谓的希-望之“望”仍然是属于信-仰，而不是信的内容。

综合言之，鲁迅所否定的希-望，其“望”的内容都是属于信-仰，而不是信的，这种“望”是导致虚无主义的决定性原因。

（2）肯定的

A.“然而说到希望，却是不能抹杀的，因为希望是在于将来。”

---

1 鲁迅：《野草·希望》，载《鲁迅全集》（第二卷），第181页。
2 同上，第182页。
3 同上，第182页。

> 是的，我虽然自有我的确信，然而说到希望，却是不能抹杀的，因为希望是在于将来，决不能以我之必无的证明，来折服了他之所谓可有，于是我终于答应他也做文章了，这便是最初的一篇《狂人日记》。从此以后，便一发而不可收，每写些小说模样的文章，以敷衍朋友们的嘱托，积久了就有了十余篇。[1]

这段话有很多曲折，鲁迅对这里的“希望”之肯定语气是不坚定的：他先认为无，然后又否定自己，认为是有的，可是，认为有后，又要“敷衍”，他的态度分明在游移/犹疑，即我所说的多疑。因此，在这里“望”与“将来”是带有模糊性的：既有信-仰的内容，也有信的内容。这或许证明了孙玉石的论断：鲁迅克服虚无主义是有一定的时间的。[2]

B. “希望是附丽于存在的，有存在，便有希望。”

> ……我们所可以自慰的，想来想去，也还是所谓对于将来的**希望**。**希望**是附丽于**存在**的，有**存在**，便有**希望**，有**希望**，便是光明。[3]

希望的存在是有条件的，脚踏实地的，而不是将希望架于深渊之上。“希望是附丽于存在的”这句话非常重要，这句话强调的重点不在希望，而是存在，也就是对这个生成世界的强调与看重。“附丽于存在”的希望是有根的希望，因此，是属于信的，是在生存世界之中的有根的“望”。这种“望”是必须在对现在/瞬间的执著之“韧”中实现的，正因为如此，鲁迅才说，“希望本是无所谓有，无所谓无的。这正如地上

1 鲁迅：《呐喊·自序》，载《鲁迅全集》（第一卷），第441页。

2 “我可能对于鲁迅先生埋葬下自己的虚无悲观的消极思想，时间估计得过早了一点。”见孙玉石：《现实的与哲学的——鲁迅〈野草〉重释》，第197页。

3 鲁迅：《华盖集续编·记谈话》，载《鲁迅全集》（第三卷），第378页。

的路；其实地上本没有路，走的人多了，也便成了路。”[1] 路与行走是二而一，一而二的，希望与存在的关系正如同路与行走的关系，因此，希望是不脱离存在而与存在一体的。与此相反，属于信-仰的希望表达法是：存在附丽于希望，存在是为希望而存在的，否则存在就没有意义。因为，这个希望就是那意义，它是在这个生成世界之外的，并且对这个生成世界进行规定。因此，“希望附丽于存在”的“希望”与“存在附丽于希望”的“希望”是决然不同的两种事物，前者是属于信的内容，是鲁迅之信范畴之内的，后者则是属于信-仰的内容，是鲁迅之信所要排斥之物。“存在附丽于希望”的“希望”是导致虚无主义产生的原因，而“希望附丽于存在”的“希望”则是对虚无主义的克服，是真正的希望，惟其如此，我们才能够理解鲁迅的那句意蕴极深的箴言：

> ……于浩歌狂热之际中寒；于天上看见深渊。于一切眼中看见无所有；于无所希望中得救。……[2]

这里的“希望”是属于信-仰的范畴，是“存在附丽于希望”的“希望”，因而是导致虚无主义产生的那种“意义”之设置（所谓“自己手制的偶像”）。于这种希望中是不能“得救”的（因为人已经看出了其中的人为性与虚假性），“得救”之法只能在这种希望之外，那就是要在“附丽于存在”的“希望”中寻求拯救之法。但是，在“一切眼中”来看，“存在附丽于希望”的“希望”才是所谓真正的希望——因为，我们已经习惯了这种认识——，而“希望附丽于存在”的“希望”并不是他们之所谓“希望”，即在“一切眼中”看来，“希望附丽于存在”的“希望”只能是“无所希望”，因此，鲁迅说，“于无所希望中得救。”整段话的其它三句也应该作如是解。

---

1 鲁迅：《呐喊·故乡》，载《鲁迅全集》（第一卷），第510页。
2 鲁迅：《野草·墓碣文》，载《鲁迅全集》（第二卷），第207页。

2. 绝-望：

“无所希望”就是“绝望”，这“绝”是从“一切眼中”来看的，在他们，这“望”被“绝”之后，世界是不可忍受的，因此，在“一切眼中”看来，这“望”是不应该被“绝”的，这“望”被“绝”是会导致虚无主义灾难的，就像基督徒们失去了上帝，世界会陷入一片黑暗当中。而相反，在鲁迅看来，这“望”恰恰是应“绝”的虚妄之物，只有在“绝”了这虚妄的“望”之后，真正的希望才能出现，因为，真正的希望是要脚踏实地的，“附丽于存在的”，是要在执著于每一天，甚至是执著每一瞬间的“韧”当中来实现的，而不是相反，要存在去附丽一个虚妄的“希望”，用末世论的终极审判的那一绝对时刻去规定每一刻/瞬间的生命/存在的意义。质言之，在“一切眼中”看来是“绝望”的，在鲁迅看来恰恰是应该“绝”的，只有“绝”此“一切眼中”之虚妄之“望”，才能有鲁迅的“附丽于存在的”希望产生。因此，这“绝望”在“一切眼中”看来是实实在在的，正如他们看待那虚妄之物的“存在附丽于希望”之“希望”一样；而相反，在鲁迅看来，这“绝望”是无所谓实在的，因而是“虚妄”的，正如他看待那虚妄之物的“存在附丽于希望”之“希望”一样，这就是：“绝望之为虚妄，正与希望相同。”

总而言之，鲁迅否定的那个希-望，即绝-望之“望”与鲁迅肯定的那个希-望之“望”的所指不是同一物。鲁迅否定的是“存在附丽于希望”的那种“望”，而肯定的是“希望附丽于存在”的“望”，即，此“望”非彼“望”。如此看来，我们前面说的“悖论”所要求的那种对等的张力是不存在的，因此，通常所说的鲁迅的悖论，就像鲁迅所看到的“一切眼中”的希-望与绝-望那样，是虚妄的。

（二） 多疑的实质

在谈论支点这个问题上，我想我们对鲁迅总是有些误会。我们常常讲鲁迅是没有任何支点的，这意思是说，鲁迅没有确信。早在上个世纪

40 年代，竹内好就在《鲁迅》中表述过这种观点："不依赖任何东西，不把任何东西作为自己的支点，由此而必使一切成为自己的。在这一刹那，文学家鲁迅诞生了。"[1] 竹内的这个观点一直影响着后人在这个问题上的看法，尾崎文昭认为，"不依赖任何东西，不把任何东西作为自己的支点，不断反抗（革命、忍耐）空虚，这该多么艰难！如果鲁迅拥有相当于陀思妥耶夫斯基的神那样的存在，将使他怎样地获救呵！"[2] 那么，支点到底为何物呢？从表述上看，支点指的就是确信。可问题是：我们凭什么将支点和确信等同起来呢？换句话说，为什么确信就表示要有一个支点呢？我想，这同我们将确信/信与 meta-physics 等同起来有关系。meta-physics 表示的是固定不变的意思，譬如泰勒斯说，万物是由水做成的[3]，这里的"水"就是 meta-physics，而不是 physics，后来柏拉图则认为，万物皆源于理念（idea），这里的"理念（idea）"同样也是 meta-physics，但无论是"水"还是"理念（idea）"都可以统称为逻各斯（logos）。逻各斯是万物的本源，因此，是超于万物之上的 meta-physics，是万物不变的支点。逻各斯就是尼采所说的将一切归于一的那种世界统一性/组织性，它是一个超越感性世界并对感性世界进行规定的 meta-physics，这就是我们通常所说的信-仰，正是在这个意义上，我们才将支点和确信固执地等同起来。

可是，meta-physics 用汉语如何表达呢？我们习惯上将之翻译成"形而上学"，这个翻译源于《周易·系辞上传》中的一句话，"形而上者谓之道，形而下者谓之器。"[4] 由于用"形而上学"翻译 meta-

1　[日] 竹内好：《鲁迅》，第 110 页。不过，我这里采用的是孙歌在尾崎文昭的《试论鲁迅"多疑"的思维方式》中的译文片段（见 [日] 尾崎文昭：《试论鲁迅"多疑"的思维方式》，《鲁迅研究月刊》1993 年第 1 期，第 26 页），李心峰的原译文是，"由于对什么都不信赖，什么也不能作为自己的支柱，就必须把一切作为我自己的东西。于是，文学家鲁迅现在形成了。"

2　[日] 尾崎文昭：《试论鲁迅"多疑"的思维方式》，《鲁迅研究月刊》1993 年第 1 期，第 26 页。

3　[英] 罗素：《西方哲学史》（上卷），第 49 页。

4　《周易·系辞上传》，见朱熹注《周易本义》，第 63 页，载《四书五经》（上册），北京：中国书店 1985 版。

physics，而“形而上者谓之道”，因此，“道”也就是 meta-physics，又逻各斯（logos）是 meta-physics，因此，“道”就相当于逻各斯。由于有这个顺理成章的推理，我们就很自然地将逻各斯的一切属性也安置在“道”上，于是顺理成章地认为，“道”也是一个超离于感性世界之外的那么一个实体性之物。这么思考问题实际上已经与“道”的本义差之千里了。在我们的传统里，“道”并不是一个超离于感性世界的实体，而是在感性世界中的，与百姓的感性生活二而一，一而二的，所谓“道不远人”，“百姓日用而不知”[1]。“道”也从来不是固定不变的，正好相反，“道”与“易”是联系在一起的，所谓“一阴一阳之谓道”，“生生之谓易”[2]，“道”在阴阳和合之中，而阴阳和合便是“易”——变易，所谓生生不已，大化流行者也。又《老子》曰：“道之为物，惟恍惟惚。惚兮恍兮，其中有象。恍兮惚兮，其中有物。窈兮冥兮，其中有精。其精甚真，其中有信。”[3] 王弼注曰：“信，信验也。”[4] 又沙少海和徐子宏的《老子全译》释“信”为“具体的内容”[5]，而郑刚在《楚简道家文献辩证》中研究的从“身”从“言”的“信”字正是郭店楚简《老子·绝智弃辩章》中的“信”字，这个“信”，据郑刚研究，是“充实”之意，与这里的“信”的字义基本吻合，因此，可以断定“其中有信”的“信”是充实或充满之思。这“充实”/“信”之源就是“惟恍惟惚”的“道”，而“道”又是不远器（物）的，因此，“信”就在日常之“器/物”中，即在感性生活世界之中。

感性生活世界是一个生生不息、大化流行的“易”之世界，而非基于逻各斯——某个支点——的 meta-physics（超离器物）的凝固不动的世界。因此，确信/信就不必一定和某个支点——它实际上是一种逻各

1　《周易·系辞上传》，见朱熹注《周易本义》，第 58 页。

2　同上，第 58 页。

3　《老子》，见王弼注《老子道德经》，第 12 页，载《诸子集成》(3)，上海：上海书店出版社 1986 年版。

4　同上，第 12 页。

5　沙少海、徐子宏：《老子全译》，贵阳：贵州人民出版社 1989 年版，第 40 页。

斯的变体——联系在一起。正因为如此，我们说中国传统的“道”并不是通常所谓的支点，但它却以一种实实在在的方式呈现着信，而鲁迅的信正是在某种隐秘的地方续接了这种传统。鲁迅与传统精神的这种隐秘的联系不禁使我想起了尼采，他同样也以某种隐秘的方式与基督教有内在的联系，尽管从表面上看，尼采猛烈抨击基督教，但在骨子里却是地地道道的基督教的，这一点在西方几乎已经是一个公认的事实。与尼采相似的是，鲁迅同样是作为传统文化的激烈批判者而存在的，但是，正如我们所指出的，他却在无意识中完成了对中国传统内在精神的回归。这种隐秘的回归是如此的了无痕迹，如此的几微，以至于我们从表面上很难都觉察到其中的关联。中国书法中对临帖的好坏常常用“形似”和“神似”二语作评。我想鲁迅在无意识中对中国传统内在精神的回归与尼采对基督教的隐秘回归就是某种“神似”吧！而与鲁迅的这种“神似”相比，那些张口儒家、闭口孔子的所谓新儒家中的某些人恐怕只是徒具“形似”。将“神似说”用在鲁迅身上其实不是我的发明，早在N年前，曹聚仁在评价周氏兄弟之文和魏晋六朝之文的关系之时就用了这一说，“那时黄侃先生在暨大教书，他是章太炎的入室弟子，所以章师的《国故论衡》前面有他的序文。季刚自负甚高，他的散文，自以为一时无两。章师推崇魏晋文章，低视唐宋古文。季刚自以为得章师的真传。我对鲁迅说：‘季刚的骈散文，只能算是形似魏晋；你们兄弟的散文才算是得魏晋的神理。’他笑着说：‘我知道你并非故意捧我们的场的。’后来，这段话传到苏州去，太炎师听到了，也颇为赞许。”[1]

以上所述正是我们找不到鲁迅的“支点”的原因之所在，因为，我们已经习惯了 meta-physics 的那一套思维。我们的习惯性思维常常促使我们去谈论鲁迅对中国传统的无情批评与反叛，即便我们关注鲁迅与传统的联系，也只是在明显的地方去寻找蛛丝马迹，而很少有人去关注这

1 曹聚仁：《我与鲁迅》，载《鲁迅回忆录》（散篇）（中册），第802—803页。

种隐秘之处，但这并不是说没有人发现这个问题，洞察力极其敏锐的钱理群就曾经作过这样的表述："他（鲁迅）虽然坚持对传统文化的整体否定态度，但实际上与传统文化仍有深刻联系。反之，周作人表现了对传统文化认同的倾向，但同时坚持发展了'五四'时期的反传统基本原则（如个人的自由等），他们的选择和态度十分复杂。"[1] 而竹内好在这个问题上则表述得更为清楚："鲁迅这种韧性生命里的根源是什么？关于这个问题，有个叫做李长之的年青的文艺批评家认为就在'人得要生存'这一朴素的生活信念中。……这是个卓越的见解。但还没有充分、明确地指出鲁迅道德观点的核心。我想，大概可以到原始孔教的精神中，溯及到它的踪迹吧。"[2] 将这段话和我们前面所引的那句话联系起来，我们将会再一次发现竹内好的过人之处，他虽然讲到鲁迅没有支点，但他并没有就此下断语说鲁迅没有这个支点就会活得多么的累，而相反他的后继者尾崎文昭则作了这种判断："不依赖任何东西，不把任何东西作为自己的支点，不断反抗（革命、忍耐）空虚，这该多么艰难！"[3] 从尾崎的这一句话来判断，我只能说他已经浸泡在 meta-physics 式的思维中已经很深了。

我非常钦佩竹内好将鲁迅之"韧"和原始孔教之精神联系起来的卓越洞识。这无疑为我证明鲁迅之信——"韧"/韧性生命——与中国儒道的某种隐秘联系提供有力的证据，同时也为我廓清鲁迅之信与惯性思维当中的 meta-physics 式的信-仰之间的关系打开了方便之门，并最终使我们认识到鲁迅之信与 meta-physics 式的信-仰是完全不同的两种信。

上面是我对鲁迅之信的厘清，现在回过头再来看鲁迅之疑，这样也许能够使我们对鲁迅的多疑有一个更清楚、更全面的认识。

1　［日］伊藤虎丸：《传统（儒教）文化在东亚各国现代化中所起作用及其异同——"现代化与民族化"国际学术研讨会综述》，载《鲁迅、创造社与日本文学》，第 344 页。

2　［日］竹内好：《作为思想家的鲁迅》，见［日］竹内好：《鲁迅》之附录，第 161—162 页。

3　［日］尾崎文昭：《试论鲁迅"多疑"的思维方式》，《鲁迅研究月刊》1993 年第 1 期，第 26 页。

那么，多疑到底是什么呢？当重新提出这个问题时，我们已经不再是停留在概念上的追问了，而要追寻的是多疑的实质，也就是使鲁迅的多疑成其为多疑的那种根本属性是什么？在回答这个问题之前，首先有必要对另外一个问题作出一些思考，即：鲁迅的多疑与鲁迅之信的关系是什么？

在讲到作为鲁迅对生成世界"如何"之描述的"中间物"时，我曾经说过，鲁迅对"中间物意识"是不曾有过怀疑的，不但如此，而且简直可以说"中间物意识"就是鲁迅多疑思维的结果，关于这一点，我也曾经引用过尾崎文昭的研究，这里不妨再次称引：

> 当**"多疑"思维**尖锐地指向自身时，对于自己所拥有并依据的全部观念与心情就要加以"多疑"的审视（《野草·影的告别》，对"黄金世界"的否定），绝不停留地追求到底，不允许固守于某一个判断、观点和心情而停滞不前，换言之，就是不可扼制地对自己的现存方式进行多层次的否定。因此，其中便产生出强烈的自我否定与对凝固静止观点的否定。钱理群和汪晖所说的"中间物意识"……归根结底就是这种思维方式的产物。[1]

"强烈的自我否定与对凝固静止观点的否定"实际上道出了多疑思维的核心内容。所谓"凝固静止观点"实质上就是指上文所说的 meta-physics（而非形而上学）式的观点，这种观点就是尼采所说的"存在"式的观点，它与生生不息的"生成"式的观点，即"形而上"[2] 式的观点是完全相反对的。鲁迅多疑的宾词正是这种"凝固静止的观点"，即 meta-physics 式的观点，而鲁迅在无意识中所续接的却是与此相反对的

---

1 ［日］尾崎文昭：《试论鲁迅"多疑"的思维方式》，《鲁迅研究月刊》1993 年第 1 期，第 24 页。

2 我们是在原始的意义上使用"形而上"一词，即在"形而上者谓之道"这个原始语义上来使用"形而上"，从这个原始意义上来说，我们要建立的正是"形而上"式的思维，而反对的是 meta-physics 式的思维。

“生成”式的观点，即“形而上”式的观点。换句话说，鲁迅“疑”的是“凝固静止的观点”，即 meta-physics 式的观点，作为“疑”的结果，鲁迅在无意识中认同/续接了“生成”式的观点，即“形而上”式的观点。在轮回之中对现在/瞬间的执著是鲁迅对生成世界/存在者整体“如何是”的规定，其实质正是对“生成”式观点，即“形而上”式观点的体认。因此，对现在/瞬间的执著同样是鲁迅多疑思维的一个结果，其实际的证据就是我在前面多次称引的鲁迅在《我和〈语丝〉的始终》中的那段话：

> “真糟，我竟不料被埋在地下了！”
>
> 我于是乎“彷徨”起来。
>
> ……
>
> 但我的“彷徨”并不用许多时，……，还是照旧投稿了。[1]

尽管鲁迅多疑，并且由多疑而“彷徨”，但对现在/瞬间的执著（尼采的影响）使得他马上放弃了游移/犹疑，于是行动起来，因为世界还要存在，自己还要生存，因此“还是照旧投稿”。这足以见得鲁迅的多疑是不“疑”对现在/瞬间的执著的。“中间物意识”和对现在/瞬间的执著是鲁迅之信的两大元素，而作为持存这两大元素的“韧”从根本上来说同样是对生生不息的“生成”世界的体认，或者如前所述，“韧”就是生生不息的生活世界本身。“韧”之充实感源自生成世界之“易”，即生成世界是“苟日新，日日新，又日新”[2] 的，因此，“韧”要求“我”时时刻刻要更新自身，这就是“维新”最原始的含义，正是在这个层面上，鲁迅将“韧”和“不断革命”联系在一起了。所谓“不断革命”就是“苟日新，日日新，又日新”的意思，即一刻也不停留于某一凝固静

1　鲁迅：《三闲集・我和〈语丝〉的始终》，载《鲁迅全集》（第四卷），第 171—172 页。
2　《大学》，见朱熹注《大学章句集注》，第 2 页，载《四书五经》（上册）。

止的观念，不断维新自我，不断否定自我，但这种“维新”与否定并不是一劳永逸地割断与过去的任何联系，彻底“新”，而是需要时时刻刻地“维新”，这“新”不是孤独的，而是过去与未来碰撞出来的“新”。如此，我们才能理解作为文学家的鲁迅与政治的冲突，也惟其如此，我们才能理解他的那篇卓绝的讲演《文艺与政治的歧途》。但，鲁迅的信就在其中。鲁迅信的方式是一刻也不停留地、时时刻刻地“维新”，鲁迅疑的方式，如尾崎文昭所述，也是“绝不停留地追求到底，不允许固守于某一个判断、观点和心情而停滞不前”。鲁迅信的方式与鲁迅疑的方式是如此的相似，以至于我们误以为他的信也就是他的疑，或者干脆认为他根本就没有信，而只有疑——多疑。但这种看法永远只是一种误解。这误解如此之深以至于卓绝如尾崎文昭者也被它所迷惑，在尾崎看来，鲁迅只有多疑，而无信，而殊不知，那多疑其实就是信的使者呢！

信不是多疑的宾词，那么多疑的宾词到底是什么呢？换句话说，多疑到底“疑”的是什么呢？尾崎文昭说，多疑是“强烈的自我否定与对凝固静止观点的否定”。我们在导论中说，多疑“从表面上看，它是‘多余’的怀疑，是‘不合乎常理’的、突兀的，其怀疑的提出给人一种‘无根无据’的感觉，并且似乎是一种远离自信的‘犹疑/游移’，从深层来看，它是建立在对主体‘我思’确定性的怀疑的基础上的”。这两段话里有四个关键词：自我、凝固静止的观点、自信、主体“我思”确定性。这四个关键词也就是多疑的宾词。它们到底是什么关系呢？首先看最后一个关键词：主体“我思”确定性，这个词语是笛卡尔的发明，被黑格尔称为“哲学的坚实大陆”[1]。为什么称之为“坚实大陆”呢？这就是我们前面所讲的“支点”意义上的那种隐喻。从现象学来看，“大陆”当然是最稳固的根基，在这个层面上，主体“我思”确定性被隐喻为存在者世界唯一的实在之物，其它一切存在的证明都必须通过这一实在之物。从这个意义上说，主体“我思”确定性就是一个

1 ［德］海德格尔：《黑格尔与希腊人》，载《路标》，第505页。

meta-physics 式的存在，是凝固静止观点的产物。因此，鲁迅多疑的所指就是"主体'我思'确定性这么一个 meta-physics 式的存在"。解决了这个关键词，我们就很容易理解"自我"与"自信"的含义了。这两个关键词中的"自"都是基于主体"我思"确定性之上的"自我"，而鲁迅对此是深表怀疑的，因此，对建基于此的"我"是不信的，也就是不"自信"。

综上所述，鲁迅多疑的实质是对主体"我思"确定性这么一个 meta-physics 式存在的怀疑与否定，它促使鲁迅在无意识中完成了对中国传统内在精神的某种续接与维新，为我们思考现代性道路提供了非常珍贵的思路。

第四节　中国的脊梁

竹内好的《鲁迅》和王晓明的《无法直面的人生——鲁迅传》是两部非常重要的鲁迅研究著作，可是这两本书有一个共同之处，那就是当它们触及《故事新编》时都显得捉襟见肘。实际上，王晓明的《鲁迅传》压根就没有提及《故事新编》，就好像鲁迅没有这本著作一样。[1] 刚开始我读《鲁迅传》时对于这一点非常惊讶，认为这是王晓明的一大疏忽，可是后来仔细想一想，觉得情有可原，又觉得情不可原。现在看来，王晓明这本写作于上个世纪 80 年代末 90 年代初的著作确实有矫枉过正的嫌疑，作者极力想将鲁迅从以往的"神"坛拉下来，恢复其"人间"的本来面目，所以竭力书写鲁迅作为"人"的困境的一面，其结果如我前面所分析的，他完全将鲁迅处理成为一个"虚无论"者，他说鲁迅道路尽头站着的是"虚无感"，[2] 其实也是说鲁迅始终行走在"虚无"

1　在这方面，王晓明确实深受夏济安、夏志清和李欧梵的影响，事实上，李欧梵的鲁迅研究著作《铁屋中的呐喊》也一字未提《故事新编》。

2　王晓明：《无法直面的人生——鲁迅传》，第 80 页。

之中。在这本著作中，王晓明以“虚无”一以贯之，而完全无视鲁迅对虚无主义的克服，因此，在他所描述的鲁迅世界中，只有黑暗、虚无以及虚无的深渊，此外一无所有。他对“虚无”贯彻得如此彻底，以至于宁可将鲁迅“切割”，甚至“凌迟”也在所不惜，他一字不提《故事新编》的秘密也正在于此，因为《故事新编》多少还有些亮色。这亮色尽管少，也还是亮色，放在一片黑暗中就会打破黑暗，就会使得以“虚无/黑暗”一以贯之的思路化为乌有。所以宁可“切割”，甚至“凌迟”，也要一以贯之，也要一条道跑到黑。从这方面来说，抱着“虚无”一条道跑到黑的不是鲁迅而是王晓明。这正是他情有可原的地方，同时也正是他情不可原之处。相对而言，竹内好要高明得多，这并不是说竹内好的论述更加天衣无缝，而恰恰相反，竹内好在他的著作中留下了一连串的疑问，从理论上说，他完全可以和王晓明一样不去理会《故事新编》，可是他的艺术直觉力告诉他不可以这么做，“我觉得本来打算像省掉《朝花夕拾》那样把《故事新编》也省掉，而现在却出乎意料地觉得好像不能省掉它。”[1] 这使得他在处理《故事新编》时矛盾重重，但他丝毫不隐讳这种矛盾，这正是他的伟大之处。“坦率地说，我实在无法理解《故事新编》。我认为，恐怕它是毫不可取、毫无问题的蛇足吧。即使现在我对这一点仍有八分的确信。不过，在剩下的二分中仍留有某种疑惑。无论如何也不能否定。”[2] 对于这句话的具体所指，竹内后来加了一条注：“这里，我不是对《故事新编》的作品加以评价；只是说它对于理解鲁迅的‘思想’并没有那种不可或缺的重要性，因而可以无视它。由于这一点也受到了误解，所以才解释一下。当然，这是我当时的看法，后来多少改变了些。”[3] 实际上在正文中也有类似的话，“我怀有光靠自己就能解释鲁迅的全部作品的想法。”但“一认真地提到这部小说集，就觉得棘手了。恐怕不把我的这本札记全部抹煞重新改写，是不可

1　［日］竹内好：《鲁迅》，第 104—105 页。

2　同上，第 108 页。

3　同上，第 154 页。

能的。”[1] 这几段话已经很清楚明了地将竹内好的苦衷呈现在我们面前了，即他遇到了一个跟王晓明同样的问题：在其解释鲁迅“思想”的体系中无法容纳《故事新编》。如果说王晓明是以“虚无”一以贯之的话，那么竹内好又是一种什么样的体系呢？虽然我们前面说过，“竹内鲁迅”最著名的地方在于其以“回心”为轴，将鲁迅的文学归结为“罪”的自觉的文学，但竹内好对鲁迅最核心的解释却不是在这里。在《鲁迅》的第四章“政治和文学”中，竹内将鲁迅归结为受孙文的“不断革命”和尼采的“永劫回归”思想影响的“永远的革命者”，[2] 这才是竹内好解释鲁迅的核心之所在。“把孙文看做‘永远的革命者’的鲁迅，在‘永远的革命者’身上看到了自己。”[3] 如果换一句理论性极强的话表达就是，“不依赖任何东西，不把任何东西作为自己的支点，由此而必使一切成为自己的。在这一刹那，文学家鲁迅诞生了。”[4] 这句话到底是什么意思呢？几十年之后，尾崎文昭无意中对这句话作了一个解释：“不依赖任何东西，不把任何东西作为自己的支点，不断反抗（革命、忍耐）空虚，这该多么艰难！如果鲁迅拥有相当于陀思妥耶夫斯基的神那样的存在，将使他怎样地获救呵！”[5] 很明显，这里讲到的是信仰与行动的关系问题。关于这一问题，如前所述，人们已经形成一个思维定式，即：信仰是第一位的，行动是第二位的，信仰是用来指导行动，没有信仰，行动就会失去意义，没有信仰，生活就不堪忍受。可是早在一个世纪之前，那个伟大的思想家尼采就已经指出了这种思维定式的荒谬性，“新教教导者一直在散布一个根本的错误，认为信仰是第一重要的，行动

1　［日］竹内好：《鲁迅》，第 104 页。
2　同上，第 118 页。
3　同上，第 130 页。
4　同上，第 110 页。不过，我这里采用的是孙歌在尾崎文昭的《试论鲁迅“多疑”的思维方式》中的译文片段。见［日］尾崎文昭：《试论鲁迅“多疑”的思维方式》，《鲁迅研究月刊》1993 年第 1 期，第 26 页。李心峰的原译文是，“由于对什么都不信赖，什么也不能作为自己的支柱，就必须把一切作为我自己的东西。于是，文学家鲁迅现在形成了。”
5　［日］尾崎文昭：《试论鲁迅“多疑”的思维方式》，《鲁迅研究月刊》1993 年第 1 期，第 26 页。

是第二位的和必须以信仰为指导的。这当然是不对的。”继而他指出了行动的重要性，“行动，既是最先发生的也是终极重要的！”“只要你放手行动、行动、再行动，有关的信仰很快就会尾随而至。”[1] 尾随行动而至的信仰用本论著的术语讲就是“信”，信与行动的关系就像希望与存在的关系，不是存在附丽于希望，而是希望附丽于存在，同样的不是行动尾随信，而是信尾随行动。这才是存在者整体的秩序，而不是相反，然而我们已经将这种秩序遗忘得太久了，我们认为“颠倒”的才是正常的秩序，可殊不知，“颠倒”的是遗忘了其起源的结果。因此，他们，包括竹内好，都认为鲁迅的一切行动是无“信”的，就像唐吉诃德之战风车，让人肃然起敬，然而值得同情。这也就是为什么竹内好一再声称自己无法站在鲁迅整体“思想”中去理解《故事新编》的根本原因。因为，《故事新编》中的某些篇目是鲁迅之“信”的表达。

“某些篇目”具体指的就是《非攻》和《理水》两篇。关于这两篇历来颇有争议，以王瑶为代表的老一代学者倾向于从积极方面进行解释，“以《非攻》和《理水》为开端的鲁迅后期的五篇历史小说都表现了作家在自觉地运用历史唯物主义的观点来处理古代题材，致力于真实地反映历史的本质。而且洋溢着乐观主义精神。”[2] 而近来的新生代学者由于受到后现代解构主义思潮的影响，往往注重对这两篇小说结尾的解释，认为具有“反讽”性质的结尾对整篇小说的积极而正面的意义构成了解构。持这种观点的代表人物是郑家建，他认为鲁研界长期以来对于《非攻》和《理水》的解读太拘泥于杂文《中国人失掉自信力了吗》的思路，而忽视了对其中的一些细节描写的解读，尤其是忽视了对两篇结尾的仔细解读，“这种文本的解读方式，恰恰忽略了《理水》中两个微妙却又是关键性的文本表现特征：一是从文本中可以看出，大禹治水的

1 ［德］尼采：《曙光》，田立年译，桂林：漓江出版社 2000 年版，第 17 页。

2 王瑶：《〈故事新编〉散论》，载《1913—1983 鲁迅研究学术论著资料汇编》（第五卷），第 971 页。

事迹在整个的叙述中是被‘虚写化’了，而把大禹如何地被小人们包围、纠缠这一困境最大程度地在文本的叙述中‘前置化’，这从文本的语言上可以看出：关于大禹的叙述语言是在文本戏拟语言的众声喧哗中，断断续续、若隐若现地漂浮着。……我以为，这种充分戏拟化是作家有意暗示给我们的一种解读立场和向度。二是在文本最后，作者有意地用戏拟的语言形式写了禹回京以后，管理国家大事，在衣食上，态度上也改变了一点。……必须指出的是，这一结尾与文本中的后半段叙述大禹如何艰辛、劳顿构成一个大转折。与《非攻》的结尾一样，这一大转折，使得小说的‘境界’全盘托出。这一转折在文本的叙述结构之中具有举重若轻的意义，……《理水》中的这一结尾，……使得人们对文本中关于大禹的英雄主义的叙述，产生一种嘲讽、消解的意味。”[1]

如何看待以上这两种观点呢？我认为《非攻》和《理水》是鲁迅思想中积极亮色的表现，但不同意王瑶的“乐观主义精神”定论，同时我也认为文本中的某些细节和结尾是嘲讽的表达，但我不认为嘲讽的对象是大禹和墨子。这是什么意思呢？在回答这一问题之前，先来看看日本学者的相关研究。

如前所述，竹内好对《故事新编》在鲁迅整体“思想”中的位置是持否定态度的，但他不能完全肯定自己的观点，所以还存有“二分疑惑”。其后继者伊藤虎丸认为，“竹内留下‘二分疑惑’，是因为他尤其在《非攻》和《理水》这两篇作品中，感受到了‘某种作品上的壮观图画’。我也承续这一预感。”[2] 也就是说，竹内好和伊藤虎丸都在《非攻》和《理水》中“感受到了‘某种作品上的壮观图画’”，但与竹内好抹掉这种感受不同的是，伊藤虎丸肯定了这种艺术直感，“包括竹内好在内，人们历来多强调鲁迅小说对社会黑暗的暴露；我却想重视另一面所

1　郑家建：《被照亮的世界》，福州：福建教育出版社 2001 年版，第 54—55 页。
2　［日］伊藤虎丸：《鲁迅与日本人》，李冬木译，石家庄：河北教育出版社 2001 年版，第 156 页。

存在的他是怎样努力塑造出新的英雄人物和具有积极意义的人物的。具体地说，就是关注竹内好在《鲁迅论》中推定为‘十有八九是多余’的《故事新编》中的作品。”[1] 伊藤虎丸的解释也是从杂文《中国人失掉自信力了吗》进入的，他认为墨子和大禹就是鲁迅所力图塑造的“中国的脊梁”，不但如此，伊藤还区分了大禹和墨子，他认为在鲁迅的作品中，墨子“仅仅是个出色的抵抗者，而禹则被想定成登上权力的宝座，成为当权者。我认为，这也反映了鲁迅心中正在出现的‘希望’”。“《非攻》中的墨子没有现代‘模特’，而《理水》中的禹却有模特。”[2] 所谓禹在现代的模特，伊藤认为就是“当时正在进行‘二万五千里长征’的毛泽东、朱德和中国共产党”。[3] 此外，伊藤也谈到这两篇小说的结尾，他并不认为这两段具有反讽性的描写是对墨子和大禹的否定，而相反是鲁迅清醒现实主义的反映，是肯定的描写，“关于禹的态度变化，有解释说是鲁迅暗中批判了禹的堕落和变质。……但我却坦率地把这一段理解为肯定的描写。禹采取了现实性的经济政策，终于带来了天下太平。他的性格是现实主义的，是务实的。否则就成了一个僵化的理想主义者。”“《非攻》的结尾，……其方法也和《理水》完全相同。但鲁迅却赋予了墨子以与大政治家禹完全不同的另一种伟大性格，即自我牺牲，……从这个结尾会感受到作者对墨子的那发自内心深处的共鸣和亲切的幽默，甚至还有某种凄凉。这里展示了人间世界的一个真实：救众生者难救自己。《非攻》结尾的幽默，便是从这种深刻的现实性当中产生出来的。”[4] 伊藤的后继者尾崎文昭虽然没有直接谈到《非攻》和《理水》两篇，但通过对《故事新编》整体的阐释实际上已经触及到这两篇了。尾崎认为《故事新编》的主要创作方法是小说结构性自我否定，也可以称为小说的自我否定性结构，其主要表现是油滑、反讽、戏拟以及间离效果的运

---

1 ［日］伊藤虎丸：《鲁迅与日本人·序言》，载《鲁迅与日本人》，序言第 11 页。
2 ［日］伊藤虎丸：《鲁迅与日本人》，第 166—167 页。
3 同上，第 166 页。
4 同上，第 161、162 页。

用。所谓小说结构性自我否定是指，“作品本身具有一种分裂的、各种对立因素相互嘲弄与颠覆、消解的性质”。[1] 尾崎认为，这种小说结构性自我否定的“构造基本上与往复深化型‘多疑’思维方式相同，据此我们可以将这种情况理解为‘多疑’思维方式在小说创作中作为小说结构表现出来的结果”。[2] 具体到文本，尾崎虽然所举的例证仅《起死》一篇，但我们也可以举一反三地大体知道他会怎样阐释《非攻》和《理水》。根本来说，尾崎认为这两篇小说当中的戏拟与结尾的反讽都是小说结构性自我否定的实际运用，也就是说，鲁迅否定了前面对墨子和大禹的光辉形象的塑造。比较起来，这个解释更靠近郑家建的观点。并且尾崎走得更远一些，他最终将这一种小说结构和鲁迅的整体思想联系起来，认为这是鲁迅无“信”的表达，“不依赖任何东西，不把任何东西作为自己的支点，不断反抗（革命、忍耐）空虚，这该多么艰难！如果鲁迅拥有相当于陀思妥耶夫斯基的神那样的存在，将使他怎样地获救呵！”[3] 所谓“陀思妥耶夫斯基的神那样的存在”就是前面所讨论过的 meta-physics 式的信仰，它与我们的“信”完全是两种路数之物。然而，如前所述，尾崎显然固执地认为，没有“陀思妥耶夫斯基的神那样的存在”，即没有 meta-physics 式的信仰，这个世界是艰难且难以忍受的，这也就是他认为鲁迅无“信”的根本原因。既然如此，那么以《非攻》和《理水》为代表的《故事新编》在尾崎看来当然也不会有任何“信”之表达的迹象。

可是，我却固执地认为《非攻》和《理水》是鲁迅之“信”的表达，换言之，我认为《非攻》和《理水》是表达鲁迅之“信”而非表达鲁迅之“疑”的文本。从这个角度说，我更接近王瑶和伊藤虎丸的观点，但我又不能完全苟同王瑶的“乐观主义论”和伊藤在这个问题

1　［日］尾崎文昭：《试论鲁迅“多疑”的思维方式》，《鲁迅研究月刊》1993 年第 1 期，第 21 页。

2　同上，第 21 页。

3　同上，第 26 页。

上的某些解释。当然在阐释不能苟同的原因之前，我们先有必要对另外一个问题进行具体阐释，即：我为什么完全不同意郑家建和尾崎文昭在这个问题上的观点。我想对这一问题的阐释涉及根本立场问题。

我认为解读《非攻》和《理水》时没有任何理由抛开《中国人失掉自信力了吗》这篇杂文。从时间上看，《非攻》写作于 1934 年 8 月，《中国人失掉自信力了吗》写作于同年 9 月，前后仅相差一个月；从写作初衷看，《中国人失掉自信力了吗》是针对当时舆论界认为“中国人失掉了自信力”这种论调的反驳。[1]

> 我们从古以来，就有埋头苦干的人，有拚命硬干的人，有为民请命的人，有舍身求法的人，……虽是等于为帝王将相作家谱的所谓“正史”，也往往掩不住他们的光耀，这就是中国的脊梁。[2]

《非攻》中的墨子当然是鲁迅所赞叹的“中国的脊梁”。至于 1935 年 11 月创作的《理水》也应该作如是解。赞叹墨子和大禹并非怀古，而是对现在的肯定。“我们从古以来，就有……”的言外之意是我们现在同样有这样的人，这也就是鲁迅认为中国人还有自信的地方，也就是中国还有希望的地方。简言之，是鲁迅之“信”的表达。但理解这两篇小说的关键之处在于结尾，郑家建和尾崎文昭也正是通过结尾的解读提出异议的。那么，到底如何看待这两篇小说的结尾呢？我认为，在这两篇小说的结尾中，鲁迅动用了他惯常在杂文中使用的笔法：反语。也就是说，我们在阅读这两篇小说的结尾时应该将文章的意思颠倒过来看。这在《理水》中表现尤为明显。一贯“卓苦勤劳”的禹在登上权力宝座后“态度也改变一点了”。

1　“当时舆论界曾有过这类论调，如一九三四年八月二十十日《大公报》社评《孔子诞辰纪念》中说：‘民族的自尊心与自信力，既已荡焉无存，不待外侮之来，国家固早已濒于精神幻灭之域。’”见鲁迅：《且介亭杂文·中国人失掉自信力了吗》，载《鲁迅全集》（第六卷），第 123 页注释〔4〕。

2　同上，第 122 页。

吃喝不考究，但做起祭祀和法事来，是阔绰的；衣服很随便，但上朝和拜客时候的穿著，是要漂亮的。所以市面仍旧不很受影响，不多久，商人们就又说禹爷的行为真该学，皋爷的新法令也很不错；终于太平到连百兽都会跳舞，凤凰也飞来凑热闹了。[1]

郑家建认为这段文字是鲁迅对正文所塑造的“卓苦勤劳”的禹的形象的一个反讽，对主题构成消解，尾崎也认为这段文字是对前面行文的一种自我否定。其实不然，这段文字不仅不是对前面行文的否定与消解，恰恰相反它是对前面行文的肯定。从表面上看，禹爷态度的改变似乎带来了太平盛世，但实际上这段文字在骨子里写出了禹的孤独——一个人的孤独。这同前面描写的被一群小人包围与纠缠的治水中的大禹形象是一致的，那同样是一个孤独者的形象：在众大员们都主张“湮”的时候，禹主张的“导”显得是那样的孤单，然而坚定。

在此我们有必要再一次回到鲁迅当时写作的语境中来探讨这篇小说。《理水》写作于 1935 年 11 月，这无疑是一个非常重要的时间。众所周知，在这一年的 10 月，毛泽东、朱德领导的中央红军经过艰苦卓绝的二万五千里长征抵达陕北，正是这个事件导致了伊藤虎丸的推论，即他认为大禹现代的模特是“当时正在进行‘二万五千里长征’的毛泽东、朱德和中国共产党”。[2] 但仔细想一想这个推论是不切实际的，因为辛亥革命以来一直重视经验的鲁迅是不会凭空去塑造一个自己并不熟悉的形象的，况且这一点也并不是没有过其它例证。1932 年鲁迅两次约见陈赓将军，想写一部反映红军战争生活的小说，但最终没有动笔，其根本原因就是对所要写的对象不熟悉。[3] 如果一定要将大禹的现代模特

1 鲁迅：《故事新编·理水》，载《鲁迅全集》（第二卷），第 400—401 页。

2 ［日］伊藤虎丸：《鲁迅与日本人》，第 166 页。

3 此事见冯雪峰的纪念文章《回忆鲁迅》，载《鲁迅回忆录》（专著）（中册），第 614—615 页。另可参照楼适夷的纪念文章《鲁迅二次见陈赓》，载《鲁迅回忆录》（散篇）（下册），第 1086—1090 页。

锁定在中国共产党身上，那么我倒是认为有两个比毛泽东和朱德更切近的人物：瞿秋白和冯雪峰。所不同的是，冯雪峰同鲁迅有师生之谊，并且冯同鲁迅的交往更多带有革命工作的性质；而瞿秋白同鲁迅交往之前是文论的对手，双方惺惺相惜，见面之时又恰逢秋白避难之日，二人的交往要纯粹得多，更重在文气相投。这在鲁迅录何瓦琴赠瞿秋白的句联"人生得一知己足矣，斯世当以同怀视之"中可见一斑。然而这两个人却几乎在同一时间先后离开鲁迅去奔赴革命事业去了。冯雪峰 1933 年底离开上海，到达瑞金，1934 年参加二万五千里长征，我想鲁迅会时常挂怀。瞿秋白则于 1934 年初离开上海，抵达瑞金，却不料在 1935 年 2 月被捕，同年 6 月 18 日在福建长汀遇害。瞿的遇害令鲁迅无比痛惜，我想这件事情对鲁迅晚年的精神打击决不亚于秋瑾的就义。六天后（6 月 24 日）鲁迅在致曹靖华的书信中说，"它兄（瞿秋白笔名"屈维它"的略称，笔者案）文稿，很有几个人要把它集起来，但我们尚未商量。"[1] 鲁迅是什么时间得知瞿秋白遇难尚待考证，但见诸文字而首次提到这件事却自这封信始。两天后（6 月 28 日）在致胡风的信中，鲁迅提到瞿秋白语调非常悲哀，"检易嘉（即瞿秋白，笔者案）的一包稿子，有译出的高尔基《四十年》的四五页，这真令人看得悲哀。"[2] 《日记》1935 年 10 月 22 日载："下午编瞿氏《述林》起。"[3] 自此以至于死，鲁迅将其生命最后一年的一大部分时间拿出来为纪念瞿秋白而消耗而奔走。《海上述林》（瞿秋白的译稿遗文）的编辑以及出版几乎成为鲁迅生命终结前最重要的工作之一，即便在他生命最垂危的时候，也没有中断编校工作。1936 年 7 月 17 日在致杨之华的信中他说，"今年生了两场大病。第一场不过半个月就医好了，第二场到今天十足两个月，还在发热，据医生说，月底可以退尽。其间有一时期，真是几乎要死掉了"，"秋的遗文，后经再商，终于决定先印翻译。早由我编好，第一本论文，

1　鲁迅：《书信 · 350624 致曹靖华》，《鲁迅全集》（第十三卷），第 485 页。
2　鲁迅：《书信 · 350628 致胡风》，《鲁迅全集》（第十三卷），第 490 页。
3　鲁迅：《日记 · 1935 年 10 月》，《鲁迅全集》（第十六卷），第 557 页。

约三十余万字，已排好付印，不久可出。第二本为戏曲小说等，约二一十五万字。”[1] 同年8月31日致茅盾的信中，他又说，“因此想到《述林》，那第二本，交稿时约六月底排成。在我病中，亦仍由密斯许赶校，毫不耽搁。”[2] 在致杨之华的同一封信中提及《海上述林》下卷的编辑状况时他说，“（《海上述林》下卷）以高尔基作品为多。译者早已死掉了，编者也几乎死掉了，作者也已经死掉了，而区区一本书，在中国竟半年不能出版。”[3] 不料一语成谶，三个月后鲁迅驾鹤西去，至死都没有见到《述林》下卷的出版。据笔者统计，自瞿秋白就义至鲁迅去世的一年零四个月中，鲁迅断断续续在书信日记等各种文字中提及瞿秋白及其相关事情的次数达48次之多。[4] 甚至在临去世前两天的10月17日，他还在给曹靖华的书信中谈及《海上述林》。[5]

如前所述，自1935年10月22日起，鲁迅就开始编校《海上述林》。此后，这件事情一直都在紧锣密鼓地进行。1935年11月4日他在书信中告知致郑振铎稿件已编好，可先付排。[6] 12月7日他致信章锡琛，商议目录正文编排之事。[7] 而小说《理水》的写作正是在这个繁忙

1　鲁迅：《书信·360717致杨之华》，《鲁迅全集》（第十四卷），第117页。

2　鲁迅：《书信·360831致沈雁冰》，《鲁迅全集》（第十四卷），第139—140页。

3　鲁迅：《书信·360717致杨之华》，《鲁迅全集》（第十四卷），第117页。

4　计书信31封：350624致曹靖华、350627致萧军、350628致胡风、350716致萧军、350908致黄源、351020致孟十还、351104致郑振铎、351207致章锡琛、351223致沈雁冰、360105致曹靖华、360117致沈雁冰、360203致沈雁冰、360219致夏传经、360503致曹靖华、360515致曹靖华、360717致杨之华、360813致沈雁冰、360827致曹靖华、360831致沈雁冰、360903致沈雁冰、360907致曹靖华、360926致沈雁冰、360929致郑振铎、361002致郑振铎、361002致章锡琛、361006致曹白、361009致黄源、361010致黎烈文、361015致曹白、361015致台静农、361017致曹靖华；日记13则：1935年08月12日；1935年10月22日；1935年12月6日；1936年2月7日；1936年4月17日；1936年4月22日；1936年5月13日；1936年8月11日；1936年9月30日；1936年10月2日；1936年10月6日；1936年10月9日；1936年10月16日；序言2则：《〈海上述林〉上卷序言》（全集第6卷第593页）、《〈海上述林〉下卷序言》（全集第6卷第605页）；正误1则：《〈海上述林〉上卷插图正误》（全集第8卷第525页）；广告1则：《介绍〈海上述林〉上卷》（全集第7卷第489页）。

5　鲁迅：《书信·361017致曹靖华》，《鲁迅全集》（第十四卷），第171页。

6　鲁迅：《书信·351104致郑振铎》，《鲁迅全集》（第十三卷），第575页。

7　鲁迅：《书信·351207致章锡琛》，《鲁迅全集》（第十三卷），第601页。

的时间点之中（1935 年 11 月 29 日[1]），甚至可以毫不夸张地说，《理水》是鲁迅编校《海上述林》之余的写作。如果说编校《海上述林》是鲁迅对亡友的纪念的话，那么，可想而知鲁迅在描绘《理水》中的大禹时脑海中会时常浮现谁的身影。我想，正如很多方家指出的，鲁迅对中国共产党的好感绝大部分是来自于他对瞿秋白、冯雪峰以及柔石、白莽等前仆后继的共产党员的良好印象的。也正是从他们身上，鲁迅才看到了"希望"之所在，因此，如果非要说大禹有什么现代的模特，那么这模特也就是鲁迅心目中的瞿秋白、冯雪峰、柔石和殷夫。

这些当然是塑造禹的很重要的元素，但禹身上更重要的元素恐怕还是鲁迅自己。原因有二：其一，禹（墨子也是这样）是鲁迅塑造的黑汉系列中的一员。已有很多方家指出，鲁迅作品中的黑汉系列有鲁迅自况的成分。[2] 其二，《理水》中对禹周围一群小人的描写实际上是当时鲁迅处境的文学表达。在《理水》中，除了极力讽刺"鸟头"——实际上是指顾颉刚，他是《理水》中民间学者的代表——外，鲁迅还花了大量的笔墨描写了禹周围的一些掌握实权的大员的丑态。如果结合当时鲁迅的处境的话，我们会很清楚地知道这些大员其实是指以周扬为代表的"左联"的一些当权人物。鲁迅虽然在"左联"中占据高位，但当 1933 年底、1934 年初冯雪峰和瞿秋白先后离开上海后，鲁迅实际上落入他所认为的一群"小人"的包围与纠缠之中。鲁迅在书信与文章中屡屡抒发对周扬他们的不满，1935 年 6 月 28 日致胡风信："我是常常出门的，不过近来知道了我们的元帅（即指周扬，笔者案）深居简出，只令别人出外奔跑，所以我也不如只在家里坐了。"[3] 同年 9 月 12 日致胡风的信，其中不满的情绪更表露无遗："三郎的事情，我几乎可以无须思索，说

---

1 鲁迅《日记》1935 年 11 月 29 日，"二十九日　昙……夜作《治水》讫，八千字。"见鲁迅：《日记 · 1935 年 11 月》，《鲁迅全集》（第十六卷），第 563 页。

2 日本学者丸尾常喜在《复仇与埋葬——关于鲁迅的〈铸剑〉》一文中对鲁迅作品中的"黑色人"形象与鲁迅自身的联系作过充分的论证，见［日］丸尾常喜：《"人"与"鬼"的纠葛——鲁迅小说论析》附录三，第 301 页。

3 鲁迅：《书信 · 350628 致胡风》，《鲁迅全集》（第十三卷），第 491 页。

出我的意见来，是：现在不必进去。最初的事，说起来话长了，不论它；就是近几年，我觉得还是在外围的人们里，出几个新作家，有一些新鲜的成绩，一到里面去，即酱在无聊的纠纷中，无声无息。以我自己而论，总觉得缚了一条铁索，有一个工头在背后用鞭子打我，无论我怎样起劲的做，也是打，而我回头去问自己的错处时，他却拱手客气地说，我做得好极了，他和我感情好极了，今天天气哈哈哈……。真常常令我手足无措，我不敢对别人说关于我们的话，对于外国人，我避而不谈，不得已时，就撒谎。你看这是怎样的苦境？”[1] 1936 年 4 月底冯雪峰从陕北回到上海，鲁迅与他见面的第一句话是，“这两年我给他们（即指周扬等人，笔者案）摆布得可以。”[2] 冯雪峰走后，鲁迅在“左联”中实际上是相当孤立的，他与周扬们之间的矛盾既有一些具体小事情的纠葛，但更为主要的是道路的不同，也就是我们前面所详细论述的信与信仰的区别。相对于周扬们的信仰，鲁迅的信显得是那么的孤单，这孤单显现在作品中就是墨子的寂寞与大禹的孤独。信虽然给予了鲁迅于某种程度的亮色，也就是王瑶所谓的“乐观主义精神”，但是这种亮色在广大的黑暗中间是如此的恍惚，以至于要苦苦地支撑，坚韧地生存，而这正是鲁迅式的悲哀，因此，从总体上看，我们似乎不能鼓足勇气说鲁迅在这两篇小说中“洋溢着乐观主义精神”，这也正是郑家建们提出异议的合理之处。

小结　探路者及其孤独

没有路可走而一个人苦苦地探寻，这是小孤独；探寻到路而无法可走，这才是大孤独。从某种意义来说，鲁迅的“彷徨”时期就是这样一

1　鲁迅：《书信·350912 致胡风》，《鲁迅全集》（第十三卷），第 543 页。

2　冯雪峰后来的《回忆鲁迅》将这句话改写成，“这两年的事情，慢慢告诉你罢。”据陈漱渝的《“高山安可仰　徒此揖清芬”——〈鲁迅回忆录〉序言》），又参见冯雪峰《回忆鲁迅》，载《鲁迅回忆录》（专著）（中册），第 649 页。

个探路的小孤独时期，而真正的大孤独时期却是他在上海受到一群左翼青年围攻的“左联”时期以及此前的与创造社和太阳社论争的时期。他们之间的分歧与争论——用门派之争显然不足以概括——是地地道道的现实主义与理想主义之争，是信与信-仰之争。在更加激进的左翼的马克思主义文学青年看来，鲁迅对传统“游移”[1] 的态度是他们所不能忍受的，他们显然认为鲁迅反传统的力度不那么足，旗子不那么鲜明，因而，最终将原因归结到鲁迅自己身上，将他定性为“文艺战线上的封建余孽”、“二重的反革命”和“不得志的 Fascist（法西斯谛）”。[2] 在这个时期，鲁迅陷入了与此前完全不同的另一种困境当中。“彷徨”及其以前是鲁迅寻路的时期，他在“无所希望中”找到了属于自己的那种希望——“希望附丽于存在”的希望，因而这一时期的“无所希望”，即绝望，反倒是鲁迅式希望的诞生之所，因此并不那么可怕。而到了“左联”时期，鲁迅却反而陷入了一种可怕的绝望之中，这种绝望是鲁迅绝望地想要如其所是然而不能的绝望。通俗地来说，就是鲁迅找到了属于自己的那种希望（“希望附丽于存在”的希望），然而他却发现这种希望几乎没有实现的可能。也就是说，在一个大家都簇拥“存在附丽于希望”的那种希望的时代，鲁迅式的希望是几乎不可能转变为现实的。这是一种绝大的孤独，鲁迅所谓的“反抗绝望”正应该是从这个层面来理解。这孤独与绝望表现为文学就是《非攻》与《理水》当中的墨子和大禹的孤独与寂寞，这是一种找到出路而不能走下去的大孤独、大寂寞与大绝望。

---

1 郭沫若在《文艺战线上的封建余孽》一文中说，“他大约是一位过渡时代的游移分子。”见1928 年 8 月 10 日《创造月刊》第二卷第一期，署名杜荃。

2 以上均见郭沫若的《文艺战线上的封建余孽》一文。

结　语

时至今日，于鲁迅研究有绝大影响者有三大群体，其一是以夏济安、夏志清兄弟为代表的美国鲁迅研究，代表作品是夏济安的《鲁迅的黑暗面》[1]。这一群体的研究主要是挖掘鲁迅思想中的“毒气”和“鬼气”，将其揭示出来，还鲁迅以“凡人”的面目。在鲁迅研究中，这一群体所用材料之特别，视野之开阔，尤其是后一点是其他两大群体所不能企及的，但是其致命的缺点就是他们过于强调鲁迅作为“凡人”的位置，因而过于强调其思想中的虚无主义因素，而忽视了鲁迅之所以成为鲁迅的那种“超人”的一面，读来不觉让人顿生片面之感。这一派的后继便是鼎鼎有名的李欧梵教授，其代表作品是《铁屋中的呐喊》。除了这三位代表性的人物外，还有两位非专门的研究者也值得大家注意，即余英时和孙隆基。前者实际上延续了苏雪林对鲁迅诋毁的传统，是较偏激的一种；后者的态度则温和中立得多，加之其史学家的身份，孙在鲁迅研究中材料占有之特别，视野之开阔是无人能及的，其代表作品是两篇长文《“世纪末”的鲁迅》和《是否该被“吃”掉？——鲁迅承担政治的难局》[2]。这一研究群体在中国大陆的代表，如前所述，是王晓明，其代表作品即是《无法直面的人生——鲁迅传》。

1　结语中所提到的作品凡在前文提到过者，兹不再注。

2　这两部作品皆收入孙隆基的“历史心理文集”《历史学家的经线》一书中，见［美］孙隆基：《历史学家的经线》，桂林：广西师范大学出版社 2004 年版。

其二是日本鲁迅研究。这个以竹内好为开端的鲁迅研究派可谓蔚为大观、精英辈出，丸山昇、伊藤虎丸、木山英雄、竹内实、北冈正子、中岛长文、丸尾常喜、尾崎文昭、藤井省三、代田智明……这一长串名单中的随便哪一位都是鲁迅研究领域中卓尔不凡的大家，都在不同的领域为鲁迅研究做出过非凡的贡献，而其中最为杰出者当为竹内好，正是他为这个鲁迅研究的群体奠定了一个基调：抵抗。“抵抗”也可以换成其它的词语，如“回心”、“挣扎”等等，但它们都表达了同一个意思——“抵抗”。这个现实性极强的词语鲜明而强烈地表达了日本鲁迅研究中的现实关怀。在他们眼里，当鲁迅遭遇到西化时，他是“抵抗”的、“挣扎”的，也就是“回心”的，“回心”所表达的并非一个文化保守主义的概念，其实质是指当一个有着自身深厚文化底蕴的民族遭遇到西化时的那种应该有的态度，这种态度不是民粹的、盲目的、理念式地“抵抗”，而是碰撞时的一种彻底清醒的现实主义的“挣扎”，是来自于“血脉”内部的某种力量。“挣扎”的最终目的是要“摆脱”遭际时的诸多困境，达到一种“超克”(竹内好语)。日本学者前赴后继的鲁迅研究大抵都是本着这种现实关怀的。这一方面是由于鲁迅与日本人关系的密切，另一方面也是由于日本人自身的困境。在日本学者看来，鲁迅的这种来自于“血脉”内部的某种“挣扎”对于日本国民遭际到西化时的“无抵抗”性及其在第二次世界大战中所表现出来的可恐怖的狂热无疑是一种现实的清醒剂。日本学者进而由鲁迅扩大到中国整个民族，他们认为这个有着深厚底蕴的古老民族在遭际到西化时，鲁迅的“挣扎”是有着非常的代表性的，而日本民族则在遭际到同一个问题时相形见绌。这里实际上已经出现了某种偏差，偏差的根源即是他们把鲁迅的这种“挣扎”扩大化了。鲁迅的“挣扎”是否如此广泛得足以代表这整个民族呢？不是的，鲁迅的“挣扎”在中国现代就如他生前永远处于边缘地位一样，也是边缘与少数的，因此，它才弥足珍贵。这一研究群体对中国大陆鲁迅研究影响尤其深远，汪晖、靳丛林、赵京华、张中良、董炳月、吴晓东等就是证明。此外，一个非专门的研究者孙歌，及其代表作品《竹内好的悖论》[1] 也值得我们注意。

其三是中国大陆的鲁迅研究。这一研究群体的组成纷繁复杂，研究著作浩如烟海，以代表性研究来说，20 世纪 20 年代的沈雁冰、30 年代的瞿秋白、40 年代的毛泽东、50 年代的陈涌、80 年代的王富仁、90 年代的汪晖（张梦阳语），都各自以其独特的风格为我们呈现出各不相同的鲁迅相。但 20 世纪 80 年代以前的研究无疑带有更浓厚的意识形态色彩。新时期以来，以王富仁、钱理群为代表的一批新的鲁迅研究者以敏锐的眼光、卓越的胆识为中国大陆鲁迅研究打开了一片新的天空。到 20 世纪 90 年代，新的研究空间得到更进一步的拓展，鲁迅研究呈现出一种“百花齐放、百家争鸣”的喜人态势。汪晖、王晓明、孙郁等研究者以其深厚的理论修养、严谨的学术论证所做出的鲁迅研究受到域内外各派鲁迅研究者的好评。我相信有了如此之多的前人研究，新世纪里的鲁迅研究也将会取得新的成果。我更相信，一代人有一代人的鲁迅研究，后一代人对前一代人不是所谓简单的“进步的超越”，而是各自立足于自己时代语境的重新阐释。

鲁迅是不会过时的，而竹内好也不会过时！

初稿于 2004 年 11 月 18 日至 2005 年 2 月 28 日
定稿于 2005 年 4 月 25 日　北京国子监街
修订于 2021 年 10 月 1—8 日　北京通州寓所

1　孙歌：《竹内好的悖论》，北京：北京大学出版社 2005 年版。

附录

鲁迅的性格

曹聚仁

周作人先生在北平和记者谈到鲁迅先生的性格，说："他这肺病，本来在十年前，就已隐伏着了；医生劝他少生气，多静养；可是他的个性偏偏很强，往往因为一点小事情，就和人家冲突起来，动不动就生气，静养更没有这回事，所以病状就一天一天的加重起来。说到他的思想，起初可以说是受了尼采的影响很深，就是树立个人主义，希望超人的实现，可是最近又有转变到虚无主义上去了。因此，他对一切事，仿佛都很悲观。……他的个性不但很强，而且多疑，旁人说一句话，他总要想一想，这话对于他是不是有不利的地方。他在上海住的地方很秘密，除了舍弟建人和内山书店的人知道以外，其余的人，都很难找到。"记者的笔录，也许有点走样，大致该和周先生所说的相符合，以启明先生的博学多识，益以骨肉之亲，这些话该是十分中肯的。但由站得比较远一点的我看来，启明先生的话不无可以商量之处。

"因为一点小事情，就和人家冲突起来，动不动就生气"。这样的人，古之人曾经有过伯夷，孟子称为"圣之清者也"。说个性很强只是"圣之清者"的特征，却不十分妥当。因为柳下惠式的"圣之和"，伊尹式的"圣之任"，孔丘式的"圣之时"，都非有很强的个性不可。个性不强，就变成乡愿式的"德之贼"，当然非启明先生所许与的。鲁迅先生生前，曾写信给我，说："现在许多论客，多说我会发脾气；其实我觉得自已倒是从来没有因为一点小事情，就成友成仇的人，我有不少几十年的老朋友，要点就在彼此略小节而取其大。"这话，正和启明先生所说的相反；换句话说，鲁迅先生并不是伯夷式的人物，他若是伯夷式的人物，他也不会以上海的环境于他很适宜了。

启明先生有点近于柳下惠式的"圣之和"，鲁迅先生则有点近于伊尹式的"圣之任"。孟子说伊尹将以道觉斯民，自任以天下之重，但一面又说："伊尹耕于有莘之野，非其义也，非其道也，禄之以天下，弗顾也。系马千驷，弗视也，非其义也，非其道也，一介不以与人，一介不以取诸人"。这才是鲁迅先生人格的写照。鲁迅先生和胡适先生的分野正在于此，胡适先生爱以他的学问地位"待价而沽"，而鲁迅先生则爱受穷困的磨折，并不曾改变他的节操过，至死还是"非其义也，非其道也，一介不以与人，一介不以取诸人"（见《遗嘱》）。

说到鲁迅先生的对一切事都很悲观，也只是说了一半。他的幼年时代的经历，以及壮年以后对于政治改革社会改革的幻灭，无疑的使他变成虚无主义者；这幻灭的影片，如《好的故事》所写的，的确够悲观了。但鲁迅先生在《自选集》的序文，已经提到他自己意识的转变，说："我又怀疑于自己的失望，因为我又知道，我所见过的人们、事件，是极其有限的。"他自悟："绝望之为虚妄，正与希望相同。"所以对于热情者们时代有同感，不断为热情者呐喊几声以助威。鲁迅先生在近十年间，努力克服个人主义的气氛，要和为社会舍身的战士的步骤相一致。或者应该这样说罢，他是渐渐远离虚无主义，投入社会主义中去，对于革命事业的完成，并不和先前那样悲观了。

启明先生也说鲁迅"多疑"，这倒是很有趣的。"多疑"和"非常透彻的观察事物"正是相反，既说他"多疑"，又说他"观察得非常透彻”，这两句话，不知怎样合得逻辑。以医病为例，断症既明，则开方自易，不必犹疑了。鲁迅先生有一回，说：“……有些更重目前之益，为了一点小利，而反噬横陷，真有大出意料之外者。历来所身受之事，真是一言难尽。但我是总如野兽一样，受了伤，就回头钻入草莽，舐掉血迹，至多不过呻吟几声的。只是现在却因为年纪渐大，精力就衰，世故也越深，所以渐在回避了。”照这话看来，住址的秘密，想一想旁人所说的话是什么用意，只能说是“野兽”的生存本能的反应，难道定如羔羊的等着受宰割才算是“镇定不惑”吗？鲁迅先生的文章中对于“多疑”二字的正面驳斥，已经**一见不一见**（案：黑体为笔者所加），他决不料死后还要蒙“多疑”二字的冤枉的。

我和鲁迅先生间的友谊，自然不及启明先生之“亲”而且“切”。本不必“谬托知己”。但我心目中的鲁迅先生，是一个“认真”的人，不肯轻轻放松一件事一句话，要彻底想一想的人，和启明先生所见的会有这么的差距，倒是值得仔细吟味的。[1]

案：这篇文章见于 1937 年上海北新书局出版的曹聚仁的杂文集《文思》。1949 年后的《曹聚仁杂文集》[2] 也收录了这篇文章，但在《曹聚仁杂文集》中，文中的黑体“一见不一见”被替换为“屡见不一”。而后者似乎更符合汉语习惯表达。可能是由于疏忽的缘故，由中国社会科学院文学研究所鲁迅研究室编辑，中国文联出版公司 1986 出版的《1913—1983 鲁迅研究学术论著资料汇编》（第二卷），将此篇误录为曹先生的另外一篇文章《论“多疑”》[3]。

---

1 曹聚仁：《鲁迅的性格》，载《文思》，第 176—180 页。
2 曹聚仁：《鲁迅的性格》，载《曹聚仁杂文集》，第 237—239 页。
3 见《1913—1983 鲁迅研究学术论著资料汇编》（第二卷），第 526—527 页。

言林

★論「多疑」★ 曹聚仁

魯迅先生生前，已經有人說他「多疑」；這從他自己雜文中所散見的諷刺道「盡證」的話可以知道。魯迅先生死了以後，周作人先生在北平對記者談話，也說：「魯迅的個性不但很強，而且多疑，旁人說一句話，他總要想一想：這話對於他是不是有不利的地方？」到應了魯迅先生所說：「以「多疑」爲忠實長者所話病」的前言了。一作人先生在談話中，會說魯迅在觀察事物上非常透澈，前後頗有點矛盾；因爲「觀察透澈」便不會「多疑」，「多疑」的人便缺乏「透澈的觀察力」，這兩者是不能兩全的。魯迅先生有一回，往大上街去看戲：剛要跨進大門，被一個十二三歲的女孩子捉住了。是小學生，在募集水災的捐款，因爲冷，連鼻子尖也凍得通紅。他說沒有零錢，那女孩子就用眼睛表示了非常的失望。魯迅先生覺得對不起人，就帶她進了電影院，買過門票之後，付給她一塊錢。那女孩子非常高興了，稱讚魯迅先生道：「你是好人」，還寫給他一張收據。本來這件事已經完結了。但是魯迅先生在靜怕惘的回家途中，眼前出現了女孩子的滿足的表情的相貌，「心情」又立刻不舒服起來，好像嚼了旣皂或者什麼一樣。」魯迅先生心中所浮起

截图资料来源于曹聚仁:《论“多疑”》，1936 年 10 月 29 日《立报》(上海)。

主要参考文献

（一）著作部分

Ⅰ．鲁迅文集及相关鲁迅研究著作：

1. 鲁迅全集（16卷）．北京：人民文学出版社，1981；
2. 鲁迅全集（20卷）．北京：人民文学出版社，2005；
3. 鲁迅全集（20卷）．北京：人民文学出版社，1973（乙种本）；
4. 鲁迅译文集（10卷）．北京：人民文学出版社，1958；
5. 鲁迅著译编年全集（20卷），王世家、止庵编．北京：人民出版社，2009；
6. 鲁迅佚文全集（上、下）．刘运峰编．北京：群言出版社，2001；
7. 鲁迅景宋通信集——《两地书》的原信．长沙：湖南人民出版社，1984；
8. 鲁迅、许广平所藏书信选．周海婴编．长沙：湖南文艺出版社，1987；
9. 1913—1983鲁迅研究学术论著资料汇编（全5卷及索引分册）．中国社会科学院、鲁迅研究室编．北京：中国文联出版社公司，1985；
10. 鲁迅回忆录（散篇）（上、中、下）．鲁迅博物馆、鲁迅研究室、《鲁迅研究月刊》选编．北京：北京出版社，1999；
11. 鲁迅回忆录（专著）（上、中、下）．鲁迅博物馆、鲁迅研究室、《鲁迅研究月刊》选编．北京：北京出版社，1999；
12. 鲁迅年谱（增订本）（4卷）．鲁迅博物馆、鲁迅研究室编．北京：人民文学出版社，1981；
13. 鲁迅与中外文化的比较研究．中国社会科学院鲁迅研究室编．北京：中国文联出版社公司，1986；
14. 国外鲁迅研究论集（1960—1981）．岳黛云编．北京：北京大学出版社，1981；
15. 周作人．苦茶——周作人回想录．兰州：敦煌文艺出版社，1995；
16. 周作人．鲁迅小说里的人物．石家庄：河北教育出版社，2002；
17. 李长之．李长之批评文集．郜元宝、李书编．珠海：珠海出版社，1998；
18. 曹聚仁．鲁迅评传．香港：香港世界出版社，1956；

19. 林辰．鲁迅事迹考．北京：人民文学出版社，1981；
20. 陈涌．鲁迅论．北京：人民文学出版社，1984；
21. 王瑶．鲁迅作品论集．北京：人民文学出版社，1984；
22. [日] 竹内好．鲁迅．李心峰译．杭州：浙江文艺出版社，1986；
23. 孙玉石．现实的与哲学的——鲁迅《野草》重释．上海：上海书店出版社，2001；
24. 王得后．《两地书》研究．天津：天津人民出版社，1983；
25. [美] 李欧梵．铁屋中的呐喊．尹慧珉译．长沙：岳麓书社，1999；
26. [日] 伊藤虎丸．鲁迅与日本人．李冬木译．石家庄：河北教育出版社，2000；
27. [日] 伊藤虎丸．鲁迅、创造社与日本文学．孙猛等译．北京：北京大学出版社，1995；
28. [日] 木山英雄．文学复古与文学革命．赵京华编译．北京：北京大学出版社，2004；
29. 王富仁．中国反封建思想革命的一面镜子——《呐喊》《彷徨》综论．北京：北京师范大学出版社，1986；
30. 王富仁、赵卓．突破盲点——世纪末社会思潮与鲁迅．北京：中国文联出版社，2001；
31. 王富仁．中国文化的守夜人——鲁迅．北京：人民文学出版社，2002；
32. 王富仁．中国鲁迅研究的历史与现状．杭州：浙江人民出版社，1999；
33. 钱理群．心灵的探寻．上海：上海文艺出版社，1988；
34. 钱理群．与鲁迅相遇．北京：生活·读书·新知三联书店，2003；
35. 钱理群．话说周氏兄弟．济南：山东画报出版社，1999；
36. 陈漱渝．鲁迅史实求真录．长沙：湖南文艺出版社，1987；
37. 周海婴．鲁迅与我七十年．海口：南海出版公司，2001；
38. 张梦阳．中国鲁迅学通史（壹）．广州：广东教育出版社，2001；
39. 张梦阳．中国鲁迅学通史（贰）．广州：广东教育出版社，2001；
40. 中国鲁迅学通史（索引卷）．张梦阳编．广州：广东教育出版社，2002；
41. 汪晖．反抗绝望——鲁迅及其文学世界．石家庄：河北教育出版社，2000；
42. 王晓明．无法直面的人生——鲁迅传．上海：上海文艺出版社，1993；
43. 陈方竞．鲁迅与浙东文化．长春：吉林大学出版社，1999；
44. 孙郁．鲁迅与胡适．沈阳：辽宁人民出版社，2001；
45. 王乾坤．鲁迅的生命哲学．北京：人民文学出版社，1999；
46. [日] 丸尾常喜．“人”与“鬼”的纠葛——鲁迅小说论析．秦弓译．北京：人民文学出版社，1995；
47. [日] 北冈正子．摩罗诗力说材源考．何乃英译．北京：北京师范大学出版社，1983；
48. [日] 藤井省三．鲁迅《故乡》阅读史．董炳月译．北京：新世界出版社，2002；
49. ［美］孙隆基. 历史学家的经线. 桂林：广西师范大学出版社，2004；
50. 张福贵. 惯性的终结——鲁迅文化选择的历史价值. 长春：吉林大学出版社，1999；
51. 郜元宝. 鲁迅六讲. 上海：上海三联书店，2000；
52. 吴晓东. 记忆的神话. 北京：新世界出版社，2001；
53. 郑家建. 被照亮的世界——《故事新编》诗学研究. 福州：福建教育出版社，2001；
54. 廖久明. 高长虹与鲁迅及许广平. 北京：东方出版社，2005；
55. 林贤治. 人间鲁迅（上、下册）. 广州：花城出版社，1998；
56. 林贤治. 鲁迅的最后10年. 北京：中国社会科学出版社，2003；
57. 程麻. 沟通与更新——鲁迅与日本文学关系发微. 北京：中国社会科学出版社，1990；
58. 恩怨录·鲁迅和他的论敌文选（上、下卷）. 李富根、刘洪主编. 北京：今日中国出版社，1996；
59. 鲁迅档案：人与神. 何梦觉编. 北京：中国工人出版社，2002；
60. 假如鲁迅活着. 陈明远编. 上海：文汇出版社，2003；
61. 网络鲁迅. 葛涛编选. 北京：人民文学出版社，2001；

Ⅱ. 其它著作：
1. 章太炎. 章太炎全集（四）. 上海：上海人民出版社，1985；
2. 周作人自编文集（全35本）. 石家庄：河北教育出版社，2002；
3. 胡适文集（7卷本）. 北京：人民文学出版社，1998；
4. 胡适. 胡适作品集（9）. 台北：远流出版公司，1986；
5. 胡适. 胡适作品集（25）. 台北：远流出版公司，1986；
6. 独秀文存. 合肥：安徽人民出版社，1987；
7. 毛泽东选集. 北京：人民出版社，1966；
8. 胡适哲学思想资料选（下）. 葛懋春、李兴芝编辑. 上海：华东师范大学出版社，1981；
9. 闻一多. 闻一多选集（第一卷）. 成都：四川文艺出版社，1987；
10. 冯雪峰. 冯雪峰论文集（下）. 北京：人民文学出版社，1981；
11. 曹聚仁. 文思. 上海：上海书店影印上海北新书局1937年版；
12. 曹聚仁. 曹聚仁杂文集. 北京：生活·读书·新知三联书店，1994；
13. 张世英. 自我实现的历程——解读黑格尔《精神现象学》. 济南：山东人民出版社，2001；
14. 王富仁. 王富仁自选集. 桂林：广西师范大学出版社，1999；
15. 王富仁. 现代作家新论. 西安：陕西教育出版社，1998；
16. 钱理群. 周作人传. 北京：北京十月文艺出版社，1990；

17. 汪晖．汪晖自选集．桂林：广西师范大学出版社，1999；
18. 汪晖．死火重温．北京：人民文学出版社，2000；
19. 汪晖．现代中国思想的兴起（两卷四部）．北京：生活·读书·新知三联书店，2004；
20. 孙歌．竹内好的悖论．北京：北京大学出版社，2005；
21. 陈建华．“革命”的现代性．上海：上海古籍出版社，2000；
22. ［法］乔治·索雷尔．进步的幻象．吕文江译．上海：上海人民出版社，2003；
23. ［美］杰罗姆 B．格里德尔．知识分子与现代中国．单正平译．天津：南开大学出版社，2002；
24. 刘小枫．拯救与逍遥（修订本）．上海：上海三联书店，2001；
25. 刘小枫．圣灵降临的叙事．北京：生活·读书·新知三联书店，2003；
25. 郑刚．楚简道家文献辩证．汕头：汕头大学出版社，2004；
27. ［法］笛卡尔．第一哲学沉思集．庞景仁译．北京：商务印书馆，1998；
28. ［日］柄谷行人．日本现代文学的起源．赵京华译．北京：生活·读书·新知三联书店，2003；
29. ［法］雅克·德里达．马克思的幽灵．何一译．北京：中国人民大学出版社，1999；
30. ［法］雅克·德里达．德里达中国讲演录．杜小真、张宁主编．北京：中央编译出版社，2003；
31. ［俄］别尔嘉耶夫．历史的意义．张雅平译．上海：学林出版社，2002；
32. ［俄］别尔嘉耶夫．末世论形而上学．张百春译．北京：中国城市出版社，2003；
33. ［丹麦］基尔克郭尔．概念恐惧·致死的疾病．京不特译．上海：上海三联书店，2004；
34. ［德］顾彬．关于“异”的研究．北京：北京大学出版社，1997；
35. ［德］黑格尔．历史哲学．王造时译．上海：上海书店出版社，1999；
36. ［德］黑格尔．哲学史讲演录（四卷本）．贺麟译．北京：商务印书馆，1981；
37. ［德］尼采．权力意志——重估一切价值的尝试．张念东、凌素心译．北京：商务印书馆，1996；
38. ［德］尼采．苏鲁支语录．徐梵澄译．北京：商务印书馆，1995；
39. ［德］尼采．历史的用途与滥用．陈涛、周辉荣译．上海：上海人民出版社，2000；
40. ［德］尼采．论道德的谱系．周红译．北京：生活·读书·新知三联书店，1992；
41. ［德］尼采．曙光．田立年译．桂林：漓江出版社，2000；
42. ［德］尼采．善恶之彼岸．程志民译．北京：华夏出版社，2000；

43. ［德］尼采、洛维特、沃格林等．尼采与基督教思想．吴增定、李猛、田立年译．香港：道风书社，2001；
44. ［德］洛维特、沃格林等．墙上的书写．田立年、吴增定等译．北京：华夏出版社，2004；
45. ［德］卡尔·洛维特．世界历史与救赎历史．李秋零、田薇译．香港：汉语基督教文化研究所，1997；
46. ［德］海德格尔．海德格尔选集（上、下卷）．孙周兴选编．上海：上海三联书店，1996；
47. ［德］海德格尔．尼采（上、下卷）．孙周兴译．北京：商务印书馆，2002；
48. ［德］海德格尔．路标．孙周兴译．北京：商务印书馆，2001；
49. ［德］海德格尔．林中路．孙周兴译．上海：上海译文出版社，1997；
50. ［德］舍勒．舍勒选集（上、下卷）．刘小枫选编．上海：上海三联书店，1999；
51. ［德］莫尔特曼．创造中的上帝．隗仁莲等译．北京：生活·读书·新知三联书店，2002；
52. ［美］刘禾．跨语际实践．宋伟杰等译．北京：生活·读书·新知三联书店，2002；
53. ［美］王德威．想像中国的方法．北京：生活·读书·新知三联书店，1998；
54. ［美］张灏．梁启超与中国思想的过渡（1890—1907）．南京：江苏人民出版社，1997；
55. ［美］本杰明·史华兹．寻求富强：严复与西方．叶凤美译．南京：江苏人民出版社，1996；
56. ［美］本尼迪克特·安得森．想象的共同体．吴叡人译．上海：上海人民出版社，2003；
57. ［美］查尔斯·泰勒．自我认同的根源：现代认同的形成．韩震等译．南京：译林出版社，2001；
58. ［奥］弗洛伊德．摩西与一神教．李展开译．北京：生活·读书·新知三联书店，1988；
59. ［美］列奥·施特劳斯．自然权利与历史．彭刚译．北京：生活·读书·新知三联书店，2003；
60. ［英］罗素．西方哲学史（上、下卷）．何兆武等译．北京：商务印书馆，1981；
61. ［英］格鲁内尔．历史哲学．隗仁莲译．桂林：广西师范大学出版社，2003；
62. ［英］达尔文．物种起源．周建人等译．北京：商务印书馆，1995；
63. ［英］赫胥黎．进化论与伦理学．《进化论与伦理学》翻译组译．北京：科学出版社，1971；

64. ［英］赫胥黎. 天演论. 严复译. 北京：科学出版社，1971；
65. 四书五经（上、中、下册）. 宋元人注. 北京：中国书店，1985；
66. 张君劢. 中国现代经典学术——张君劢卷. 刘梦溪主编. 石家庄：河北教育出版社，1996；
67. 谭桂林. 20世纪中国文学与佛学. 合肥：安徽教育出版社，1999；
68. 宗教大辞典. 任继愈主编. 上海：上海辞书出版社，1998；
69. 司马迁. 史记（四）. 上海：上海书店，1988；
70. 沙少海、徐子宏. 老子全译. 贵阳：贵州人民出版社，1989；
71. 诸子集成（3）. 上海：上海书店出版社，1986；
72. 汪民安. 福柯的界线. 北京：中国社会科学出版社，2002；
73. 莫伟民. 主体的命运. 上海：上海三联书店，1996；
74. J. B. Bury：*The Idea of Progress*，Dover publications，INC，NEW YORK，1955Nigel Aston Christianity and revolutionary Europe，1750 - 1830，Cambridge university press，2000；
75. *Who comes after the subject?* Edited by Eduardo Cadava，Peter Connor，Jean-Luc Nancy，Published in 1991 by Routedge，An imprint of Routledge，Chapman and Hall，Inc. 29West 35 Street，New York，NY 10001. Hassan Melehy *Writing Cogito* Published by State University of New York Press，Albany，1997.

（二）论文部分

1. 孙伏园. 救国片谈. 京报副刊，1925年6月13日；
2. 郭沫若（杜荃）. 文艺战线上的封建余孽. 创造月刊，第二卷第一期，1928年8月10日；
3. 周建人. 绍兴光复前鲁迅的一段小事情. 人民文学，1961年第7、8月号；
4. 林溪. 浅论鲁迅的怀疑精神. 晋阳学刊，1981年第5期；
5. 王富仁. 鲁迅前期小说与阿尔志跋绥夫. 鲁迅研究（双月刊）（北京），第3期，1983年6月10日；
6. 汪晖. 略论“黄金世界”的性质. 鲁迅研究（双月刊）（北京），第2期，1984年4月10日；
7. 程志坚. 从鲁迅的怀疑人类思想看《一件小事》的主题. 鲁迅研究动态，1989年第8期；
8. 薛毅. 历史的进化与循环——鲁迅前期历史观的矛盾运动. 鲁迅研究动态，1989年第9期；
9. ［日］尾崎文昭. “故乡”的二重性及“希望”的二重性——《故乡》读后. 庄玮译. 鲁迅研究月刊，1990年第6期；
10. 吴俊. 爱之衷曲——鲁迅性爱心理分析之一. 鲁迅研究月刊，1991年第1期；
11. ［日］尾崎文昭. 试论鲁迅“多疑”的思维方式. 孙歌译. 鲁迅研究月刊，

1993 年第 1 期；
12. ［印度］帕特里西亚·乌比罗依. 狗、狼和海乙那：《狂人日记》读解. 郑光译. 鲁迅研究月刊，1993 年第 2 期；
13. 卜钊先、李道喜. 鲁迅怀疑精神略论. 鲁迅研究月刊，1993 年第 6 期；
14. 钱理群. 解读鲁迅小说的一把钥匙. 语文学习，1993 年第 9 期；
15. 朱寿桐. 现实地认知鲁迅彷徨心态的深刻性. 鲁迅研究月刊，1994 年第 3 期；
16. 林毓生. 鲁迅个人主义的性质与含意——兼论"国民性"问题. 鲁迅研究月刊，1993 年第 12 期；
17. 高远东. 经典的意义——鲁迅及其小说兼弗·詹姆逊对鲁迅的理解. 鲁迅研究月刊，1994 年第 4 期；
18. 钱理群. 鲁迅"多疑"的思维方式. 语文学习，1994 年第 8 期；
19. 王向远. 鲁迅杂文观念的形成演进与日本文学. 鲁迅研究月刊，1996 年第 2 期；
20. 张钊贻. 鲁迅与尼采反"现代性"的契合. 鲁迅研究月刊，1996 年第 6 期；
21. 房向东. 论鲁迅的"多疑"——纪念鲁迅先生逝世六十周年. 理论与当代，1996 年 10 期；
22. 王彬彬. 多少话，欲说还休——关于鲁迅的"顾忌". 鲁迅研究月刊，1997 年第 3 期；
23. 陈学勇. 漫说鲁迅的"多疑". 书屋，1997 年第 3 期；
24. 梁启谈. 鲁迅"多疑"个性阐释——对于《狂人日记》的个案分析. 鲁迅研究月刊，1997 年第 4 期；
25. 张钊贻. 早期鲁迅的尼采考——兼论鲁迅有没有读过勃兰兑斯的《尼采导论》. 鲁迅研究月刊，1997 年第 6 期；
26. 李林荣.《狂人日记》与中国现代人格的生成（上）. 鲁迅研究月刊，1998 年第 1 期；
27. 王得后. 立人：革新生存的根本观念. 鲁迅研究月刊，1998 年第 1 期；
28. 徐麟. 首在立人. 鲁迅研究月刊，1998 年第 1 期；
29. 张梦阳. 悟己为奴与"立人". 鲁迅研究月刊，1998 年第 1 期；
30. 李林荣.《狂人日记》与中国现代人格的生成（下）. 鲁迅研究月刊，1998 年第 2 期；
31. ［日］丸尾常喜. "彷徨"时期的鲁迅. ［韩］金贤贞译. 鲁迅研究月刊，1999 年第 6 期；
32. ［德］沃尔夫冈·顾彬. "绝望之为虚妄，正与希望相同"——《鲁迅文集》后记. 梁展译. 鲁迅研究月刊，2001 年第 5 期；
33. 朱大可. 殖民地鲁迅和"仇恨政治学"的崛起. 书屋，2001 年第 5 期；
34. 梁展. "自我"观念与科学的本源. 鲁迅研究月刊，2001 年第 8 期；
35. 李林荣.《孤独者》与中国现代知识分子的自我认同. 鲁迅研究月刊，2001

年第 9 期；
36. 梁展. 自我、意志与生命——鲁迅的形而上学及其矛盾. 鲁迅研究月刊，2001 年第 12 期；
37. 王晓明等. 今天是否需要重读鲁迅?. 鲁迅研究月刊，2004 年第 2 期；
38. 王乾坤. 怀疑：科学之问与人生之问. 鲁迅研究月刊，2003 年第 3 期；
39. 高远东. 鲁迅的可能性——也从《破恶声论》寻找支援. 鲁迅研究月刊，2003 年第 7 期；
40. 柯小刚. “慎终追远”与“往来井井”——原礼，或关于丧、祭、井、革的政治空间. 2003 年未发稿；
41. 柯小刚. 德坤与太空时代的大地概念. 2003 年未发稿；
42. 张祥龙. “姜嫄生后稷”中的“缺失”——从《诗经·大雅·生民》读解周民族的思想特性. 中国现象学网（www. xianxiang. com），2004 年 1 月；
43. 夏可君. 张载《西铭》之传释与注释. 2004 年未发稿。

初版后记

1999 年我进入北师大攻读中国现当代文学，所修的方向是中国当代文学，硕士论文做的是余华研究。现在回想起来，我那时对鲁迅一丁点兴趣也没有，因为三年时间我只有一次摸过鲁迅的著作，而且仅看了半个下午就放弃了，甚至这半个下午也是由于他人的鼓动。我记得那个时候还是硕士二年级，慕名去听杨义先生的讲座，他鼓动说，“我们读书一定要读一些大书，譬如《史记》和《鲁迅全集》……”于是我就跑到学校图书馆借了《鲁迅全集》中的一本，发誓要将《鲁迅全集》在一个星期之内看完。至于借的其中的哪一本，我早就忘了，只是记得是一本杂文集，竖排版的，破破烂烂，好像我当时拿着这本书时极不情愿借它，因为我想找一本干净的横排版的《鲁迅全集》，可是最终没有找到。但当我无可奈何地拿着这本书时，我的心情还是好的，因为那时正准备拉开架子大读一番。

那天下午我就趴在桌子上准备完成我的心愿，可是我却怎么也进入不了鲁迅的文本，现在想一想，我那时是主张和平的，可以一整天地坐在吵闹的小花园里，晒着太阳，津津有味地读《论语》或者《孟子》，而鲁迅我却无论如何是进入不了的，因为我那时候觉得他太吵闹！

自那天下午之后，我再也没有摸过鲁迅的著作，直到我的博士论文选题。这期间大约有两年的时间，我后来经常懊悔这段时间中的选择，“要是我那个时候就熟读鲁迅该多好啊！……”可是我就是没有读怎么办呢？

博士期间我转到刘勇老师的门下，刘老师对我的博士论文选题非常关心。起初我模模糊糊地想做一个以陈三立为核心的“晚清遗民文学研究”，当时的心气很高，想法很好，想打通古代和现代，原因是我对古典文学几乎一无所知，我想借做博士论文的机会彻底弥补这个缺失。虽然这么想，当时也找了一些材料来看，可是我平时读书的兴趣却证明我完全不适合做这样一种资料性的题目。那么，我该做什么题目呢？我一边这么想，一边仍旧以“晚清遗民”来搪塞旁者善意的提问。这样有一段时间彷徨无定的时候，刘老师的一句话使我作出了决断，他说，“你不要总是盯着偏僻生涩的地方，有的时候在三十年当中选择一个题目，反倒更能够体现一个人的实力（大意如此）。”这样我就决定做鲁迅研究，其时已经是 2003 年“非典”的萌芽了。我马上打电话给刘老师说了我的想法，得到的回答是，“你无论做什么题目我都会支持。”这无疑给了我极大的鼓舞。于是我就做了决定：准备研究鲁迅。

然而跟随决定而来的是“非典”的肆虐。在这个如临大敌的时候，我没有将鲁迅读下去，有趣的倒是，我将《史记》读完了，这也算是完成了一桩心愿。除了一套《史记》外，SARS 期间我偶然读到了卡尔·洛维特的一本历史哲学著作《世界历史与救赎历史》，这本书对我产生了持续的影响，那期间我写的一篇《SARS 只是一个小巫——SARS 与现代社会伦理辨考》的文章就是受了这本书的影响，文章有极强烈地反“末世论”的倾向。对于“末世论”的反对一直占据我的思想，我那时分析 SARS，思考鲁迅都是从这个角度着手的，并且进而从“末世论”走到了对中外时间思想的考查，而我的一位朋友那时正在撰写一篇关于时间的博士论文。于是我非常有兴趣对鲁迅的时间思想进行一次深入的思考，其实思考的凭借还是“末世论”的，我那时幼稚地认为鲁迅骨子里是一个西化很深的人，因此想当然地认为鲁迅的时间观就是一种“末世论”的时间观，实际上德国汉学家顾彬就有此想法。虽然刘小枫的《儒家革命考》是对顾彬的回应，并且反对顾彬的提法，但就我和朋友的分析，刘小枫先生骨子里实际上是非常“末世论”化的。对于“末世论”的反对占据了我当时的思维空间，不过在某些时候我也会在内心嘀咕：是不是“末世论”就完全无可取之处，这种逆反的想法始终存在于内心，但也仅此而已，它从来没有得到过正式的表达。

“非典”过后我就鲁迅的时间观及“末世论”问题和王富仁先生有一次很长的谈话。现在想起来，我那时候幼稚得可以。王老师问我要做什么题目，我说要做鲁迅的时间问题，并且问王老师这个问题是不是没有人做过？王老师非常谦虚地说他做过几篇就登在《鲁迅研究月刊》上。现在想起来，我那时候非常的冒失，而王老师的谦虚则是我从未经历过（见过或亲身体验过）的。

这次谈话大约在 2003 年 8 月，很炎热，我那时候甚至连《鲁迅全集》三分之一都没有看完。之后我就买了一套 1981 年版的注释本《鲁迅全集》，以前我有的是那种没有注释的 1973 年甲种本的鲁迅小册子。我开始非常认真地阅读鲁迅恐怕是从这个时间开始的。开学的 9 月份我在石景山一所学校兼课，每个星期有两天要挤地铁从积水潭到苹果园，我至今还记得每次捧着一本《鲁迅全集》从头坐到尾——有时候是站着的——的情景，甚至有的时候为了读完手头的这本集子，我宁愿多坐几圈环线地铁，而不是到了积水潭就马上下车。地铁里非常嘈杂，而我感觉在那里读鲁迅比在其它任何地方的效率都要高得多，这种感觉我至今仍怀念不已。

就这样在地铁里我完成了对鲁迅的第一次通读。在这之后一年多的时间里，我又重读了三次《鲁迅全集》，可是对于切入点的思考依然是一头雾水。我经常会在感到头疼的时候埋怨鲁迅的复杂，确实是这样，无论是尼采还是别的什么人，通读几遍下来，你就会对他有一个起码的统一认识，可是唯独鲁迅他让你迷失了方向。此外，时间愈来愈紧迫，我几乎要绝望了，甚至感到再这样下去研究鲁迅，连毕业都会成问题。时间，时间！与当年汪晖先生沉浸于鲁迅研究六年多的时间相比，自己的时间竟不足三年，而更为重要的是，仅鲁迅先生的著作就六七百万字，其研究著作更汗牛充栋、浩如烟海。我一下子感觉到自己面对的不是一座山，而是一面无限大、无限厚的墙，我如何切入其中呢？切入的艰难几乎淹没了我，我选了无数个点企图切入其中，末世论、时间、革命、身体、主体……每找到一个点时我都会欣喜不已，但等到平静下来继续读书思考，反复论证时，却又都觉不妥。有一段时间我几乎要到了崩溃的边缘，想当逃兵，想简单地做一个别的题目了事。现在想起来，那段日子被鲁迅折磨得痛苦不堪，于是我想起了鲁迅的一个老法子，就是麻痹与逃避。2004 年的夏天我经常不堪鲁迅的折磨，逃到什刹海去下围棋，内心向往北京街头小痞子的生活，他们是多么的无忧无虑啊！这种状态一直持续下去，直到两场病将我从其中拖了出来，我的论文思路这才有了某种转机。2004 年 7 月末的一天我忽然患重感冒，持续发烧数天而不止，到医院检查，医生也说不出所以然来，含含糊糊的办法就是打青霉素退烧，这是迄今为止我一生中打点滴持续时间最长的一次，连续打了两个多星期，还仍是发烧，而且后来出现青霉素过敏甚是吓人。而正是在这个时候，我想到了从主体入手研究鲁迅，但对具体操作依然很模糊。这样，两个星期的点滴之后我仍然一如既往地去什刹海，虽然每次去都心事重重（这自然要输棋了）。于是到了 10 月我在忧心忡忡中不慎摔坏了腿，以至于之后卧床四个月，与轮椅相依为命，很多朋友认为我完蛋了，肯定无法按时完成论文，刚开始连我自己也这么想。然而我的论文的框架竟然是在病床上构思而成的，我决定将“多疑”和“主体”结合起来写鲁迅的多疑也就是在这个时候。10 月 26 日，我从医院出来，用两周的时间熟悉鲁迅文本，11 月 18 日在自我逼迫下，我开始动笔写下了最初的几段文字。接下来就是漫长的写作，经常要到深夜两三点钟，写累了我就躺一会，或者坐着轮椅到走廊里转一转，夜深时候的走廊空无一人，我可以随意转动着轮椅。现在想起来，我总以为是有某种天意在冥冥中安排着什么，因为写作过程中会遇到很多的困难，如果在平时遇到这些困难时我一准会上什刹海，可是现在无处可去了，唯一的办法就是坐在电脑前敲啊！打啊！想啊！挠头啊！……

这期间有太多的人伸出援助之手来，而在论文观点上直接帮助过我的人是刘勇老师、钱理群先生、孙郁先生和王珏女士。刘老师来电话时我的论文大约写了 5 万字，他的电话来得非常及时，无异于雪中送炭。这次电话他不仅直接指点了我的论文，而且还建议我同钱理群、孙郁诸位先生联系，让他们提出意见。事情后来的发展证明刘老师的这次指点成为了我论文撰写的一大转折点。我按照刘老师的建议分别打电话询求了钱、孙二位先生的意见。二位先生的意见非常中肯，钱理群先生认为讲鲁迅的多疑，必须解决鲁迅的“信”的问题，现在论文的第四章就是在这个建议下写成的；孙郁先生则指出一定要动用鲁迅先生的各种资料，譬如藏书及其对版画的扶持行动等，并且告戒我切忌从文本到文本。孙先生是重资料的，因此提出这样的要求，可惜我对鲁迅关于藏书和版画方面的研究微乎其微，根本没有达到孙先生的要求，只是尽量做一些类似的考证以弥补这方面的不足。孙先生的意见不仅是这些，他还对我的初稿提出了中肯的意见，他所提出的鲁迅对科学的某种倚重可能也是鲁迅“信”的一种表达是值得我深入思考的，只可惜由于我的知识储备的不足，这个问题有待将来再行仔细的研究，以谢先生！当我对刘勇老师、钱理群先生和孙郁先生表达感谢的同时，我也要感谢王珏女士！王珏女士是我的同人好友，师从张祥龙先生攻读现象学，她平时与我的切磋砥砺开阔了我的眼界，而这篇论文在大的问题上有很多是来自于她的影响。此外，在我病痛卧床期间，王珏女士在我生活和资料查询上也帮过很多忙，在此一并表示感谢！

此外，在学术上关心和影响过我的还有刘锡庆先生、杨聚臣先生、王富仁先生、蓝棣之先生、张梦阳先生、王一川先生、李春青先生，以及远在外地的朋友夏可君、柯小刚、张先飞、魏朝勇、郭建玲，在此一并表示感谢！

我还要非常感谢日本东京大学的尾崎文昭教授，感谢他在百忙当中为我审阅论文！

感谢参与我的博士论文答辩会的孙郁先生、张中良先生、程光炜先生、邹红先生和钱振纲先生！

再一次感谢我的导师刘勇先生，三年来，先生谆谆的教诲，无所不在的关心，将使我铭记终生！

最后我还要将感谢留给我的家人！

春勇　谨识

2005 年 4 月 25 日

重版后记

本书重版做了以下修订：

其一，注释的修改。初版时关于《鲁迅全集》的引文，全部用的是随文注，只注卷数和页码，不出现篇名，参考版本为人民文学出版社1981年版《鲁迅全集》。修订版则全部改为脚注，参考的是2005年版本，且在注明卷数和页码的同时统一加上了文章的篇名。

其二，对部分文字进行了修改润色。书的绪论以及第一章，因最先落笔的缘故，行文上有些“紧”，有些表达并不十分通畅，此次修订的时候做了一定程度的修改。书的后面几章也略有修改的地方。

其三，绪论中文献综述部分补录了当年写作时遗漏的三篇重要的相关文献，即钱理群的《鲁迅“多疑”的思维方式》（《语文学习》1994年第8期），房向东的《论鲁迅的“多疑”——纪念鲁迅先生逝世六十周年》（《理论与当代》1996年10期），陈学勇的《漫说鲁迅的“多疑”》（《书屋》1997年第3期）。当初写作的时候，钱理群的《心灵的探寻》和王晓明的《无法直面的人生——鲁迅传》以及尾崎文昭的《试论鲁迅“多疑”的思维方式》三篇是作为最重要的对话资源加以征引的。并且按照本书的逻辑，在绪论中就已经将钱理群《心灵的探寻》中的“多疑”定义作为“破除”的对象加以扬弃了。但直到后面见到这篇遗漏的文献后，我才恍然大悟，原来钱老师早在1994年就已经进行了自我扬弃。并且就文章的题目和内容而言，可以看得出钱老师此篇和尾崎老师的代表作之间是有某种精神契合的，二位老师在写作的时候，应该是有过相互的交流。

其四，结语部分原来写得比较匆忙，有些措辞在当时就颇受非议，此次修订版做了一些细微的改动。不过基本上还保持了原貌。

其五，初版序言原为孙郁与尾崎文昭二位老师所作，重版仍然不变。不过在初版两篇序言的基础上加上了王乾坤老师的一篇文字作为重版代序。之所以要以王老师这一篇作为代序，其中最为重要的一个原因是该篇文字原本就是王老师与我个人关于《多疑鲁迅》的“万言”通信，我认为是说到点子上了。这当然并不意味着初版序言的二位老师没有说到点子上，孙老师和尾崎老师其实都从各自不同的角度点到了《多疑鲁迅》的长处和缺点，而且我自己也深以为然。但因为是在“为他人作序”的框架下写就，二位老师在颇多赞叹之外，对“缺点”的谈论其实是极为克制的。然而王老师在私人通信中是不需要这样的“克制”的，本着朋友之间的探讨问题的态度，他的文字就显得更为直接且酣畅。我喜欢这样的文字。此次重版，我跟王老师讲，想把他这篇文字作为重版代序，王老师非常高兴地应允了。其实这篇“万言”书，我上次出版《文章在兹——非文学的文学家鲁迅及其转变》（吉林大学出版社2015年版）的时候就已经经本人同意收录到了该书的附录当中。后来，木山英雄老师的博士生方淳（片山淳）兄跟我透露说，木山老师在我这本书的序言（同样出自王乾坤）和附录上反复做了许多的勾画。我当时听完之后会心一笑。我能想象得到木山老师对他所勾画的序言和附录的喜爱，确实是非常了不起的谈论“鲁迅与佛学”的文字，用钱理群老师的话说，“王乾坤写的‘鲁迅与佛学’的文字是目前大陆研究‘鲁迅与佛学’最好的论文!”

其六，初版后记也稍微做了一些调整，毕竟时过境迁，一些人和事不提也罢。

以上为此次修订的基本内容。可以看得出，基本上都是一些细枝末节的润色与修改，主体框架部分并没有改动。这当然同我“不悔其少作”的慵懒性格多少也有些关系。《多疑鲁迅》确实有着明显的缺陷，譬如，对北京时期的《野草》重视不够，没有关注到木山英雄的《野草论》的相关论述。关于这一点，尾崎老师在初版序言《也还是所谓对于将来的希望》中已经详细指出过。我后来也在一个场合公开承认过这个缺点。

但，即便如此，我想至少在“鲁迅与虚无主义之关系”的辨析上，在“鲁迅的行动之力的来源”上，《多疑鲁迅》的相关论述也依然还是有一些可取之处的。关于这一点，尾崎老师给了我持续的鼓励。此外，《多疑鲁迅》当中对于鲁迅“日常性”品格的重视实际上就已经蕴藏了日后我关于“虚妄”、“留白”等诸多问题的思考路径，从而也在某种程度上为我后来的鲁迅研究开启了道路。

从2005年博士论文答辩完成到今天，已经整整18年了，如果再加上前面准备的两年时间，就足足有20年。20年一瞬间，我的青春都已耗尽在这有意味无意味的文字当中了。值当与否，不予评说。但有一点却是明确的，即鲁迅的文字已经深深烙进了我的精神当中。

感谢20年间一直对我或投以善意，或施以援手的师友，感谢张大伟兄的仔细编校！当我写下这些文字的时候，我的父亲正在隔壁和刚发现的胃癌做艰苦的斗争，我早耳闻化疗的苦痛，竟不料会如此的酷烈。我祈求我的父亲能平安渡过此劫，享受到一段不那么痛苦的晚年。

夜在进行，苦痛弥散大地……

春勇记于北京通州寓所

2023年4月3日凌晨

图书在版编目（CIP）数据

多疑鲁迅：鲁迅世界中主体生成困境之研究/刘春勇著．—修订版．—上海：上海三联书店，2023.5
ISBN 978-7-5426-8062-4

Ⅰ．①多…　Ⅱ．①刘…　Ⅲ．①鲁迅（1881-1936）—思想评论　Ⅳ．①I210.96

中国国家版本馆 CIP 数据核字（2023）第 052908 号

多疑鲁迅——鲁迅世界中主体生成困境之研究（修订版）

著　　者／刘春勇

责任编辑／张大伟
装帧设计／徐　徐
监　　制／姚　军
责任校对／项行初

出版发行／上海三联书店
　　　　　（200030）中国上海市漕溪北路 331 号 A 座 6 楼
邮　　箱／sdxsanlian@sina.com
邮购电话／021-22895540
印　　刷／上海惠敦印务科技有限公司

版　　次／2023 年 5 月第 1 版
印　　次／2023 年 5 月第 1 次印刷
开　　本／640mm×960mm　1/16
字　　数／290 千字
印　　张／20.5
书　　号／ISBN 978-7-5426-8062-4/I·1804
定　　价／82.00 元

敬启读者，如发现本书有印装质量问题，请与印刷厂联系 021-63779028